PARA VIVIR HAY QUE MORIR

SERIE ÁNGELES LIBRO 4

Vicente Raga

addvanza books

Vicente Raga

Nacido en Valencia, España, en 1966. Actualmente residiendo en Irlanda, pero mañana ¿quién sabe? Jurista por formación, ávido lector, escritor por pasión, aprendiz de guionista, viajante impenitente y amante de su familia. Viviendo la vida intensamente. *Carpe diem*.

Autor de la saga de éxito mundial de *«Las doce puertas»*, traducida a varios idiomas. Número 1 en Estados Unidos, México y España. TOP 25 en Europa, Australia y Canadá.

«Escribir con sencillez es tan difícil como escribir bien»
W. Somerset Maugham

SERIE ÁNGELES

MISTERIO EN EGIPTO

TRILOGÍA

LIBRO 1 EL MISTERIO DE NADIE

LIBRO 2 EL FARAÓN PERDIDO

LIBRO 3 LAS PUERTAS DEL CIELO

MISTERIO EN FLORENCIA

TRILOGÍA

LIBRO 4 PARA VIVIR HAY QUE MORIR

LIBRO 5 EL FINAL ES EL PRINCIPIO

LIBRO 6 LA SONRISA DE LOS ÁNGELES

Es recomendable leer todos los libros en su orden, aunque cada misterio suponga en sí mismo una historia independiente, con sus propios personajes, trama y final.

Primera edición, junio de 2023

Fotocomposición y maquetación: Addvanza Ltd.
Ilustraciones: Leyre Raga y Cristina Mosteiro

ISBN: 978-1-915336-41-5

Este libro se lo quiero dedicar a mis cuñados Jose y Merche. La sonrisa es el lenguaje del alma.

ÍNDICE

0 INTRODUCCIÓN. DUBLÍN, IRLANDA, 4 DE NOVIEMBRE

—Sabía que os ibais a caer bien —dijo Carlota, sonriente.

—¿De verdad que te caigo bien? —preguntó extrañada Allison a Rebeca. Allison Adelman era una joven retraída y no tenía amigos, a pesar de llevar varios años de profesora universitaria en Dublín. Lo cierto es que nunca se le habían dado bien las relaciones personales. Por si eso no fuera suficiente, la publicación de su tesis doctoral le había terminado por perjudicar social y profesionalmente. Sabía que intentar tratar de forma científica la vida de Jesús de Nazaret era un reto muy complicado, pero jamás se pudo imaginar sus consecuencias. Tuvo que emigrar desde los Estados Unidos a Europa para buscarse un trabajo medio decente. Ya se sabe, ciencia y religión nunca se han llevado muy bien.

Rebeca miró a su hermana sin comprenderla. Era especialista en ponerla en situaciones comprometidas. Se suponía que las dos iban a pasar una tarde tranquila en el *pub «The Cat and The Horse»,* después de todas las aventuras vividas en España. Junto con Ryan Clarke, un exmilitar irlandés amigo de Rebeca, habían desentrañado el misterio de uno de los veinte tesoros desaparecidos más enigmáticos de la historia de la humanidad. Nada más y nada menos que el paradero del sarcófago del faraón Menkaure, más conocido por su nombre helenizado de Micerino, el morador de la tercera pirámide de Guiza. Oficialmente seguía desaparecido, pero ellos conocían la verdadera historia detrás de su supuesta desaparición. Aún así, Carlota no podía evitar ser Carlota. Sin comentarle nada a Rebeca y por sorpresa, había invitado a una completa desconocida a tomar unas pintas de cerveza con ellas. Rebeca había conocido a Allison hacia apenas media hora. No podía juzgarla.

—A mí me pareces una chica muy agradable —salió del paso como pudo.

Allison pareció alegrarse aunque, de inmediato, volvió a ponerse seria.

—Dicen que esta ciudad es muy acogedora para las personas extranjeras y no lo niego. También dicen que es muy alegre, pero yo solo veo tristeza. Está claro que es cosa mía. Debo estar estropeada.

—¿Estropeada? No se me ocurriría una expresión más inapropiada. Está claro que los entornos influyen, pero jamás olvides que la alegría es una cualidad humana —respondió Rebeca, que no sabía cómo salir de aquella encerrona que le había preparado Carlota que, además, no comprendía. Intentó echar mano de su imaginación—. Piensa que, detrás de la tristeza, siempre hay un alma intentando romper un muro que la separa de un jardín.

—-No me gusta la jardinería —respondió Allison—. Se me mueren todas las plantas.

Carlota se rio.

—Esa respuesta ha sido ingeniosa y demuestra que no me he equivocado contigo —dijo—. No estás triste, tan solo no has encontrado a las personas que te hagan feliz.

—¿En treinta años? —le preguntó Allison, incrédula.

—O en cinco minutos —le replicó Carlota—. Ahora te estás tomando unas pintas de cerveza con nosotras y veo que te lo estás pasando bien. Sin embargo, en cinco minutos, podrías estar muerta. Lo que mi hermana te quiere decir es que, entre la tristeza y la alegría, hay un pequeño muro que hay que derribar. Te aseguro que nosotras somos obreras especializadas.

—¿Sabes qué dices cosas muy raras? —preguntó Allison, sin terminar de entender a Carlota.

Rebeca intervino.

—Quizá yo no sea la persona más adecuada para hablarte de Dublín. Llegué apenas hace cuatro meses. Quizá tampoco sea la persona más adecuada para hablarte de la tristeza. Vine aquí porque se me rompió el alma en mil pedazos cuando mi mejor amiga se suicidó. A pesar de ello, tengo que reconocer que, en estas últimas semanas, mi hermana me ha demostrado que es posible derribar ese muro. Además, hay que tener mucho cuidado con la tristeza, porque se puede acabar convirtiendo en un vicio.

—La tristeza no es un vicio —le interrumpió Carlota, dirigiendo su mirada a la mesa contigua. No le gustaba la palabra tristeza, pero de vicios entendía bastante— ¡Eso sí que podría ser un vicio!

Allison y Rebeca, con todo el disimulo que pudieron, se giraron hacia donde miraba Carlota. Había cuatro chicos, de unos *veintitantos* años, tomándose alegremente unas cervezas.

—Son cuatro y nosotras tres —respondió Allison con timidez, sin ser capaz de captar la ironía de Carlota.

—¡Ese es precisamente el vicio! —le respondió, riéndose.

Ni siquiera Allison fue capaz de evitar una sonrisa.

—No te atreverás, ¿verdad? —le provocó Rebeca, que tampoco le apetecía hablar de la tristeza.

—Vosotras estáis de espaldas y no los veis, pero ya nos han echado unas cuantas miraditas. Para una loba como yo sería pan comido, pero hoy no me apetece salir de caza.

—Pues será la primera vez en tu vida —le volvió a provocar Rebeca.

—¿De verdad quieres que la liemos bien gorda esta noche? —recogió el guante Carlota.

—Oíd, que yo no… —comenzó a excusarse Allison.

—Tranquila —le interrumpió Carlota—. Los cuatro se acaban de levantar de la mesa y se marchan. Además, en realidad, mi hermana tampoco quería, pero intentaba fastidiarme porque sabe que hoy no es el día adecuado.

—Adecuado, ¿para qué? —Allison seguía sin comprender nada.

—Adecuado para vivir —respondió Carlota.

Rebeca comprendió lo que intentaba hacer su hermana. Alegrar a Allison. «¿Era eso realmente?», se preguntó. Por un breve instante, tuvo la sensación de que esas palabras se las había dirigido a ella. Pensó por un momento en ello. «No creo», sentenció. Decidió seguirle el juego a Carlota.

—Ya que no lo podemos hacer por el pasado, brindemos por el futuro —dijo, lo más animada que pudo.

—¡Y quiero ver una sonrisa en la boca de todas! —exclamó Carlota, uniéndose a su hermana.

En apenas un minuto se habían *bajado* la pinta que acababan de pedir. Cada una por sus propios motivos, pero todas necesitaban cierto desahogo.

—Anda, vayámonos de este *pub*. Es deprimente, aunque tengan buena cerveza. Tomemos las próximas pintas en otro local.

—¿Las próximas? ¡Pero si llevamos cuatro rondas por lo menos! Nos vamos a emborrachar —le contestó Rebeca.

—No, eso ya lo estamos. Tan solo vamos a seguir la juerga. Quiero pasarlo bien con mi hermana favorita y nuestra nueva amiga.

Allison parecía animada después de las cervezas y la conversación. Debía reconocer que era la charla más divertida y extravagante que había mantenido en mucho tiempo. Le habían caído bien las hermanas. «Quizá podamos ser amigas en un futuro», pensó.

—Voy a pagar las cervezas —se ofreció Allison, que estaba de buen humor—. Creo que os las habéis ganado.

—Espera —dijo Rebeca—. Ha sido mi hermana la que te ha invitado. Deberíamos pagar nosotras.

En ese momento, vio cómo su hermana se dirigía hacia la salida del *pub*, demostrando de forma evidente que su equilibrio era manifiestamente mejorable. Tuvo que apoyarse en la barra del *pub* para evitar caerse. Es decir, que estaba tan solo a un paso de ir borracha. O a medio.

—Está bien, Allison. Paga tú. Nosotras lo haremos en el próximo *pub* —se desdijo, mientras se lanzaba a tomar por un brazo a su hermana, ante el temor de que se pudiera tropezar y caer antes de llegar a la puerta.

Allison se dirigió a la barra. No había ningún camarero detrás de ella, así que se tuvo que esperar a que alguien apareciera por allí. Rebeca y Carlota ya habían salido del *pub*. Se fijó que, en la puerta que daba acceso al almacén, había una pareja. De repente, comenzaron lo que parecía una discusión. No los podía entender, pero, por sus gestos, estaba claro que no se trataba de una conversación amigable. No parecían camareros.

«Quizá sean los propietarios del local», se dijo. Se le ocurrió llamar su atención para que le cobraran, pero se lo pensó y descartó la idea. «Mejor no me meto en sus asuntos». A los pocos segundos, la pareja se separó, aunque estaba claro que se habían peleado.

—¿Quieres algo? —escuchó Allison.

Se había despistado con la aparente discusión de aquellas dos personas. Tenía un camarero junto enfrente de ella, detrás de la barra.

—Perdona. Con tanto ruido no te había escuchado llegar —se disculpó Allison, que, en realidad, estaba distraída observando la discusión—. Tan solo quería pagar.

—Me temo que se te han adelantado. Todas vuestras consumiciones ya han sido abonadas.

Allison se extrañó.

—¿Por quién? —le preguntó—. Mis amigas acaban de salir del *pub* y no se han acercado a la barra.

—¿Desde cuándo eso importa? —le preguntó el camarero apodado *Bubba*, con una sonrisa en su rostro—. En Dublín, la cerveza gratis jamás se cuestiona.

Allison levantó los hombros en señal de desconcierto y también sonrió a *Bubba*. Se puso la chaqueta y se dirigió a la puerta del *pub*.

Abrió la puerta y se le cerró el corazón.

1 SETTIGNANO, REPÚBLICA FLORENTINA, 1481

Nunca es fácil perder a una madre, pero todavía es más difícil cuando tienes tan solo seis años de edad.

Tampoco le había consolado el hecho de conocer que su muerte era inminente, con 23 años, en la plenitud de su vida. Su larga enfermedad había hecho mella en ella, pero, aún así, había sido capaz de traer al mundo a cinco hijos y darles todo el cariño que tan solo una madre puede dar.

La palabra madre significa mucho más que todo eso, en una sola palabra caben millones de sentimientos, y más para una persona como Ludovico. Su debilidad de salud, que había coincidido con la de su madre, le había hecho estar en sus brazos gran parte de su niñez, a pesar de que contaba con una nodriza en Settignano, villa cercana a Florencia. Francesca di Neri, su madre, le evocaba un amor incondicional que estaba seguro de que jamás encontraría en otra persona, pero también el consuelo en sus malos momentos. Tampoco podía olvidar el cariño que le dedicaba cuando se levantaba a altas horas de la madrugada y lo arropaba en su cama, sin importarle que ella estuviera aún peor que él. Todo ello a espaldas de su nodriza, que, en teoría, era la que le cuidaba de forma regular, y sin esperar nada a cambio.

Ahora, Ludovico estaba asistiendo a su funeral.

A pesar de que su padre les había dicho a sus hijos que no debían de llorar, que debían guardar la compostura, ya que corría sangre imperial por sus venas. Lo que Ludovico sentía era que la sangre que recorría sus venas no era imperial, era la de su madre.

«Nada tenéis que temer, ni siquiera a la muerte. No olvidéis que somos descendientes de los condes de Canossa».

No era la primera vez que escuchaba esa frase. En los malos momentos, acostumbraba a repetirla, intentando levantar los ánimos. Según su padre, Enrique II le dio en matrimonio al conde Bonifacio de Canossa, Señor de Mantua, a su hija Beatriz. Tuvieron una hija llamada Matilda, que heredó el título de condesa. A su muerte, su descendiente Messer Simone y toda su familia se trasladaron a Florencia, a mitad del siglo XIII. Ese era su verdadero árbol genealógico. Su noble linaje. Debían de estar a la altura de sus antepasados.

«Ni siquiera estuve a la altura de mi madre», pensaba Ludovico. «Estando más enferma que yo, no solo me cuidó, sino que me dio cuatro hermanos», pensaba, sin atreverse a mirar los oficios fúnebres que se estaban llevando a cabo.

Ludovico era el segundo hermano de cinco. El mayor se llamaba Leonardo y había nacido dos años antes que él, cuando su madre contaba con tan solo 15 años de edad. Él nació dos años después y sus tres hermanos menores también nacieron en intervalos de dos años. Su madre había fallecido poco después del parto de su hermano más joven, Segismundo.

—¿Qué te pasa? —le preguntó Ludovico di Leonardo, el padre de Ludovico—. Estate atento a las exequias.

—No puedo, padre —le respondió.

Al advertir las lágrimas que resbalaban por la mejilla de su hijo, lo arropó.

—La muerte no significa la desaparición de una persona, sino que su alma se eleva a los cielos, separándose de su cuerpo. Tu madre no está muerta, tan solo ha trascendido y nos estará esperando cuando llegue nuestra hora.

—Sí, pero, ¿por qué se ha marchado tan joven?

—Los designios del Señor son inescrutables. Sabíamos que esto iba a suceder. Piensa en Simonetta Vespucci, la musa de Sandro Botticelli. Nadie se lo podía imaginar, pero murió hace bien poco, también con 23 años de edad, como tu madre. ¿Casualidad? No creo. Nunca podemos saber cuándo el Señor nos llamará a su lado.

Ludovico di Leonardo, el padre, era un gran creyente cristiano que había intentado inculcar esa pasión a sus hijos, con resultados desiguales. Su hijo Ludovico creía en Dios, pero, ¿por qué tenía que cometer esas crueldades? Si tan bondadoso era, ¿por qué la había apartado de sus brazos tan joven? No le importaba en absoluto la coincidencia en la edad de la muerte de su madre con la tal Simonetta Vespucci. Ese pensamiento no le aportaba ningún consuelo. Intentó que sus reflexiones no se revelaran en su rostro. Su padre le hubiera castigado y era lo último que deseaba en este preciso instante de profundo dolor.

Se limpió las lágrimas con la manga de su jubón e intentó simular que seguía atento al funeral de su madre. No pudo evitar mirar a su alrededor. Además de su padre, de sus hermanos y de los oficiantes religiosos, no habría más de una docena de personas presentes en el modesto cementerio de Settignano. «Si tan importante es nuestra familia, ¿por qué hay tan pocas personas asistiendo al funeral de mi madre?», pensó, amargamente. «¿Es cierta la historia que siempre nos ha contado mi padre?».

Encontró un pensamiento que, aunque también doloroso, le sirvió como vía de escape.

Si procedían del conde de Canossa, ¿por qué ese no era su apellido? ¿Por qué no conservaban ningún título nobiliario? Recordaba que su padre, en sus explicaciones, les contaba que su familia no procedía de Florencia. De hecho, él había nacido en Caprese, una villa de la Toscana, aunque se habían trasladado con posterioridad a Florencia, donde residían en la actualidad. Su padre les había explicado que no conservaban su apellido familiar porque, cuando se establecieron en la ciudad, optaron por otro que era muy común entre los *«Signore»* de Florencia, que eran los miembros de la suprema magistratura. El apellido que adoptaron fue Buonarroto. Además, el Papa les permitió llevar en su escudo de armas familiar las mismas armas que la Casa de Medici. Así, en la actualidad, la Casa de Canossa ya no existía y pasaron a llamarse la Casa de Buonarroti Simone, este último apellido en honor al primer miembro de la familia en instalarse en Florencia.

«¿Todo lo anterior era cierto?», se preguntaba ahora mismo Ludovico. La muerte de su madre había abierto su mente y ya no lo tenía nada claro.

Sin embargo, una chispa acababa de nacer en su interior.

«Desde hoy mismo, adoptaré mi primer nombre. Ya no quiero que me llamen Ludovico, como mi padre», pensó, orgulloso.

Con seis años de edad, nació el verdadero Michelangelo Buonarroti.

Una estrella se iluminó en el cielo.

2 EN LA ACTUALIDAD, ST. PATRICK'S HOSPITAL, DUBLÍN, IRLANDA, 8 DE ENERO

Abrió los ojos.

«¿Dónde estoy?», fue su primer pensamiento consciente. En cuanto levantó la vista, la respuesta se le hizo evidente.

Estaba claro que aquello era un hospital.

Volvió a cerrar los ojos.

Intentó recordar.

No le costó demasiado. En cuanto comprendió que hacía allí, intentó incorporarse de la cama, espantada.

No pudo, pero una enfermera advirtió su intento.

—¡Doctora! —oyó gritar—. ¡Se ha despertado!

De repente, se vio rodeada por lo que suponía era personal del hospital, todos vestidos con unas impersonales batas verdes. Entre ellos, apareció una mujer de unos cuarenta años, vestida con una bata blanca impecable, muy alta y con el pelo corto. Destacaba sobre todos los demás y desprendía un aire de autoridad. Más que una médica, como lo debía de ser, parecía una militar.

Antes de presentarse, le deslumbró con una pequeña linterna. Supuso que estaba apuntando a sus pupilas para comprobar su dilatación. En un momento, todas las personas que habían acudido a su lado comenzaron a tomarle la tensión y el resto de las constantes vitales.

—¿Puede hablar? —le preguntó la mujer de la bata blanca.

Aunque estaba un tanto confusa por la situación, no comprendió las palabras de la doctora.

—¡Pues claro! —exclamó—. ¿Por qué no iba a poder hacerlo?

La médica pareció sorprendida.

—¿Sabe quién es?

—Claro. ¿Por qué me habla y me mira de esa manera tan extraña?

—¿Recuerda lo que te ha traído hasta aquí? —continuó preguntando la doctora, que parecía asombrada.

—Perfectamente.

La médica parecía incrédula.

—Es sorprendente —dijo.

—¿Por qué me prestan todos tanta atención? ¿Qué es lo que es sorprendente?

—Tranquila, es sorprendente para bien. Generalmente, las personas que han sufrido un traumatismo tan severo como el suyo presentan amnesia o lagunas mentales. Sin embargo, usted parece conservar su memoria intacta nada más recuperar el conocimiento.

—Es cierto. Me acuerdo de todo.

—Doctora Shackleton, todos sus valores entran dentro de la normalidad —dijo una de las enfermeras.

—¿Shackleton? ¿No será, por casualidad, descendiente del famoso explorador inglés del ártico, Ernest Shackleton?

La doctora se permitió una tímida sonrisa.

—Ya veo que es cierto que estás recuperada. Para empezar, Sir Ernest Henry Shackleton era de ascendencia irlandesa, como toda mi familia. Yo soy la bisnieta de su hermano menor, Francis Richard Shackleton. Mi nombre completo es Dorah Marie Shackleton.

De repente, la paciente se empezó reír.

—¡Por favor! —dijo, a duras penas—. Esas cosas no se hacen.

—¿A qué se refiere exactamente? —le respondió la doctora, con un gesto serio.

—Es usted *Dora la exploradora*, como la protagonista de la famosa serie de dibujos animados para niños, pero con treinta años más. ¿Dónde se ha dejado su mochila? Recuerdo que siempre quería ir «a la montaña más alta». Aunque me pilló mayor, aún llegué a ver algún capítulo en la televisión.

—Muy graciosa.

—¿No tendrá también un primo llamado Diego?

—Esa broma ya me cansa. Es evidente que yo no seguí los pasos del hermano de mi bisabuelo, porque soy la doctora asignada a su caso. Por otra parte, no me parece afortunado ni recomendable burlarse de la persona que se está haciendo cargo de su recuperación. ¿Me entiende?

—¡Caramba con Dorah! Para ser una solterona, tiene carácter.

—¿Cómo sabe que no estoy casada?

—Porque entonces no se llamaría Dorah Shackleton. Habría adoptado el apellido de su marido.

La médica asintió con la cabeza. Le sirvió de recordatorio para saber quién tenía enfrente.

—¿Qué tal si nos dejamos de *chiquilladas?* Quizá así podamos avanzar.

—Vale, vale.

—¿Sabe dónde se encuentra?

—La verdad es que no —respondió, mirando de nuevo a su alrededor—. ¿Dónde estoy exactamente? Ya sé que esto es un hospital, pero me parece un tanto peculiar.

—Porque lo es. Está ingresada en el *St. Patrick's University Hospital.*

La doctora se quedó esperando alguna reacción por parte de la paciente. Lo único que vio en ella es indiferencia.

—Por la manera de mirarme, ¿se supone que esa respuesta debería significar algo para mí? —preguntó, desconcertada.

La médica hizo un gesto con la cabeza.

—Disculpe, no recordaba que no era de Dublín. Habla tan bien nuestro idioma que lo había olvidado. En Irlanda todo el mundo lo conoce. Es un hospital asociado a la mejor universidad de Irlanda, el *Trinity College.* Fue fundado en el siglo XVIII por el mismísimo Jonathan Swift, el célebre escritor satírico. Es un hospital especializado para tratar a pacientes como usted.

—Perdone, pero no lo parece. No veo el aparataje típico de las unidades de traumatología. Debería estar conectada a varias máquinas para monitorizar mis constantes vitales, y veo que tan solo tengo un gotero, supongo que para alimentarme. Me parece un entorno muy básico para una persona que acaba de sufrir un traumatismo severo, según sus propias palabras.

—¿Me permite? —le preguntó la doctora Shackleton, señalando un rincón de la cama. Parecía que quería sentarse junto a ella.

—Claro. Como si estuviera en su casa —le respondió. Seguía un tanto descolocada por la situación.

La médica se sentó.

—¿Sabe qué día es hoy? —le preguntó.

—No exactamente, pero recuerdo que los hechos sucedieron el día 4 de noviembre por la tarde. Me ha dicho que he permanecido inconsciente. Sumando eso a las excesivas atenciones que acabo de recibir cuando he recuperado el conocimiento, supongo que habrán trascurrido un mínimo de un par de días, quizá incluso tres o cuatro, por lo que calculo que hoy debe ser 7 u 8. ¿Me equivoco?

Para su sorpresa, Dorah la tomó por una mano.

—No en el día, eso lo ha acertado. Hoy es 8, pero de enero, es decir, justo dos meses más.

—¡Dos meses inconsciente! —exclamó. Su rostro reflejaba una profunda perturbación. Ahora comprendió el motivo por el que la doctora le había tomado de la mano.

—Cuando sucedieron los hechos, como bien recuerda el día 4 de noviembre del año pasado, fue trasladada al *Beacon Hospital*. Llegó casi muerta, en estado crítico vital. Su elevada presión intracraneal les obligó a intervenirle de urgencia. Afortunadamente, consiguió agarrarse a la vida y sus constantes se fueron normalizando, salvo por una cuestión. En ningún momento recuperó el conocimiento. No consiguieron que despertara del coma. Desconocían si lo iba a hacer algún día y, en el supuesto de hacerlo, si le quedaría algún tipo de secuela. Estuvo tres semanas ingresada en su unidad de cuidados intensivos. En cualquier caso, una vez estabilizada y fuera de peligro, el equipo médico consideró que era mejor para usted trasladarla a este hospital.

—¿Por qué? Tengo entendido que el *Beacon Hospital* es el mejor de Dublín.

—Desde luego es el mejor hospital privado de Dublín, pero ellos ya no podían hacer nada más por usted.

—¿Por qué? —insistió.

—Ya le habían salvado la vida, después del tremendo impacto que recibió en la cabeza, pero ese ya no era su lugar.

—Le vuelvo a hacer la misma pregunta, ¿por qué?

—Porque su problema ya no era cosa de traumatología.

—Acaba de decir que sufrí un traumatismo severo. Me acuerdo perfectamente de aquello. ¿Por qué el *Beacon Hospital* ya no era el adecuado para mí?

La doctora aplicó un poco más de presión sobre la mano.

—El *St. Patrick's* no es un hospital especializado en traumatología. Es un hospital psiquiátrico.

—¿Qué? —preguntó, completamente desconcertada.

—Tratamos a pacientes como usted.

—¿Cómo yo? ¿Qué me ocurre a mí? ¿Qué tiene que ver un traumatismo con un hospital psiquiátrico? —no entendía nada.

—Es evidente. La mandaron aquí para completar su rehabilitación, en caso de que recuperara el conocimiento. Los médicos del *Beacon Hospital*, aunque seguía en estado de coma, ya no le podían ayudar más. Conservaba intactas sus funciones vitales y cerebrales, y eso era bueno. Aún así, no podíamos estar seguros de que se despertara. Lo que le sucedió fue horrible. Estas cosas no deberían pasar.

—¿A qué se refiere exactamente? —su desconcierto se estaba trasformando en una profunda preocupación.

—Una chica joven como usted nunca debería intentar hacer eso, con toda la vida por delante.

—Perdone, ¿hacer qué?

—¿No decía que lo recordaba todo perfectamente? Ese día 4 de noviembre, como bien recuerda, se intentó suicidar.

Un escalofrío recorrió su espina dorsal.

—¿Qué tontería es esa? —le respondió al instante, preocupada y nerviosa.

—Se arrojó a propósito frente a un *Luas*. El conductor apenas tuvo tiempo de frenar y no pudo evitar arrollarla. Tiene mucha suerte de estar viva.

La red de tranvías de Dublín se llama *Luas*. Es una palabra gaélica irlandesa, que se podría traducir por «velocidad».

Aunque a duras penas, ahora sí que consiguió incorporarse de la cama. Se soltó de la mano de la doctora.

—Escúcheme bien. Yo no me intenté suicidar tirándome frente a ningún tranvía. Salía, junto con mi hermana, del *pub «The Cat & The Horse»*, en los *Docklands*. De repente, un camión que circulaba a gran velocidad me golpeó en la cabeza. Después de eso ya no recuerdo nada más, pero de lo anterior estoy completamente segura. Lo recuerdo como si hubiera sucedido ayer.

—Vaya —dijo la doctora, levantándose de la cama—. Pues parece que no está tan recuperada como aparentaba en un principio.

Ahora comenzó a preocuparse de verdad.

—¿Y mi hermana? ¿Cómo se encuentra ella?

La médica hizo un gesto negativo con la cabeza.

—¿Qué hermana? —le preguntó.

—Escuche, doctora Shackleton. Le repito que el día 4 de noviembre estábamos mi hermana y yo tomando unas pintas de cerveza, en compañía de una nueva amiga. Tengo que reconocer que nos pasamos un poco con la bebida. Salimos a la calle y nos pusimos a bailar. Vimos venir a un camión a lo lejos, pero pensamos que nos habría visto. Supongo que la oscuridad de la calle y su excesiva velocidad hizo el resto. Ambas fuimos golpeadas con fuerza. Eso fue exactamente lo que sucedió.

La doctora le miraba con un extraño gesto.

—No, eso no fue lo que pasó. Quizá tenga un bloqueo mental que le ha implantado ese falso recuerdo, a modo de protección. En situaciones como esta, no es infrecuente que suceda. Se trata de un mecanismo de defensa que nuestro cerebro activa, para alejar los recuerdos que nos pueden perturbar. Ahora, lo último que le conviene es preocuparse. Aquí estará bien atendida hasta que su mente se recupere por completo.

—¡No, no! —exclamó, desesperada.

—Le acabamos de administrar un sedante —le dijo la doctora—. Debe descansar un poco, a ver si su mente se va reponiendo.

—¿Descansar? ¡Pero si llevo dos meses haciéndolo!

—No, lleva dos meses en estado de coma, que no es lo mismo. Acaba de recuperar el conocimiento, pero debe de recuperar también los recuerdos. No es un proceso sencillo y, como ya le he dicho, lo último que le conviene es alterarse.

—¿Alterarme? Me acaba de decir que he intentado suicidarme. ¿Cómo quiere que no me altere? ¡Le aseguro que yo jamás haría eso!

—Descanse —le respondió la médica—. Mañana continuaremos la conversación. Estoy segura de que recordará algo más.

La somnolencia se estaba apoderando de ella, pero aún tuvo tiempo de un último pensamiento antes de quedarse dormida.

«¿Qué está pasando aquí que no comprendo?».

3 FLORENCIA, REPÚBLICA FLORENTINA, 1482

—No te puedes quedar conmigo.

—¿Por qué?

—Sabes que lo he intentado, pero, por mi trabajo, no te puedo prestar la atención que mereces.

—¿Tu trabajo?

—No te voy a engañar, Ludovico.

—Michelangelo —le corrigió.

—¿Por qué te has empeñado en adoptar ese nombre? Es cierto que tu nombre completo es Michelangelo di Ludovico Buonarroti Simoni, pero en la familia siempre te hemos llamado Ludovico, al igual que mi nombre es Ludovico di Leonardo Buonarroti Simoni, pero se me ha conocido por Ludovico. Es un nombre de triunfadores.

—Pues yo quiero ser recordado como Michelangelo Buonarroti a secas. No sé si será un nombre de triunfador o de perdedor, pero no me importa —le respondió con determinación aquel niño de siete años de edad—. Además, no me has contestado.

El padre frunció el ceño. Estaba claro que desaprobaba la decisión de su hijo, pero tuvo claro que la determinación que veía en sus ojos no la iba a cambiar. Decidió explicarle lo que debía saber desde hace tiempo y no le había contado.

—Ya conoces la historia de nuestra familia. Es cierto que procedemos de nobles, pero nuestra fortuna ha venido a menos. Siempre nos hemos dedicado al negocio del préstamo de dinero, hasta que, en vida de tu abuelo, todo desapareció. De la noche a la mañana pasamos de ser una familia de clase alta a unos simples miembros de la clase media, que, para poder vivir, tenían que trabajar para el gobierno en lo que hiciera falta. Precisamente por este tema estamos manteniendo esta conversación. Soy el actual magistrado de la ciudad de Caprese también el *podestà* de Chiusi della Verna. Son trabajos duros, pero están bien remunerados. Ellos son los que permiten que podamos mantener la vida que llevamos, no las herencias recibidas de nuestros nobles antepasados. Nuestro rancio abolengo nunca nos ha dado de comer. Para eso debo de trabajar.

Esa cuestión ya la había deducido el propio Michelangelo.

—¿Qué es un magistrado y un *podestà*? —preguntó.

—Significan lo mismo, administrador judicial. Magistrado se emplea para las poblaciones más importantes y la palabra *podestà* procede de la Edad Media, pero quiere decir lo mismo. Se suele emplear para villas de menor entidad.

—¿Y por eso no me puedo quedar contigo?

—Ya te he dicho que mi trabajo es duro. Me obliga a desplazarme continuamente. No hace falta que te lo recuerde, ya lo ves por tus propios ojos. Por otra parte, ya te criaste en Settignano. Creo que conoces bien la villa y a tu nodriza, que siempre te trató con mucho cariño durante la enfermedad de tu madre. Ella no te podía amamantar, por lo que fue la leche de la nodriza la que te sacó adelante.

—Precisamente por eso no quiero estar aquí. Me trae recuerdos que no quiero rememorar.

—Me temo que no es una sugerencia. Por otra parte, Settignano se encuentra a pocos kilómetros de Florencia. Te visitaré con frecuencia.

Michelangelo sintió lo mismo que cuando falleció su madre. Ella había muerto y ahora su padre lo abandonaba. No pudo evitar que una lágrima se le escapara.

Su padre lo advirtió, al igual que lo hizo en el sepelio de la madre. Lo abrazó de nuevo.

—A mí no me has perdido. Te criarás aquí tan solo durante unos pocos años y te visitaré con toda la frecuencia que pueda. Además, te prometo que volveré a por ti cuando tengas la edad adecuada para comenzar tus estudios. No soy idiota y me he dado cuenta de que, debajo de esa apariencia de fragilidad, se esconde una gran mente que triunfará en la vida.

«Pues no lo parece, porque todos me abandonan», pensó Michelangelo, abatido.

Ludovico hizo un gesto y la antigua nodriza de su hijo acudió a su encuentro. Se trataba de la hija de un maestro cantero. La villa de Settignano era conocida por sus famosas canteras de mármol y casi todos sus habitantes vivían de ellas.

—Hola, Michelangelo —le saludó Beatrice—¿Te acuerdas de mí?

Michelangelo no tenía nada en contra de su nodriza, Beatrice. No podía olvidar que lo había amamantado durante la enfermedad de su madre, y lo había hecho con cariño, pero no conservaba recuerdos agradables del final de aquella historia.

—Hola, Beatrice —le respondió—. ¿Cómo te voy a olvidar?

—Lo vamos a pasar muy bien juntos. ¿No me piensas abrazar?

Michelangelo lo hizo, más bien por una cuestión de cortesía que por propia iniciativa.

—Te aseguro que el tiempo se te va a pasar volando. Ya eres un año mayor desde la última vez que te vi, y se nota en tu mirada. Visitaremos las canteras y aprenderás un montón de cosas divertidas —dijo Beatrice, que había notado el poco entusiasmo del joven.

«¿Divertidas unas canteras de mármol?», pensó Michelangelo. «No se me ocurre otra cosa más aburrida».

Ahora fue su padre el que lo abrazó por última vez antes de partir.

—¿Cuándo te volveré a ver?

—Muy pronto, te lo aseguro.

Así permanecieron durante casi un minuto. Ludovico se separó de su hijo y se le quedó mirando.

—Quizá te parezca una despedida, pero no lo es. Quizá te parezca aburrido lo que vas a hacer en Settignano, pero tampoco lo será. En realidad, nada en tu vida lo será.

Michelangelo se quedó mirando a su padre sin terminar de comprenderlo. Lo volvió a abrazar, esta vez brevemente, y se despidieron.

«¿Hasta cuándo?», pensó Michelangelo.

La vida da muchas vueltas, y muchas de ellas son inesperadas. Eso es lo que le sucedió a Michelangelo. Jamás se pudo esperar lo que le iba a suceder durante aquellos años. Al principio añoraba a su padre y vivía para esperar sus visitas. No obstante, no sabría decir cuando ocurrió, su mente cambió.

De repente, se sintió feliz.

Eso era algo que no esperaba que sucediera.
La vida es muy caprichosa.

4 EN LA ACTUALIDAD, ST. PATRICK'S HOSPITAL, DUBLÍN, IRLANDA, 9 DE ENERO

—¿Se encuentra mejor esta mañana?

Rebeca escuchó la pregunta mientras intentaba despertarse. Después de un pequeño esfuerzo, logró abrir los ojos por completo.

—¡Doctora Shackleton! —exclamó.

—Aquí todo el mundo me conoce por Dorah a secas. Creo que será mejor que me tutees y así yo también lo haré contigo. Será más cómodo, ya que vamos a pasar una temporada juntas.

«No lo creo», pensó Rebeca.

—¿Te puedo llamar Sir Ernest o queda demasiado formal? —le preguntó—. Perdona que te lo diga, pero tienes un aspecto imponente. No pareces una médica, te pareces más a una exploradora ártica. Me recuerdas a una amiga de España llamada Carmen. Trabaja en los archivos del ayuntamiento de mi ciudad natal, pero luego me enteré que había estudiado medicina.

—Según tú, ¿cómo se suponen que deben de ser las médicas? ¿Menudas, con gafas y con aspecto de *empollonas*? Me parece un prejuicio impropio de una joven como tú, a la que suponía con una mentalidad más moderna.

—No, no —le respondió Rebeca—. Siento si te he vuelto a ofender. En realidad, a mí también me pasa algo parecido. Escribo artículos de historia en un periódico bajo un seudónimo, y la gente también se suele imaginar que soy un venerable anciano con el pelo blanco. Cuando me conocen, no se creen que sea yo la autora de las historias que escribo.

La médica sonrió.

—Disculpas aceptadas. Supongo que es preferible que me llames Sir Ernest a *Dora la exploradora*. Aunque estoy orgullosa del hermano de mi bisabuelo, si no te importa, prefiero Dorah a secas.

—Lo que usted ordene, Dorah —confirmó Rebeca.

—Te había preguntado si te encontrabas mejor esta mañana, pero es evidente que tu mente parece más lúcida.

Desde luego que lo estaba. El descanso le había sentado de maravilla, aunque aún se encontraba algo confusa.

—¿Te puedo pedir un favor, Dorah? —le preguntó Rebeca—. No me des más sedantes. No los necesito. Te aseguro que duermo estupendamente sin ningún tipo de medicación. Tan solo consiguen aturdirme.

—Está bien —respondió la doctora, después de una pequeña pausa—, pero me tienes que prometer que seguirás mis instrucciones. Debes recuperar la memoria y no sabemos cuándo sucederá eso. Puede ser un proceso lento y hay que estar preparada anímicamente.

Rebeca la miró desafiante.

—Me llamo Rebeca Mercader y tengo veintitrés años. Nací en Valencia, España. Llegué a Dublín a primeros de julio del año pasado y tengo un apartamento en los *Docklands*, donde resido. Como supongo que ya habrá fisgado en mi bolso, soy diplomática rusa. ¿Le doy la impresión de que debo recuperar la memoria?

La médica sonrió.

—¿Has oído hablar de la amnesia o memoria disociativa?

—Soy historiadora, no psiquiatra.

—La memoria es la capacidad de fijar, conservar y evocar las vivencias que una persona acumula en su vida. Sin embargo, la información no es casi nunca una grabación fotográfica. Con esto te quiero decir que los recuerdos no constituyen una reconstrucción fiel del pasado, sino una representación.

—O sea, que sigue sin creerme. Piensa que lo que le conté ayer fue una representación, como una obra de teatro.

—No, no es eso. Cuando una persona sufre un suceso traumático severo, básicamente la mente puede reaccionar de dos maneras diferentes. Por ejemplo, un intento de suicidio puede esconder muchas cosas detrás, pero es evidente que la principal es una rotura en el sentimiento de seguridad de una persona. Algunas de ellas lo magnifican y no son capaces de enfrentarse a su acción. Pueden llegar a un extremo en el que pierdan la confianza en sí mismas. Es una situación muy grave y delicada, ya que desconoces cómo pueden reaccionar en el futuro. Sin embargo, también puede suceder lo contrario. Aquí entra en juego la amnesia disociativa de la que te hablaba. Te pongo otro ejemplo. En ocasiones, las víctimas de abusos sexuales continuados durante la infancia, tienden a sepultarlos en su mente, por la carga emocional negativa que ello conlleva. Sin embargo, son perfectamente capaces de recordar hechos no traumáticos que sucedieron en las mismas fechas. El cerebro trata de protegerse. Es decir, con frecuencia, las víctimas olvidan lo que deberían recordar.

Rebeca permaneció durante un momento en silencio, pensando en la explicación que acababa de escuchar. A pesar de todo, seguía incrédula.

—¿Cree que puedo recordar todos los detalles de mi vida y simplemente olvidar que me intenté suicidar? ¿En serio le parece normal, amnesias disociativas aparte?

—No eres la primera ni serás la última, por desgracia. Es más habitual de lo que quizá puedas suponer. Ya sé que ahora estarás confusa. Piensa que te despertaste ayer mismo de un coma de algo más de dos meses. No quieras correr demasiado.

Eso era precisamente lo que quería hacer Rebeca, correr.

—Entonces, este hospital, ¿es un centro de reclusión para locos?

La doctora Shackleton sonrió en un principio, aunque su rostro cambió al responder.

—¡Claro que no! —exclamó con severidad—. Es un hospital especializado en enfermedades psiquiátricas. Nuestros pacientes no son «locos», como tú afirmas de forma despectiva. Son enfermos que ingresan de forma voluntaria para recuperarse de sus dolencias. Existen las heridas físicas, pero también las emocionales, que requieren igualmente de cuidados médicos. No deberías volver a emplear esa expresión, es despectiva y denigrante.

—Lo siento, parece que me he despertado un tanto impertinente. No pretendía ofender a tus pacientes ni al hospital. El sentido de mi pregunta es que si era libre o estaba ingresada de forma forzosa. De tus palabras, deduzco que soy libre.

—Por supuesto. Esto no es una cárcel. Tan solo queremos ayudarte.

—¿Y si yo no quiero ayuda?

—Ya te he dicho que eres libre, pero llevas dos meses postrada en una cama. Ya no se trata tan solo de que no recuerdes lo que te sucedió. Necesitarás rehabilitación física para recuperar la masa muscular y poder hacer vida normal.

Rebeca recordó lo que le costó ayer incorporarse de la cama. Pensó que no sería capaz de andar con normalidad.

—¿Puedo hacer una llamada telefónica?

—Ya te he dicho que esto no es una cárcel. Puedes comunicarte con quien quieras, las veces que quieras.

—¿Serías tan amable de acercarme mi bolso? Dentro está mi móvil.

—Claro —le respondió la doctora, mientras se lo entregaba.

Rebeca revolvió en su interior hasta encontrar el teléfono. Encendió el teléfono y marcó el número de su hermana Carlota.

Nada.

Escuchó la locución habitual de «lo sentimos, este número no se corresponde con ningún abonado».

La doctora no se había movido de su posición.

—Al ver mi pasaporte diplomático ruso, ¿se han puesto en contacto con la embajada en Dublín? —le preguntó.

—Eso es cosa de la *Garda Síochána,* es decir, de la policía irlandesa. Nosotros somos médicos, no investigadores. Supongo que la persona asignada a tu caso lo habrá hecho, pero por aquí no ha venido nadie de tu embajada a visitarte, si eso es lo que querías saber.

—Ahora que nombras las visitas, ¿ha venido alguien a verme durante todo este tiempo? —le preguntó.

—¡Por supuesto! ¿Qué clase de pregunta estúpida es esa? Tu familia ha estado a tu lado desde el primer momento.

—¿Mi familia?

—Tu tía Margarita te acompañó las primeras tres semanas en el *Beacon Hospital,* cuando te encontrabas en estado crítico. No se separó de tu lado. También te ha visitado aquí en un par de ocasiones. La última vez, apenas hace unos días, vino acompañada por el embajador español en Irlanda y por el comisionado de la *Garda,* es decir, el jefe de la policía irlandesa. Parece que los tres se conocían con anterioridad a tu intento de suicidio. Supongo que tu tía y tú debéis de ser importantes para que se desplacen semejantes personalidades hasta el *St. Patrick's*. Como comprenderás, no es un hospital muy popular y no acostumbramos a recibir ese tipo de visitas.

A Rebeca le había llamado la atención la expresión que había utilizado la doctora Shackleton para referirse a su tía.

—Has dicho que mi familia ha estado a mi lado, sin embargo, tan solo te has referido a mi tía. ¿Por qué has empleado el término «familia» en lugar de decir «mi tía»? Generalmente, cuando se utiliza la palabra «familia» es para referirse a más de una persona.

La médica sonrió de nuevo.

—Ya me habían dicho que eras muy perspicaz.

Rebeca permaneció en silencio, mirando fijamente a los ojos de la doctora. Tenía la impresión de que la respuesta a su pregunta iba a ser importante y no se quería perder ningún detalle de la reacción de la médica. Lo primero que le sorprendió es que Dorah se acercara a su cama, como si no quisiera que su respuesta fuera escuchada por más personas.

—Tu pareja viene todos los días —le susurró.

—¿Mi pareja? —repitió extrañada Rebeca—. Yo no tengo de eso.

—No te preocupes —le respondió, en un extraño tono confidencial—. Aquí no nos metemos en la vida privada de nuestros pacientes.

Rebeca no comprendió la respuesta, a pesar de que estaba todo lo atenta que le permitía la medicación que aún corría por sus venas.

De repente, pareció entenderlo. Con notable esfuerzo, se incorporó de la cama.

—Esa supuesta pareja mía, ¿es una chica?

La doctora Shackleton sonrió.

—Veo que estás haciendo progresos con la memoria. Eso es muy buena señal.

«¿Progresos? ¡Y un carajo!», pensó Rebeca.

—Por casualidad, ¿no será pelirroja? —continuó preguntando.

—¡Estupendo! —exclamó Dorah—. La recuerdas.

Rebeca tomó de nuevo su móvil y le mostró una fotografía a la doctora.

—¿Se trata de esta persona?

La médica se quedó mirando la pantalla durante un instante.

—No.

—¿Estás completamente segura?

La doctora volvió a mirar la fotografía.

—No lo parece, desde luego. La altura es similar y también tiene los ojos azules y es pelirroja, pero su rostro no es el mismo.

—¿Podría llevar algún tipo de caracterización?

—¿Qué clase de pregunta más extraña es esa? ¿Para qué se iba a disfrazar tu pareja para visitarte en el hospital?

—Por favor, contéstame. Es más importante de lo que te puedes imaginar.

Dorah se quedó pensativa.

—Bueno, como mera posibilidad, podría ser. Viene todas las mañanas muy abrigada y con chaquetas que le cubren parte de la cara, pero eso no es extraño. Diciembre y enero son meses fríos y lluviosos en Dublín. Además, como comprenderás, no le presto demasiada atención. Mi obligación es atender a los pacientes y no a sus visitas. Pero, te repito, ¿para qué querría disfrazarse si la entrada a este hospital es libre? Ni siquiera pedimos la identificación a los visitantes.

—Entonces, ¿cómo sabe que es mi pareja y no otra persona haciéndose pasar por ella, por ejemplo?

—Bueno, es evidente —respondió la doctora—. Acude todos los días, se sienta a tu lado y te toma de la mano. En ocasiones, a pesar de estar en coma, parece hablarte con mucho cariño, como pretendiendo que la escuches. Me parece una actitud muy cercana para no ser tu pareja.

—También podría ser mi hermana —le respondió Rebeca, que parecía incrédula—. Ese comportamiento cariñoso también podría ser de ella, en teoría.

La doctora hizo un gesto negativo con la cabeza y le sacó de dudas.

—Como comprenderás, el primer día que vino le pregunté si era familia tuya. Al principio se mostró muy tímida, pero me contestó que no lo era de forma directa. Cuando le pregunté qué relación tenía contigo, me confesó que era tu pareja, nada de hermana. Además, los hechos posteriores lo corroboraron.

Rebeca estaba pasmada.

—¿Has dicho que viene todas las mañanas? —preguntó Rebeca, ahora excitada.

—Sí, desde el primer día que fuiste trasladada aquí. En tu periodo en el *Beacon Hospital* no lo sé.

—Entonces, ¿vendrá hoy?

La doctora sonrió.

—La bella durmiente no ha mirado su reloj. Es casi mediodía. Hoy ya ha venido. He hablado con ella y le he dado la buena noticia de que te habías despertado. Se ha puesto muy contenta. Mañana la podrás ver, después de dos meses. Supongo que será un momento muy especial.

¿Lo iba a ser?

5 SETTIGNANO, REPÚBLICA FLORENTINA, ENTRE 1483 Y 1486

—No me lo creo. ¿De dónde la has sacado?

—Del interior de un bloque de mármol. Ella no lo sabía, pero estaba escondida allí dentro.

—¡Michelangelo! ¡No me hace ninguna gracia que me engañes! —le regañó Beatrice, disimulando una sonrisa en su rostro.

—Te lo juro. Tan solo he tomado prestado este cincel del taller de tu esposo.

Beatrice estaba observando una pequeña rosa tallada en mármol. Aunque de pequeño tamaño, su belleza era indescriptible. Hasta sus pétalos parecían mecerse con la brisa de la mañana.

—¿Esto lo has esculpido tú? —Beatrice seguía incrédula.

—No he esculpido nada. Me he limitado a sacarla de un pequeño bloque de mármol que les ha sobrado en la cantera, esta misma mañana.

—¿Esta misma mañana? —repitió Beatrice, que se asombraba cada vez más.

—Sí. Apenas me ha costado un par de horas. Es muy sencillo. Por otra parte, ¿de qué te asombras? En esta villa tenéis esculturas de mucho más tamaño y belleza que esta pequeña rosa. No es nada. No tiene ningún mérito.

—¿Qué no es nada? —siguió Beatrice—. Esas esculturas de las que hablas, que están en el jardín, fueron esculpidas por los hermanos Antonio y Bernardo Rossellino hace más de cincuenta años. Nacieron en Settignano, aunque luego continuaron con su obra fuera de esta villa. Antonio trabajó en Florencia y Nápoles y Bernardo se dedicó sobre todo a la arquitectura. Construyó el *Palazzo Rucellai* y levantó, con los bocetos de Filippo Brunelleschi, la famosa *Basílica de Santa*

Croce. Son considerados dos maestros del renacimiento italiano. Tan solo compararte con ellos ya es un atrevimiento.

—Sí, algo así me imaginaba. Me he inspirado en sus obras. Me encanta pasear por el jardín, pero no me fijo en las plantas ni en las flores. No me interesan. Lo hago en las esculturas. Podría estar todo el día mirando tan solo una de ellas. Dices que nacieron aquí, ¿podría hablar con ellos?

Beatrice no salía de su asombro.

Ambos fallecieron hace bastantes años —contestó, con cara de pasmada—. ¿Te haces una idea del tiempo que los llevó decorar los jardines de esta villa?

—¿Cinco meses? —se aventuró Michelangelo.

—¡Cinco años! —exclamó Beatrice—. Para tu conocimiento, hay unas veinticinco esculturas en esta propiedad. Estuvieron trabajando en ellas durante cinco años, cuando tenían quince más que tú. ¿Y me quieres convencer que has esculpido esta rosa en apenas dos horas?

—¿Por qué te iba a engañar? Le puedes preguntar a tu esposo. Él me ha dado el pequeño bloque de mármol. Además, esta rosa es diez veces más pequeña que cualquiera de las esculturas de este jardín.

«¡Y diez veces más bella!», pensó Beatrice, aunque no lo dijo. Decidió cambiar de tema. No se sentía cómoda con la conversación.

—Tu padre vendrá esta semana. Querrá saber qué progresos has hecho con tus estudios.

—No te preocupes por eso, Beatrice. Cuando termino con mis obligaciones diarias, me paso por la cantera y hablo con los maestros. Es un mundo apasionante.

Beatrice sentía lo mismo, pero debía de asegurarse que el joven Michelangelo se formara en letras, que era el deseo de su padre Ludovico. De hecho, tenía planes para él cuando cumpliera un par de años más.

—¿Estás seguro de que sabrás estar a la altura cuando tu padre te visite? —le preguntó.

—El estudio de la gramática es aburrido y convencional, pero no deja de ser sencillo por su naturaleza repetitiva. No me cuesta gran cosa memorizarlo, pero no tiene ningún aliciente para mí. ¿Qué tiene de creativo? Se trata de reglas establecidas hace siglos que apenas han sufrido cambios. En el fondo, lo hago por complacer a mi padre, pero no encuentro ningún placer en su estudio. Hay mil veces más belleza en el aleteo de una simple mariposa.

—No debes contravenir los deseos de tu padre —le dijo Beatrice, que, no obstante, se sentía plenamente identificada con las palabras de Michelangelo.

—Y no lo hago en el presente.

—¿Eso qué quiere decir? ¿Qué sí lo harás en el futuro?

—El futuro aún no ha llegado. Vivamos el presente y no nos preocupemos por lo que vendrá.

—Pero hemos de prepararnos para el futuro —protestó Beatrice.

La mejor manera de prepararnos para el futuro es siendo sus creadores, no meros testigos de los acontecimientos que sucederán a nuestro alrededor —le respondió Michelangelo, aguantándole la mirada.

Beatrice sintió un escalofrío. Sabía perfectamente lo que significaban las palabras de Michelangelo. Esa misma mirada la había visto en otras personas. A pesar de ser nodriza y la esposa de un simple maestro cantero, le gustaba mucho el arte y sabía reconocer el talento.

Ese talento que poseía Michelangelo no estaba pensado para ser desperdiciado estudiando gramática. Sabía que su creatividad se acabaría imponiendo.

Eso era lo que temía. Por lo menos esperaba que, cuando eso sucediera, se encontrara lo más alejado posible de Settignano.

—¿Sabes? —la despertó Michelangelo de sus pensamientos—. Cuando mi madre estuvo enferma, tú me amamantaste y me criaste, junto a mi pobre madre, que bastante hacía con arroparme en mis momentos de debilidad. Creo que tu leche me trasmitió el amor por el mármol y los cinceles. Quizá, sin ser consciente de ello, cambiaste mi naturaleza para siempre.

Beatrice, que en el fondo estaba emocionada por las palabras de Michelangelo, iba a protestar. No podía permitir que la voluntad de Ludovico fuera alterada por cualquier circunstancia. Si su padre quería que estudiara letras, ella no podía ser ningún impedimento.

Antes de que le diera tiempo a hablar, Michelangelo se le adelantó.

—Este es mi obsequio por todo lo que has hecho por mí —le dijo, mientras le entregaba con delicadeza la rosa que había tallado unas horas antes.

Beatrice la tomó entre sus manos y no pudo evitar que unas lágrimas se derramaran por sus mejillas.

Era el mejor regalo que le habían hecho en su vida.

«¿Adónde llegará este chiquillo de imaginación desbordada y corazón tan bondadoso?».

En estos momentos, ni ella ni nadie se lo podían imaginar.

La vida es muy caprichosa.

6 EN LA ACTUALIDAD, ST. PATRICK'S HOSPITAL, DUBLÍN, IRLANDA, 10 DE ENERO

Rebeca apenas durmió. Había rechazado tomar cualquier tipo de tranquilizantes. Quería estar despierta y despejada cuando llegara su supuesta pareja.

—¿Has dormido bien? —escuchó a la doctora Shackleton. La sacó de sus pensamientos.

—Sí —mintió.

—Estupendo, porque esta mañana te espera una sorpresa.

Rebeca sonrió.

—Estoy deseando ver a mi pareja —dijo, con toda la melosidad que pudo fingir.

—No, no me refería a esa sorpresa. Cuando te despertaste, avisamos de inmediato a tu tía Margarita Rivera. El primer día que te visitó nos dio instrucciones expresas para que la avisáramos si tu estado sufría algún cambio significativo. Como comprenderás, cuando le dimos la noticia, se llevó una gran alegría. No creo que tarde en llegar.

—¡Qué bien! —exclamó Rebeca, que no había dejado de fingir desde que se había despertado. Había hecho planes diferentes a recibir la visita de su tía Tote, que era el diminutivo por el que era conocida. Suponía que quién la había estado visitando todos estos días era su hermana Carlota. «¿Qué otra pelirroja y con ojos azules se iba a interesar por mí de esa manera, visitándome a diario?», pensó. Eso podría significar que estaba viva, a pesar de que la vio morir enfrente de ella. No tenía explicación para ello, pero le reconfortaba agarrarse a esa posibilidad, aunque no la comprendiera.

—¿Te sucede algo? —le preguntó la doctora, que había notado la turbación de Rebeca.

—No —volvió a mentir por enésima vez—. Lo que me pasa es que esperaba ver a mi pareja. No es que no me haga ilusión volver a ver a mi tía, pero...

—Te comprendo —le interrumpió Dorah—, pero tu tía tiene prioridad absoluta sobre todas las demás visitas. Así nos lo dejó muy claro el jefe de la *Garda*. Ahora que te has despertado, ya tendrás tiempo de sobra para reunirte con tu pareja más adelante.

—¿Cómo se llama?

—¿Quién? —la doctora no había comprendido la pregunta de Rebeca.

—Estamos refiriéndonos a mi pareja como «mi pareja», como si no tuviera un nombre propio. Supongo que, si ha hablado con ella como me ha reconocido, no se habrá dirigido a ella como «la pareja de esa chica que está postrada en la cama como un vegetal».

La doctora Shackleton se rio.

—No, claro —respondió—. Por supuesto que tiene un nombre.

—¡Rebeca! —escuchó desde la distancia.

Era su tía Tote. Casi parecía venir a la carrera. Se abalanzó sobre ella y le dio un gran achuchón, estrujándola.

—No es conveniente que... —empezó a decir la doctora.

—¡Por favor! —exclamó Tote, en un tono autoritario—. Este es un momento de intimidad familiar. Dejemos de lado los temas médicos mientras esté con mi sobrina. Cuando me marche, volverá a ser toda suya.

—Está bien —respondió Dorah, alejándose de ambas y dejándolas solas.

Tote se separó de su sobrina y se le quedó mirando.

—Cuando me lo dijeron, te juro que no me lo podía creer. Jamás me lo hubiera imaginado de ti. Es cierto que tu fuga de España, después del suicidio de tu amiga Almu, nos alarmó a todos. A pesar de ello, no me pude imaginar que llegarías a intentar suicidarte como Almu. Supuse que querrías estar sola y ya está. No te creía capaz de hacer algo así.

—Es que no lo hice —le respondió Rebeca, mirándola a los ojos.

Su tía se le quedó observando, extrañada.

—Cuando la doctora me llamó por teléfono para decirme que te habías despertado, no mencionó nada de posibles secuelas. De hecho, físicamente estás mejor de lo que me esperaba.

—Y también psíquicamente, pero no me intenté suicidar.

—Escucha, Rebeca. Cuando Carlota te localizó en Dublín hace unos meses, yo me enteré también. Hablé con mi colega, el comisionado Drew Harris, que es el jefe de la policía irlandesa.

—¿No me digas que me pusiste vigilancia? —preguntó Rebeca, indignada.

—¡Claro que no, tonta! Tan solo le dije quién eras, por si acaso. Recuerda que habías desaparecido sin dejar ningún rastro. Tan solo me preocupaba por ti. Por eso me enteré enseguida de lo que sucedió. A las pocas horas de ocurrir, ya estaba en Dublín.

—¿Qué te contaron?

Tote se quedó mirando a su sobrina. No tenía claro si estaba ocultando su acción o realmente no se acordaba.

—Rebeca, te arrojaste a un tranvía. ¿De verdad que no lo recuerdas?

—Tía, te aseguro que eso no fue lo que sucedió. No tengo ninguna «amnesia distópica» o cómo quiera que se llame lo que dice la doctora que sufro. Conservo mis recuerdos intactos.

—¿Y qué recuerdos son esos?

—¿Has sabido algo de Carlota durante estos meses?

—¿Por qué me haces esa pregunta tan extraña?

—Parece un duelo de preguntas —sonrió Rebeca a desgana—. Anda, ¿qué sabes de Carlota?

—No te debería contestar. Hace apenas dos días que saliste de un coma de dos meses. Creo que tu prioridad debe ser recuperarte del todo y no que yo te responda preguntas acerca de tu hermana.

—Ya lo has hecho —le replicó Rebeca—. No sabes nada de ella, ¿verdad?

—No, no sé nada. ¿Y qué?

—No sabes nada de ella porque está muerta.

—¿Qué? —preguntó Tote, desconcertada ante la estrafalaria afirmación de su sobrina.

Rebeca le relató cómo sucedieron los hechos en la realidad. Su juerga en el *pub* y su posterior salida a la calle, donde fueron arrolladas por un camión.

—Carlota fue embestida frontalmente. Vi cómo murió. Supongo que a mí me golpearía con el espejo retrovisor exterior o algo así. Perdí el conocimiento casi de inmediato, pero me dio tiempo a ver cómo Carlota era arrollada.

Tote se quedó mirando a Rebeca con una expresión difícilmente descriptible.

—No sé qué decir —dijo, al fin.

—¿Te preocupas por mí y no lo haces por la desaparición de Carlota? —insistió Rebeca.

—Ya conoces a tu hermana. No es tan extraño que se corra alguna juerga y esté algunos días ilocalizable.

—¿Una juerga de dos meses? ¿En serio? ¡Valiente estupidez! ¡En la vida ha sucedido eso y lo sabes!

Tote tenía el semblante serio.

—Si fuera cierto lo que tú dices, ¿no crees que un accidente como ese no hubiera salido a la luz ya? Tú has estado localizada desde el minuto uno, pero, ¿y el supuesto cadáver de tu hermana? ¿Qué ha pasado con él? Los muertos no desaparecen por sí mismos.

—Como comprenderás, después de dos meses en coma, no tengo respuesta a esa pregunta —mintió a medias Rebeca, sin mencionarle las visitas diarias de esa extraña pelirroja con ojos azules.

—No tienes respuestas porque sencillamente no existen —sentenció Tote.

Rebeca empezó a perder la paciencia. Una cosa era que los médicos no la creyeran. Entraba dentro de lo lógico, porque no la conocían, pero su propia tía... eso sí que no.

—¿Y en *La Casa*? ¿No estáis preocupados? —Rebeca entró a saco. Era obvio que estaba muy enfadada.

Tote se levantó de la cama y se quedó mirando a su sobrina.

—¿Qué casa? —preguntó, evidentemente alterada.

—Venga, tía, que lo sé todo.

—¿Qué es todo?

—Trabajas para el Centro Nacional de Inteligencia español, es decir, el CNI. Lo sé desde hace bastantes años. ¿Te crees que me tragué la patraña esa de que la primera mujer en alcanzar el grado de comisaria principal de la Policía Nacional en España, la destinaran a una comisaria de provincias para encargarse de rellenar pasaportes? ¡Venga ya!

Tote se volvió a sentar.

—Bueno, supongo que, una vez más, te he minusvalorado. No debería reconocerlo, pero es cierto.

—No te preocupes. También intentaron reclutarme a mí, pero les dije que no.

—Eso no lo sabía —respondió Tote, sorprendida—. De todas maneras, ¿qué tiene que ver todo esto con tu hermana?

—Yo no acepté su propuesta, pero Carlota sí que lo hizo. Sé que trabaja para el CNI. Por eso te preguntaba si no os extrañaba que uno de vuestros activos desapareciera sin dejar rastro.

—¿Quién te ha dicho eso?

—La propia Carlota. Después de que yo rechazara el ofrecimiento del CNI, la reclutaron a ella, con tan solo nueve años de edad.

—¿En serio te dijo eso?

—Es cierto que tuve que sonsacárselo, pero, al final, confirmó mis sospechas, como acabas de hacer tú.

Tote no podía ocultar su sorpresa.

—Pues te mintió. Carlota jamás ha trabajado para el CNI.

Rebeca hizo un gesto de desdén con la mano.

—Comprendo que no puedas reconocerlo. Ya has hecho bastante con hacerlo tú, pero no cuela lo de Carlota. Tengo pruebas.

—No te estoy mintiendo. En *La Casa* no conocemos a Carlota.

—¿Te doy más datos? Es la jefa de la unidad de análisis, como nuestra madre lo fue en su día, aunque por su carácter, también colabora en operaciones especiales.

—Insisto. Carlota no trabaja para el CNI ni jamás lo ha hecho.

—Supongo que ahora seréis muchos y no os conoceréis todos entre vosotros.

—No se trata de eso.

—¿Y de qué se trata?

—Que Carlota no es la jefa de la unidad de análisis.

—¿Cómo puedes estar tan segura?

—Porque lo soy yo. Además, soy la directora de la unidad de inteligencia. No te digo que conozca a todos los agentes, porque es cierto que ya somos muchos y hay células que ni los jefes conocemos, pero sí que te puedo asegurar que tu hermana Carlota no está entre ellos. ¿No crees que una cosa así la sabría, después de más de veinte años de servicio en *La Casa* y desempeñando mi actual cargo?

Ahora fue Rebeca la que se espantó.

Su tía no le estaba mintiendo.

«Entonces, ¿qué es lo que sucedió en Cartagena hace poco más de dos meses? ¿También se lo ha inventado mi mente, como lo del suicidio?», se dijo, seriamente preocupada.

«¿Tendrá razón la doctora Shackleton y estoy sufriendo algún episodio de crisis mental? Dicen que la frontera entre la inteligencia y la locura es apenas una delgada línea roja. ¿La habré sobrepasado?». Rebeca no se estaba tomando a broma estos pensamientos.

Por otra parte, su tía había reconocido abicrtamente pertenecer al CNI. Más que eso, le había informado de su elevado rango, sin tener ninguna necesidad de ello. Después de eso, ¿qué sentido tenía negar lo de Carlota?

La realidad era que, en estos momentos de turbulencia mental, lo único que tenía claro era una cosa.

No le gustaban nada los cabos sueltos, y tenía unos cuantos frente a ella.

7 SETTIGNANO Y FLORENCIA, REPÚBLICA FLORENTINA, 6 DE MARZO DE 1489

—Ha llegado el día.

—¿El día de qué?

—De tu decimocuarto cumpleaños.

—¡Padre! —exclamó enfadado Michelangelo—. Eso es lo que estamos celebrando precisamente.

—Sí, pero este cumpleaños es especial.

—¿Por qué?

—Entre otras cosas, porque los catorce años marcan la diferencia entre ser un niño y convertirte en un joven adulto. No hay ninguna duda que ya lo eres.

Se encontraban en la Villa de Settignano sentados en la mesa, junto con Beatrice y su esposo. Habían arreglado la mesa con sus mejores manteles y cubiertos, como si fueran a recibir a alguna personalidad importante. En realidad, se suponía que tan solo estaban celebrando el cumpleaños de Michelangelo.

—¿Entre otras cosas? —preguntó Michelangelo, que no se le había escapado ese detalle en la contestación de su padre.

—Como te decía, ya eres un joven adulto. A partir de ahora, deberás asumir mayores responsabilidades.

—¿Eso qué significa?

—Que hay algo más —comentó el padre, con un cierto tono de misterio.

Michelangelo miró a su alrededor. Era cierto que estaban celebrando su cumpleaños, pero no advirtió alegría en los rostros de las personas sentadas en la mesa.

—¿De qué no me he enterado? Ya veo que todos lo sabéis menos yo.

—Noto un cierto tono de enfado en tu pregunta. No es un día para estar ni enojado ni triste. Ha llegado tu momento y eso debería ser motivo de satisfacción.

Michelangelo seguía sin advertirla en aquel comedor.

—Aparte de mi cumpleaños, ¿qué sucede aquí? —se atrevió a preguntar.

—Hace cinco años, el maestro Francesco da Urbino se comprometió a aceptarte como alumno, cuando cumplieras los catorce años. Ese día es hoy.

Ahora, Michelangelo comprendió las expresiones en los rostros de Beatrice y su esposo. Habían pasado seis años magníficos. Michelangelo se había acoplado perfectamente a la vida en familia e incluso era considerado como un hijo por el matrimonio.

Pero todo lo bueno se acaba.

—Maestro, ¿en qué? —preguntó.

—¿En qué va a ser? Es uno de los mejores profesores de gramática de toda Florencia. Entrar en su escuela es un auténtico privilegio. No todos los que quieren consiguen hacerlo. Su reputación le permite rechazar a ciertos alumnos, aunque procedan de las clases altas de la sociedad florentina. Le he contado de tus progresos en la materia y está deseando conocerte.

Durante estos años, Michelangelo se había aplicado en el estudio de las letras, como su padre le había pedido, pero ello era solo un pretexto. En realidad, complacía a su padre porque le encantaba estar en Settignano, rodeado de belleza y de mármol. Durante su estancia, no solo se había aplicado con la gramática, sino que había desarrollado una habilidad casi sobrenatural para cincelar pequeñas esculturas en trozos de mármol que el esposo de Beatrice le conseguía. No solo eran apreciadas por el matrimonio, sino que se había ganado cierta fama en el pueblo. Eso era lo que le gustaba de verdad.

—Padre, a mí me gusta el arte.

Ludovico hizo un gesto displicente con la cabeza.

—A eso siempre te podrás dedicar en tus ratos libres. Lo importante es que te labres un futuro, y con el maestro Urbino lo conseguirás. Sus alumnos siempre han salido de su escuela con una excelente formación y han terminado ocupando puestos de relevancia en la administración de la república.

—Eso es lo que te gusta a ti, no a mí. Tú te conformas con trabajos rutinarios para la República Florentina, pero la palabra «rutina» no está en mi carácter.

Ludovico se puso serio.

—Pues eso que tú llamas «trabajos rutinarios» es lo que ha permitido a nuestra familia conservar las pocas propiedades que tenemos, entre ellas esta villa, y poder llevar una vida acomodada. Los artistas son personas de vida disoluta que no son mejores que un vulgar zapatero. Tienen que ganarse el pan de cada día casi suplicando trabajo a los pocos mecenas del arte o a la administración de las ciudades, de la que tú formarás parte. Además, tienes que saber una cosa importante.

—¿Qué? —preguntó Michelangelo.

—Que tu hermano mayor Leonardo ha decidido ingresar como monje dominico en Pisa. Su vida monacal le impedirá hacerse cargo de sus obligaciones como primogénito de la familia. Tú eres el siguiente en edad de tus hermanos y te corresponderá hacerte cargo de la administración de los negocios de la familia. Es una gran responsabilidad en la que te ayudarán los conocimientos del maestro Francesco da Urbino.

Michelangelo comprendió que era una decisión ya tomada hace tiempo y que nada de lo que pudiera decir iba a cambiar el parecer de su padre. Era inútil seguir debatiendo qué es lo que era mejor para su vida. Ya lo habían acordado por él. «¿Por qué no seré el menor de mis hermanos?», se preguntó.

Terminaron la comida de su cumpleaños de la mejor manera posible. El padre de Michelangelo llevó el peso de la conversación, mientras el matrimonio estaba triste por la partida del que habían considerado como su hijo, y el hijo tenía puesta la mente en otro lugar.

—¿Cuándo? —se atrevió a preguntar Michelangelo.

—Tus pertenencias están empaquetadas —intervino Beatrice, por primera vez en toda la supuesta celebración.

—¿Ahora? —volvió a preguntar.

—En cuanto terminemos esta comida nos marcharemos a mi residencia de Florencia. Allí te establecerás de forma definitiva —sentenció Ludovico.

Michelangelo se quedó mirando a Beatrice y a su esposo. Su padre se dio cuenta de la tensión emocional que se había creado. Creyó que debía intervenir.

—En la ocasión en la que te dejé al cuidado de Beatrice, te recalqué que aquello no era una despedida y no lo fue. Ahora te digo lo mismo. En tus ratos libres podrás desplazarte hasta Settignano y visitarlos. Tampoco esto supone una despedida.

«Quizá no, pero es lo más parecido que se me ocurre», pensó un abatido Michelangelo.

No se pudieron aguantar más. Michelangelo, Beatrice y su esposo se levantaron de sus sillas alrededor de la mesa y se abrazaron. Los tres estaban llorando. Eran conscientes de la cercanía de Florencia con su villa, pero no era lo mismo «visitas esporádicas en ratos libres» que vivir con Michelangelo. El cariño que habían desarrollado entre ellos era muy parecido al que sienten los padres por un hijo que está a punto de abandonarles.

Era muy duro.

Después de este momento tan especial para ellos, se volvieron a sentar a la mesa.

—Es lo mejor para ti —dijo Beatrice, sin creer en lo que acababa de decir—. Además, todos sabíamos que este momento iba a llegar. Tu estancia en Villa Settignano siempre fue temporal. Sin duda, te convertirás en un gran hombre ilustrado que harás honor al linaje de la familia.

Mientras el padre hacía ademán de aceptar las palabras con la cabeza, Michelangelo permaneció impasible.

«Nunca encontraré la paz en este mundo», presagió.

La vida es muy caprichosa.

8 EN LA ACTUALIDAD, ST. PATRICK'S HOSPITAL, DUBLÍN, IRLANDA, 10 DE ENERO

Rebeca se despidió de su tía profundamente preocupada. Ya no sabía qué pensar. La revelación de que su hermana no pertenecía al CNI le había perturbado mucho, pero había otra cuestión que le preocupaba aún más.

«¿Por qué no me ha hecho la pregunta adecuada?», pensó. «No tiene ningún sentido. Era lo más importante y se ha callado».

—¿Qué tal la visita de tu tía? —escuchó Rebeca, entre sus pensamientos.

Era la doctora Dorah Shackleton.

—Ha sido agradable volver a verla.

—Pues la expresión de tu cara no parece indicar eso.

—Bueno, ya sabes, es mi tía —improvisó Rebeca—. A pesar de mi estado, no ha podido evitar reprocharme mi acción. Además, me ha dicho que te haga caso en todo y que no se me ocurra organizar ninguna tontería. Que permanezca en este hospital el tiempo que sea necesario hasta que recupere la memoria por completo.

—Eso son buenas noticias. Entonces, ¿por qué tu rostro no refleja esa alegría?

A Rebeca no le apetecía volver a hablar de lo que ella recordaba. Comprendió que era inútil discutir con la doctora. Quizá sacara más ventaja comportándose de una manera diferente, como una paciente más del hospital.

—Porque me cuesta mucho asimilar que me intenté suicidar. Es como si mi mente se hubiera rebelado contra mí misma. La realidad que yo percibo es otra y eso me genera un estado emocional que jamás había experimentado con anterioridad —dijo Rebeca, compungida.

—No debes preocuparte por eso.

«Es la primera verdad que escucho en su boca», pensó Rebeca. «Esa preocupación es la menor de todas las que tengo».

—Siento que debo de encontrar respuestas a todos los interrogantes que me rodean —dijo Rebeca. La frase le resultó excesivamente pomposa, pero la doctora no pareció percibirlo.

—Desde luego. Ese es nuestro objetivo y trabajaremos juntas para lograrlo.

—No, ese es mi problema y debo ser yo quién lo resuelva.

—¿Qué? —preguntó Dorah, sin comprender lo que quería decir Rebeca.

—Que no creo que las respuestas que busco las vaya a encontrar entre las paredes de este hospital, tumbada en una cama y mirando al techo. Si es cierto que me intenté suicidar, ese impulso ya pasó. Ahora ya no supongo ningún peligro para mí misma.

—¿Cómo podemos estar seguros de eso?

—Porque estoy viviendo mi realidad, y, en mi realidad, Rebeca Mercader jamás intentaría una cosa así. Nunca he tenido ni tengo intención de quitarme la vida.

—Pero esa realidad de la que hablas no es cierta. Podrías sufrir una recaída y volver a intentarlo.

—Me temo que tendré que arriesgarme. Soy una persona de acción. No quiero que las respuestas vengan a mí; quiero salir a buscarlas yo misma.

Dorah se quedó mirando fijamente a Rebeca. La verdad es que le parecía una persona cuerda y lo que decía tenía sentido, pero, por su experiencia, ya había conocido otros casos similares y no habían acabado bien.

—Escucha, Rebeca —comenzó la doctora—. Es normal que, en tu situación, quieras averiguar cosas que ahora no comprendes. La curiosidad y las ganas de conocer siempre han sido los motores de la humanidad, pero lo que tú crees saber no es cierto. Ese camino te va a conducir a problemas, no a soluciones.

—Para encontrar las soluciones, primero se deben de comprender los problemas, y yo no lo hago ni creo que lo vaya a hacer en este hospital. Necesito enfrentarme a la realidad, que no necesariamente tiene por qué coincidir con la mía. Si el camino que debo de recorrer me lleva a que me intenté suicidar y que todo lo que recuerdo no es cierto, eso no será un problema, sino el principio de la solución.

—Entiendo tu razonamiento, pero también debes de comprender el mío. Ahora mismo, soy la doctora responsable de tu salud mental. Quiero que me contestes a una pregunta con absoluta sinceridad. ¿Crees que puedo estar segura de que no cometerías otra estupidez si te dejo salir? Ni siquiera tú misma lo puedes estar.

—Es cierto, ni tú ni yo lo podemos estar, pero es mi decisión.

—¿Estás intentando decirme que quieres abandonar el hospital?

—Sí.

—¡Pero si acabas de recibir la visita de tu tía! Me has dicho que te ha recomendado que permanecieras en este hospital hasta que te recuperaras.

—¿Podemos llegar a un acuerdo? —le preguntó Rebeca.

—¿Un acuerdo? ¿A qué clase de acuerdo? —Dorah estaba sorprendida por la pregunta.

—Tú me permites abandonar el hospital durante el día y yo me comprometo a venir a dormir todas las noches. Así me tendrás controlada y, al mismo tiempo, yo podré buscar las respuestas a mis preguntas fuera de aquí.

Dorah hizo un gesto negativo con la cabeza.

—Aunque a ti te pueda parecer una propuesta razonable, no lo es. Lo siento, pero no tengo la autoridad necesaria para permitir una cosa así. Si volvieras a recaer, la responsabilidad de tus actos recaería sobre mí.

—Bueno, pues en el caso de que no te parezca bien la solución que te estoy ofreciendo, solicitaré mi alta voluntaria y abandonaré este hospital.

Dorah bajó la cabeza.

—Tampoco puedes hacer eso —le respondió.

—Pero, ¿no me habías dicho que este hospital no era una cárcel? Recuerdo que también habías mencionado que los pacientes ingresaban de forma voluntaria. Entiendo que, mientras he estado inconsciente, fuera mi tía la que tomara las decisiones por mí, pero ya no es el caso.

—No es por eso. No se trata de un tema ni de tu tía ni del hospital.

—¿Entonces? —le preguntó Rebeca, sin comprenderla.

—Debo de comunicar previamente tu intención a la *Garda.*

—¿A la policía? ¿Para qué?

—Yo soy médica, no policía, así que desconozco sus procedimientos. Entiendo que tu intento de suicidio debe ser un caso abierto para ellos, así que querrán hablar contigo antes de que abandones el hospital, si es que lo autorizan.

Rebeca comenzó a enfadarse.

—¿Si es que lo autorizan? —repitió—. Yo no soy experta en leyes, pero juraría que la tentativa de suicidio no es ningún delito por el que me puedan retener.

—No, no lo es —le confirmó la doctora—. Supongo que será un tema formal, pero comprende que, si tu decisión de abandonar el hospital es firme, mi obligación es comunicarlo a la *Garda.*

—¡Pues hazlo ya! —exclamó Rebeca, cuyo enfado iba en aumento—. La verdad es que no lo entiendo. Supongo que esperar un poco más tampoco me hará ningún daño. Además, así aprovecho para ver a mi pareja, que estará a punto de llegar.

La doctora estaba claramente incómoda.

—Ya lo ha hecho.

—¿Y a qué espera para reunirse conmigo?

—Me temo que se ha vuelto a marchar.

Rebeca se sorprendió.

—¿Por qué?

—Yo no he hablado con ella, ni siquiera la he visto. Me lo ha comentado la jefa de enfermería. Parece ser que ha venido cuando estabas con tu tía. Supongo que ha considerado que no era el momento adecuado. Le ha dicho a la supervisora que volvería mañana. En consecuencia, si te vas, no la verás.

«¡Caramba!», pensó Rebeca. «¡Qué oportuno!».

—Aún así, mantengo mi decisión de querer abandonar el hospital. Por favor, si tienes que avisar a la *Garda,* te ruego que lo hagas ya. Si no aparecen por aquí a lo largo del día, esta tarde me marcharé. No me podéis retener en contra de mi voluntad, por muy caso abierto que sea. Tengo domicilio conocido en la ciudad y si la policía quiere hablar conmigo, sabe dónde encontrarme. No pienso abandonar el país.

El tono de Rebeca había cambiado por completo. Ya no reflejaba la amabilidad del principio. Ahora denotaba autoridad.

—¿Has pensado cómo hacerlo? No creo que puedas caminar por ti misma.

—Supongo que, en este hospital, también tendréis sillas de ruedas. En cualquier caso, si lo tengo que hacer reptando, no dudes que seré más veloz que un cocodrilo.

Mirándola y escuchándola, la doctora estaba segura de ello. También había captado el cambio que se había producido en Rebeca. Parecía mentira que se hubiera despertado de un coma de dos meses hacía apenas dos días. Su determinación era algo fuera de lo normal.

—Como quieras —dijo, mientras se marchaba.

Rebeca, una vez sola, se quedó pensativa. Tenía claro que quería salir de aquel lugar, pero no había calibrado todas las consecuencias. Su estado físico era una de ellas.

Se tumbó en la cama y se puso a pensar.

«Si estuviera aquí Carlota, diría que toda esta situación es como un triángulo. No tiene ningún sentido. Se me está escapando algo fundamental que no estoy sabiendo ver», pensó.

Su hermana Carlota solía decir que los cuadrados simbolizaban la armonía y, en cambio, los triángulos eran la señal de que algo no encajaba.

«¿Y si la persona al cargo de mi caso no me autoriza a abandonar el hospital?», se preguntó. «¿Qué opciones me quedarían? Si tengo que recurrir a un abogado, el caso se podría eternizar en los tribunales. No es una opción razonable».

Lo que tenía muy claro era que no se podía arriesgar a una cosa así.

De repente, se le ocurrió una idea malvada.

«En realidad, ¿quién necesita a un abogado teniendo un móvil?», pensó, sonriente.

Se giró hacia la mesita donde lo había dejado. Lo tomó entre sus manos e hizo una breve llamada.

«Ahora, a esperar el resultado», se dijo, mientras se volvía a tumbar en su cama.

La espera se le hizo larga y le dio tiempo a reflexionar. Cayó en la cuenta que Dorah no le había dicho el nombre de su supuesta pareja. Justo cuando lo iba a hacer, había aparecido su tía Tote.

«Si voy a abandonar este hospital, debo de comportarme de forma racional», se dijo. «Mientras nadie me demuestre lo contrario con pruebas fehacientes, vi morir a mi hermana. Esa es la realidad. «Mi pareja» no puede ser Carlota. Quizá eso también me debería de preocupar».

La verdad es que le asaltaban las dudas desde cada rincón de su mente.

—¿Cómo lo has conseguido?

—¿Qué? —preguntó Rebeca a Dorah, que no parecía de muy buen humor.

—Ya me has oído.

—Supongo que esa cara de vinagre es debida a que te ha llamado el comisionado de la *Garda* autorizándome a abandonar el hospital de inmediato, ¿verdad?

—No exactamente, pero casi. No sé cómo lo haces, pero siempre pareces ir un paso por delante de los demás. Que sepas que estás cometiendo un grave error, pero tienes razón. Eres libre de irte cuando te dé la gana —dijo, mientras se giraba para marcharse.

—¡Dorah! ¡Espera! —exclamó Rebeca.

La médica se giró.

—Antes de que me vaya, ¿serías tan amable de decirme cuál es el nombre de mi pareja?

Dorah sonrió, pero con mala leche.

—¿No dices que te encuentras recuperada y que por eso abandonas el hospital? Pues entonces deberías de saberlo —respondió, esta vez sí, marchándose sin despedirse de ella.

—Pues me caía bien —dijo, observando cómo se alejaba—. Tenía que intentarlo.

Mientras todo eso sucedía, personal del hospital había guardado las cosas en su bolso. Por primera vez en dos días, se sintió libre, aunque era consciente de que aún tenía una gran montaña por escalar, como en los dibujos de *Dora la exploradora*. «Pero no la puedo escalar vestida así, con esta bata del hospital», pensó, sonriendo. Estaba de buen humor.

Pidió la ayuda de una de las enfermeras para poder cambiarse de ropa en el cuarto de baño.

—Casi puede mantenerse en pie por sí misma —le dijo la enfermera—. Es sorprendente. Iré a buscarle un par de muletas.

Rebeca se lo agradeció.

—Quizá lo pueda hacer por unos minutos, pero dudo mucho que sea capaz de llegar a la puerta del hospital por mí misma.

—No se preocupe por eso —le respondió la enfermera—. La directora nos ha dado instrucciones de que avisemos a un celador para que la lleve en silla de ruedas hasta la salida.

—¿La directora? ¿Quién es esa persona? —preguntó Rebeca, intrigada—. No he tenido la fortuna de conocerla, al menos estando consciente.

La enfermera sonrió.

—Sí que lo ha hecho. La doctora Shackleton es la directora de este hospital.

Rebeca se sorprendió.

—¿La directora acostumbra a atender a pacientes personalmente?

—Como comprenderá, su cargo le comporta muchas obligaciones al margen de los temas médicos, aunque es una gran especialista. En la actualidad, tan solo se hace cargo de pacientes importantes.

—Yo no soy importante.

—Pues alguien debe pensar que lo es. Le aseguro que, si no fuera así, no se habría molestado. Ya le he dicho que es una gran profesional, incluso de fama internacional, por eso es la directora, pero este centro dispone de otros profesionales igualmente capacitados.

Mientras mantenía esta conversación, Rebeca vio acercarse a un celador con una silla de ruedas. Intentó llegar a la cama con la ayuda de las muletas, para sentarse y esperar a ser recogida. La enfermera le acompañó en el corto trayecto, por si no era capaz.

—Lo ha hecho muy bien —le dijo.

—Sí, he sido capaz de recorrer cuatro metros en medio minuto —le respondió Rebeca con sorna, mientras miraba al celador, que la estaba esperando.

La enfermera se despidió, deseándole una completa recuperación.

—¿Desea que le ayude? —le preguntó el celador.

—Voy a intentarlo por mí misma.

No le costó demasiado, aunque tenía que reconocer que estaba cansada. El recorrido hasta el baño y el esfuerzo de sentarse en la silla de ruedas había bastado para agotarla. «No sé cómo me voy a apañar en casa. Menos mal que dispongo de ascensor», pensó, intentando animarse.

El celador tomó el bolso de Rebeca y le entregó un pequeño paquete.

—La directora ha dejado esto para usted —le dijo.

—¿Para mí? —se sorprendió Rebeca—. ¿Está seguro?

—Completamente. Me ha dicho que se lo entregue antes de marcharse.

Rebeca abrió el paquete con curiosidad y leyó su nota.

«Está lloviendo y hace mucho frío. Ponte abrigo en la cabeza. He avisado a un taxi. Su número de licencia es 4569 y su conductor se llama Syed. Te está esperando en la puerta para llevarte donde quieras».

«¿Qué demonios significa esto?», pensó.

Tomó entre sus manos el objeto. Era un gorro muy mono de las Islas de Aran, que se encontraban frente a la costa occidental de Irlanda. Su lana tenía fama internacional.

«Es cierto que no tengo nada para cubrirme la cabeza, pero, ¿por qué la doctora me habrá hecho este regalo tan caro?», se extrañó Rebeca. «¿Me debería preocupar por estas inesperadas atenciones?».

—Aquí se está muy bien, pero en la calle no —le dijo el celador, advirtiendo el gesto de extrañeza de Rebeca—. Hoy hace frío de verdad.

No quiso continuar con la conversación. No deseaba explicarle que su sorpresa por el paquete no era por el gorro en si mismo, sino por el inesperado regalo.

—¿Nos podemos marchar ya? —le preguntó.

—Por supuesto.

Al cabo de un minuto escaso tomaron un ascensor y se dirigieron a la puerta de salida. En dos más ya habían llegado. Rebeca miró al exterior.

«Dorah tenía razón. Hace un día horrible», pensó, mientras se encasquetaba el gorro que le acababa de regalar. Era bastante grande, estilo aviador, y le cubría gran parte de la cabeza.

Alzó la vista para levantarse de la silla de ruedas.

«¡Horror!», pensó.

A pesar de lo poco que veía a través del gorro, pudo observar como una persona con uniforme de la policía irlandesa se dirigía hacia ella.

«Supongo que le habrá llamado la atención una persona abandonando en hospital en silla de ruedas», se dijo, atemorizada.

De la impresión que le produjo, dejó de hacer fuerza y, en consecuencia, su cuerpo le venció hacia atrás y se volvió a sentar en la silla.

El celador interpretó que le faltaban fuerzas y le ayudó a levantarse de nuevo. Rebeca no podía decirle el verdadero motivo de su repentina flojedad.

—¿Cree que podrá andar hasta el taxi que la espera? Es aquel de allí —dijo, señalando hacia un punto cercano de la calle que rodeaba la entrada del hospital—. Licencia 4569, como me indicó la directora.

Rebeca, en ese preciso instante, no le respondió. La persona uniformada se acercó hacia ella, le echó un vistazo pero pasó de largo. Entró en el hospital y se perdió de vista.

«¡Buffff!», pensó, aliviada. «Si era la persona que venía a hablar conmigo, no me ha reconocido. La verdad es que con este gorro es difícil que me vean la cara, estando de perfil».

—Gracias, ya veo el taxi —le dijo al celador—. Creo que podré apañármelas sola.

Llegó hasta el vehículo y entró como pudo. Le indicó al conductor una dirección en los *Docklands*, la antigua zona portuaria de Dublín, hoy reconvertida en bloques de apartamentos y oficinas de lujo, aunque con alguna curiosa excepción.

«Quizá estoy un poco paranoica», se dijo. «Esa persona con uniforme de la *Garda* igual iba al hospital por cualquier otro motivo diferente a mí».

Una vez sentada en el taxi, miró a su alrededor a través de la ventanilla. Pudo ver la enorme fábrica de la popular cerveza negra irlandesa *Guinness*. A pesar de ser uno de los símbolos de Irlanda, no era su preferida. Si quería tomarse ese tipo de cerveza, siempre elegía la *Murphy's Irish Stout*, con un sabor más ahumado. Se quitó esos pensamientos de la cabeza. Lo que realmente significaba ver la fábrica *Guinness* era que ubicaba el *St. Patrick's University Hospital*. No sabía dónde se encontraba hasta ahora. Estaba en el barrio de Kilmainham y el centro de la ciudad estaba al sur. Para llegar desde allí hasta los *Docklands* debían de atravesar toda la ciudad de Dublín. Un día como hoy, eso suponía unos veinte minutos, como mínimo.

De repente, escuchó una sirena. Se giró de inmediato. Vio un vehículo de la *Garda* acercarse a elevada velocidad en dirección al taxi. «No puede ser», pensó. Cuando llegó a su altura, lo sobrepasó y continuó con su camino, sin prestarle la más mínima atención.

«Falsa alarma», pensó Rebeca, claramente aliviada. «Ahora es momento de relajarse. Ya tendré tiempo de pensar y buscar la verdad cuando llegue a casa».

Lo que Rebeca no se imaginaba es que, quién busca la verdad, corre el riesgo de encontrarla.

9 FLORENCIA, REPÚBLICA FLORENTINA, 10 DE JUNIO DE 1489

—No te atreverás —dijo Francesco Granacci.

—¡Claro que lo haré! —exclamó al instante Michelangelo.

—Jamás lo conseguirás.

—¿Qué te apuestas?

Francesco sonrió sin comprender demasiado qué pretendía su amigo.

—Si tú ganas, te regalo todo lo que tienes enfrente de ti, pero si pierdes, tendrás que limpiar mi estudio durante una semana entera.

—¡Hecho! —exclamó Michelangelo.

—No sabes lo que haces. Te vas a dejar las uñas limpiando porque lo querré todo reluciente.

Michelangelo también sonrió. Llevaba unos meses asistiendo a las clases de gramática del maestro Francesco da Urbino. Prometió a su padre que se aplicaría en aprender todo lo posible y había cumplido con su palabra. El maestro estaba contento con su alumno y así se lo hizo saber a su padre. Ludovico felicitó a su hijo por los progresos que estaba haciendo.

Todo parecía ir de maravilla, según lo previsto, pero, en realidad, no todo era lo que parecía.

Michelangelo jamás abandonó su idea de llegar a ser escultor y pintor. Nada más establecerse en la residencia de su padre en Florencia, conoció a sus vecinos. Era un matrimonio mayor que tenía cuatro hijos. El menor de ellos tenía dos años más que Michelangelo. Enseguida hicieron buenas migas. Tenían las mismas aficiones y gustos. Francesco Granacci, que así se llamaba, asistía a las clases de pintura del maestro Domenico Bigordi, más conocido por su apodo Ghirlandaio. En esa época, era considerado el mejor pintor de Florencia. Obras suyas estaban en las mejores colecciones de la ciudad.

Durante los últimos meses, Francesco había estado compartiendo los conocimientos que iba adquiriendo del maestro Ghirlandaio con su amigo. Francesco le facilitaba a hurtadillas lienzos usados para que Michelangelo practicara. Habían hecho muy buenas migas, hasta el punto de que eran inseparables. Se veían a diario, en el sótano que Francesco utilizaba a modo de taller de pintura. Allí disfrutaban el uno del otro.

Francesco, muy a su pesar, tuvo que reconocer que los progresos que su amigo hacía, en el campo de la pintura, eran superiores a los suyos propios.

—Tienes talento de verdad y confianza en ti mismo, tanta que te atreves a aceptar una apuesta que no tienes ninguna posibilidad de ganar. ¿Por qué te empeñas en estudiar lo que tu padre quiere? ¿Acaso no tienes voluntad propia?

—¿Con catorce años? —rio Michelangelo—. ¡Si ni siquiera tengo pinturas propias! Me tendrás que llevar al estudio de tu maestro Ghirlandaio para poder demostrarte lo que no te crees.

—Hoy es el día ideal. No tenemos clases y estamos a punto de completar el trabajo que nos ha encargado el maestro.

—Le diré a mi padre que vamos a pasar el día en cualquier jardín de la ciudad. Así no se preocupará si no acudo a comer.

—¿Estás seguro de lo que haces?

—¡Anda, no me preguntes eso más! —exclamó Michelangelo, dando un pequeño empujón a su amigo.

Salieron del sótano en dirección al taller de pintura del maestro Ghirlandaio. Durante el corto recorrido, apenas hablaron. Francesco debía reconocer que Michelangelo era bueno. No seguía al pie de la letra los cánones que les prescribía el maestro Ghirlandaio, pero, a su manera, conseguía composiciones de notable belleza.

—¿Cómo vamos a entrar en el taller si se supone que hoy está cerrado? —preguntó Michelangelo.

—Ghirlandaio es tan bueno con su pintura como malo con su memoria. Al principio, muchos días llegábamos al taller y se había olvidado las llaves en su casa. Al final, le convencimos para que dejara una copia debajo de este macetón —dijo Francesco, señalándolo.

Abrieron la puerta y penetraron en el taller. Michelangelo estaba acostumbrado a la belleza, desde su estancia en la Villa

Settignano, pero aquello era diferente. Allí no solo había belleza, allí se creaba. Todo el estudio desprendía un aroma que era ambrosía para Michelangelo.

—¡Estás atontado! ¡Parece que no hayas visto nunca un estudio de pintura! —exclamó Francesco, riéndose.

—Es que no lo he hecho, si no tenemos en cuenta tu sótano.

Francesco Granacci se sorprendió.

—¿Tu padre no te ha llevado nunca a contemplar las maravillas de los maestros florentinos?

—Jamás. Siempre me ha dicho que la mayoría de pinturas que merecen la pena contemplar están en manos de mecenas y de coleccionistas privados. Supongo que tendría miedo a fomentar mi amor por el arte.

—Aunque pueda ser cierto lo que tu padre te dijo, la belleza no hace feliz al que la posee, sino al que es capaz de amarla, y tú eres uno de ellos.

Michelangelo asintió con la cabeza y dejó que su vista se posara en todas las pinturas que veía en aquel taller. Suponía que era lo más parecido a un museo que iba a visitar en su vida.

—Mira, este es el cuadro original —le dijo Francesco, desafiante, mientras le quitaba la lona a una obra impresionante. Se trataba de una pintura al temple sobre lienzo.

Michelangelo se quedó observándola con detenimiento, en completo silencio, al menos durante cinco minutos. La belleza que desprendía aquella obra desbordó sus sentidos. No era capaz de apartar su mirada ni de pronunciar palabra alguna.

—Creo que es lo más hermoso que he visto en mi vida —dijo, cuando fue capaz de volver en sí.

Francesco parecía estar disfrutando de la situación. La apuesta que habían cruzado le parecía cada vez más alocada.

—Aún estás a tiempo de retirarte de la apuesta. Quizá ahora hayas comprendido mejor tu estupidez.

Michelangelo no hizo caso del comentario de su amigo.

—¿Y tu copia? —le preguntó.

—Es esta —dijo, señalando con su dedo a un lienzo montado en un caballete, que mostraba una pintura inacabada.

Michelangelo también le dedicó un par de minutos.

—No está mal.

—¡Y tanto que no está mal! Me ha costado tres días y aún me queda la jornada de mañana. El maestro Domenico Ghirlandaio quiere que terminemos los trabajos por la tarde. Es muy exigente, incluso con los tiempos de ejecución.

—¿Y los demás?

—Son todos los que tienes alrededor del mío. El maestro tan solo enseña a diez alumnos. Considera que un estudio más numeroso no podría alcanzar el grado de excelencia que él reclama.

Michelangelo deambuló por el taller de pintura durante otros cinco minutos, observando el trabajo de los demás miembros del estudio de pintura del maestro Ghirlandaio.

—Aunque hay de todo, en su conjunto, debo de reconocer que tampoco están mal.

—Te repito lo mismo que ya te he contado antes. El maestro tan solo escoge a los alumnos más brillantes de Florencia. Estás en el mejor estudio de pintura de la ciudad.

—Desde luego eso parece.

—No quiero ser pesado, pero, ¿aún quieres seguir con la apuesta?

—Más que nunca. Ahora debes cumplir con tu parte. Necesito tiempo, soledad, que me prestes tus pinturas y tu lienzo.

—¿Eso es todo? —sonrió Francesco, que, en el fondo, consideraba que su amigo no había calibrado bien la magnitud de la apuesta.

—No. ¿Te importaría prepararme un lienzo en blanco?

—¿En blanco? ¡Estás chalado! —exclamó Francesco, riéndose—, pero tus uñas son tuyas. Ya las perderás cuando tengas que pagar tu apuesta y limpiar mi sótano.

Después de disponer un lienzo en blanco en uno de los caballetes, Francesco Granacci se despidió de su amigo.

—¿Quieres que acuda a mediodía con algo de comida?

—Ya te he dicho que quiero soledad —le respondió con firmeza.

—Está bien, está bien, como tú quieras. Luego no te quejes si pasas hambre —le dijo, mientras abandonaba el taller.

Michelangelo ni se molestó en contestarle. Ya estaba manos a la obra con su pintura.

De repente, escuchó que una puerta se abría y alguien entraba en el taller. Su primera reacción fue de terror, ya que se suponía que el estudio estaba cerrado. «¿Quién va a robar aquí?», pensó. «No hay nada de especial valor. No se trata de un museo de arte, sino de un taller de pintura». Miró cómo los rayos de sol entraban por una de las ventanas. «Se me ha pasado el tiempo sin darme cuenta. Ya es por la tarde y no me he enterado, aunque aún no es la hora convenida con Francesco», pensó.

Se ocultó como pudo detrás de uno de los caballetes. El desconocido se dirigía hacia el salón principal.

De repente, Michelangelo cayó en la cuenta.

Tan solo tenía sentido que fuera uno de los alumnos del propio estudio. Sabría que, a esas horas, no habría nadie en su interior. Probablemente quisiera avanzar de forma clandestina con su cuadro inacabado y así ganar unas horas de ventaja sobre el resto de los alumnos.

Aquello podría suponer un problema para Michelangelo. De todas maneras, él ya había acabado con su trabajo y había dispuesto todas las pinturas en su orden. Tan solo debía de abandonar el taller sin que el desconocido advirtiera su presencia.

—¿Quién eres? —escuchó a su espalda.

Había sido descubierto.

Michelangelo se giró y se le quedó la sangre helada. Aquello no lo podía haber previsto.

Era el propio pintor Domenico Ghirlandaio, el maestro del taller.

—Me llamo Michelangelo Buonarroti. Soy amigo de su alumno Francesco Granacci. Me había dicho que es usted el mejor pintor de Florencia. Yo soy un simple aficionado y tenía curiosidad por ver su magnífico trabajo.

Domenico, al verse halagado de esa manera, olvidó la entrada furtiva de Michelangelo en su taller y le enseñó su obra.

—Mi amigo no me había engañado. Es usted un excelente pintor.

—¡Por supuesto! —exclamó Ghirlandaio—. Pero ya que te has colado en mi estudio y has utilizado mis pinturas, ¿me permitirías ver el cuadro que has pintado? Porque supongo que eso es lo que llevas debajo de esa tela.

Michelangelo, con los nervios, no había advertido que portaba un lienzo cubierto por un trapo.

—Mi trabajo no tiene nada que ver con lo que acabo de observar. Le repito que soy tan solo un vulgar aficionado —dijo, mientras descubría el lienzo.

Domenico se quedó observándolo durante un instante.

—No está nada mal para un novato —concluyó, tras observar sus trazos durante un instante—. ¿Has recibido algún tipo de formación?

—No, señor.

—Pues deberías hacerlo.

—Estudio letras con el maestro Francesco da Urbino.

De repente, Ghirlandaio pareció cambiar de actitud.

—¡Buonarroti! ¡Pues claro, cómo no había caído antes! —exclamó, para sorpresa de su interlocutor—. Tú debes ser uno de los hijos de Lodovico di Leonardo Buonarroti Simoni, uno de los magistrados de la ciudad.

—Sí, soy yo.

—Tu padre y yo somos amigos. Después de esto, me temo que deberé cruzar unas palabras con él.

—¿Le va a decir que me he colado en su estudio sin su permiso? —preguntó Michelangelo, asustado.

—No, le voy a pedir que me permita darte clases, si tú estás de acuerdo.

No hizo falta la respuesta de Michelangelo.

La expresión en su rostro lo decía todo.

10 EN LA ACTUALIDAD, DUBLÍN, IRLANDA, 10 DE ENERO

—¿Cómo ha podido suceder?

—Yo tampoco me lo explico. Me acaban de llamar del hospital para informarme de que se ha marchado.

—¡Pero eso no podía pasar! —exclamó indignada Tote—. Creía que lo habíamos dejado muy claro. Además, estando yo en Dublín. ¡Es una vergüenza!

—Señora Rivera, le aseguro que di las instrucciones precisas a la directora del centro —dijo el comisionado Harris, jefe de la *Garda*, intentando calmar la cólera de su interlocutora—. Creo que debemos esperar a que llegue la persona encargada del caso de su sobrina, que ahora está saliendo del hospital, para que nos dé las explicaciones oportunas.

—No quiero ninguna «explicación oportuna», simplemente porque ninguna podría ser oportuna. Ordene a su agente que cambie de dirección y se dirija hacia el domicilio de Rebeca. Quiero que la traiga hasta aquí de inmediato. En sus condiciones, no debería estar sola en la ciudad.

—Como quiera.

El comisionado Harris salió de la habitación donde estaba reunido con la señora Rivera y entró en su despacho. No deseaba mantener esa conversación en presencia de la directora de la unidad de inteligencia de los servicios secretos españoles. Además, en todo este asunto debía existir algún cabo suelto. No concebía que la doctora Shackleton hubiera desobedecido sus órdenes. Colaboraba habitualmente con la *Garda* y mantenían unas excelentes relaciones. Era la primera vez que sucedía algo así y quería hablar con ella también, antes de volver a enfrentarse a aquella enfurecida señora.

En primer lugar, se puso en contacto con su agente para ordenarle que cambiara de dirección y se personara en los *Docklands* a la mayor brevedad posible. A continuación, hizo la llamada que le interesaba de verdad. «Dorah me debe unas cuantas explicaciones», pensó.

La directora del hospital lo atendió de inmediato. El comisionado estaba muy enfadado con ella, pero su enojo se trasformó en perplejidad cuando Dorah le explicó todos los detalles de la marcha de Rebeca. Aquello era inconcebible. Drew Harris, que había comenzado la conversación con improperios, tuvo que pedir disculpas a la doctora. Colgó el teléfono con una expresión de incredulidad en su rostro.

«A ver qué le digo a la *dóberman* ahora», pensó.

Entró en la habitación como un corderito camino del matadero. Se encontró a la señora Rivera en pie, mirando en dirección a la puerta y con gesto adusto.

«¿Habrá estado todo el rato así?», se preguntó el comisionado. No le extrañaría nada.

—¿Y bien? —le preguntó, nada más verlo entrar.

—La persona al cargo de la investigación se dirige a toda velocidad hacia la casa de Rebeca. Le he ordenado que encienda las sirenas del vehículo patrulla y que llegue lo antes posible. Dado el tráfico de Dublín en un día como hoy, es muy probable que lo haga antes que ella, que viaja en taxi. Su sobrina se lo encontrará en la puerta de su casa.

—¿Ha salido por la puerta del hospital con total libertad y ha tomado un taxi que pasaba por allí? —Tote estaba pasmada.

—No exactamente. El taxi se lo ha pedido la directora del hospital, por su propia seguridad.

—¿Pretende tomarme el pelo?

—En absoluto, señora Rivera. La directora se ha visto obligada a dejarla marchar. Por su estado de debilidad, ha ordenado que un taxi la esperara en la puerta. No obstante, nada más saber que no podía hacer nada por evitar su marcha, se ha puesto en contacto con la persona de la *Garda* al cargo de la investigación, que ha acudido lo más rápido que le ha sido posible. Se han debido de cruzar, porque su sobrina ya no estaba cuando ha llegado.

El enfado de Tote iba en aumento.

—Dice que la directora del hospital se ha visto obligada a dejarla marchar. ¿Se puede saber qué ha hecho mi sobrina para obligarla? ¿Apuntarla desde la cama con una muleta?

—Algo más sencillo. Se ha limitado a pedir el alta voluntaria.

—¿Qué ha pedido qué? —Tote estaba a punto de estallar.

—Sabe que el *St. Patrick's University Hospital* no es una cárcel. Los pacientes que se encuentran ingresados lo están por propia voluntad. Usted la ingresó cuando ella estaba en coma, pero ahora ha recuperado el conocimiento y ha decidido marcharse.

—¡No ha recuperado el conocimiento! —exclamó enfurecida Tote—. Se acaba de despertar de un coma de dos meses, que es muy diferente. Además, usted me aseguró que, al ser un caso abierto, necesitaría la autorización de la *Garda* para abandonar las instalaciones hospitalarias.

—Y así es. Eso es lo que le ordené a la directora del hospital.

Tote ya no sabía cómo reaccionar.

—¿Y ya está? ¿Pretende dejar el tema así? Es evidente que la directora del hospital ha incumplido sus propias instrucciones, aunque haya tenido la deferencia de avisarles de que lo iba a hacer. Todo un detalle.

El comisionado, que hasta ese momento había permanecido en pie enfrente de Tote, se dirigió a uno de los butacones de la sala y se sentó. «A ver cómo se lo explico», pensó.

—La directora se ha visto obligada a dar curso a su alta voluntaria. No la culpe de nada.

—¿Qué no la culpe? Me acaba de decir que le había ordenado que no se podía marchar sin su autorización —le respondió Tote, que seguía en pie.

—Me parece que será mejor que se siente.

Tote miró Drew Harris con los ojos inyectados en sangre. Estaba muy alterada, pero comprendió que estaba en Irlanda y no en España. «De eso se libra el comisionado, si no, ya estaría entre rejas», pensó. Pero no era el caso. No debía olvidar que era una invitada en un país extranjero, así que hizo caso a Drew Harris y tomó asiento en el butacón contiguo.

—Está bien —dijo—. ¿Qué es lo que ha sucedido?

—Ha sucedido que su sobrina hizo una llamada telefónica.

Para sorpresa del comisionado, Tote pareció alterarse de forma muy evidente, en cuanto escuchó su respuesta. No parecía una persona muy expresiva, así que Harris supuso que debía haber algo extraño detrás de esa reacción. «¿Qué me oculta?», pensó.

—¿A quién llamó Rebeca? —preguntó Tote.

El comisionado supuso que ya conocía la respuesta, no obstante, continuó la conversación.

—A la Embajada rusa en Dublín.

El comisionado observó cómo Tote volvía a alterarse. Estaba claro que esa no era la respuesta que esperaba.

—¿Qué? —preguntó, claramente desconcertada.

A ojos de Drew Harris, estaba claro que estaba intentando ganar tiempo para ordenar sus ideas.

—¿Acaso le extraña? —le preguntó—. Sabe de sobra que su sobrina viaja con un pasaporte diplomático ruso. En cuanto la directora del hospital le puso impedimentos para poder abandonarlo, hizo esa llamada telefónica. De inmediato, el *St. Patrick's* recibió otra llamada de vuelta, esta vez desde la embajada. Solicitaban información acerca de una ciudadana rusa con estatus diplomático que, presuntamente, estaba siendo retenida en ese centro en contra de su voluntad.

Tote seguía desconcertada.

—En España utiliza su pasaporte español ordinario, pero claro que sé que tiene otro ruso. Dispone de esa nacionalidad desde su mismo nacimiento, y no me haga explicarle el motivo, que es muy largo y no viene al caso.

—No necesito que me explique nada. Una cosa es disponer de la ciudadanía rusa y otra muy diferente es ser diplomática rusa. Incluso en los tiempos que corren, creo que no hace falta que le explique la diferencia. Si la orden de retener a su sobrina, en cuanto recuperó el conocimiento, ya era un tanto irregular, ¡imagínese retener a una diplomática rusa! La directora del hospital actuó correctamente. No podía impedir cursar su petición de alta voluntaria. Si se hubiese negado, hubiera causado un conflicto diplomático de inciertas consecuencias, como así se lo insinuaron por teléfono desde la propia embajada. No olvide que la República de Irlanda pertenece a la Unión Europea pero no a la OTAN. Nuestras relaciones con Rusia no son las mismas que las suyas. Al final, tuve que disculparme con la directora. Si no llega a haber actuado con esa diligencia, sin duda nos hubieran convocado desde el Ministerio de Asuntos Exteriores de Irlanda, que, por si no lo sabe, también se ocupa de la cartera de Defensa. ¡Menudo papelón! ¡A ver qué justificación les hubiésemos dado!

—Rebeca no es diplomática rusa.

—Entonces, ¿cómo se explica su llamada a la embajada y que esta amenazara con dirigir una protesta formal ante el mismísimo *Taoiseach*?

El *Taoiseach* es el nombre en gaélico irlandés equivalente al primer ministro del gobierno, al igual que el *Tánaiste* es el viceprimer ministro, que, actualmente, ocupaba las carteras de Exteriores y Defensa. La situación era explosiva.

—¿Amenazaron con elevar una protesta formal ante su gobierno? ¿En serio? —Tote estaba verdaderamente sorprendida.

—¡Y tanto que en serio! Me parece que eso confirma que su sobrina es diplomática de verdad. El pasaporte verde ruso no es falso.

Tote se quedó pensativa. Era cierto que cuando se enteró, unos meses atrás, de que Rebeca viajaba con pasaporte diplomático ruso, se preocupó porque hasta ese momento no tenía ni la más remota idea de su existencia. Su sobrina jamás le había comentado nada. Desde su posición en el CNI había investigado esa cuestión tan peculiar. No había encontrado nada. Ninguna persona de sus características ocupaba ningún puesto en embajada o consulado ruso alguno. Por otra parte, todos los servicios de información del mundo conocían que, en mayo del año 2022, apenas tres meses después de invadir Ucrania, Vladímir Putin había ordenado emitir más de cien mil pasaportes diplomáticos rusos, con el objeto de intentar eludir las sanciones internacionales vigentes en aquella época. El problema era que el de Rebeca no era de esos. No solo su nombre no había aparecido jamás en ningún listado de personas sospechosas de colaborar con el régimen ruso, sino que la numeración y fecha certificaban que su pasaporte era auténtico. Ni Tote ni el CNI le encontraban explicación alguna. Constituía todo un misterio, pero no deseaba compartir esa información con el comisionado. El hecho de que su sobrina dispusiera de ese pasaporte sin, en apariencia, ser diplomática, era información clasificada. «Más que clasificada, diría que desconocida», pensó, buscándole el punto de humor a una situación que no la tenía.

—Entonces, ¿qué va a hacer la persona al cargo del caso de mi sobrina cuando se encuentren? ¿No debería informarle de lo que me acaba de contar? —preguntó Tote, intentando salir de aquel incómodo momento.

—Me temo que, para eso, ya llegamos tarde. Entre las llamadas telefónicas y nuestra conversación, ha pasado más de media hora. Ya deben haberse encontrado.

—¿Y qué sucederá si mi sobrina se niega a obedecer las instrucciones de su agente? ¿Y si la detiene?

—Eso ya habrá sucedido.

—¿Y no le preocupa?

—Uno debe de preocuparse de aquello que puede solucionar, no de aquello que no puede, ¿no cree? ¿Acaso usted tiene el poder de rebobinar el tiempo?

Tote se quedó mirando a los ojos del comisionado con cara de asombro. Lo que veía en ellos era una completa indiferencia. ¿Cómo podía ser un desastre que retuvieran a Rebeca en el hospital, por supuestos motivos médicos después de pasarse dos meses en estado de coma, y no pareciera serlo que la detuviera la policía irlandesa en su casa? Lo segundo era claramente más grave, sin embargo, no lo parecía a ojos del comisionado.

Tote no comprendía nada.

11 FLORENCIA, REPÚBLICA FLORENTINA, 11 DE JUNIO DE 1489

—¿Qué haces aquí? ¿Te has vuelto loco? La apuesta no incluía que vinieras hoy al taller. Ya te habría contado yo mismo el resultado.

—No es eso —le respondió Michelangelo, que le narró cómo fue sorprendido ayer por la tarde por el maestro Domenico Ghirlandaio, la coincidencia que conociera a su padre y la propuesta que le hizo de convertirle en alumno suyo.

A Francesco Granacci le cambió el semblante. De sorpresa a miedo.

—Por eso no te vi cuando volví al taller a la hora convenida. Supuse que habrías terminado antes de lo previsto y que te marchaste.

—Es cierto que terminé antes, pero ese no fue el motivo por el que no me encontraste.

—¿Y tu padre? ¿Cómo se lo ha tomado? —le preguntó Francesco Granacci—. Tenía entendido que quería que estudiaras letras con el maestro Urbino.

Michelangelo bajó la cabeza.

—Tuvimos una fuerte discusión, pero, al final, me dijo que hiciera lo que me diera la gana. Después, me echó de casa.

—¿Qué? —preguntó sorprendido Francesco—. ¿De casa de casa?

—¿Qué clase de pregunta idiota es esa? ¿Cuántas casas tengo?

Francesco no concebía lo que estaba escuchando.

—Y si te ha echado de casa, ¿dónde se supone que vivirás a partir de ahora? —preguntó Francesco, preocupado por lo que acababa de escuchar.

—Anoche, por la hora que era, me permitió quedarme, pero cuando vuelva este mediodía, tendré que empaquetar mis pertenencias y marcharme.

—Es terrible. ¿Qué vas a hacer con tan solo catorce años en Florencia? Ya sé que hay muchos niños y jóvenes abandonados viviendo de la caridad, pero no te imagino siendo uno de ellos. No te criaron para eso.

—En el fondo, espero que mi padre haya meditado su decisión para este mediodía y me permita seguir con las clases del maestro Ghirlandaio. En caso contrario, las únicas opciones que me quedarían sería buscar alojamiento en alguna casa de huéspedes que me pueda permitir pagar o marcharme de la ciudad. Siempre me quedaría Villa Settignano. Sé que Beatrice y su esposo me acogerían con los brazos abiertos.

—Pero si te marchas de Florencia no podrás atender a las clases del maestro Ghirlandaio.

—Ahora mismo, aunque es lo que más deseo en el mundo, es el menor de mis problemas.

—¡Atentos todos! —escucharon decir a una voz potente por encima de sus cabezas—. Tenéis cinco horas más para completar vuestro trabajo. El tiempo comienza ya.

Ghirlandaio levantó la lona que cubría la pintura original que todos sus alumnos debían de intentar copiar con la máxima fidelidad posible.

—Ahora voy a ver cómo has perdido la apuesta —dijo Francesco, tratando de buscar el lado divertido a la situación.

En cuanto levantó la lona de su cuadro iniciado, su sorpresa fue mayúscula.

Se quedó inmóvil durante un minuto. Casi parecía que no respiraba.

—¡Por Dios, Michelangelo! ¡Lo has conseguido! —exclamó, asombrado—. Es casi idéntico al original. Tengo que reconocer que ni yo mismo sería capaz de mejorarlo. ¡Y lo has pintado tan solo en un día completo!

—En realidad, completo no. Ya te dije que no era tan difícil. Copiar es más fácil que crear. Tan solo tengo que reproducir algo que ya existe, como me sucede con la gramática.

—Yo no estoy de acuerdo. A mí me resulta mucho más difícil copiar que crear. Para crear basta con dar rienda suelta a tu creatividad y expresar tus sentimientos a través de tu propia obra. Sin embargo, para copiar tienes que meterte en la mente de otro artista y ser capaz de recrear, no solo su pintura, sino los sentimientos que hay detrás de ella, que no son los tuyos. La última palabra que se me ocurre para ese proceso es que sea «sencillo».

Michelangelo, en realidad, pensaba lo mismo, pero había hecho esa afirmación para quitarse mérito. Levantó los hombros en señal de indiferencia y permaneció en silencio. Mientras tanto, Francesco se quedó observando con más detenimiento su pintura terminada.

—Espera, espera —comenzó a decir, con una expresión de absoluto desconcierto—. ¡Este no es mi cuadro! Reconozco mis trazos y estos no son los míos. ¿No me digas que lo pintaste de nuevo todo entero? ¡Por eso me pediste un lienzo en blanco!

—No quería terminar la obra de otro —reconoció Michelangelo—. Me pareció de mal gusto, así que decidí comenzar desde el principio.

—¿Y mi cuadro original sin terminar?

—Es el que está en mi caballete —dijo, mientras se lo mostraba—. Ghirlandaio me pilló con él en brazos ayer por la tarde. Que sepas que le pareció un buen trabajo.

—¿No me digas? ¿Y qué vas a hacer ahora con él? —preguntó Francesco, que iba de sorpresa en sorpresa.

—Lo terminaré de pintar como si la obra fuera mía, pero sin mayores pretensiones. Después, a esperar el veredicto del maestro Ghirlandaio.

Michelangelo lucía una extraña sonrisa en su rostro desde hacía un buen rato. Francesco la interpretó cómo que daba por ganada la apuesta, pero eso no había sucedido todavía. Para ello, el maestro Ghirlandaio debía declarar que la obra vencedora, es decir, la copia más fidedigna del cuadro original que descansaba en el atril elevado del centro del taller era la de Francesco Granacci.

—¿Qué es lo que te hace tanta gracia? —le preguntó—. Después de todo lo sucedido, ¿aún le das importancia a la apuesta? Lo que te ha sucedido con tu padre es terrible, aunque la ganes.

—No creas que tanto —le respondió Michelangelo, enigmático.

—La verdad es que no te entiendo, pero tú sabrás lo que haces —terminó la conversación Francesco, mientras simulaba pintar un cuadro ya terminado. Por su parte, Michelangelo se dispuso a acabar la pintura de Francesco.

En cuanto concluyó el plazo para terminar las copias del cuadro original, el maestro Ghirlandaio se levantó de su silla y fue paseando por todo su estudio. Se entretenía un par de minutos observando los trabajos de sus alumnos, haciendo diferentes muecas. Cuando llegó a la altura de Michelangelo, miró su trabajo con más detenimiento que los demás, hizo un signo de aprobación con la cabeza, y continuó su paseo.

Al llegar a la altura de Francesco, todo cambió.

Domenico Ghirlandaio se quedó observando su cuadro durante más de cinco minutos. Parecía en trance. Francesco nunca lo había visto en semejante estado. Al cabo de un par de minutos más, pareció volver en sí. Se dirigió al atril donde descansaba el cuadro original y le echó un vistazo. Parecía estar reflexionando acerca de cuál de sus pupilos había realizado un mejor trabajo de copia.

Se giró hacia sus alumnos.

—He visto buenas copias —comenzó su explicación—, otras muy buenas, pero tan solo una excelente.

Hizo una pequeña pausa antes de continuar. Todos los alumnos estaban expectantes, menos Michelangelo, que seguía con esa extraña sonrisa.

—Sin ninguna duda, la copia que más me ha impresionado es la de Francesco Granacci. Es verdaderamente extraordinaria. Tengo que reconocer que el salto en la calidad de su pintura me ha llegado a conmover. Quiero que sepáis que, sin vosotros saberlo, habéis copiado una obra de un genio como Alessandro di Mariano di Vanni Filipepi, más conocido por Sandro Botticelli. Estoy seguro de que si él en persona hubiera visto el trabajo de Granacci, se hubiese emocionado como yo lo he hecho. Es obvio que se trata de una copia de inferior calidad del original que tenéis enfrente de vosotros, como podéis fácilmente comprobar si veis ambas pinturas juntas. Granacci ha conseguido captar la composición íntima que Botticelli imprimía a sus obras, con figuras bellas y melancólicas dibujadas, sobre todo la extrema belleza de Venus, aunque no haya alcanzado la perfección de la técnica del maestro con los contornos claros y ligeros contrastes de luces y sombras, pero eso es normal al tratarse de una copia. Aún así, *magnífico, signore Granacci. Suya è la vittoria.*

Todos los alumnos del estudio prorrumpieron en un sonoro aplauso. No era habitual ver al maestro Ghirlandaio regalar ese tipo de elogios. Era orgulloso como todos los pintores de la ciudad y se consideraba el mejor de Florencia, por lo que intentaba no ensalzar las obras de los demás.

Francesco tuvo que aceptar las felicitaciones de todos los presentes, pero había perdido la apuesta con su amigo. La pintura que de verdad ganó era la de Michelangelo.

—Enhorabuena, Francesco. Has hecho un trabajo formidable —le dijo su amigo.

—No te burles de mí —le respondió—. En cuanto vi lo que habías pintado, ya me imaginaba que iba a ganar. ¿Sabes? Tienes un gran don que no se debería desaprovechar. La humanidad perdería a un genio.

—Anda, no te pases, que el trabajo consistía tan solo en copiar un cuadro.

—Pero no un cuadro cualquiera, sino uno del gran maestro Sandro Botticelli. Un joven de catorce años como tú ha sido capaz de captar la intimidad que imprimía a sus pinturas, no olvides las palabras del maestro Domenico Ghirlandaio. Nunca lo había visto elogiar un cuadro como lo ha hecho con el tuyo, aparte de los suyos propios.

—También ha dicho que no he alcanzado la perfección de la técnica de Botticelli con los contornos claros y contrastes de luces y sombras. Al fin y al cabo, te repito que tan solo me he limitado a copiar un cuadro. No es para tanto.

Mientras los dos amigos mantenían esta conversación, el resto estaban recogiendo sus pinturas para abandonar el taller.

—Anda, mis pinturas son las tuyas ahora. Las puedes tomar y guardártelas. Me has ganado la apuesta.

Michelangelo así lo hizo, mientras Francesco quitaba la pintura del caballete y del bastidor, y envolvía su copia para llevársela a su casa.

—Creo que debería hablar con tu padre —dijo Francesco, cuando concluyó su trabajo—. Una cosa así debe de saberla. Quizá reconsidere su decisión de echarte de tu casa.

—No creo que sirva de gran cosa, pero somos vecinos. Lo único que puedes perder son cinco minutos de tu valioso tiempo como pintor.

—¡No sigas burlándote de mí! —exclamó Francesco, mientras empujaba a su amigo.

Ambos salieron riendo a la calle, aunque les esperaba una buena papeleta por delante.

Cuando llegaron a la entrada de la casa de Michelangelo, Francesco se le adelantó y golpeó la aldaba contra la puerta. Apenas unos segundos después abrió el propio Ludovico Buonarroti.

Se quedó mirando a Francesco y no tardó en comprender el motivo de su presencia.

—Si crees que trayendo a amigos vas a arreglar el problema, me parece que estás muy equivocado —dijo, dirigiéndose expresamente a su hijo e ignorando la presencia de Francesco.

—Señor Buonarroti, por favor, déjenos pasar —se atrevió a decir Francesco.

—Claro. La educación no está reñida con la disciplina.

Los tres se dirigieron al salón principal de la casa. Ludovico les invitó a tomar asiento.

—¿Qué es lo que deseas decirme? —le espetó Ludovico a Francesco, nada más posaron su culo sobre el sillón.

—Decirle no, enseñarle —le respondió, mientras descubría el lienzo a los ojos del padre de Michelangelo.

Ludovico se levantó, lo tomó con sus manos y lo depositó encima de la mesa para verlo mejor, por sus grandes proporciones. Se quedó observándolo durante unos minutos en completo silencio.

—¿De dónde habéis sacado esto? —preguntó, cuando concluyó su inspección.

—Lo ha pintado su hijo —dijo Francesco, ante el silencio de Michelangelo—. Ha recibido todo tipo de elogios por parte del maestro Domenico Ghirlandaio, que, como sabrá, ya que son amigos, es considerado el mejor pintor de Florencia. Su hijo tiene un don muy especial para el arte. Creo que, a la vista de esta pintura, quizá podría replantearse su decisión y permitirle que explore ese campo un par de años. Aún es joven y, si no alcanza notoriedad, siempre podría volver a estudiar gramática con el maestro Urbino.

Ludovico se quedó mirando muy serio a su hijo y a su amigo.

—Quizá no me tome en serio a los artistas, ya que suelen ser gente perdedora, pero eso no significa que no entienda de arte y, en concreto, de pintura. Esta obra es *El nacimiento de Venus*, del maestro Sandro Botticelli.

Francesco se permitió una pequeña sonrisa.

—Veo que entiende de verdad de pintura. Efectivamente, se trata de *El nacimiento de Venus,* pero su autor no es Sandro Botticelli, sino Michelangelo Buonarroti.

Ludovico se quedó mirando a ambos jóvenes con una expresión que no entendieron.

—No. Esta pintura es la original, no se trata de una copia. Lo sé porque la he visto expuesta en numerosas ocasiones en el palacio de mi amigo Lorenzo de Medici, que es su propietario.

—¿Se da cuenta del enorme talento que tiene su hijo? —continuó preguntando Francesco Granacci—. Domenico Ghirlandaio trajo el original de esta obra a su taller de pintura hace unos días. Entre sus diez alumnos teníamos que conseguir una copia lo más fidedigna posible en tan solo cuatro días. Pues bien, entre los diez ganó el once, que es su hijo. Él es el autor de esta magnífica copia, que la pintó ayer mismo. Tan solo en un día. ¿No me diga que no es sorprendente?

Ludovico se quedó mirando a su hijo.

—No es sorprendente, es increíble. ¿Qué es lo que has hecho?

—Tan solo es una simple broma, padre —le respondió.

—Pues debes resolver este entuerto por ti mismo. Yo no te pienso ayudar.

Francesco parecía confundido. No estaba entendiendo ni una sola palabra de la conversación.

—¿Me podrían explicar de qué están hablando? —preguntó.

—Me parece que te debo ciertas explicaciones —comenzó Michelangelo—. La primera, mi padre tiene razón. Esta es la pintura original.

La confusión de Francesco subió tres puntos y su temor cinco, al saber que había tenido entre sus manos un Botticelli auténtico.

—¿Cómo es eso posible? La pintaste tú cuando te dejé solo en el taller.

—Es cierto que pinté *El nacimiento de Venus,* pero lo cambié por el original. El que colgaba del atril en el centro del estudio del maestro Ghirlandaio era, en realidad, mi copia. En tu caballete siempre estuvo el original.

—¿Qué? —exclamó Francesco, que no se imaginaba jamás semejante osadía.

—Por eso Ghirlandaio se quedó mirándolo de esa manera, extasiado, cuando hizo la ronda por su taller. En tu caballete no estaba observando una copia, sino el auténtico Botticelli. Aún así, no fue capaz de distinguirlos. No se dio cuenta de que el que estaba en el centro del taller era una vulgar copia pintada por mí. Para que luego hables maravillas del maestro Ghirlandaio ese, que no sabe distinguir un Botticelli original de un Buonarroti original.

—¿Es eso cierto? —preguntó Ludovico.

Francesco se había quedado sin palabras y no fue capaz de contestarle.

—Sí lo es, padre. Francesco no sabía nada de esta pequeña broma, como ya te habrás dado cuenta. Fue tan solo cosa mía.

Ludovico se volvió a sentar en el sillón. Estuvo en silencio durante un par de minutos.

Francesco miraba a su amigo con una extraña expresión, mezcla de admiración, estupefacción y temor. Sin embargo, lo que vio en los ojos de su amigo era tranquilidad.

—¿Te importa dejarnos solos, Francesco? —dijo, al fin, Ludovico.

Francesco Granacci salió de la casa como alma que lleva el diablo.

12 EN LA ACTUALIDAD, DUBLÍN, IRLANDA, 10 DE ENERO

—¿Es aquí? —preguntó el taxista, extrañado.

—Sí, exactamente aquí.

—¿Vive en un solar en construcción?

Rebeca siempre era muy celosa de su intimidad.

—Tan solo le he indicado que me deje aquí. No creo que le haya dicho que viviera aquí.

El taxista no pareció conforme con las palabras de Rebeca.

—Pero la doctora Shackleton me ordenó claramente que la dejara en la puerta de su casa. Me dijo que estaba demasiado débil para andar, incluso con muletas. Quizá a usted le pueda parecer un juego, pero yo no quiero problemas en mi trabajo.

Rebeca se quedó mirando a aquella persona. Por su acento, ya había deducido que era pakistaní. Supuso que tendría algún tipo de convenio para trasladar a los pacientes del *St. Patrick's Hospital*. Por eso la directora le había dado el número de licencia e incluso el nombre del conductor, porque lo debía conocer. Como tampoco deseaba causarle problemas al pobre taxista, decidió decirle la verdad.

—Todo lo que ve delante de usted es mío.

—Lo que veo es una obra clausurada.

—Pues resulta que esa obra clausurada y todo lo que contiene la compré hace medio año. A pesar del cartel que acaba de leer que prohíbe el paso, yo soy su propietaria. Vivo en un edificio dentro de este gran solar.

El taxista se la quedó mirando con una expresión extraña, como no creyéndola. Rebeca tuvo que insistir.

—¿Cree que le haría dejarme aquí si apenas puedo andar? ¡Por supuesto que esta es mi casa! —exclamó, esta vez con voz autoritaria.

El taxista pareció reaccionar. Descendió del vehículo y se apresuró a ayudar a su cliente a bajar del taxi. Con las muletas todo era más difícil.

—Parece que tiene compañía —le dijo el taxista.

—¿Por qué dice eso?

—En esta acera tan solo está el solar donde usted dice que vive, pero la calle es estrecha y no se puede aparcar. La *Garda* es muy estricta en esta zona, pero hay una excepción.

Rebeca se giró ante las extrañas palabras del taxista.

Inmediatamente las comprendió. Allí había un vehículo de la *Garda*, estacionado encima de la acera. Como había dicho el taxista, allí no había nada más que su solar.

«Me parece que tengo visita», se dijo Rebeca.

Estuvo a punto de volverse a subir al taxi, pero, ¿para ir adónde? El único lugar que conocía bien era el *pub «The Cat & The Horse»* pero no era cuestión de aparecer allí en su estado actual.

«Bueno, me temo que tendré que afrontar a la policía irlandesa tarde o temprano. Pues más vale que sea temprano, así que me dejen en paz de una vez», decidió.

—¿Está todo bien, señorita? —le preguntó el taxista.

—Sí, ha sido usted muy amable preocupándose por mí —le respondió Rebeca, dándole una generosa propina.

El taxista inclinó la cabeza varias veces, en señal de agradecimiento, y abandonó el lugar.

Cuando se alejó el taxi, Rebeca se quedó mirando a su alrededor, buscando al conductor de aquel vehículo aparcado.

No había nadie.

«Igual ese coche de la *Garda* no tiene nada que ver conmigo», se dijo, intentando tranquilizarse. Al segundo siguiente, se lo pensó mejor. «No. Tengo que reconocer que eso es improbable».

Abandonó esos pensamientos y se acercó al viejo candado que cerraba la cancela metálica, con el inconfundible símbolo de *Willy Wonka* en todo lo alto.

No pudo evitar una mueca, a medio camino entre una tímida sonrisa y un ligero gesto de dolor. Recordaba la primera vez que su hermana Carlota lo vio. No daba crédito a lo que tenía enfrente de ella. «Era difícil sorprenderla, pero creo que, en aquella ocasión, lo conseguí», pensó.

La ciudad de Dublín proyectó construir una especie de parque temático inspirado en el libro clásico infantil del célebre escritor británico Roald Dahl, *«Charlie y la fábrica de chocolate»*, y en la posterior película basada en su personaje principal, *Willy Wonka.* Llegaron a desarrollar el proyecto, pero el ayuntamiento se encontró con muchas trabas legales debido a las constantes disputas por la titularidad de los terrenos. No todos eran de propiedad pública y ello generó sus batallas en los tribunales. El proyecto original del parque se inició hacia el año 2005. Con todos los retrasos que hubo se llegó hasta 2008. Todo el mundo recuerda lo que sucedió aquel año. La caída del gigante estadounidense *Lehman Brothers*, que precipitó el gran terremoto económico y financiero de principios del siglo XXI. Irlanda fue especialmente afectada por aquella tormenta perfecta. Se abandonaron muchos proyectos por falta de fondos, entre ellos el *Chocolate Factory Park.*

En el mes de julio del año pasado, cuando Rebeca decidió mudarse a Dublín, adquirió todos los terrenos y las instalaciones a un fondo de inversión. Pero resulta que el ayuntamiento de Dublín ya había comprado gran parte de la maquinaria para el parque, tal y como aparecía descrita en el libro y en la primera película de *Willy Wonka.* Al abandonar el proyecto original, almacenaron todo lo comprado en una de las antiguas naves portuarias del año mil ochocientos. Rebeca se limitó a poner cada cosa en su sitio y a mantener todo en perfecto estado de conservación. Le gustaba decir que vivía en la fábrica de chocolate original de *Willy Wonka.* Desde luego era lo más parecido que existía en la actualidad, aunque se tratara tan solo de un decorado, no de una verdadera fábrica.

Como pudo, logró llegar al almacén que había habilitado como su casa. Allí ya no había candado. Disponía de una cerradura electrónica con clave numérica y una puerta de seguridad. Tecleó la contraseña y la puerta se abrió con un chasquido metálico.

Antes de entrar, miró a su alrededor. Desde aquel fatídico día no había pisado su casa de Dublín. «Exactamente desde hace dos meses y seis días», recordó, ahora con cierto dolor.

El polvo se había acumulado y la suciedad era algo que incomodaba mucho a Rebeca. Mientras vivió con regularidad en el apartamento situado en la parte superior de almacén, una empresa de limpieza se encargaba de mantenerlo todo en orden. La nave era enorme y Rebeca no podía limpiarla por ella misma. Pero como acababa de recordar, hacía más de dos meses que no aparecía por allí. Supuso que la empresa de limpieza, al no tener noticias de ella ni recibir los pagos semanales, pensó que ya no precisaba de sus servicios.

«En esto no había pensado», se dijo. «Tendré que volver a contactar con urgencia con los limpiadores. Aquí no se puede vivir».

Con ayuda de las muletas, e intentando evitar las zonas donde el polvo se acumulaba, llegó hasta el ascensor, que era una réplica exacta del que apareció en la película de 1971, *Willy Wonka & the Chocolate Factory*, protagonizada por Gene Wilder. Afortunadamente, el ascensor funcionaba, no como el resto de elementos de la fábrica de chocolate.

De repente, algo llamó poderosamente la atención de Rebeca.

«¡Joder!», exclamó para sus adentros.

No estaba sola.

Rebeca no solía utilizar el ascensor casi nunca, ya que usaba las escaleras. Siempre lo dejaba en la planta baja del almacén, pero no estaba allí, sino en el primer piso, donde se encontraba su apartamento. Además, ahora que se fijaba mejor, observó unas huellas impresas sobre la capa de polvo, que se dirigían precisamente hacia el ascensor. Se agachó como pudo y las observó con detenimiento. Era calzado común, no botas militares ni nada de eso. Las huellas eran muy recientes.

«¿Cómo ha conseguido entrar?», pensó Rebeca, preocupada. «El candado de la cancela es antiguo y cualquiera con unos mínimos conocimientos lo puede abrir, pero, ¿y la cerradura de seguridad con clave que da acceso a este almacén?».

Pensó en quién conocía la combinación numérica. «La *Garda* desde luego que no», se dijo. «Además, la policía no puede entrar en un domicilio sin una orden judicial, y es imposible que la hayan conseguido en media hora y sin una causa justificada».

Se quedó un instante en completo silencio, pensando. De repente, su rostro palideció.

No podía ser.

Tan solo le había revelado la combinación a su hermana Carlota, cuando vino en octubre del año pasado y se alojó en su casa. Nadie más la sabía. Bueno, también la empresa de limpieza, pero los descartó de inmediato porque no tenía ningún sentido que hubieran accedido a su apartamento. Tan solo se encargaban de limpiar la nave. El espacio donde residía Rebeca se lo limpiaba ella misma. No le gustaba que trastearan entre sus cosas.

Se quedó en completo silencio durante un instante, esperando escuchar algo que delatara al intruso.

Nada.

«Bueno, me temo que tendré que salir de dudas. No puedo quedarme inmóvil. El desconocido ya me habrá oído entrar», pensó, mientras presionaba el botón del ascensor.

Se subió. A pesar de que la maquinaria era antigua, tan solo tenía que salvar un desnivel de unos ocho metros. Apretó el botón del primer piso. En menos de diez segundos se iba a encontrar con quienquiera que hubiese entrado en su casa. No solía ponerse nerviosa en situaciones de tensión, pero ahora lo estaba.

Se abrió la puerta del ascensor. Antes de salir, Rebeca tomó las muletas y se asomó con cautela.

Tan solo vio oscuridad. Nada más.

Salió del ascensor y se dirigió hacia la supuesta sala de máquinas de la fábrica de chocolate. Era el espacio que había habilitado como su apartamento y se encontraba a apenas unos metros de la puerta del ascensor.

No había ninguna luz encendida. Rebeca sabía que, en cuanto accionara el interruptor, se iluminaría toda la estancia.

Era diáfana y no tenía ningún recoveco para poder ocultarse. Estaba a segundos de descubrir quién se había atrevido a entrar en su casa sin permiso.

—¡Hágase la luz! —dijo en voz alta, al mismo tiempo que giraba el interruptor.

En apenas un segundo, la oscuridad dejó paso a una claridad absoluta.

Rebeca pudo ver perfectamente la silueta de una persona sentada en una silla, de espaldas a ella. No le podía ver la cara, pero sí su uniforme.

«¿Cómo se atreve la policía a allanar mi vivienda?», pensó, indignada.

—¡Oiga! —gritó.

El desconocido no se movió.

—No tiene ningún derecho a entrar aquí. De hecho, voy a llamar a emergencias —dijo, mientras se apoyaba en la pared para sacar el móvil de su bolso.

Lo tomó entre sus manos.

Levantó la vista.

El desconocido seguía inmóvil.

«¿De qué va este *jueguecito* tan estúpido?», pensó.

—Le doy un segundo para girarse. Si no lo hace, usaré mi móvil.

De repente, aquella persona con el uniforme de la *Garda* movió la silla. La giró y se quedó mirando fijamente a Rebeca.

—¿De verdad que piensas llamar a la policía?

—¡Tú! —exclamó Rebeca, con la absoluta perplejidad reflejada en su rostro.

A pesar de sus dificultades para andar, Rebeca recorrió la distancia que los separaba en apenas dos segundos.

Se abrazaron en silencio.

13 FLORENCIA, REPÚBLICA FLORENTINA, 12 DE JUNIO DE 1489

—Le presento a mi hijo, Michealgelo Buonarroti —dijo Ludovico, de forma muy pomposa—. Ludovico, estás en presencia de Lorenzo el Magnífico, gobernante de la República Florentina y gran amigo de la familia.

Michelangelo no había conocido jamás a ningún miembro de la familia que gobernaba la República Florentina. Por lo que había estudiado, sabía que fue creada en el año 1115, o sea, hacía más de tres siglos. Ese año se produjo la muerte de la Gran Condesa Matilde de Canossa, que, según su padre, era su antepasada. Fue la última gobernante de la llamada Marca de Toscana, una región que lindaba por el norte con el Reino de Italia, por el sur y el este con los Estados Pontificios. Al oeste se encontraba el mar de Liguria. La primera forma de gobierno que adoptó la República Florentina fue la *Signoria de Florencia.* Michelangelo también sabía que estaban atravesando un periodo de gran prosperidad económica, cultural y política en Europa. Pero no todo era bonito. La lucha por el control de la república entre diferentes facciones era inacabable. En 1434 se había hecho con el poder Cosimo de Medici, que pertenecía a la familia gobernante en la actualidad. Ahora mismo, su padre y él se encontraban en presencia de su último miembro, el nieto de Cosimo, Lorenzo de Medici, más conocido como Lorenzo el Magnífico. A pesar de que los Medici llevaban gobernando tres generaciones, Michelangelo sabía que otras familias todavía ansiaban el poder de los Medici e incluso conocía el descontento del pueblo, que deseaba el retorno de una república de verdad, no una gobernada de forma absolutista por una familia, aunque fuera muy poderosa. A pesar de todos estos conocimientos, Michelangelo, con catorce años, no estaba nervioso frente a un hombre de tanto poder, aun conociendo el motivo de la visita. También ayudaba el hecho de que, dado el gran poder que ostentaba Lorenzo de Medici, se lo había imaginado como un hombre fuerte y de rasgos marcados. En realidad, era justo lo contrario, de talla media y sin ningún aspecto de grandeza más allá de su exagerado vestuario. Incluso su voz sonaba algo áspera y su tono poco autoritario.

—Es un placer conocerte, pequeño Buonarroti —dijo Lorenzo de Medici—, mientras le daba unas palmaditas en la cabeza.

«Mal empezamos», pensó Michelangelo.

—El placer es mío, señor —le respondió, de forma educada.

—¡Qué mal anfitrión os debo de parecer! —exclamó—. Anda, acompañadme al salón principal. Nos sentaremos y tomaremos algo.

Las estancias del *Palazzo dei Priori* impresionaron a Michelangelo. Para su divertimento, pudo ver pinturas de Botticelli y también de Ghirlandaio colgando de las paredes. «¡Qué ironía!», pensó.

Por fin llegaron a su destino.

—Este es uno de los salones más grandes que existen, no solo en Italia, sino en Europa —dijo Lorenzo de Medici—. No acostumbro a recibir a mis visitas aquí, pero hoy voy a hacer una excepción.

Mientras Ludovico admiraba las enormes proporciones del salón y, en silencio, sospechaba que Lorenzo quería impresionarles, Michelangelo lo miraba con otros ojos. Observó su grandiosidad y se detuvo en su decoración. Estaba claro que hacía poco tiempo que lo habían reformado, ya que el estilo decorativo era actual.

—¿Te interesa la arquitectura? —le preguntó Lorenzo, al ver al joven fijarse en los detalles.

—Como ejercicio de contemplación, desde luego, aunque me gusta más la pintura y la escultura, señor —le respondió.

—¡Caramba! —exclamó el Magnífico—. Sí que lo tienes bien educado, amigo Ludovico.

—Intento convertirlo en un hombre de bien, para que preste sus servicios a la República Florentina y a su señor, como lo hago yo.

—Eso está bien.

Después de una breve conversación intrascendente acerca de la mujer de Lorenzo, Clarice Orsini, y sus diez hijos, pasaron al tema que los había llevado al *Palazzo dei Priori.*

—Me parece que mi hijo tiene algo que contarle —dijo Ludovico.

Lorenzo de Medici estaba expectante. No se podía imaginar qué es lo que aquel joven tendría que comunicarle que justificara una visita a su palacio. Sin duda, debía de tratarse de algo importante. Lorenzo era curioso por naturaleza.

—Antes que nada, debo pedirle mis más sinceras disculpas, señor. Todo fue una broma que se me escapó de las manos. No me di cuenta de su alcance hasta que mi padre, ayer por la tarde, me lo hizo saber.

Lorenzo no entendía nada.

—Disculpas, ¿por qué exactamente?

—Creo que es amigo personal de Botticelli y también de Ghirlandaio.

—Y de Leonardo da Vinci y lo era del recientemente fallecido Andrea del Verrocchio, entre otros. ¿Por eso te tienes que disculpar?

—Creo que hace unos días le prestó *El nacimiento de Venus* a Ghirlandaio para que los alumnos de su taller practicaran el estilo de Botticelli.

—Así es. Permitidme que os acompañe a verlo —dijo Lorenzo, levantándose de su asiento e invitándolos a salir del salón.

—¿Por qué no has sido más directo? —le susurró Ludovico a su hijo, en cuanto Lorenzo se alejó unos metros—. Ahora vamos a pasar el doble de bochorno.

Michelangelo levantó los hombros.

—No me ha dejado terminar de explicarme —respondió, aunque parecía divertido por la situación.

Después de atravesar varias estancias, llegaron a un salón lleno de tapices. En una de sus paredes colgaba *El nacimiento de Venus.*

—Es impresionante, ¿verdad?

El cuadro tenía unas dimensiones considerables, en torno a 278 centímetros de ancho por 172 de alto. Ludovico se aproximó para observarlo de cerca. Tuvo que reconocer su extrema hermosura. Consideraba que representaba el puro nacimiento del amor y la belleza espiritual como fuerza motriz de la vida. Sabía que Botticelli se inspiró en la obra poética *Stanze per la Giostra*, de su gran amigo Angelo Poliziano, que precisamente describía el nacimiento de Venus. También conocía que la modelo que posó para representar la figura de Venus fue la tristemente fallecida Simonetta Vespucci, que hacía honor a la belleza representada. Retornó de sus pensamientos y se quedó observando la obra, ya desde un punto de vista técnico. De inmediato, entró en pánico. Reconoció su inconfundible estilo. Sin duda, aquella era la pintura original de Botticelli. Pero si eso era así, ¿qué cuadro portaban ellos enrollado? Se giró a mirar a su hijo, que, aparentemente, continuaba divertido.

—Lo es —dijo Michelangelo—. Sin duda se nota la mano de un gran maestro pintor.

—¿Entiendes de pintura?

—Soy un autodidacta, señor. Mi padre me obliga a asistir a las clases del maestro Urbino para que sea un hombre de bien, aunque a mí me gustaría incorporarme al taller de Ghirlandaio —le respondió Michelangelo.

—Ahora lo entiendo. El viejo cascarrabias no te ha aceptado como alumno y queréis que yo interceda por el joven Buonarroti ante él.

—No es exactamente eso, señor. El maestro Ghirlandaio me admitió ayer mismo como alumno en su estudio. Es mi padre el que no quiere que asista a sus clases.

Ludovico permanecía en silencio, furioso, pero no podía permitirse intervenir en la conversación.

—¿Y vienes a mí para que yo intente convencer a tu padre? —preguntó sorprendido Lorenzo de Medici.

—Así es, señor.

—¿Y por qué tendría que hacer semejante cosa?

—Mi padre Ludovico es un gran amante del arte, como lo es usted y toda su familia, pero no cree que esté a la altura de los grandes. Cree que es más seguro para mi futuro que estudie con el maestro Urbino y que sirva a la administración de la República Florentina, pero yo creo en mí. Tengo el convencimiento de que, algún día, podría convertirme en un maestro de la pintura y de la escultura.

Lorenzo hizo un gesto de desaprobación con la cabeza.

—Los hijos deben obedecer a sus padres. Aunque aún eres joven, con el tiempo te darás cuenta de la sabiduría de sus consejos. Por cierto, ¿qué es lo que llevas oculto bajo esa tela? ¿Un regalo para que interceda por ti?

—En realidad, no es un regalo. Esto le pertenece a usted —dijo Michelangelo, descubriendo el cuadro. En el centro del salón había una mesa. Lo extendió sobre ella.

Lorenzo de Medici se acercó a contemplar el lienzo. Su expresión cambió por completo.

—¿Es una copia realizada por Ghirlandaio? —preguntó.

—No es una copia, señor.

Ahora sí que Michelangelo consiguió captar toda la atención de Lorenzo de Medici.

—¿Acaso estás insinuando que se trata del original de Sandro Botticelli?

—Sí, señor. Por eso hemos venido hasta su palacio. Recordará que he iniciado la conversación pidiéndole disculpas. Era por este cuadro. Lo tomé prestado del estudio de Ghirlandaio, pero desconocía que le perteneciera hasta que mi padre me lo dijo ayer por la tarde. Se lo pensaba devolver al propio Ghirlandaio hoy mismo.

Lorenzo no daba crédito a lo que estaba escuchando. Junto con Ludovico, se acercaron a la pared donde colgaba *El nacimiento de Venus.* Se quedaron observándolo durante al menos cinco minutos.

Lorenzo se dirigió a Ludovico.

—¿Tú qué opinas?

—Lo que le pido son mis humildes disculpas por el tiempo que le hemos hecho perder. Está claro que esta pintura es la original de Botticelli. Cometí el error de creer en mi hijo y lo único que pretendía era llamar su atención.

—Eso lo ha conseguido, sin duda. En cuanto al cuadro, yo pienso lo mismo. Este es el original. Lo he observado centenares de veces. Se podría decir que es una de mis pinturas favoritas. Pero entonces, ¿quién es el autor de la magnífica copia que habéis traído?

Ludovico se quedó mirando a su hijo, con cara de asesino. Comprendió que le había tendido una hábil trampa para traerlo hasta el *Palazzo dei Priori* y conseguir una entrevista con Lorenzo de Medici.

Lorenzo, que estaba mirando a su amigo Ludovico, también comprendió lo que estaba pensando.

—Antes de que castigues a tu hijo, quiero una respuesta a mi pregunta. ¿Quién es el autor del lienzo que hay en la mesa del salón?

—Sandro Botticelli, señor —contestó Michelangelo.

—Me parece que la broma ya ha terminado —exclamó Ludovico, muy enfadado—. Cuando lleguemos a casa te vas a enterar. Hemos hecho perder un tiempo precioso a la persona más importante de la República Florentina.

Mientras Ludovico reñía a su hijo, Lorenzo se aproximó al centro de la sala y observó de nuevo la pintura extendida sobre la mesa. Tuvo que reconocer que, aunque una copia, era extraordinaria.

—¿Eres tú el autor? —le preguntó a Michelangelo.

—Sí, señor.

—Si esta pintura estuviera colgada de la pared de mi salón, te juro que me costaría distinguirla de la original. Estoy verdaderamente impresionado por tus habilidades artísticas. ¿Cuántos años tienes?

—Catorce

—¿Y has sido capaz de pintar esta maravilla?

—Sí, señor.

Durante un pequeño instante, reinó el silencio en aquel salón. Ni Michelangelo ni su padre sabían cuál iba a ser la reacción de Lorenzo el Magnífico.

—¡Guardias! —gritó.

De inmediato aparecieron dos soldados vestidos con los colores de la República Florentina, portando un par de lanzas.

Ludovico palideció, aunque, mirando a su hijo, su rostro reflejaba una clara determinación. No lo comprendía.

—Quiero que traigáis ante mi presencia al maestro Antonio del Pollaiuolo.

Ludovico lo conocía. Era uno de los pintores que residían en el *Palazzo dei Priori,* acogido por Lorenzo de Medici como su mecenas.

No pasaron más que un par de minutos cuando entró por la puerta. Se inclinó ante Lorenzo y saludó a Ludovico y a su hijo.

—Podéis retiraros —ordenó Lorenzo a los guardias—. Si os necesito de nuevo ya os lo haré saber.

Los soldados saludaron a su señor y abandonaron la estancia.

Lorenzo de Medici se dirigió al pintor.

—Antonio, quiero que observes con detenimiento el lienzo que hay extendido sobre la mesa del salón. Tómate tu tiempo. Quiero una evaluación lo más completa posible.

Así lo hizo. Al principio, todos observaron cómo fruncía el ceño para terminar con una expresión de evidente sorpresa.

—¿Qué hace *El nacimiento de Venus* descolgado de la pared y dejado caer en esta mesa de cualquier manera? —preguntó.

Ahora, Lorenzo de Medici parecía divertido con la situación.

—Gírate —le dijo—. La pintura original permanece colgada en la pared.

Antonio del Pollaiuolo no daba crédito.

—¿Cómo es posible? —preguntó, desconcertado—. Hubiera jurado que este era el original.

—Es que lo es —intervino Michelangelo.

—¡Hijo, ya basta! —exclamó Ludovico, haciendo ademán de tomar a su hijo por un hombro para atraerlo a su lado. Tenía miedo de la reacción de Lorenzo de Medici.

Lejos de amedrentarse, Michelangelo continuó hablando.

—Lo puedo probar.

—¿Cómo puedes hacer semejante cosa? —preguntó Lorenzo, con evidente curiosidad.

—Supongo que, como buen amante del arte que es Su Señoría, dispondrá de la lente de aumento que se suele utilizar para observar fragmentos de las pinturas, sobre todo en cuadros de estas proporciones.

—Sí, claro. ¿Y qué?

—¿Le importaría prestármela, señor?

Ludovico estaba a un solo paso de sufrir un ataque de nervios al comprobar el desparpajo y la insolencia de su hijo. Estaba paralizado porque no sabía cómo reaccionar. Sin embargo, Lorenzo de Medici parecía seguirle el juego. No sabía si eso era bueno o malo, pero se imaginaba lo peor.

Michelangelo continuó.

—Si me lo permite, acerquémonos a la pintura que está colgada, señor. Me gustaría hacerle una pequeña demostración.

Lorenzo de Medici aceptó con la cabeza y todos se aproximaron al cuadro de la pared.

—Fíjese bien en el rostro de Venus. Si observa con detenimiento el centro de la ondulación de su melena rubia que aparece en la parte inferior a la izquierda de su rostro, quizá me comprenda, señor.

Lorenzo se acercó y siguió las instrucciones de Michelangelo.

—No veo nada de especial más que la maestría de Sandro Botticelli con sus extraordinarios trazos.

—Es un detalle apenas visible a simple vista, por eso ahora vamos a verlo con la lente de aumento —dijo Michelangelo, mientras acercaba el objeto al punto en cuestión.

Lorenzo de Medici puso su ojo derecho sobre la lente y volvió a mirar esa sección concreta del cuadro. De repente, su rostro pareció trasmutarse.

—¡Por todos los diablos! —exclamó, mientras se alejaba de la pintura.

Ludovico permanecía observando la escena, sin comprender lo que estaba pasando, aunque presagiara que nada bueno.

Lorenzo se giró hacia Michelangelo.

—Has sido tú, ¿verdad?

—Sí, señor. Ya se lo había dicho desde el principio.

Lorenzo hizo sonar una pequeña campana. En apenas unos segundos, aparecieron de nuevo los dos guardias en la puerta del salón. Se quedaron inmóviles, esperando las instrucciones de su señor.

—Primero, quiero que descolguéis ese cuadro de la pared —ordenó, con voz autoritaria.

Los soldados obedecieron sin rechistar. El cuadro, junto con el marco, pesaba bastante.

Ahora se dirigió hacia Antonio del Pollaiuolo.

—Ahora, quiero que tus manos expertas reemplacen el lienzo enmarcado por el que encuentra en el centro de la mesa.

—Señor, pero... —comenzó Antonio con una tímida protesta.

—¡Ya! —exclamó Lorenzo de Medici, con todo el tono autoritario que su áspera voz le permitió.

Antonio del Pollaiuolo, sin comprender demasiado lo que estaba haciendo, procedió a obedecer las instrucciones de su señor. Toda la operación le llevó unos quince minutos.

Mientras tanto, Ludovico seguía observando las expresiones en los rostros de todos los presentes en el salón. Aquello no le parecía normal. A pesar de que había dado las órdenes en un tono enérgico, la cara de Lorenzo de Medici parecía reflejar cierto divertimento. Su hijo estaba serio, pero tampoco parecía preocupado. Sin embargo, él tenía que reconocer que estaba literalmente «cagado» de miedo.

—Bueno, parece que hemos restablecido el orden —dijo, al fin, Lorenzo de Medici.

—Así es —se atrevió a contestarse Michelangelo—. Le reitero mis más sinceras disculpas, señor.

—¿Disculpas? —le preguntó Lorenzo—. ¿Crees que con eso es suficiente?

—Supongo que no, señor. Jamás debí permitir que la broma llegara hasta este extremo. A pesar de mi edad, soy consciente de ello. Acataré su castigo, sea el que sea.

Lorenzo volvió a utilizar la campana. Como en la ocasión anterior, de inmediato aparecieron los dos guardias en la puerta del salón.

Ludovico, mientras tanto, ya había asumido que iban a ser encarcelados en las mazmorras del palacio. Tomó la lente y se dirigió hacia el lienzo que descansaba en el centro del salón, para observar qué es lo que había desencadenado toda la ira del gobernante de la República Florentina.

—¡Dios mío! —se le escapó en voz alta, cuando vio lo mismo que había observado Lorenzo de Medici.

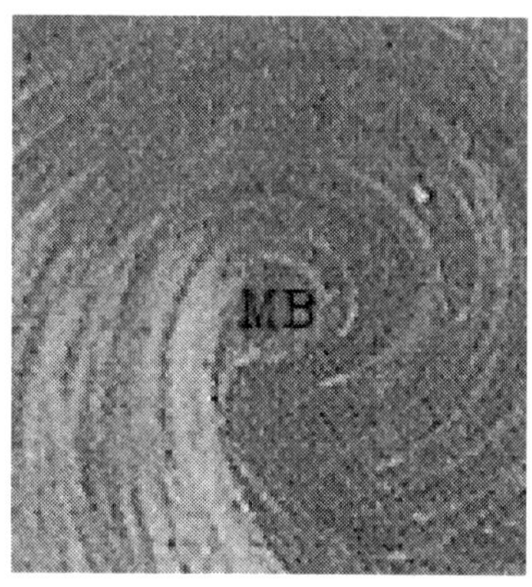

Su hijo había pintado sus iniciales de forma minúscula, «MB», en el cuadro que todos habían considerado auténtico y que había estado colgado en la pared de uno de los salones del palacio de Lorenzo de Medici. Su hijo había humillado al mismísimo señor de Florencia, que se las daba de gran entendido en arte.

Tuvo claro que aquello iba a traer importantes consecuencias. Lanzó una última mirada a su hijo, que, a pesar de todo lo sucedido, seguía pareciendo sereno.

«Ya te lo advertí», adivinó que le dijo con sus ojos.

14 EN LA ACTUALIDAD, DUBLÍN, IRLANDA, 10 DE ENERO

—¡Caramba! La directora del hospital me acaba de decir que no te encontrabas muy bien. Pues no lo parece.

—¿Eras tú la persona que se ha cruzado conmigo en la puerta del hospital?

—Supongo que tú eras la de la silla de ruedas, con ese gorro de lana de aviador que te cubría casi toda la cara. Muy oportuno para evitarme. No te reconocí. Supongo que ese era el motivo de llevarlo puesto.

A Rebeca no se le había ocurrido ese enfoque. «¿Era posible que la doctora Shackleton le hubiera regalado ese gorro tan aparatoso para burlar a la *Garda,* en caso de cruzarse en el hospital? ¿Para qué iba a hacer semejante cosa?». No le encontraba explicación, no obstante, lo anotó mentalmente para pensar acerca de ese detalle más adelante. Ahora tenía otras prioridades.

—Si llego a saber que eras tú, no te evito. Lo único que vi fue una persona vestida con el uniforme de la *Garda.* Sabía que un miembro de la policía irlandesa tenía que supervisar mi alta hospitalaria, así que decidí escaparme a mi manera y no esperar.

Se separaron y se sentaron en el butacón triple que tenía Rebeca, enfrente de las dos camas. Por un instante, reinó el silencio. Tantas cosas por decir y tan pocas palabras para expresarlas.

—¿De dónde has sacado ese disfraz? —comenzó Rebeca, por el tema que creía más trivial.

—¿Te gusta?

—La verdad es que te queda imponente. Así disfrazado, te aseguro que ligarías mucho.

—Pues no es un disfraz.

Esa fue la primera sorpresa de Rebeca.

—¿Qué quieres decir?

—Que, en estos dos meses que llevas dormida, han pasado muchas cosas.

—Lo siento, pero no te creo.

—Tú siempre decías que lo más sencillo solía ser lo más eficaz. Pues aplícate el cuento ahora a ti misma.

Rebeca se separó un poco.

—¿De verdad perteneces a la *Garda*?

—¿Tan raro te parece?

—Si lo pienso bien, quizá raro no, pero, desde luego, sí muy sorprendente. ¿Serías tan amable de iluminar a una pobre que se acaba de despertar de un largo sueño?

Ryan la observó con un gesto de extrañeza. La doctora le había informado que no estaba recuperada, pero, mirándola a los ojos, parecía lo contrario.

—Bueno, cuando resolvimos el misterio de la desaparición del sarcófago del faraón Menkaure o Micerino, como prefieras, al día siguiente retorné a Irlanda. Tú y tu hermana os quedasteis un día más. Recuerda que, durante nuestra estancia en España, no me llevé mi móvil irlandés y compré tarjetas prepago españolas. En consecuencia, cuando llegué a mi casa y encendí el irlandés, para mi sorpresa, tenía un montón de mensajes en el contestador. Me extrañó, ya que, como sabes, no tengo familia y nadie se ha preocupado por mí durante estos años. Pues bien, estaba equivocado.

—¿En qué exactamente? —preguntó Rebeca, que seguía atentamente las explicaciones de Ryan Clarke.

—En que sí que había una persona que se había preocupado por mí durante los últimos años.

Rebeca lo miró extrañada.

—¿Cómo es eso posible sin que te dieras cuenta?

—Bueno, tampoco es habitual prestar demasiada atención a los abogados.

—¿Qué tiene que ver un abogado en todo esto?

—No te voy a repetir toda la historia que ya conoces con detalles, pero sí los hechos fundamentales, para que comprendas lo que te voy a contar cuando acabe. Después de que mi esposa muriera ahogada mientras buceábamos en Cartagena, fui detenido. Al ser, en aquel entonces, buzo militar de una unidad de élite del ejército irlandés, consideraron que no fue un mero accidente, sino un homicidio por una imprudencia mía. La verdad es que tenían toda la razón y por eso...

Rebeca le interrumpió.

—Lo siento, ya sabes que discrepo de ti en esta cuestión. Tú experiencia no podía prever que se produjera un pequeño terremoto en una zona de especial actividad sísmica y que una roca cayera sobre tu difunta esposa.

Ryan hizo un gesto negativo con la cabeza.

—Sabes que no debí dejarla sola. Aunque era una buceadora experimentada, entrar en un pecio que desconoces requiere siempre ir acompañado, por si surge cualquier inconveniente. Yo me separé de ella cuando sucedió la desgracia. Así lo declaré en el juicio que me condenó a más de tres años de cárcel. Lo acepté, ya que consideré que era lo justo. Cumplí mi condena en Irlanda, salí en libertad a mitad del año pasado y comencé una nueva vida fuera del ejército, basada básicamente en la cerveza y en la televisión por satélite. El resto ya lo sabes. Fue entonces cuando nos conocimos en el *pub «The Cat & The Horse»*.

—No estás tratando con una amnésica disléxica o lo que esa doctora diga que padezco. Me acuerdo de todo perfectamente.

—Pues ahora viene lo bueno. Como sabes, el juicio se celebró en España, ya que los hechos habían sucedido en Cartagena. ¿Recuerdas al matrimonio de Markus y Greta Engels?

—¡Cómo voy a olvidar a esa pareja de desgraciados después de lo que le hicieron a mi hermana! —exclamó Rebeca, que le había cambiado el rostro. Tenía cara de *serial killer*.

—Pues fueron ellos los que se hicieron cargo de mi defensa, contratando a un abogado local. Yo había aceptado mi culpa y cumplido mi condena. Ya sabes que quería pasar página de todo aquello, pero, a veces, las circunstancias no te dejan.

—¿Qué quieres decir con eso?

—Que el abogado se empeñó en presentar un recurso judicial contra mi condena. Ya habían pasado más de cinco años de aquello y yo me había olvidado por completo. Pues bien, el abogado español se había hartado a mandarme mensajes al buzón de voz de mi móvil. Mi condena había sido revocada. Había sido declarado inocente del cargo de homicidio imprudente por el Tribunal Superior de Justicia de la Región de Murcia.

—¡Eso es una fantástica noticia! —exclamó Rebeca—. Aunque tampoco es que le vea demasiados efectos prácticos. Ya te has pasado tus tres años y pico en la cárcel y ese tiempo no te lo va a devolver nadie.

—El tiempo quizá no, pero ya no tengo antecedentes penales. Hay un detalle importante que desconoces. Después de dedicar toda mi vida al ejército y ser licenciado con deshonor a consecuencia de la condena, cuando salí de la cárcel me planteé qué hacer con mi vida. Estaba solo, sin trabajo y con una pensión de mierda que apenas me daba para pagar el alquiler de un *cuartucho* infecto y beber cerveza.

—Eso también lo recuerdo. No hay ningún detalle que desconozca en lo que me has contado.

—Viene ahora. Como te decía, había dedicado toda mi vida al ejército y no sabía hacer otra cosa. De allí ya me habían expulsado, así que se me ocurrió solicitar el ingreso en la *Garda*. Como supondrás, me lo denegaron. Aunque había pagado mi deuda con la sociedad, no dejaba de ser un desgraciado homicida condenado por matar a su esposa. No parecía tener un futuro brillante frente a mí, por eso frecuentaba el *pub* y bebía en exceso.

—¡Y olías fatal! —recalcó Rebeca.

—También —sonrió Ryan.

—Sigue —dijo Rebeca, interesada por la conclusión de la historia, aunque ya se la imaginaba.

—Aunque no lo creas, el conocerte y pasar un tiempo en España contigo hizo que algo cambiara en mi interior. Ya no quería ser un sucio borracho de mierda. Se me ocurrió que, al no tener antecedentes penales, quizá la *Garda* podría reconsiderar su decisión. Le eché un par de huevos y, en ese mismo momento, sin tener concertada ninguna cita, me presenté ante el comisionado Harris, que conocía de mi época de militar. No tenía ni idea si me recibiría, así a bocajarro. Te juro que no sé bien cómo sucedió, pero no solo me admitió con efectos inmediatos, sino que respetaron mi rango de sargento del ejército. No soy un simple *poli* patrullero, sino todo un inspector.

—¿Debería cuadrarme ante usted? —preguntó Rebeca, sonriendo.

—No, no deberías.

Rebeca había notado que todos sus intentos por darle un tono más distendido a la conversación habían chocado contra una pared. Contra Ryan Clarke. Decidió que, si ese era su deseo, ahora le tocaba a ella.

—Pues si yo no debería cuadrarme, tú sí que deberías explicarme qué haces aquí exactamente, empezando, por ejemplo, por cómo has entrado en mi casa si no sabes la combinación de la cerradura de seguridad.

El mundo al revés. Ahora, Ryan parecía divertido.

—Sí que la sabía. Tú misma me la mostraste.

—¡Mentiroso! —exclamó Rebeca—. Tan solo se la dije a mi hermana Carlota.

Ryan seguía luciendo esa sonrisa tan molesta para Rebeca.

—No es así. ¿Recuerdas el día anterior a nuestro viaje a España? ¿Te acuerdas qué dos condiciones me pusiste para poder acompañarte? Ducharme y cambiarme la apestosa ropa que llevaba. ¿Y dónde lo hice? Exactamente aquí, en tu casa.

Rebeca cayó en la cuenta.

—¿No me digas que me vigilaste cuando tecleé la contraseña? ¿Para qué?

—La verdad es que, en aquel momento, no se me ocurrió ninguna utilidad especial, pero mira por dónde, ahora la ha tenido.

—Que sepas que no me hace ninguna gracia. Somos amigos, pero eso no te da derecho a entrar en mi casa sin mi conocimiento y consentimiento. Sabes que soy muy celosa de mi privacidad.

—Entonces, ¿no quieres que esté aquí? —preguntó Ryan, en un tono claramente burlón.

«La cazadora cazada», pensó Rebeca. Era ella la que antes reía. Ahora era Ryan.

—No cambies de tema. Te repito la pregunta, ¿qué haces en mi casa?

—Me estás preguntando algo que ya sabes.

Rebeca tuvo que reconocer que Ryan tenía razón, pero quería escuchárselo decir de su propia boca.

—Soy el inspector que la *Garda* asignó a tu caso. En cierta medida, soy el responsable de tus actos, ahora que has abandonado el *St. Patrick's*.

—No sabía que la policía irlandesa prestara servicios de niñera —le respondió, enfadada—. Soy una ciudadana residente legal en Irlanda con todos mis derechos, y uno de ellos es no ser seguida ni vigilada por la policía, cuando no soy sospechosa de haber cometido delito alguno.

—Tienes parte de razón.

—¿Tan solo parte? ¿Y en qué parte estoy equivocada?

—Sabes que tu intento de suicidio es un caso abierto. La *Garda* tiene derecho a interrogarte, ahora que has recuperado el conocimiento. Tenemos tres opciones. Para que veas mi buena voluntad, te dejo elegir a ti.

—A ver, ¿cuáles son?

—La primera es llevarte a nuestra central e interrogarte allí de una manera formal. La segunda es hacerlo aquí, aunque tengo que reconocer que huele a demonios y tu apartamento tiene más polvo y arena que las pirámides de Guiza. Con lo remilgada que eres para esas cosas, no sé cómo estás aquí. Con tu dinero, yo me alojaría en una *suite* de cualquier hotel de Dublín, mientras ordenaba que una empresa de limpieza desinfectara en profundidad esta nave.

Rebeca miró a su alrededor. La verdad es que Ryan tenía razón. No le extrañaría ver aparecer una rata por cualquier rincón.

—¿Y la tercera?

—También podemos irnos a mi casa, que ahora vivo en un apartamento decente con vistas al río Liffey y, mientras tomamos una copa de vino en la terraza, charlamos como amigos.

—¡Eres una sabandija! —exclamó Rebeca. Ryan había estado jugando con ella, lo tenía que reconocer, y no le hacía ninguna gracia. No se lo pensaba poner fácil.

—¿Y si me niego? Según la doctora Shackleton, sufro una amnesia distrófica que me bloquea ciertos recuerdos. No creo que una declaración ante la *Garda*, en mi actual condición médica, sea válida. Ni siquiera estoy segura de que sea legal. Lo tendré que consultar con mi abogado.

—¿Tienes uno? —preguntó sorprendido Ryan.

—No, pero eso lo puedo solucionar con una llamada. Recuerda que tengo estatus diplomático. No creo que tu gobierno desee conflictos innecesarios.

Ryan lo había olvidado.

—¡Vale, vale! —exclamó—. ¿Qué tal si volvemos a empezar?

—¿Desde el principio? —ahora Rebeca había recuperado la iniciativa.

—¿Y si hacemos un trato?

—¿Qué me puedes ofrecer tú?

—Te acabo de decir que soy el inspector al cargo de la investigación de tu intento de suicidio. Tengo acceso a toda la información. Si tú me cuentas, yo te cuento, ¿me entiendes?

«¡Maldito!», pensó Rebeca, aunque debía de reconocer que era una propuesta tentadora. Y no solo por el intercambio de información.

—Sigo siendo igual de peligrosa que hace dos meses, a pesar de andar con muletas. Te puedo mandar de una patada de *Muay Thai* al otro lado de la habitación en cuanto me dé la gana.

—Estoy dispuesto a correr ese riesgo —le respondió Ryan, sonriente.

15 SAN MARCO, REPÚBLICA FLORENTINA, 6 DE MARZO DE 1490

—¿Cómo podías saber que las cosas sucederían de ese modo?

—No lo sabía.

—Pues corriste un gran riesgo con Lorenzo el Magnífico. A pesar de que es un mecenas del arte, tiene muy malas pulgas. Las mazmorras del *Palazzo dei Priori* tienen fama de ser las más infectas de Florencia.

—Pero conseguí lo que pretendía.

—Los medios importan. Te burlaste de mí, que soy tu mejor amigo, de tu propio padre y, lo que es peor, del propio Lorenzo de Medici.

—En cuanto a ti, lo siento de verdad, Francesco. Mi padre no creía en mis habilidades y Lorenzo de Medici era la única persona en la ciudad que podía hacerle cambiar de opinión. Llevo unos meses estudiando contigo en el taller del maestro Ghirlandaio y creo que he hecho notables progresos.

—Tu padre lleva meses sin hablarte. La familia también es importante. Por ejemplo, hoy es tu decimoquinto cumpleaños. Me apuesto lo que quieras a que tu padre no te ha organizado ninguna celebración especial.

—Ni me ha felicitado, pero no me importa.

—¿Cómo puedes decir eso?

—Cuando me gane el favor de Lorenzo el Magnífico, cambiará de opinión. Creo que ha llegado el momento del cambio.

—No te entiendo.

—Ghirlandaio ya no tiene nada más que enseñarme. De hecho, recela de mi trabajo. Creo que tiene miedo de mi rápida progresión.

—Y yo tengo miedo del rápido crecimiento de tu ego.

—¿Apostamos? —le retó Michelangelo, recordando hechos pasados.

—¿Qué?

—No me importa que mi padre no haya preparado nada especial para la celebración de mi cumpleaños... porque lo ha hecho el propio Lorenzo de Medici.

—¿No me digas? Eso es un gran honor. ¿Cómo lo has conseguido?

—No solo eso, sino que me ha permitido llevar a amigos. Tú eres el único que puedo considerar buen amigo y algo más. Los demás son tan solo conocidos. ¿Me harías el favor de ser mi acompañante?

—¡Pues claro! Siempre he deseado entrar en el *Palazzo dei Priori* y contemplar la magnífica colección de arte que hay allí.

—La celebración no tendrá lugar en el palacio, sino en los jardines que El Magnífico tiene en San Marco, en las afueras de Florencia

Francesco Granacci se sorprendió.

—¿Por qué?

—Ahora viene el motivo de la apuesta. Le he prometido a Lorenzo que esculpiré una réplica de la escultura que desee, de las muchas que hay en su jardín.

—¿Y eso es una apuesta?

—No. También le he dicho que le daré una sorpresa. Sé que le gustan mucho, así que no se ha podido contener.

—Sigo sin entenderte.

—Le regalaré un grabado original sobre madera de Martino d'Olanda.

—Tú no tienes eso —exclamó con absoluta rotundidad Francesco—. Martin Schongauer, que es su verdadero nombre, es un anciano grabador alsaciano. Le queda poco de vida, por lo que cada uno de los 116 grabados que hizo en su vida son conocidos y están muy cotizados. Mi padre compró uno de su primera época, cuando todavía no había alcanzado la notoriedad actual, y ahora lo podría vender por cientos de florines. Esa suma está fuera de tu alcance.

—Esa es precisamente la apuesta. ¿Te atreves con ella?

—¡Pues claro! —aceptó el reto Francesco.

—Cámbiate de ropa y marchémonos hacia los jardines de El Magnífico —dijo Michelangelo, con una sonrisa en su rostro que no hacía presagiar nada bueno.

Apenas una hora después ya se encontraban frente a la puerta de los majestuosos jardines. Los guardias les estaban esperando y les franquearon el acceso.

—¡Oye! ¡Esto es fabuloso! —exclamó sorprendido Francesco, observando la belleza de los jardines. Como le sucedía a Michelangelo, no tenía el más mínimo interés por la jardinería, sino por los cientos de esculturas de mármol que lo adornaban.

—Es como un museo al aire libre, ¿a qué sí? —dijo Michelangelo—. Me recuerda a Villa Settignano, pero a lo bestia.

Lorenzo de Medici acudió a su encuentro. Tal y como había prometido, les obsequió con la fiesta de cumpleaños más suntuosa y extravagante que se pudieron imaginar. Aquellas viandas no se las podrían comer ni en una semana encerrados en los jardines.

Y no solo eso.

También había bellas jóvenes rodeándolos y agasajándolos de manera muy provocativa. Aquello no se lo esperaban y Lorenzo de Medici observó su azoramiento.

—¿Qué edades tenéis?

—Francesco tiene diecisiete y yo cumplo quince hoy, como ya sabe.

—Con esas edades, ¿no me digáis que no habéis probado todos los placeres de la vida?

En realidad, sí que lo habían hecho, pero había un motivo muy poderoso para ocultárselo a Lorenzo de Medici.

—No, señor. Vivimos para representar la belleza. La belleza perece en la vida, pero es inmortal en el arte —improvisó Michelangelo.

—¡Caramba con el joven Buonarroti! —exclamó El Magnífico—. Eso es cierto, pero también hay que disfrutar el presente. El ayer ya se ha ido y el mañana puede que nunca llegue.

Sin él saberlo todavía, quizá hubiera pronunciado la frase más importante de su vida. Premonitoria.

Michelangelo se quedó mirando a su amigo Francesco, que le hizo un claro gesto negativo con la cabeza. No podían confiar su secreto al hombre más poderoso de Florencia, aunque, en apariencia, pareciera liberal y dispuesto a entenderlos. Para evitar continuar con este espinoso asunto,

Michelangelo decidió cambiar de tema y pasar a hablar de algo que sabía que Lorenzo de Medici iba a aceptar de buena gana.

—Yo disfruto el presente intentando crear arte. Para mí, las esculturas son formas encerradas en una piedra esperando ser liberadas. La escultura supone descongelar la belleza.

—Bellas palabras, mi joven amigo. Eso me recuerda el reto que me habías prometido.

«Perfecto», pensó Michelangelo, que había conseguido su objetivo.

—Elija una estatua de las muchas que tiene en este jardín. Facilíteme un bloque pequeño de mármol y un cincel.

—Ya la he elegido y la tienes frente a ti.

Michelangelo la vio. Se trataba de la representación de la cabeza de un fauno barbudo y con cara risueña. Se sorprendió, ya que se trataba de una obra antigua y mal conservada. Seguramente llevaría en ese jardín muchísimos años. Esperaba algo más bello.

—Veo tu sorpresa y me alegro —dijo Lorenzo, igual de risueño que el fauno—. No siempre tenías que ser tú el que me sorprendieras a mí. ¿Serás capaz de realizar una copia en el tiempo convenido?

—Por supuesto —le respondió Michelangelo.

Francesco también se había sorprendido, pero estaba preocupado. Detrás de aquel fauno debía de existir alguna trampa, aunque no podía compartir sus sospechas con su amigo en presencia de El Magnífico. «Esperaré a que se vaya», pensó.

—Anda, Francesco, vayamos al interior de la villa mientras nuestro mutuo amigo intenta completar su reto —dijo, mientras lo tomaba por un brazo.

Francesco apenas tuvo tiempo de lanzarle una mirada de advertencia a Michelangelo, aunque tuvo la impresión de que su amigo estaba centrado en la escultura y no le había prestado atención.

Pasó la mañana y, a media tarde, Lorenzo de Medici volvió a tomar a Francesco por un brazo y salieron al jardín.

—Vamos a ver si tu amigo ha sido capaz de cumplir su primera promesa.

«Me temo que no haya segunda», pensó, asustado.

Cuando llegaron a la altura de Michelangelo, Francesco fue el sorprendido. Había conseguido, en un breve espacio de tiempo, una escultura verdaderamente prodigiosa. A pesar de que su amigo ya le había sorprendido con su habilidad en anteriores ocasiones, aquello no se lo esperaba. Se giró hacía Lorenzo de Medici, para ver la expresión en su rostro.

Sus temores se hicieron realidad.

No parecía complacido, aunque estaba sonriendo.

—Magnífico trabajo, querido —comenzó a decir—. Veo que has suplido con tu imaginación las carencias de la estatua original. Tu cabeza del fauno sigue sonriendo, aunque ahora puedo apreciar con detalle sus labios e incluso sus dientes. Pero, ¿era eso lo que te había pedido?

Michelangelo no lo comprendió.

—Creo que he mejorado el original.

—No lo dudo, por eso he comenzado diciendo que has realizado un magnífico trabajo, dado el poco tiempo del que has dispuesto. Pero no quería que lo mejoraras, sino que lo copiaras. Eso no es lo que has hecho.

«Aquí está la trampa que me temía», pensó Francesco.

—¿Sabe lo que dijo en su día Aristóteles? —le preguntó Michelangelo, que no parecía amedrentado por Lorenzo de Medici—. Que el objetivo del arte no es representar la apariencia externa de las cosas, sino su significado interior. Eso es lo que yo he hecho con este fauno. Mire su rostro y penetre en su interior. Déjese llevar por su imaginación por un instante. Que su mente vuele libre.

Por un pequeño instante, Lorenzo de Medici se quedó mirando a Michelangelo con una expresión de desconcierto. Luego, posó su mirada sobre la réplica de la escultura.

No dijo nada en varios minutos. Cuando pareció volver en sí, su rostro había cambiado.

—¿Cómo lo consigues? —acertó a preguntar.

—A pesar de que creo que no existe el arte sin cierta trasformación, en realidad eso no es lo importante. El arte debe cambiar a las personas.

Lorenzo de Medici estaba verdaderamente impresionado y así lo reflejaba su rostro.

—¿De verdad tienes quince años? —le preguntó.

Michelangelo se limitó a sonreír.

—Tengo que reconocer que me has impresionado una vez más —continuó El Magnífico—, pero aún te falta por completar un reto. La sorpresa prometida.

Michelangelo abrió la pequeña caja que había llevado hasta los jardines. Extrajo de él una pequeña tabla de madera y se la entregó.

Nada más verla, Lorenzo de Medici no pudo evitar que su rostro reflejase una profunda estupefacción.

—¿Es lo que creo que es? —acertó a preguntar, tras unos segundos contemplando la tabla.

—Si no me cree, puede llamar a Antonio del Pollaiuolo. Él podrá certificar su autenticidad.

Así lo hizo Lorenzo de Medici. Su pintor de cámara se llevó la misma sorpresa que su mecenas.

Tenían en su mano la tabla perdida de Martin Schongauer, o Martino d'Olanda. Todo el mundo sabía que la había grabado durante su juventud, pero nadie conocía su paradero.

—¿Cómo la has conseguido? —preguntó Lorenzo de Medici, que no dejaba de ser sorprendido por el joven Buonarroti.

—¿Es la auténtica? —preguntó a su vez Michelangelo a Antonio del Pollaiuolo.

—Sin ninguna duda. El grabado es el original perdido. Representa la historia de San Antonio, cuando fue atacado y golpeado por los demonios.

De repente, Francesco Granacci sufrió un súbito ataque de tos. Dos doncellas acudieron en su auxilio, dándole un vaso de agua.

—¿Te encuentras bien? —le preguntó Lorenzo de Medici.

—Sí, sí —acertó a responder Francesco, mientras lanzaba una mirada asesina a su amigo Michelangelo.

—Bueno, me parece que ya se ha hecho tarde. El sol no tardará en ponerse y marzo todavía es un mes frío en Florencia.

Ambos amigos entendieron que El Magnífico daba por concluida la celebración del cumpleaños de Michelangelo.

—Ha sido todo un honor que me dedicara este día —dijo Michelangelo, agradecido de verdad.

—No, lo que será un honor es que me dediques el resto de los tuyos —le respondió, de forma enigmática, mientras se retiraba hacia el interior de la pequeña villa.

Francesco y Michelangelo abandonaron aquellos apasionantes jardines de San Marco. Una vez se alejaron lo suficiente de ellos, Francesco tomó por un hombro a su amigo y lo detuvo.

—¿Cómo te has atrevido?

—Tenía que llamar su atención de alguna manera. ¿No crees que lo he conseguido?

—Desde luego, pero también llamará la atención de mi padre cuando vea que ha desaparecido su amado grabado de Martino d'Olanda.

Michelangelo se limitó a sonreír.

—¿Qué te hace tanta gracia? —le preguntó, sin comprender a su amigo.

—Que el grabado de tu padre no se ha movido de tu casa.

Al principio, a Francesco le costó entender lo que su amigo quería decirle. Cuando cayó en la cuenta, se echó a reír.

—¡Lo has vuelto a hacer! —exclamó.

Michelangelo continuó sonriendo.

De repente, las risas de Francesco cesaron.

—¡Escucha! Quizá hayas podido engañar a Lorenzo de Medici y al inútil de Antonio del Pollaiuolo, pero cuando muestren el grabado a expertos de verdad, descubrirán tu burda estafa.

—Eso es exactamente lo que espero que suceda. Además, cuanto antes mejor —le respondió Michelangelo, enigmático.

16 EN LA ACTUALIDAD, DUBLÍN, IRLANDA, 10 DE ENERO

—Oye, este ático es fabuloso. Nunca estuve en tu anterior «*cuartucho* infecto», según tus propias palabras, pero veo que has progresado en estos dos últimos meses.

—El piso no es mío, sino del banco, hasta que no pague la hipoteca. Un trabajo estable como inspector de la *Garda* te abre muchas puertas. Por otra parte, tampoco te pases. Es un piso muy normalito. Tan solo tiene un dormitorio y otra pequeña estancia que utilizo como gimnasio. Lo mejor de todo es la terraza y las vistas al rio Liffey. Eso me da la vida. En el lugar donde me alojaba cuando nos conocimos, tan solo tenía un pequeño ventanuco que apenas dejaba pasar la luz. Era como un zulo. Sin embargo, las vistas desde esta terraza me parecen las puertas del cielo.

Al escuchar esa expresión, Rebeca no pudo evitar rememorar las últimas palabras de su hermana antes de ser arrollada por aquel camión: *«Recuerda que somos ángeles y estamos en las puertas del cielo»*. Un escalofrío recorrió todo su cuerpo.

Ryan lo interpretó mal.

—¿Tienes frío aquí fuera? —le preguntó—. Ya sé que hoy no es el mejor día en Dublín. Si quieres, entramos.

—No, no —respondió Rebeca—. Estoy bien aquí.

Se sentaron en los dos butacones que tenía Ryan en su terraza. Le trajo a Rebeca una pequeña manta para que se cubriera hasta la cintura. Se lo agradeció.

—Bueno, ¿por dónde empezamos? —preguntó Ryan.

—Si no te importa, primero te voy a contar yo lo que sucedió en realidad. Luego, me cuentas los detalles de mi supuesto intento de suicidio.

Ryan asintió con la cabeza.

Rebeca le relató todos los hechos, sin omitir ningún detalle. Estaba casi más atenta a las reacciones de Ryan que a sus propias palabras. Notó que, al principio, mostró una evidente curiosidad. Después pasó a la incredulidad para terminar en un gesto de clara preocupación. «No se ha creído ni una sola palabra de lo que le acabo de contar», se dijo Rebeca.

Cuando terminó, se produjo un incómodo silencio.

—Si me lo permites, voy a por una botella de *Sancerre* que tengo en la nevera y nos servimos unas copas. No estoy acostumbrado a recibir visitas y debo ser un pésimo anfitrión.

—¿No decías que ya no bebías?

—Y no lo hago. Esa botella de *Sauvignon Blanc* francés la compré el primer día que entré en el apartamento. Desde entonces está en la nevera, esperando una ocasión especial para ser abierta.

Rebeca sonrió e hizo un gesto de asentimiento con la cabeza. Cuando se retiró en busca de la botella, la sonrisa en el rostro de Rebeca desapareció.

La situación actual ya no se asemejaba a un triángulo, como decía Carlota. Ahora parecía un trapecio, por lo menos. Cada vez entendía menos lo que estaba sucediendo a su alrededor. Ryan era una persona muy agradable y no le había mentido cuando le contó la manera en la que ingresó en la policía irlandesa, pero algo se le estaba escapando. Demasiadas casualidades y Rebeca tenía una tendencia natural a desconfiar de ellas. Aquello no era normal.

Ryan apareció de inmediato en la terraza, con la botella y dos copas. La abrió y sirvió el vino. Rebeca intentó recuperar el buen humor.

—Bueno, ya que no podemos brindar por una amnésica disfuncional como yo, por lo menos hagámoslo por ti. Me alegro mucho de que las cosas te vayan bien —dijo Rebeca.

—Ya sabes que todo en esta vida es temporal —le respondió Ryan, en un tono algo triste.

Rebeca conocía la grave enfermedad de Ryan Clarke. Sufría una variante de cáncer de páncreas que no tenía cura conocida. Su expectativa de vida no superaba los tres años, como mucho. Un hospital privado estadounidense había iniciado un programa con un fármaco experimental. Los primeros resultados eran francamente esperanzadores. El problema era que el tratamiento era carísimo. Para entrar en él se necesitaban varios millones de dólares, muy lejos de las posibilidades económicas de Ryan. Rebeca, cuando Ryan se sinceró con ella y se lo contó todo, se ofreció sufragar a su costa su inclusión en ese programa experimental. Había heredado una cantidad de dinero absurda de sus padres, que no se la podría gastar ni aunque viviera varias vidas. Ryan se negó, alegando que no deseaba convertirse en una cobaya humana para ensayar medicamentos experimentales. Parecía que había asumido con una entereza envidiable su destino, pero, en realidad, el orgullo de Ryan le impedía aceptar el dinero de Rebeca. Ella era perfectamente consciente de ello, pero no lo podía obligar a marcharse a los Estados Unidos si él no quería. Para Rebeca, el dinero nunca había significado nada, ni siquiera cuando no lo tenía. Le martirizaba el hecho de que, ahora que poseía una pequeña fortuna, no pudiera usarla en beneficio de Ryan. Por eso, cuando escuchó las palabras que acababa de pronunciar su anfitrión, le entraron ganas de llorar.

Pero no podía permitírselo.

En su lugar, sonrió.

—Yo ya te he contado los recuerdos de mi memoria aparentemente estropeada. Ahora te toca a ti contarme los hechos acerca de mi supuesto intento de suicidio —dijo, en el tono más jovial que pudo fingir—. Ese era el trato para aceptar venir a tu casa.

Ryan se quedó mirando a Rebeca.

—¿De verdad que lo que me acabas de contar es lo que recuerdas?

—Te lo juro por *Snoopy*, como decían en los años noventa del siglo pasado.

—Pues no es cierto. Está claro que el severo traumatismo que sufriste ha desencadenado algún proceso en tu cerebro que no te permite rememorar los hechos, tal y como sucedieron. Te agarras a una mentira.

—Ya hablas como *Dora la exploradora* —le respondió Rebeca, sin perder la sonrisa.

—¿Cómo quién?

—Nada, son cosas mías. Así llamaba a la doctora que me trató en el *St. Patrick's University Hospital*. Era una broma inocente sin importancia. Anda, cuéntame cómo me intenté suicidar. Tengo verdadera curiosidad.

—Fue el sábado 4 de noviembre del año pasado por la tarde, justo al inicio de la campaña de compras navideñas en Dublín. La gente se echa a la calle como si no quedaran seis o siete semanas para las fiestas, pero siempre sucede así. Es el consumismo loco de esas fechas. Por ello, las calles comerciales del centro de la ciudad suelen estar abarrotadas.

—¿Me intenté suicidar arrojándome a un escaparate navideño? No es lo que me habían dicho.

—No gastes bromas con este tema —le respondió cortante Ryan—. A mí no me hace ninguna gracia.

—Vale, vale —respondió Rebeca—. Tan solo intentaba quitarle un poco de dramatismo.

—Bueno, si me dejas, continúo. La cuestión era que tú ibas caminando por *Westmoreland Street*, por la acera que conduce a los antiguos edificios del Parlamento Irlandés, que hoy en día ocupa el *Bank of Ireland*, justo enfrente del *Trinity College*, ¿te ubicas?

—Más o menos.

—Cuando llegaste al cruce con *College Street*, te paraste en el semáforo, justo enfrente de la estatua de Tomás Moro. La línea dos del tranvía pasa por allí. Como te decía, el lugar estaba abarrotado de gente, que se dirigía hacia la zona comercial de *Grafton Street*. Ya sabes que allí se ubican multitud de tiendas y grandes almacenes. Queda poco más que contar. De repente, sin que nadie lo pudiera evitar, te arrojaste a las vías cuando un tranvía venía de frente. A pesar de la poca velocidad que llevaba, al conductor apenas le dio tiempo a frenar y no pudo evitar golpearte en la cabeza.

Rebeca se quedó mirando a Ryan con una extraña expresión en su rostro.

—Eso no pudo pasar como tú lo estás contando. Es sencillamente imposible.

—¿Por qué?

—Por dos motivos fundamentales. El primero es que tan solo he paseado por *Grafton Street* cuatro veces desde que estoy en Dublín, todas ellas volviendo a mi casa en los *Docklands* desde los jardines de *St. Stephen Green,* que me encantan. Digo volviendo porque para ir lo hago por *Kildare Street*, que es un camino más directo. Es cierto que me desviaba por *Grafton Street* a la vuelta para echar un vistazo a las tiendas de lujo que hay en esa calle. Pero aquí nos encontramos con el primer problema. Jamás lo he hecho por la tarde. El parque de *St. Stephen Green* cierra a las cuatro, por eso siempre iba por las mañanas.

Ryan la miraba con una expresión que Rebeca no logró descifrar.

—¿Y el segundo motivo?

—Por si el anterior no te parece suficiente, ahora viene el definitivo. Jamás he paseado por *Westmoreland Street.* No me viene de camino a mi casa. Cuando llego al final de *Grafton Street*, siempre rodeo el *Trinity College* por el otro costado para dirigirme a los *Docklands.*

—¿Qué quieres decir?

—Qué sé dónde dices que me intenté suicidar. Conozco la existencia de la estatua de Tomás Moro frente al *Trinity College*, pero nunca he tenido el placer de verla. No he puesto un pie en ese semáforo en el cruce de *College Street* en mi vida. En definitiva, que nunca he estado en ese lugar. ¿Te parece un motivo suficiente para dudar del cuento que me acabas de largar?

Rebeca, mientras hablaba, observaba la reacción de Ryan a sus palabras. Parecía genuinamente desconcertado.

—¿Estás completamente segura?

—Vamos a ver, Ryan. Llegué a Dublín a primeros de julio del año pasado. Descontando nuestra estancia en España y los dos meses que he permanecido inconsciente, me quedan poco más de tres. ¡Tres puñeteros meses! ¡No llevo viviendo en Dublín diez años! Si hubiera estado alguna vez en ese lugar, ¿no crees que me acordaría? A pesar de lo que diga la doctora Shackleton acerca de mi memoria disgregada o algo así, te aseguro que, para desgracia mía, mi genética me ha dotado de una capacidad de recuerdo asombrosa, que aún conservo intacta.

Rebeca notaba que la turbación de Ryan Clarke iba en aumento.

—Escucha, yo también estoy seguro de mi historia. Me parece que tenemos un extraño problema entre manos —dijo.

—¿Por qué estás tan seguro?

—Hay veces que las preguntas que no se hacen tienen más importancia que las que se formulan.

«Y tanto», pensó Rebeca, que aún no se explicaba el motivo por el que su tía no le había hecho la pregunta del millón. Siendo la jefa de la unidad de inteligencia de los espías españoles, ¿por qué no le había interrogado acerca de su estatus como diplomática rusa? Eso no se lo había contado jamás y, en cuanto se enteró y la vio por primera vez en el hospital, ni siquiera sacó el tema. A los ojos de Rebeca era inexplicable.

—¿A qué te refieres? —le preguntó Rebeca, saliendo de sus pensamientos.

—Me acabas de preguntar que por qué estoy tan seguro. No te has interesado por nada más.

—Sigo sin entenderte —ahora la desconcertada era Rebeca.

—Te he dicho que las calles de Dublín estaban abarrotadas aquel 4 de noviembre. Te he dicho el lugar exacto donde te intestaste suicidar. ¿No te preguntas nada más?

Rebeca comprendió adónde quería llegar Ryan, pero permaneció en silencio, esperando que continuara.

—Rebeca, hubo decenas de personas que, para su espanto, fueron testigos de tu intento de suicidio, incluido el conductor del tranvía. En esa zona, al ser muy concurrida y de aceras estrechas, es frecuente que ocurra algún percance, por eso siempre hay apostada una ambulancia medicalizada. En menos de un minuto desde que el tranvía te golpeó, ya estabas en el interior de una UCI móvil camino del *Beacon Hospital*, monitorizada y acompañada de dos médicos intentando estabilizarte. Por si eso no fuera suficiente, la zona donde sucedió está plagada de cámaras de seguridad. No olvides la proximidad de la central del *Bank of Ireland*. Disponemos de grabaciones del incidente desde diferentes ángulos. Las más relevantes son las grabaciones desde las cámaras de tráfico de *College Street*, porque apuntan frontalmente al semáforo.

Rebeca se levantó del sillón sin la ayuda de las muletas.

—Eso no puede ser —dijo, muy nerviosa.

—Te decía antes que las preguntas que no se formulan, a veces, son más significativas que las que se hacen. Pues hay una que no me has hecho.

—¿Cuál? —Rebeca estaba confusa.

—¿Por qué estoy yo, un inspector recién incorporado a la *Garda*, al cargo de un caso como el tuyo? Eres una persona rica y conocida, con estatus diplomático y cuya tía es una gran autoridad policial en España. Convendrás conmigo en que no es normal que asignen a un novato como yo a un caso como el tuyo. ¿Por qué no me has preguntado el motivo?

—No sé. Supongo que llevarás mi caso porque me conocías antes de mi intento de suicidio.

—Eso sería un motivo para lo contrario. Deberías de saber, aunque fuera por las películas policiacas, que cuando alguien tiene un interés directo o una relación de amistad con una víctima, la apartan del caso, para evitar que sus emociones interfieran con la investigación.

Rebeca lo recordaba.

—Entonces, te haré la pregunta que deseas. ¿Por qué te asignaron mi caso?

—Porque, por pura casualidad, yo estaba también allí. Fui la primera persona que se lanzó a las vías del tranvía para socorrerte.

17 FLORENCIA, REPÚBLICA FLORENTINA, 18 DE MARZO DE 1490

—¿Se encuentra en la casa Michelangelo Buonarroti?

Ludovico Buonarroti vio a tres guardias, con los colores de la República Florentina, apostados en su puerta. Portaban sus lanzas y su actitud no parecía amigable.

—No. Está en el taller del maestro Ghirlandaio, como todas las mañanas. ¿Sucede algo?

Su preocupación era evidente.

—Por supuesto —respondió uno de los guardias, el que parecía el jefe—. Tenemos órdenes de llevarlo ante Su Señoría Lorenzo el Magnífico.

Ahora, Ludovico ya no estaba preocupado. Estaba aterrado.

—¿Qué ha hecho?

—Lo siento, esa información no se la podemos facilitar. Si no le importa, ¿podemos registrar su casa?

—¿Registrar mi casa? —repitió la pregunta Ludovico—. ¿Para qué quieren hacer semejante cosa? Ya les he dicho que mi hijo no está.

—Hemos intentado ser amables, ya que sabemos que trabaja para la República Florentina, pero no nos deja más remedio que emplear la fuerza. ¡Apártese! —exclamó el guardia, dándole un manotazo que casi derriba a Ludovico.

—Creo que no hacía falta. Les hubiera facilitado el acceso y...

—No se discuten las órdenes de Su Señoría —le interrumpió el guardia—. Tendremos que informar a El Magnífico que no ha colaborado con nosotros y, en consecuencia, con él.

El terror había desaparecido en Ludovico. La cobardía se apoderó de él.

—¡No, por favor! Llevo sirviendo a Su Señoría durante muchos años. Jamás he incumplido ninguna orden suya ni pensaba hacerlo ahora. Lo único es que me han sorprendido preguntándome por mi hijo. Tiene tan solo quince años.

—¡Cómo si quiere tener diez! —exclamó el guardia, enfurecido—. Eso no es cosa nuestra.

Los guardias desaparecieron de la vista, entrando en la residencia. Durante unos instantes, Ludovico permaneció sin reaccionar en la misma puerta. Al cabo de un momento, entró en la vivienda y cerró la puerta. No deseaba que sus vecinos advirtieran el altercado. Se sentó en uno de los butacones del salón.

«¿Qué habrá hecho esta vez el desgraciado de mi hijo para enfurecer a El Magnífico?», pensaba Ludovico, que no se le ocurría nada.

Aunque la relación con su hijo no fuera la mejor desde que decidiera abandonar el estudio de la gramática con el profesor Urbino, últimamente debía reconocer que lo veía más centrado. Había encajado bien en el taller de pintura de Ghirlandaio y parecía contento. Era cierto que no se relacionaba con mucha gente, a excepción de su gran amigo Francesco Granacci, pero aún era joven y no le preocupaba esa falta de socialización. «Ya madurará y descubrirá el mundo que le rodea», pensó.

Al momento, aparecieron los tres guardias en el salón.

—Tan solo hemos encontrado a sus tres hermanos.

—Ya les había dicho que no estaba en casa, pero no tardará en volver. Si lo desean, pueden tomar asiento junto a mí.

El jefe de los guardias le lanzó una mirada muy poco amigable.

—Permaneceremos en pie junto a la puerta de entrada.

Ludovico notó la tensión en los guardias. Su desconcierto iba en aumento, al mismo tiempo que había reaparecido el terror. Ya no solo se trataba que fueran a detener a su hijo. No podía quitarse de la cabeza el hecho que él trabajaba para la República Florentina, cuyo control absoluto era ejercido por la persona que deseaba encarcelar a Michelangelo. De aquello no podía salir nada bueno.

De repente, escucharon unos ruidos procedentes del exterior. La puerta de entrada se abrió.

—Ahora te enseñaré *La anunciación* que acabo de terminar. Cuando la vea el cascarrabias de Ghirlandaio, seguro que se quiere apropiar de ella.

—¿Por qué dices eso?

—¿Sabes que le he pedido mi cuaderno de bocetos y no me lo ha querido dar?

—¿Por qué?

—¿No sabes preguntar otra cosa que no sean *«porqués»*? ¡Y yo qué sé! Supongo que por lo mismo de siempre. En el fondo, ve que estoy mejorando tan rápido que tiene miedo de que le supere.

—¿Tú? ¿No crees que te lo tienes un poco creído?

Michelangelo empujó cariñosamente a su amigo. Ambos tropezaron con la alfombra que se encontraba junto a la puerta de entrada y cayeron al suelo, entre risas.

Hasta que se les heló la sonrisa.

—¿Michelangelo Buonarroti? —escucharon a sus espaldas.

En ese momento, vieron a los tres guardias uniformados. Por sus colores, supusieron de dónde venían, a por quién y el motivo.

—Sí, soy yo —respondió.

—Le comunico que tenemos instrucciones de llevarlo ante Su Señoría, Lorenzo el Magnífico. Si se resiste, tenemos instrucciones de emplear la fuerza.

—No será necesario —dijo Michelangelo, mientras se levantaba del suelo—. En realidad, los estaba esperando. Han tardado demasiado.

—¿Qué dice? —preguntó el guardia al mando.

La misma pregunta se la estaba haciendo Ludovico. No comprendía a su hijo.

—Que no voy a oponer ninguna resistencia al arresto y que los estaba esperando.

Francesco sí que comprendió a su amigo. Ya le había advertido que este hecho acabaría sucediendo, pero a Michelangelo parecía no importarle.

—Entonces, marchémonos cuanto antes —ordenó el guardia, que se disponía a prender por un brazo a Michelangelo.

—¿Me permitirán que tome algunas ropas? —preguntó.

—Adónde vas no te harán falta.

—Al menos, ¿podría ir a hacer aguas menores? Llevo toda la mañana en el estudio de pintura y nunca encuentro un momento para ello.

Los tres guardias se miraron con cara de enfado. No obstante, el jefe de ellos accedió.

—Un minuto —dijo.

Michelangelo hizo un gesto a Francesco para que lo siguiera. Cuando los guardias ya no podían verlos, se abrazaron con mucho amor. Ambos sabían que iban a pasar una temporada separados.

—Nunca debiste afrontar de esa manera a Lorenzo de Medici. Aquí tienes las consecuencias de tus locuras —le reprochó Francesco.

—Nada es lo que parece —le respondió Michelangelo.

—¿Qué? —Francesco, una vez más, no le comprendía.

—Dile a mi padre que no se preocupe por mí, que estaré bien.

—¿Cómo le voy a decir eso? Él sabe de sobra que no es cierto.

—Sí que lo es. Tan solo hay que ver las cosas desde otro punto de vista.

—Un vaso de agua medio vacío es también uno medio lleno, pero una mentira a medias no es una media verdad. Simplemente es otra mentira.

—Yo no miento —dijo Michelangelo, con voz muy firme—. Ahora subiré las escaleras y me entregaré a los guardias. Cuando me vaya, le dices a mi padre que todo lo que ha observado lo tenía previsto. Que no debe preocuparse por mí. También necesito otra cosa de ti. Mañana por la tarde, a esta misma hora, debes volver a mi casa.

—¿Para qué quieres que haga esa cosa tan rara? No creo que sea bienvenido en un momento tan duro para tu familia.

Michelangelo le susurró una cosa al oído.

De inmediato, Francesco se separó de él. Su rostro era la viva imagen del terror.

—¿Es eso cierto o te has vuelto loco?

—A veces, las consecuencias de nuestros actos afectan también a otras personas. Me temo que es inevitable —dijo, mientras se marchaba en busca de los guardias.

Francesco se quedó observándolo con el corazón roto. En secreto, tenía la esperanza de que jamás en la vida se iban a separar.

La vida es muy caprichosa.

18 EN LA ACTUALIDAD, DUBLÍN, IRLANDA, 11 DE ENERO

Rebeca se despertó. Al principio, estaba algo desorientada y no sabía dónde se encontraba, pero recordó que se había quedado a pasar la noche en casa de Ryan Clarke. Ella había dormido en la habitación de él y Ryan en el sillón del salón.

Se incorporó. Para su sorpresa, ahora sí que tenía su memoria atrofiada. Pensó que quizá no fuera capaz de distinguir la realidad de la ficción, después de todo lo que Ryan le contó ayer. Estaba muy confusa y eso no era nada normal en ella. Era una sensación nueva y muy desagradable.

Había dormido con una camisa de Ryan, ya que no esperaba pasar la noche allí y no había traído pijama. Se vistió con la misma ropa que llevaba ayer y se miró al espejo. No le gustó nada lo que vio.

Tomó las muletas, salió de la habitación y se encontró a Ryan preparando unas tostadas. Después de darse los buenos días, Rebeca se dirigió hacia la nevera y se sirvió un generoso vaso de leche.

Ambos se sentaron en la mesa de la cocina.

—¿Cómo te encuentras esta mañana? —le preguntó Ryan.

—Mal. Mi tía Tote, cuando vivíamos juntas, siempre me decía que me solía levantar de buen humor, pero está claro que hoy no es uno de esos días.

—La doctora Shackleton tenía razón. Fue una temeridad por tu parte abandonar el hospital nada más recuperar el conocimiento. Dos meses en coma es demasiado. Allí te pueden ayudar y yo no soy capaz de hacerlo.

—Estás equivocado. Tú también puedes ayudarme. Aunque a tu manera, ya comenzaste mi terapia ayer mismo.

—Pues debo ser el peor terapeuta del mundo, porque tienes muy mal aspecto.

—Eso no tiene por qué ser malo necesariamente. Significa que mi mente es un hervidero de preguntas sin respuestas.

—¿Y dices que eso no es malo?

—No. Por lo menos tengo preguntas que hacerme y pienso encontrar la respuesta a cada una de ellas. Afrontar los problemas no es malo. En realidad, es el principio de la solución. Estoy donde quería estar, eso sí, con la mente algo confundida y andando torpemente con la ayuda de muletas, pero ambas cosas terminarán por resolverse.

—También yo tengo que afrontar algunos problemas.

—¿A qué te refieres?

—¿No te acuerdas de lo que sucedió ayer? Me mandaron al hospital para evitar que lo abandonaras. Llegué tarde y no te reconocí cuando nos cruzamos en la puerta. Mis superiores me ordenaron que fuera a buscarte a tu casa y que te llevara de vuelta al hospital o a la central de la *Garda*. Y ahora mismo, al día siguiente, estamos desayunando en mi apartamento. Fantástico.

—Visto así, no parece un buen comienzo para un novato.

—Y eso no es todo. Anoche, cuando te dormiste, me vi obligado a comunicar todo lo sucedido a la *Garda*. Me lleve una bronca telefónica monumental. El comisionado amenazó con ordenar mi detención si no acudía de forma voluntaria e inmediata a la central.

—¿Qué? —preguntó sorprendida Rebeca—. No me enteré.

—Ni de cuando me fui ni de cuando regresé. Anoche estabas agotada. Recuerda que estás demasiado débil y ayer hiciste demasiados esfuerzos.

—¿Qué quería el comisionado?

—Esa no es la pregunta adecuada. Deberías formular algo así como, «¿quién cojones te crees que eres para retener a mi sobrina en tu casa sin permiso de nadie, capullo?».

Rebeca se sorprendió.

—¿Mi tía Tote sigue en Dublín?

—Otra pregunta mal formulada. Tu «amable» tía Margarita Rivera está camino de aquí. No creo que tarde más de dos o tres minutos en llegar —dijo Ryan, mientras miraba su reloj.

Rebeca casi derrama su vaso de leche sobre la mesa.

—¡Joder! ¡Me tenías que haber despertado y avisado! —exclamó, espantada—. Ni siquiera me he aseado.

—No creo que esa sea su principal preocupación. Anoche me sometió a un interrogatorio rozando el tercer grado. Creo que me dejó marchar tan solo porque tú estabas en mi casa y no quería que permanecieras sola. Supongo que ahora te tocará pasar el tercer grado a ti.

No había terminado la frase cuando oyeron que sonaba el interfono.

—Tu cita con la bestia —dijo Ryan, mientras se levantaba para abrir la puerta.

«¿Qué le diría mi tía ayer por la noche para hablar así de ella?», se preguntó Rebeca. «Supongo que en unos instantes lo sabré».

—¿Rebeca? —escuchó a sus espaldas.

Era la voz inconfundible de Tote. Para su sorpresa, el tono de su voz no había sonado demasiado enojado. Al menos no como se esperaba Rebeca.

—Hola, tía —le respondió.

En lugar de acercarse a la mesa donde estaba sentada Rebeca, se dirigió a Ryan.

—¿Y tú? ¿No tienes trabajo que hacer? —le preguntó.

Ryan captó el mensaje.

—Me marcho a la comisaria —dijo—. A mediodía estaré de vuelta.

Una vez se quedaron solas, Tote se aproximó a su sobrina. Para sorpresa de Rebeca, la abrazó por la espalda durante unos pocos segundos. Luego se soltó y se sentó frente a ella.

—No me malinterpretes —comenzó la conversación—. El abrazo ha sido como tu tía. Me has tenido muy preocupada. Ahora debes responder a la comisaria Rivera.

El tono había cambiado. Rebeca permaneció en silencio, recordando esa frase tan manida de «todo lo que diga podrá ser utilizado en su contra». De momento, la boca bien cerrada.

—Me siento engañada —comenzó Tote—. Creía que habíamos convenido, ayer mismo cuando te visité, que te quedarías en el hospital hasta que te recuperaras por completo.

Rebeca no pensaba amedrentarse. Quizá a Ryan lo hubiera acobardado e incluso humillado, pero ella no se lo iba a permitir.

—Mejor di que lo conviniste contigo misma. Sabes de sobra que no me gustan los hospitales y todavía menos si son psiquiátricos. Tumbada en la cama y mirando el techo no me iba a recuperar jamás. Además, sabes que no me puedes obligar a regresar allí.

Tote se dio cuenta de inmediato que Rebeca no se lo iba a poner fácil, así que decidió cambiar la forma de abordar el asunto. No quería una confrontación directa y, si seguía por ese camino, la iba a provocar.

—Sé que Ryan Clarke te contó ayer todos los detalles de tu tentativa de suicidio.

—Sí, lo hizo.

—También sé que no le creíste.

—No, no lo hice.

—¿Por qué? Tú siempre has sido una persona racional. No te intentaste suicidar en circunstancias sospechosas. Lo hiciste frente a centenares de personas en pleno centro de Dublín.

—Sí. También me contó Ryan que lo tenían todo grabado en video. ¿Y qué? Tía, tú me conoces desde que nací. Hemos vivido juntas hasta hace un año, más o menos. ¿De verdad te crees que me intentaría suicidar? ¿Alguna vez notaste en mi ese tipo de tendencia?

Tote bajó la cabeza.

—Como te dije ayer en el hospital, cuando me llamó el comisionado Harris para informarme de lo sucedido, pensé que era un error. Que no podías ser tú y que la policía se había confundido. Fíjate hasta donde llegó mi asombro que lo primero que pedí en el *Beacon Hospital*, incluso cuando estabas luchando por mantenerte con vida, fue que te hicieran un análisis completo de drogas de amplio espectro. No entraba en mi cabeza que Rebeca Mercader pudiera estar en pleno uso de sus facultades mentales cuando intentó matarse. El resultado dio negativo en drogas, aunque ligeramente positivo en alcohol.

—O sea, que no me creías capaz de cometer suicidio.

—No, lo reconozco.

—¿Y qué ha cambiado en esa percepción? Mírame a los ojos igual que lo hacías cuando era pequeña. ¿Crees que ahora me intentaría quitar la vida?

Tote no respondió de inmediato.

—No —tuvo que reconocer—. Pero una cosa es lo que yo piense de ti y otra muy diferente son los hechos. He estado a tu lado cuando estabas en coma y he seguido de cerca la investigación que llevó a cabo ese amigo tuyo. Tengo que reconocer que fue muy minuciosa. Recabó testimonios de hasta cuatro docenas de transeúntes que vieron tu acción. Tomó declaración al conductor del tranvía y a los médicos de la ambulancia que te atendieron nada más suceder los hechos. Consiguió las imágenes de todas las cámaras de la zona, tanto las de seguridad del *Banco de Irlanda* como las de control de tráfico del *Ayuntamiento de Dublín*, e incluso las privadas de los comercios cercanos. ¡Hasta él mismo fue testigo directo! ¿Dudas de todo ello, incluso de la palabra de tu amigo?

—No, no lo hago, pero eso no fue lo que sucedió.

—Te estás contradiciendo con tus propias palabras. Al igual que te acabo de reconocer que jamás he observado ninguna tendencia suicida en ti, también sé que eres una persona racional. Admite que no lo estás siendo.

Ahora fue Rebeca la que bajó la cabeza.

—Tía, sé lo que parece, pero, a veces, nada es lo que parece, ¿verdad? Es como un *Déjà vu.* Esto ya lo hemos vivido en el pasado. Por otra parte, no hace falta que me recuerdes los hechos. Tan solo necesito algo de tiempo para aclararme. Por eso debo pedirte dos favores muy importantes.

—Dispara —dijo Tote, expectante.

—El primero es que no quiero volver al hospital. Si no deseas que esté sola, le pediré a Ryan Clarke el favor de quedarme una semana en su casa.

—¿Aquí? ¿Una semana? —preguntó Tote, señalando con su dedo la extensión del pequeño apartamento—. Tan solo veo un dormitorio.

—No me digas que, a estas alturas, eso te preocupa.

Tote sonrió.

—No me refería a temas sexuales, que pareces tonta. Sabes que jamás me he metido contigo por esas cuestiones. Ya tienes veintitrés años y una hermana *cabezaloca* que te ha llevado, en ocasiones, por una senda algo pervertida. No creas que no me enteraba, simplemente me hacía la despistada. No estoy hablando de eso. Me estoy refiriendo a un tema de simple comodidad. Esto es pequeño.

—Nos apañaremos. El sofá tiene un aspecto imponente. Seré yo la que duerma allí.

Tote se quedó pensativa durante un instante. Vista la determinación de su sobrina de no volver al hospital, casi prefería que estuviera en el piso de un inspector de la *Garda* que en un hotel o peor aún, sola en su apartamento, así que continuó con la conversación.

—Hablas de una semana. ¿Y qué pasará cuando ese tiempo se agote? —le preguntó.

—Si no consigo desentrañar este misterio en esos siete días, yo misma pediré el ingreso voluntario en el *St. Patrick's University Hospital.*

Tote se quedó mirando a su sobrina, sorprendida.

—Me parece razonable. ¿Y el segundo favor?

—Quiero tener acceso a todo el expediente policial de la investigación de mi caso, y cuando digo a todo, me refiero a todo. Declaraciones testificales, informes, pruebas técnicas y analíticas, fotografías, grabaciones y todo lo que contenga y no contenga, como, por ejemplo, mi historia médica desde que sucedieron los supuestos hechos.

A Tote le cambió el semblante.

—Eso ya no me parece tan razonable. Como te decía, yo lo he seguido en directo. Lo que contiene ese expediente es muy duro. No creo que verlo te haga ningún bien.

—Ryan Clarke ya me ha informado de lo que contiene, así que no creo que me sorprenda por su crudeza. Por otra parte, es fundamental que sean mis ojos los que lo vean y mi mente la que lo procese. Estoy segura de que seré capaz de captar matices en los que nadie ha reparado, con la ayuda de mis genes Mercader-Rivera. Al menos en eso confío. Ya sabes quién soy.

—No, no lo sé. ¿Diplomática rusa? ¿En serio?

Por fin Tote se había atrevido a sacar el tema tabú.

Rebeca soltó una sonora carcajada.

—¡Pues claro que no soy diplomática rusa, tía! ¿Acaso me ves trabajando en algún consulado detrás de una mesa, rellenando visados y pasaportes?

—No, ese trabajo en la familia parece que ya lo hago yo —le respondió Tote con retranca, sonriendo también.

—Tan solo es un pasaporte ruso de color verde que me permite ciertos privilegios cuando me conviene utilizarlos, como, por ejemplo, ayer para salir del hospital. Nada más.

Tote no la creyó, pero la referencia a «rellenar visados y pasaportes», que iba dirigida claramente a ella, supuso que le daba una pista de su verdadera ocupación. «¡Vaya con Rebeca!», pensó. «Supongo que su hermana Carlota ya lo sabría. Como siempre, la última en enterarme tengo que ser yo».

—Bueno, tía, ¿qué me dices?

Tote se quedó mirando a los ojos de su sobrina. No veía ni locura, ni miedo, ni ganas de morir. Todo lo contrario. Eran simplemente los ojos de Rebeca, que de simples no tenían nada. Sin duda eran los más hermosos del mundo, pero también los que reflejaban una mayor agudeza, perspicacia y determinación de todos los que había contemplado en su vida. Y no era amor de tía. La madre de Rebeca, su hermana Catalina, poseía la misma mirada. Era imposible competir con esos ojos. Nadie estaba a su altura.

Rebeca observó que su tía abría su bolso. Así como a ella le gustaban de pequeño tamaño, su tía tenía gustos opuestos. Más que bolsos, parecían mochilas de mano.

—Toma —le dijo, dejando una caja encima de la mesa.

—¿Es lo que creo? —preguntó Rebeca.

—Ya venía ondeando la bandera blanca antes de entrar en este apartamento. Te conozco mejor de lo que piensas. A veces, pareces olvidar que yo también tengo una pequeña parte de esos genes de los que hablas.

Rebeca se levantó torpemente, apoyándose en la silla, y le dio un fuerte abrazo a su tía.

—No te creas que esto es gratis —le dijo Tote, al oído.

—¿Qué quieres a cambio?

—El favor que te voy a pedir es mucho más sencillo de cumplir que convencer al comisionado de la *Garda* de tus extraordinarias capacidades deductivas, y de que me diera una copia del expediente para ti.

—¿Qué favor es ese?

—Que me llames todos los días.

—Eso no es un favor —le respondió Rebeca, abrazándola de nuevo.

19 FLORENCIA, REPÚBLICA FLORENTINA, 18 DE MARZO DE 1490

—Lo siento por Michelangelo, pero no me puedo esperar a mañana.

—¿Qué dices?

—Que su hijo no quería hacer aguas menores, antes de ser llevado por los guardias. Tan solo pretendía hablar conmigo.

—¿Acerca de qué?

—De usted.

—¿De mí? No entiendo nada. Hace menos de un minuto que ha sido apresado por los soldados de la República Florentina. ¿Qué tengo que ver yo con todo ello?

—No creo que conozca lo que sucedió el día de su último cumpleaños, hace casi dos semanas. ¿Le ha contado algo Michealgelo?

—Lo único que sé es que me dijo que lo iba a celebrar contigo.

Francesco Granacci no sabía cómo continuar la conversación con Ludovico, el padre de Michelangelo, entre otras cosas porque él mismo no comprendía nada. Comenzó explicándole que estuvieron en los jardines de San Marco, invitados por Lorenzo de Medici en persona.

—¿Qué? —preguntó Ludovico, asombrado porque la persona más importante de la República Florentina le dedicara a su hijo un día de su valioso tiempo.

—Michelangelo talló sobre un pequeño bloque de mármol una cabeza de fauno de una extraordinaria belleza. Al parecer, era un regalo para El Magnífico, pero no pudo evitar volver a hacerlo.

—¿Qué? —era la segunda vez que formulaba la misma pregunta.

—También le regaló a Lorenzo de Medici un grabado de Martin Schongauer.

—¿Qué? —la tercera.

—Entre nosotros es más conocido por su apodo de Martino D'Olanda.

—¿Qué? —la cuarta—. Por supuesto que sé quién es ese grabador. Se trata de un anciano alsaciano que ya no trabaja. ¿Cómo podía tener mi hijo un grabado suyo? Tengo entendido que poseen gran valor.

—Mi familia tiene uno. Lo compró mi padre cuando era joven. Aparece San Antonio atacado por unos demonios.

—¿Qué? —la quinta—. ¿Se atrevió a regalarle el grabado de tu padre?

—No. El grabado sigue colgado en la misma pared de mi casa.

—¿Qué? —por sexta vez.

—Como le decía al principio, su hijo volvió a hacerlo. No se trataba del auténtico, sino de una réplica. Supongo que vería el original en alguna de sus múltiples visitas a mi casa y lo reconoció. Lo que hizo fue una copia magnífica, tanto que engañó a Lorenzo de Medici y a su pintor Antonio del Pollaiuolo, tal y como sucedió con *El nacimiento de Venus*, de Sandro Botticelli, hace casi dos años

—¿Qué? —séptima vez—. ¿Cómo se le ocurre volver a engañar a El Magnífico? La primera vez jugó con fuego, pero pudo tener su gracia. Pero las bromas las gastas una sola vez. Dos ya pasa a considerarse una tomadura de pelo.

—Eso pienso yo, pero, por algún extraño motivo que escapa a mi entendimiento, su hijo lo hizo a propósito. Sabía que lo iban a descubrir y hasta diría que lo deseaba.

—¿Qué? —octava—. ¿Para qué querría eso?

—Es un hecho que le entregó la réplica del grabado a Lorenzo de Medici sabiendo que iba a ser descubierto. Deseaba que sucediera lo que hoy ha pasado. Es más, lo estaba esperando.

—¿Qué? —novena—. ¿Ser detenido por los soldados de la república? ¿Eso era lo que esperaba y deseaba?

Ludovico, cada vez que avanzaba Francesco en sus explicaciones, lo comprendía menos.

—Quizá me llame loco, pero no creo que haya sido detenido.

—¿Qué? —décima—. ¿Acaso hemos sido testigos de una alucinación colectiva?

—Hemos sido testigos de que se han llevado a su hijo, tan solo de eso. Y, por favor, no me pregunté otra vez lo mismo.

—¿Cómo quieres que no lo haga? No entiendo nada de lo que me estás contando.

—Todos sabemos lo inteligente que es Michelangelo.

—Y eso, ¿qué tiene que ver con este asunto?

—¿Acaso cree que su hijo forzaría su propia detención para ser conducido a unas pestilentes mazmorras? ¿Para qué iba a querer eso?

—Eso es lo que me estoy preguntando desde el principio.

—Quizá tenga una explicación. El día de su cumpleaños, en los jardines de San Marco, hubo una conversación entre Michelangelo y El Magnífico que no entendí, pero que ahora, a la luz de los hechos presentes, cobra cierto sentido.

—¿Qué sucedió?

—Casi al final de la jornada, su hijo le agradeció a Lorenzo de Medici que se hubiera molestado en celebrar su decimoquinto cumpleaños con él.

—Lo extraño es que El Magnífico dedicara ese día a mi hijo, no que mi hijo se lo agradeciera. Eso es educación.

—No me entiende. No fue el hecho en sí mismo, sino las palabras que emplearon. Su hijo le dijo que había sido un honor para él que le dedicara aquel día, a lo que El Magnífico le respondió que sería un honor para él que le dedicara el resto de los suyos.

Ludovico se quedó en silencio durante un instante.

—¿Qué quiso decir exactamente?

—Me temo que su hijo ha jugado con todos nosotros una vez más. No creo que haya sido apresado por su travesura repetida. Eso sería lo obvio, pero su hijo no funciona con obviedades. Siempre busca lo diferente. Dice que ahí radica la auténtica belleza de las cosas.

—No te entiendo.

—Que, en ese momento, Lorenzo de Medici y su hijo ya habían llegado a un acuerdo. El resultado del mismo es lo que acabamos de observar.

—Sigo sin entender nada.

—Michelangelo, con quince años, comprendió que estaba atascado en su vida. Ni progresaba ni tenía perspectivas de hacerlo. Usted no lo apoyaba en su faceta artística, tan solo le permitía asistir al taller de pintura del maestro Ghirlandaio. Pero el maestro tampoco lo apoyaba. Ya no tenía nada más que enseñarle y le ponía trabas en el taller, por pura envidia y vanidad. Se debió dar cuenta de que el alumno había superado al maestro. Ya conoce su proverbial soberbia. Michelangelo sintió que su mente era como un bello pájaro encerrado en una jaula de oro. Ansiaba volar libre. Diría más, lo necesitaba.

—¿Todo eso lo sabes porque te lo ha contado él?

—No todo. Entre su hijo y yo siempre ha existido una conexión muy especial. A Michelangelo le gustaba decir que yo era el único que lo entendía de verdad. Sé que lo decía para complacerme, pero, con el tiempo, me he ido dando cuenta de que había algo de cierto en esa afirmación. Muy a mi pesar, creo que tenía razón y que yo lo entendía.

Ludovico seguía hecho un verdadero lío.

—O sea, que según me quieres dar a entender, entre El Magnífico y mi hijo se pusieron de acuerdo para que mandara a sus soldados a mi casa y se lo llevaran a la fuerza, ¿no es así? ¿No crees que hay maneras más sencillas de hacerlo, sobre todo para el gobernante de la República Florentina?

—Quizá, pero no tan poéticas.

—¡Estás chalado! ¿Qué tiene que ver la poesía con todo esto?

—Como le estaba contando en un principio, su hijo, cuando simuló hacer aguas menores, momentos antes de ser apresado por los soldados, me dio dos mensajes para usted.

—¿No serán poesías? —Ludovico ya miraba hasta el lado cómico de todo este galimatías.

—Me temo que no. La primera es que nada era lo que parecía y que no se preocupara por él.

—¡Valiente estupidez! ¿Y la segunda?

—Que mañana sería despedido de su trabajo, y que tampoco se preocupara.

Aquello sí que no era una estupidez.

Ni una poesía.

¿O quizá sí?

20 EN LA ACTUALIDAD, DUBLÍN, IRLANDA, 11 DE ENERO

Nada más se fue Tote del apartamento de Ryan, Rebeca apartó el vaso de leche y abrió la caja que contenía el expediente de su supuesto suicidio.

«¿Esto qué es?», fue lo primero que pensó.

Esperaba ver un montón de papeles, fotos, informes y demás. En su lugar había cuatro pequeñas cajas, del tamaño de un mechero. Las abrió una por una. Ahora lo comprendió.

«Son cuatro memorias USB», se dijo. «¿Y qué hago ahora con ellas?».

Miró a su alrededor. El apartamento era pequeño y todo parecía estar a la vista. Buscó con su mirada un ordenador portátil. Quizá Ryan tuviera uno en su casa. No vio nada.

«¿De qué me sirven estos USB sin un ordenador donde conectarlos?», pensó, enojada.

«Ryan es una persona muy ordenada, tan solo hay que ver este apartamento. Si dispone de un ordenador portátil, no lo dejaría a la vista», reflexionó Rebeca. Buscó con la mirada, aún sentada en la mesa, algún rincón del salón que fuera apropiado para trabajar.

Enseguida se fijó en uno. Se trataba de una pequeña mesa, pegada a la pared, junto a un espejo y mirando al enorme ventanal que daba acceso a la terraza. Tenía una silla justo delante. «¿Qué utilidad puede tener ese rincón aparte de la decorativa?», pensó Rebeca. «Si Ryan fuera actriz de cabaré diría que es un lugar perfecto para maquillarse, pero no creo que sea el caso».

Se levantó y, con la ayuda de las muletas, se desplazó al sitio en cuestión. Encima de la mesa no había nada, ni un simple flexo de luz o un cubilete con lápices y bolígrafos. Nada de nada. Incluso la mesa era minimalista. Tan solo tenía un pequeño cajón. Rebeca tiró de él. No se abrió. Observo que disponía de una cerradura.

«Vaya», pensó. «¿Para qué demonios cerrará con llave un cajón en un apartamento en el que vive solo?». En cualquier caso, una cerradura no era un problema para Rebeca. Le costó más llegar a su bolso para hacerse con la herramientas que abrir el cajón.

«¡Bingo!», se dijo, sonriente. Había deducido correctamente. Allí, entre otros objetos, había un ordenador portátil. Lo tomó entre sus manos y lo depositó encima de la mesa.

Nada más encenderlo, se encontró con el segundo problema, pero este parecía más serio. La contraseña. Se quedó pensativa, mirando la pantalla. Ryan no tenía mascotas ni familia, y tampoco conocía su fecha de nacimiento exacta, que solían ser las contraseñas más utilizadas.

Probó con «Emilia», que había sido el nombre de su esposa.

Nada.

Probó con «Ryan».

Nada.

Recordó donde estaba situado el apartamento. Era el barrio llamado IFSC, acrónimo de *International Financial Services Centre*, que se encontraba casi enfrente de los *Docklands*, pero al otro lado del rio Liffey.

Probó con «IFSC».

Nada.

Intentó añadir el número del apartamento y todas sus combinaciones posibles.

Nada.

No se le ocurría cual podría ser la contraseña. De nuevo, miró a su alrededor por si veía algo que le llamara la atención. No había nada destacable. Volvió a posar la vista sobre la mesa. «Piensa, Rebeca. No tiene que ser algo muy complicado. Ryan no es así». Levantó la vista y se quedó mirando al espejo. Le llamó la atención su posición. «¿Qué utilidad podría tener un espejo como ese, al lado de un lugar de trabajo, más allá de la meramente decorativa?».

De repente, se le iluminó la mente. Era una posibilidad. «Por probar no pierdo nada», se dijo.

Dio una pequeña palmada en la mesa de satisfacción. Está vez había acertado. El ordenador cobró vida.

«Vaya con Ryan», pensó, divertida. La contraseña era «Rebeca». Se le había ocurrido cuando vio su imagen reflejada en el espejo. «Ya lo dijo Ken Follett en 1980, con el título de su novela de ficción histórica *La clave está en Rebeca*», se dijo, luciendo una sonrisa en su rostro.

«Vamos al lío».

Miró la pantalla del ordenador. Tan solo mostraba tres iconos. Uno con el escudo de la *Garda*, otro el del explorador de internet y otro el del correo electrónico. Ni siquiera tenía configurado un fondo de pantalla personalizado. «Austero hasta para esto, aunque a mí eso no me importa nada. Vamos a ver qué contienen las memorias USB», se dijo, animada. Como no estaban rotuladas, desconocía qué información había en cada una de ellas. Tomó una al azar y la introdujo en el conector del ordenador. Le apareció en la pantalla multitud de carpetas, cada una con nombres diferentes de personas. Supuso que se trataba de las declaraciones de los testigos. Tan solo en ese USB había muchísima información. No tenía tiempo de revisarlas todas antes de que Ryan regresara al apartamento. Echó un vistazo superficial a todos los nombres por si acaso pudiera encontrar los de «Carlota Penella» o «Allison Adelman», aunque suponía que una cosa así se la hubiera contado ayer el propio Ryan. Como era de esperar, no estaban en la lista, pero sí que había uno que captó su atención. «¡Qué curioso!», pensó.

Una carpeta se llamaba «Ryan Clarke».

La abrió.

«Se tomó declaración a sí mismo como testigo», pensó, sin poder evitar una sonrisa. «Esto no me lo pierdo».

Eran apenas tres folios. Rebeca se los leyó en un instante. No decía nada que no supiera, aunque había algunas cuestiones curiosas. Manifestó que, ese sábado, se dirigía desde su casa hacia la zona comercial de *Grafton Street.* La primera cosa que llamó su atención era que, para recorrer ese trecho, tenía que pasar forzosamente por *Westmoreland Street,* que era el mismo camino que supuestamente había seguido Rebeca. Sin embargo, en ningún momento de su declaración manifestaba haberla visto hasta llegar al cruce de *College Street* y su semáforo. Y aquí venía la segunda cuestión. «¿Para qué se detuvo en ese semáforo si para ir a *Grafton Street* era más sencillo y directo seguir recto por esa misma acera?». No tenía sentido. Y ya, para terminar, declaraba que había multitud de personas detenidas esperando cruzar, pero que él no se encontraba en las primeras filas. «En un principio, tampoco me vio en ese semáforo», se dijo Rebeca. «Fue cuando observó a alguien lanzarse al *Luas*. No supo que era yo hasta que me recogió y pudo ver mi cara».

Rebeca se quedó preocupada. Por mucha gente que pudiera haber, aparentemente habían seguido el mismo recorrido durante diez minutos al mismo tiempo, sin verse. Tampoco la había reconocido cuando se detuvo en el semáforo. Rebeca medía en torno a los 1,84 metros de altura. No era una chica bajita ni mucho menos. Era bastante extraño. Anotó todos esos datos en su mente, cerró el archivo y extrajo el USB. Insertó el siguiente. Como le había sucedido con el anterior, se abrieron en la pantalla multitud de carpetas. Esta vez no tenían nombres de personas.

«¿Qué es esto?», pensó. Las carpetas eran como números de referencia o algo así. «Voy a abrir la primera y así salgo de dudas».

Nada más hacerlo, se activó el reproductor de video del ordenador. «Son las grabaciones de las cámaras. Los diferentes números de las carpetas deben hacer referencia a su identificación».

La que estaba observando parecía, por su orientación, situada en el *Banco de Irlanda*. Se quedó mirando el video. Las imágenes estaban tomadas desde un ángulo casi a ras de las personas. Supuso que la cámara estaría en alguna pared del banco. Se veía mucho gentío. Adelantó el video al momento que le interesaba. Efectivamente, se veía a una persona caer frente al tranvía. Intento ampliar la imagen todo lo que pudo, pero no fue capaz de distinguirse. Luego vio como el tranvía frenaba y una persona se abría paso entre la multitud. Paró el video otra vez y volvió a ampliar la imagen. Tampoco se distinguía la cara de Ryan con la suficiente claridad como para reconocerlo.

«Bueno, los hechos fueron ciertos, pero esta grabación no prueba nada. Es cierto que es lejana. Voy a ver si encuentro las cámaras de tráfico que, según me dijo Ryan, están situadas en *College Street*, que me darán una vista frontal del semáforo», pensó.

Abrió varias carpetas con parecidos resultados. Era cierto que una mujer de una altura parecida a ella se había caído frente al tranvía y que alguien parecido a Ryan la había socorrido de inmediato. Pero no probaban ni que fuera ella ni que se hubiera arrojado de forma voluntaria. La multitud de gente obstruía las vistas y evitaba ver los detalles importantes.

De repente, antes de cerrar el último video, algo le llamó la atención. Lo había visto en todas las grabaciones, pero hasta ahora no había reparado en ello. La fecha y la hora exacta que aparecían en una esquina de cada video.

«0411 – 19:13»

Porque no tenía a mano las muletas, si no se hubiera levantado de la silla.

Aquello sí que era una anomalía muy difícil de explicar para su mente. El día era correcto, 4 de noviembre, pero la hora... era imposible. Rebeca recordaba perfectamente que había abandonado el *pub «The Cat & the Horse»* con su hermana pasados unos minutos de las siete de la tarde. Antes de salir había mirado su reloj, por eso estaba tan segura. Si hacía caso a sus recuerdos, no tenía ningún sentido. Desde el *pub* hasta ese semáforo, ni andando a un paso muy rápido, casi corriendo, podría haber llegado un minuto antes de intentar suicidarse, a las 19:12. Además, no había observado a ninguna persona que corriera en los vídeos que ya había visto.

Siguió abriendo carpetas para encontrar las cámaras de control de tráfico del ayuntamiento.

«¡Por fin!», casi gritó Rebeca.

Nada más empezar a reproducirse el video, vio que la cámara estaba situada frontalmente al semáforo. Observó las multitudes desde un ángulo diferente y desde más altura. Esta grabación no la quiso adelantar a la hora que se sucedieron los hechos. Quería ver la secuencia completa. Según la marca, eran las 19:09. El semáforo se puso verde para los peatones. Había un autobús parado en él. Al minuto siguiente, el autobús retomó su camino y los peatones se volvieron a amontonar en el semáforo. Seguía sin ver ni rastro de ella. Estaba pendiente de la gente que llegaba desde *Westmoreland Street* y desde la acera del *Banco de Irlanda*. Había también mucho tráfico de coches, sobre todo taxis que paraban en cualquier lugar. Otro autobús se detuvo en el semáforo. Seguía observando a la gente llegar al punto que le interesaba.

De repente, lo imposible se hizo posible. Allí estaba ella, plantada en la primera fila del semáforo. No había visto de dónde había aparecido. Supuso que, entre el gentío y el autobús de dos pisos, le habían obstruido la vista a la cámara. Paró la imagen y se observó con detalle. Iba vestida con la misma ropa y abrigo que llevaba cuando supuestamente salieron Carlota y ella del *pub*. La imagen no era muy nítida y no era capaz de distinguir con detalle los rasgos de su cara, como, por ejemplo, sus ojos y su mirada, pero Rebeca no tenía ninguna duda de que era ella. Se conocía veintitrés años. «Me tengo que preparar para un momento duro», pensó, cuando vio que la marca de la hora del video indicaba «19:12». Buscó a Ryan en la imagen. Sabiendo donde estaba situado, por las otras grabaciones que ya había visto, lo localizó de inmediato. Tampoco lo distinguía con total claridad, pero desde luego juraría que era él. De repente, sin esperárselo, vio cómo se arrojaba a las vías justo cuando arrancaba un tranvía de la parada.

«¡Es cierto!», pensó confundida Rebeca. «¡Me tiré al tranvía!».

Paró de nuevo la imagen. Seguía sin tener dudas de que era ella. La puso de nuevo en marcha y observo como el tranvía frenaba, pero demasiado tarde. Al segundo siguiente vio como una persona se abría paso entre la multitud, que parecía que se había quedado paralizada, sin reaccionar ante lo que acababan de ser testigos.

Era Ryan. Tampoco tenía dudas.

Paró la visualización del video de inmediato.

Su estado emocional era complicado de describir. A Rebeca le daba la impresión de que un tornado había atravesado su mente, arrasando todo a su paso. Durante unos largos cinco minutos no fue capaz de reaccionar. Sabía lo que iba a ver, estaba avisada y creía que también preparada, pero no era así. El impacto emocional había sido muy duro. «Supongo que me agarraba a la esperanza de que las imágenes no fueran concluyentes, pero lo son», fue capaz de pensar, navegando entre un mar de olas de confusión.

«No», se dijo, cuando se recuperó. «Sé lo que acabo de ver, pero no puede ser lo que parece».

Sabía que hoy en día existían métodos, a través de sistemas de inteligencia artificial, que eran capaces de recrear vídeos que parecían reales aunque no lo fueran. Se había avanzado mucho en ese campo. Pensó un momento en ello, pero lo descartó. En la memoria USB había, al menos, imágenes de catorce cámaras diferentes. Había visto siete y, desde ángulos opuestos, todas concordaban. Además, su procedencia era variada. Las grabaciones eran tanto públicas como privadas. Era inconcebible que hubieran manipulado todas. Además, ¿para qué?

«Tengo que continuar», se dijo, sacando fuerzas hasta de las uñas.

Extrajo la memoria USB e insertó otra. Como había sucedido en las ocasiones anteriores, la pantalla de ordenador se llenó de carpetas. Esta vez, sus nombres eran fechas. La primera correspondía al 4 de noviembre. Fue la primera que abrió. Para su sorpresa, la carpeta contenía otras muchas con lo que parecían números de referencia. No tenía ni idea de lo que estaba observando, así que decidió empezar a abrirlas por su orden en la pantalla. Cuando vio la primera imagen, de inmediato supo que contenía ese USB.

«Es mi historial médico desde el primer día, clasificado por fechas», pensó. «Esto que tengo delante es el informe de los dos médicos que me atendieron después del golpe, en la UCI móvil». No entendía demasiado de jerga médica, pero lo leyó. Suponía que no iba a decirle nada que no supiera ya.

«Mujer, veintitrés años, pérdida de conciencia, TCE por contusión craneal occipital. No responde a estímulos. Ausencia de apertura ocular, pupilas midriáticas, carencia de actividad verbal y ausencia de actividad motora. Glasgow 3. Sospecha de hemorragia subaracnoidea. Tratamiento inicial: vía venosa con manitol 250 ml al 20 % ante sospecha de hipertensión intracraneal y edema cerebral. Inmovilización de la columna cervical con tracción en la línea media y colocación de collarín cervical. Se monitoriza frecuencia cardiaca, respiratoria y presión arterial. Cánula de Guedel. Soporte respiratorio con administración oxigenoterapia a alto flujo para mantener SatO2>94 % mediante bolsa de resucitación...»

El informe era mucho más extenso, pero Rebeca ya había leído lo suficiente, sobre todo cuando se escuchó decir eso de la «bolsa de resucitación». No tenía ni idea de lo que era, pero sonaba muy mal.

«Vaya, pues sí que estaba hecha una verdadera piltrafa».

Abrió las siguientes carpetas de esa fecha. Estaba el parte de su ingreso en el *Beacon Hospital* e incluso la operación de urgencia que le tuvieron que efectuar en la cabeza para aliviar su presión intracraneal, ya que se moría. Leyó como le taladraron el cráneo para drenar la sangre que oprimía su cerebro. También todos los análisis y pruebas radiológicas, como dos RMN, antes y después de la operación, que dedujo que era el acrónimo de Resonancia Magnética Nuclear.

«Supongo que el resto de carpetas con fechas contendrán todas las pruebas, informes y análisis que me fueron efectuando durante mi estancia en el *Beacon Hospital*». Como le sucedió con la primera memoria USB, que contenía las declaraciones de los testigos, allí había mucha información que no tenía tiempo de leer ahora. Ya lo haría con más calma en días posteriores. Además, aún le quedaba por mirar el contenido del cuarto USB.

Lo introdujo en la ranura y esperó un instante. Sucedió lo mismo que con los tres anteriores. La pantalla del ordenador se pobló de carpetas.

«Son los informes policiales», se dijo Rebeca. También parecía contener mucha información, así que hizo como en los anteriores, abrió la primera carpeta. Se trataba de un informe preliminar firmado por el propio Ryan Clarke, poco después de suceder los hechos. Empezó a leerlo y no decía nada que no supiera ya, así que lo dejó para otra ocasión. Abrió otro archivo y vio una lista interminable de números de teléfono. «¿Esto qué es?», pensó. Inmediatamente salió de dudas cuando observó su encabezado. Era el listado de las llamadas al 112, el teléfono de emergencias, del día 4 de noviembre en la ciudad de Dublín. Lo cerró. Tampoco tenía tiempo de mirarlo. Ya lo haría con más calma otro día, aunque no sabía qué le podía aportar. A continuación vio muchos archivos con la extensión JPG. Eso significaba que se trataba de archivos de imagen. Supuso que serían las fotografías tomadas en el lugar de los hechos. También supuso que, como los vídeos, no serían agradables de ver, pero lo tenía que hacer.

«Al menos voy a intentarlo, aunque sea tan solo con una o dos», se dijo, para darse ánimos.

Allá fue. Abrió la primera. Y la primera en la frente. De inmediato, tuvo que apartar su mirada de la pantalla. Aquello era horrible, mucho peor que las grabaciones. Era como si se acabara de ver muerta.

«Rebeca, sabías lo que te esperaba. Ten valor para continuar», se dijo. Para su sorpresa, una lágrima resbaló por su mejilla.

«¡Vamos!».

Se giró hacia la pantalla del ordenador. Esta vez aguantó la mirada. Allí estaba ella, aparentemente sin vida, a los pies del tranvía. Los videos no tenían demasiada nitidez, pero las fotografías en alta resolución y tomadas desde cerca impactaron con mucha más fuerza al corazón de Rebeca. Tampoco se lo esperaba.

«Seguimos», se dijo, secándose la lágrima con la mano.

Empezó a pasar las fotografías. Apenas se detenía uno o dos segundos en cada una. Estaban tomadas desde todos los ángulos posibles y eran desgarradoras.

De repente, algo llamó la atención en una de ellas. No es que fuera muy diferente a las anteriores, pero le mostraba con más amplitud la escena. Se observaba con claridad la parte delantera del tranvía y a ella en el suelo, inconsciente. «Aquí hay algo raro», pensó. La amplió y la observó con más detenimiento. Estaba confusa. Su mente parecía querer gritarle algo, pero no era capaz de escucharla.

Lo que sí que oyó fue el ascensor que se detenía en su planta. Miró el reloj.

«¿Cómo es posible? Llevo casi tres horas delante del ordenador y ni me he enterado. Debe ser Ryan que vuelve a casa», pensó, con cierto pánico.

Efectivamente, escuchó como alguien introducía la llave en la cerradura de la puerta de entrada al apartamento.

21 FLORENCIA, REPÚBLICA FLORENTINA, 9 DE ABRIL DE 1492

—¿Qué haces aquí?

—¿Ese es tu recibimiento después de más de dos años sin vernos?

—No me refería a eso. ¿Cómo has podido burlar a los guardias para entrar en el palacio?

—Ya veo que no te has enterado.

—¿De qué?

Desde el día de su decimoquinto cumpleaños, Michelangelo se había incorporado al grupo de artistas cuyo mecenas era el gobernante de la República Florentina, Lorenzo de Medici. El grupo se hacía llamar «*La Academia Platónica*». Había sido muy feliz, ya que había podido dar rienda suelta a su imaginación y también se había preocupado por su familia. A cambio de trabajar para El Magnífico, le había pedido que despidiera a su padre de su actual trabajo administrativo y que lo ascendiera de puesto. Igual que Michelangelo se merecía progresar en la vida, también su padre. Unos días antes del cumpleaños que celebró en los jardines de San Marco, había quedado vacante un importante trabajo en las aduanas de la república con Dogana, una zona al oeste de Florencia. Michelangelo pidió ese puesto para Ludovico, su padre, que le fue concedido por El Magnífico.

—Lorenzo de Medici acaba de morir. Los soldados han huido en desbandada. Este ya no es un lugar seguro para ti —le dijo Francesco Granacci, así, de golpe.

—¿Qué dices? No he escuchado nada en palacio. Aquí todo parece como cualquier otro día. No te creo. Seguro que es una treta de mi padre para sacarme de aquí. Sigue sin comprender que soy feliz rodeado de una belleza que él no alcanza a comprender.

En «*La Academia Platónica*», Michelangelo se codeaba con figuras importantes del renacimiento, no solo con escultores y pintores cuyo mecenas era Lorenzo El Magnífico. Allí estaba la intelectualidad de los nuevos tiempos, con personas de la talla moral como el humanista cristiano Marsilio Ficino o el filósofo Giovanni Pico della Mirandola. Le gustaba hablar con ellos y enriquecer su espíritu. Con diecisiete años ya dominaba conceptos que jamás habría imaginado. Durante sus primeros días de estancia en el palacio, conoció a un hombre extraordinario. Se trataba del poeta Angelo Poliziano. Era un magnifico narrador, con gran talento para describir hechos épicos con una belleza arrolladora. Le contó la historia de *«El rapto de Deyanira»* y *«La batalla de los centauros»* con tanta pasión que Michelangelo se sintió obligado a esculpir acerca de ello.

En resumen, era muy feliz donde se encontraba ahora mismo y no deseaba volver a casa de su padre.

—¡No te enteras de nada! —exclamó Francesco, casi a gritos—. Tu mecenas llevaba tiempo sufriendo una enfermedad que los médicos no supieron reconocer. Murió anoche, en paz, en su villa familiar de Careggi.

—Eso no puede ser.

—Como suponía que no me ibas a creer, te traigo el decreto que ha emitido esta mañana *La Signoria* de Florencia.

Michelangelo lo tomó en sus manos y lo leyó en voz alta.

—Considerando que el hombre principal de toda esta ciudad, el recientemente fallecido Lorenzo de Medici, durante toda su vida no descuidó ninguna oportunidad de proteger, aumentar, adornar y levantar esta ciudad, sino que siempre estuvo listo con consejo, autoridad y esmero, en pensamiento y acción; por el bien del estado y su libertad...

En ese momento, detuvo su lectura. Un nudo había cerrado su estómago y su boca era incapaz de emitir sonido alguno. Se arrodilló, cubrió su cara con sus manos y se puso a llorar.

Francesco Granacci, aunque deseaba abrazarlo, consideró que era un momento muy íntimo para su amigo y decidió que debía dejar que expulsara todo el dolor que acumulaba en su interior.

Fueron diez largos minutos.

—¿Y por qué tengo que abandonar el palacio? Su hijo Piero, mi último mecenas, se hará cargo de los asuntos de su padre, tal y como estaba convenido. No tengo nada que temer a su lado.

—¡Idiota! —exclamó Francesco, que ahora ya no quiso reprimirse—. Has vivido rodeado de tanto lujo y de hombres tan cultos que te has alejado de la realidad del pueblo. La familia Medici ha ido perdiendo poder en los últimos años. ¿Has oído hablar de Girolamo Savonarola?

—Jamás he escuchado ese nombre.

—Claro, porque no pertenece a tu selecto club de amigos. Se trata de un fraile de la Orden de Predicadores, o sea, dominico. Deberías estar muy preocupado por no saber nada de él.

—¿Por qué?

—Porque odia el arte que no sea religioso. Es un fanático que respalda la destrucción del arte secular. Propugna la renovación cristiana y la desaparición de las élites de la actual República Florentina, que desea destruir.

—Los soldados lo pondrán en su sitio. Ese tipo de discurso no cabe en una sociedad culta y desarrollada.

—Esa sociedad de la que hablas no existe nada más que entre estos muros. Fuera de ellos, la gente apoya a Savonarola. Clama contra las injusticias sociales y la explotación de los pobres. Su discurso ha calado en gran parte de la sociedad florentina. Te aseguro que es un verdadero peligro. Es posible que Pietro de Medici sea capaz de retener durante un corto periodo de tiempo a Savonarola, pero cada vez serán más los que le apoyen. Es una cuestión de tiempo.

—Estás exagerando —Michelangelo se resistía a creer en las oscuras profecías de su amigo.

—¿Cómo te explicas que esté en el interior del palacio principal de la familia Medici? Si yo he sido capaz de entrar, cualquiera lo podría hacer. Gran parte de los soldados de la República Florentina, en silencio, son seguidores de Savonarola. Ya te he dicho que han huido tras conocer la muerte de Lorenzo de Medici porque saben que sus días están contados.

Michelangelo permaneció en silencio, sin mostrar ningún signo de creer a su amigo.

—¿Cómo te podría convencer? —preguntó un Francesco que estaba desesperado por sacar de allí a Michelangelo. Sabía que no serviría de nada hacerlo a la fuerza. Debía de tratar de convencerlo.

De repente, oyeron un fuerte estruendo en el piso inferior. Escucharon como una multitud accedía al palacio.

—¿Qué es eso? —preguntó Michelangelo, asustado.

—Estás a punto de descubrir la realidad. Ponte detrás de mí. Me conocen. Espero que te tomen por un amigo mío y te reconozcan como uno de los suyos.

Michelangelo obedeció.

Una turba enloquecida penetró en el salón.

—¿Qué haces aquí? —preguntó uno de los asaltantes a Francesco.

—Me he adelantado a vosotros, junto con mi amigo. No queda nadie de importancia en el palacio. Ya lo he comprobado —respondió, aparentando una firmeza que no tenía.

Aquella persona se quedó mirando a Francesco y su acompañante por unos interminables segundos. Portaba algo entre sus manos.

—Está bien. Salid de aquí lo antes posible. Vamos a quemar este palacio, que simboliza toda la corrupción moral de Florencia y la pérdida de los valores cristianos.

—¡No lo hagáis! —gritó Michelangelo, para sorpresa de su amigo Francesco, que estaba intentando salvarle la vida—. Es cierto que la familia Medici lo ocupó hace cincuenta años, pero su construcción se remonta al siglo XIII. No es patrimonio de las élites, sino de todo el pueblo de Florencia. No merece arder, merece que sea un símbolo de la victoria del pueblo sobre sus opresores.

—¿Quién es este extraño amigo que te acompaña, Francesco?

—Es el hijo de Ludovico Buonarroti, ya sabéis. Un seguidor de Savonarola.

Aquella persona se quedó mirando a Michelangelo no sabiendo si creerlo. La túnica que portaba era de lino y parecía de gran calidad, semejante a los ropajes de los Medici.

—Mi hermano Leonardo también pertenece a la Orden de Predicadores, como Girolamo Savonarola —exclamó Michelangelo a la desesperada. Sabía que su hermano era un fraile de la orden, pero desconocía si simpatizaba con las ideas de aquel loco.

—¿Eres hermano de Leonardo? Eso lo cambia todo —dijo aquel desconocido, acercándose a Michelangelo y dándole un abrazo—. Yo soy fray Giorgio Brassari. Soy un buen amigo de tu hermano.

—Hace tiempo que no hablo con él. ¿Está bien?

—Está haciendo justicia.

Michelangelo no quiso seguir preguntando. Con aquella respuesta tenía suficiente.

—Las calles de Florencia no son seguras, sobre todo vestido así. Anda, toma este trofeo. No creo que nadie se atreva a enfrentarse a ti.

Fray Giorgio Brassari le dio el objeto que portaba entre sus manos.

Era la cabeza de Lorenzo de Medici.

22 EN LA ACTUALIDAD, DUBLÍN, IRLANDA, 11 DE ENERO

—¿Qué haces ahí?

—Nada. Me acabo de levantar del sofá y me he sentado en esta silla. Después de dos meses en coma, me apetecía volver a ver el cielo a través del ventanal de la terraza.

—Hoy ha salido un día soleado, no como ayer. Para eso, podrías haberte sentado directamente en la terraza. Es un lujo disfrutar de días como hoy en pleno mes de enero.

—Seguro que aquí dentro se está mejor. ¿Te molesta?

—No, claro que no, pero me ha extrañado verte ahí. Tan solo me siento en esa silla para trabajar.

«Justo lo que estaba haciendo yo apenas hace unos segundos», pensó Rebeca, ya más relajada. Estaba segura de que había batido algún *Récord Guinness* en la modalidad de «rapidez en ocultar ordenador en cajón cerrado con llave».

Tomó las muletas y se levantó de la silla.

—¿Qué tal la mañana? ¿Has tenido tormenta en el trabajo? —preguntó Rebeca, intentando distraer la mente de Ryan.

—La borrasca Harris ha descargado sobre mí. Menos mal que, en pleno chaparrón, ha aparecido tu tía. No sé cómo lo has logrado, pero no solo me ha tratado como a un humano, sino que, en ocasiones, hasta parecía humana ella misma.

Rebeca no pudo evitar sonreír.

—No te pases, que tampoco es un ogro. Tan solo hay que saber manejarla y conducirla a tu terreno.

—Pues debo ser un pésimo conductor —le respondió Ryan, también sonriendo.

—¿Te ha contado algo de la reunión que hemos mantenido esta mañana? —le preguntó Rebeca, con toda la intención. Tenía que saber si Ryan conocía que su tía Tote le había entregado una copia del expediente completo de toda la investigación.

—En realidad, ha sido algo curioso. Cuando ha tratado ese tema, ha sido el momento que más se ha parecido a una humana. Hasta se ha permitido hacerme una mueca que se podría llegar a interpretar como un intento de sonrisa. Te aseguro que me ha impresionado. Pensaba que carecía de esos músculos faciales.

—No te burles más de mi tía —le respondió Rebeca—. Ya me ha quedado claro que no os caéis muy bien. ¿Qué te ha dicho exactamente?

—Nada. Se ha limitado a indicarme que tú me pondrías al corriente de todo.

—Muy propio de ella —comentó Rebeca, fastidiada. Ahora, la que estaba en un dilema era ella. No sabía si contarle a Ryan que tenía el expediente de la investigación o callárselo. Decidió no contarle nada, de momento. Tenía otra cosa más delicada que preguntarle.

Ryan se dirigió a la cocina y se abrió una botella de agua mineral con gas. Le ofreció una a Rebeca, que la declinó amablemente.

—¿Quieres saber cómo he quedado con mi tía? —continuó Rebeca—. Ha aceptado que no vuelva al hospital.

—¿De verdad? —preguntó Ryan, sorprendido—. ¿Y qué te ha pedido a cambio? Las personas como tu tía siempre negocian.

—Aquí entras en juego tú. Si me acoges en tu casa durante una semana, acepta que no vuelva al hospital. Mi tía no quiere que esté sola.

—¿En serio? —Ryan continuaba incrédulo—. ¿Confía en mí para que te cuide?

—Tampoco es que tuviera otra opción. No conozco a nadie más en Dublín y mi tía ha preferido que me quede contigo a que me aloje en un hotel. Claro, siempre que a ti te parezca bien.

—¡Por supuesto! —exclamó Ryan, sin pensarlo dos veces—. Será un placer tener compañía. Lo que no entiendo es lo de la semana. Y después, ¿qué?

—Después ya veremos. Supongo que tendré mi casa limpia y desinfectada para esa fecha y que ya estaré más recuperada, al menos físicamente. También tendrás que hacerme otro favor. Si tengo que quedarme aquí, y ya que conoces cómo entrar en mi casa, necesito que me traigas ropa y mi aseo personal.

—¿Ahora? Me muero de hambre. ¿Te importa que vaya después de que comamos?

—Claro que no —mintió Rebeca, que no tenía ni pizca de hambre, pero tampoco podía contestarle otra cosa. La transición entre la tremenda perturbación que le había causado ver el expediente policial y poner cara de simpática con Ryan, como si nada hubiera sucedido, había sido demasiado rápida. Necesitaba tiempo para aclarar sus ideas y hacerse una tabla de lo que conocía, de lo que no y de los puntos débiles de la historia. Pero no podía olvidar que estaba en casa de Ryan y no lo podía tirar por las buenas. Eso sí, iba a tratar de comer lo más rápido que pudiera.

Eso hizo. En apenas veinte minutos habían terminado y Rebeca estaba escribiendo en su móvil una nota de todo lo que debía traerle de su casa. Cuando ya la tenía lista, se la envió al teléfono de Ryan.

—¿De verdad que no quieres acompañarme? ¿No te importa que vaya a rebuscar en el cajón de tu ropa íntima, por ejemplo? —le preguntó Ryan, sonriendo de una forma pícara.

—No tienes que rebuscar nada, como tú dices. Te he indicado claramente qué debes de traerme. En cuanto a la ropa interior, te he indicado en la lista la que uso habitualmente. La encontrarás en la parte superior del cajón. No hace falta que curiosees.

«Eso lo dirás tú», pensó Ryan, divertido. «Si no quieres acompañarme, asume las consecuencias».

Rebeca le leyó el pensamiento, pero, a pesar de ello, necesitaba quedarse un rato a solas para poder reflexionar con tranquilidad e intentar poner sus ideas en orden.

—No seas morboso. No vas a encontrar nada extraño.

Ryan estaba leyendo la lista.

—Sabes que en esta cocina hay lavadora y secadora, ¿no? Aquí hay ropa para pasar un mes.

—Anda, parece que no conozcas a las mujeres. Vete cuanto antes, que aún se te hará de noche.

«No es que no las conozca, es que no las entiendo», se dijo Ryan, mientras asentía con la cabeza, tomaba una chaqueta del armario y se despedía de Rebeca.

«Por fin sola otra vez», se dijo.

Tomó las muletas y se tumbó en el sofá.

«Además de bonito, es cómodo», pensó, mientras intentaba decidir por dónde comenzar. «Por el principio», se dijo, guasona.

Tomó su móvil y volvió a abrir el bloc de notas. Decidió que todo su razonamiento iba a partir de una premisa fundamental. No podía obviar que el incidente con el tranvía había sucedido en realidad. Demasiadas pruebas para negarlo. Por otra parte, también iba a dar por cierto lo que ella recordaba que había sucedido, lo del atropello del camión. Quizá no fueran hechos excluyentes entre sí. Tan solo debía de hallar el nexo de unión entre ambos. Carlota era buena y rápida encontrando orden en el caos. Rebeca tenía que reconocer que también era buena, aunque no tan rápida como su hermana. Ella tenía la habilidad de enfocar los asuntos desde puntos de vista diferentes a los ordinarios. «Voy a intentar razonar como Carlota», se dijo.

Empezó a escribir, tal y como le fluían las ideas en su mente, intentando darles un toque *Carlotiano*.

«PRIMER MISTERIO: sábado 4 de noviembre en el *pub*. Me estoy tomando unas cervezas con mi hermana. Invita a una desconocida llamada Allison. ¿Por qué lo hace? Nos bebemos cuatro rondas. Mi hermana decide marcharse y se dirige a la puerta. Anda dando algunos tumbos. Primer hecho extraño. Ella está mucho más acostumbrada que yo a beber alcohol y yo no iba en ese estado. ¿Podría haber fingido? Si lo hizo, ¿para qué? De camino a la puerta se apoyó en la barra. Si no estaba fingiendo, ¿en realidad fue para no caerse como siempre he pensado? Salimos las dos. Allison se queda pagando las consumiciones. Una vez en la calle, un camión atropella a Carlota. Me da tiempo de ver cómo muere y, un instante después, a mí me golpea algún objeto por detrás. Hasta ahora he supuesto que sería el espejo retrovisor del propio camión, pero, en ese caso, ¿me hubiera dado tiempo a ver a Carlota atropellada? ¿Podría mi golpe en la cabeza no haber sido causado por el camión? Ahí pierdo el conocimiento. Se supone que Allison saldría del *pub* uno o dos minutos después que nosotras. Tuvo que ver el resultado del accidente ¿Cómo es posible que no diera parte a la *Garda*? Esto también es muy extraño. CONCLUSIONES: 1) Debo de comprobar si Allison se puso en contacto con la *Garda*. La tengo localizada en la universidad donde trabaja. 2) Debo de revisar el listado de llamadas al 112. He visto que mi incidente con el tranvía figura en el listado, pero es raro que nadie viera ni escuchara nada del atropello del camión. 3) Tengo que volver al *pub* para hablar con el personal, sobre todo con *Bubba*, el camarero que nos atendió aquel día».

«¡Bufff!», pensó. «Y eso que no he hecho más que comenzar».

«SEGUNDO MISTERIO: sábado 4 de noviembre, en el lugar donde me golpeó el tranvía. Si salí del *pub* a las 19:03, ¿cómo es posible que a las 19:12 pudiera estar esperando a cruzar la calle en aquel semáforo? La presencia de Ryan Clarke en el mismo sitio a la misma hora que yo, ¿fue casual? Es improbable. Además, si marchaba en dirección a *Grafton Street*, ¿qué hacía parado en ese semáforo? Es innecesario para su supuesto recorrido. En cuanto a mí, ¿qué hacía en ese lugar? Yo nunca paso por ahí. En ningún video de los que he visto se aprecia con claridad cómo me arrojo al tranvía. El frontal, que es el grabado con la cámara mejor situada, se ve que me caigo. Podría haberme tropezado de forma involuntaria. ¿Por qué todo el mundo supuso, desde el primer momento, que se trataba de un intento de suicidio y no contemplaron la posibilidad de un mero accidente? Ese lugar en concreto es uno de los puntos negros de la ciudad. Por eso siempre hay una ambulancia apostada en la acera de enfrente. ¿No era más lógica la teoría del tropezón involuntario? Como no creo en alucinaciones colectivas, ¿qué se me ha escapado? CONCLUSIONES: 1) Tengo que conseguir, a través de mi tía, el cuadrante de trabajo de Ryan Clarke, para ver si estaba de servicio ese día a esa hora. Iba vestido de particular. 2) Tengo que comprobar cuánto tiempo cuesta llegar andando a paso rápido desde el *pub* al semáforo, lo más aproximado posible. 3) Debo de leer algunas declaraciones de los testigos, para ver porqué pensaron que era un intento de suicidio en lugar de un simple tropezón. 4) Tengo que leer los informes médicos de mi ingreso en el hospital para comprobar si son compatibles las heridas con el golpe del tranvía. 5) Debo mirar con más detalle las fotografías de la escena.

«TERCER MISTERIO: 8, 9 y 10 de enero, en el *St. Patrick's Hospital*, una vez recuperé el conocimiento. ¿Quién era la pelirroja de ojos azules que me visitaba todos los días? La doctora no reconoció a Carlota cuando le enseñé la foto, pero dudó. No conozco a nadie más en Dublín. Ella sabía su nombre, pero no me lo quiso decir el día que me iba. ¿Por qué? Es muy extraño. También las excesivas atenciones hacia mí de la doctora, que era la directora del centro, teniendo en cuenta que el hospital alberga a casi 300 pacientes. ¿Por qué me dio la impresión de que no era sincera conmigo y de que me ocultaba algo? Cuando le comuniqué que abandonaba el hospital, me puso impedimentos. Me quedó claro que no quería que me marchara. Sin embargo, cuando me disponía a irme, me ayudó a que no me reconociera el agente de la *Garda*, regalándome ese gorro con la nota manuscrita. Es un comportamiento incongruente. ¿A qué fue debido ese súbito cambio? ¡La nota! La leí muy rápido y no la revisé con atención. CONCLUSIONES: 1) Averiguar por internet el historial de la doctora. 2) Volver al hospital y hablar con ella. 3) El hospital dispondrá de cámaras de seguridad. Debo conseguir ver una grabación de la pelirroja que me visitaba. 4) Revisar la nota que acompañaba al gorro. 5) Conseguir mi historial médico durante mi estancia en el *St. Patrick's*. En el expediente policial tan solo consta el del *Beacon Hospital*».

«Seguro que me olvido de muchas cosas, pero ya es una buena base para comenzar. Conforme vaya completando las tareas, si surge alguna pista nueva, ya la añadiré», se dijo, cuando terminó de tomar todas las notas en su móvil.

Después de ordenar sus ideas, se sintió mucho mejor, no obstante, aún seguía pensativa. Había algo que no había escrito y que era fundamental. Tenía que recuperarse físicamente. No podía acometer esa enorme lista de tareas arrastrándose con muletas por Dublín. Recordó que Ryan le dijo que disponía de un pequeño cuarto que utilizaba a modo de gimnasio. No se lo había enseñado, pero supuso que dispondría de los aparatos necesarios para ejercitar brazos y piernas. Tenía la puerta enfrente de ella, así que se asomó.

Se sorprendió.

Aquello ni era un pequeño cuarto ni era un simple gimnasio. El tamaño era similar al dormitorio, y disponía de multitud de aparatos de musculación. «¿En un piso tan pequeño, ¿por qué habrá perdido este espacio tan precioso en montarse esta sala, que no tiene nada que envidiar a un gimnasio profesional?». Le extrañó, pero a ella le iba a venir de maravilla. Con semejantes aparatos, quizá pudiera estar lista para salir a la calle en un par de días, si se esforzaba lo suficiente. A pesar de su frágil aspecto, antes del accidente, estaba en muy buena forma física. Esperaba que algo le quedara de aquello.

«Eso me dejará tan solo cinco días libres para investigar». Se arrepintió de no haberle pedido a su tía algo más de tiempo, pero eso ya no tenía solución. «Debo matizar mi pensamiento anterior. Tengo solo cinco días, pero para investigar en el exterior de este apartamento». Recordó que muchas de las tareas que se había encomendado estaban incluidas en el expediente policial, y para eso no hacía falta salir de casa de Ryan.

Miró el reloj.

Había trascurrido una hora. Había pedido una cantidad claramente excesiva de ropa a Ryan, con la idea de que le llevara más tiempo recogerla. Calculó que aún disponía de una media hora más hasta que regresara.

«¿En qué la empleo?», se preguntó, mientras miraba el cajón que guardaba el ordenador.

Lo tuvo claro.

En apenas dos minutos estaba sentada enfrente del portátil. No había rotulado las memorias USB, así que no sabía cuál era cuál. Introdujo en la ranura la primera que cogió.

«Vaya», pensó. «Son los informes policiales y todo eso. He elegido la memoria USB más aburrida». Recordó que contenía también las imágenes fotográficas. Descartó revisarlas. «En menos de media hora no tengo tiempo de observarlas con el detenimiento necesario». En su lugar, abrió una carpeta al azar.

Era un listado. Se quedó observándolo. «Nada nuevo que no conozca ya», pensó. De repente, sus ojos se posaron en una línea en concreto. Su sorpresa fue mayúscula. Rebeca no daba crédito a lo que estaba viendo.

«Me parece que alguien me debe muchas explicaciones», se dijo.

Y tanto.

23 FLORENCIA, REPÚBLICA FLORENTINA, 14 DE SEPTIEMBRE DE 1494

—¡Debes de contarle lo que has visto!

—Tan solo ha sido un mal sueño.

—No, estoy seguro de que es una profecía. Piero debe conocerla de inmediato.

La conversación estaba trascurriendo entre Michelangelo Buonarroti y Cardiere. Se trataba de un trovador con gran talento para las composiciones musicales. Amenizaba las veladas de Piero de Medici con frecuencia. Michelangelo, como buen amante del arte, pronto se hizo amigo del trovador, al que le reconocía su extraordinario talento musical.

—No lo pienso hacer. ¿Sabes lo que me ha costado entrar al servicio de los Medici? No pienso tirar a la basura mi trabajo de tantos años por semejante tontería —dijo Cardiere, con fuerte determinación.

Después de la muerte de Lorenzo El Magnífico y de los breves disturbios que sucedieron a continuación, su hijo, Piero de Medici, había aplastado a los insurrectos con mano de hierro. El pueblo había sufrido de nuevo, pero la familia Medici había vuelto a recuperar el control sobre la República Florentina. Mientras tanto, Michelangelo, ayudado por su amigo Francesco Granacci, había regresado a su residencia familiar. Ludovico, después del ascenso social que había logrado gracias a su hijo y de la incipiente fama que Michelangelo se estaba labrando en Florencia, por fin había aceptado de buena gana que su hijo dedicara su vida al arte. Fue un tiempo de tranquilidad para la familia Buonarroti, que incluso asistía unida a los oficios religiosos que se celebraban en la conocida iglesia-convento de *Santo Spirito*.

Pero no eran tiempos de tranquilidad para todos.

Michelangelo, que aún tenía en su mente la felicidad que había experimentado bajo el mecenazgo del malogrado Lorenzo de Medici, añoraba el retorno de aquellos tiempos. Su padre no paraba de recordarle que jamás regresarían, pero, en lo más recóndito de su alma, el joven Buonarroti lo deseaba con todas sus fuerzas.

A pesar de ello, Michelangelo no podía permanecer de brazos cruzados. Su tiempo en el taller de pintura del maestro Ghirlandaio ya había pasado. Mientras el pintor era un anciano esperando la llegada de la muerte, Michelangelo vivía un periodo de incertidumbre que le angustiaba.

«A veces es bueno parar, para ver si lo que esperas de la vida concuerda con lo que haces en ella», se decía, para intentar calmar su atormentado espíritu.

Pero ese pensamiento apenas le duró un par de meses.

Michelangelo hizo amistad con el prior de *Santo Spirito* y llegó a un acuerdo con él. A cambio de tallarle una cruz en madera para el altar de la iglesia, el prior le permitiría el uso de una sala en el convento para que estudiara anatomía. Era algo que apasionaba a Michelangelo desde bien joven. Aun recordaba cuando acudía al puerto, justo en el momento en que los barcos pesqueros arribaban de faenar, para hacer bocetos de los ojos de los peces capturados. Fue el comienzo de su relación con la anatomía, que marcaría su vida.

¿Quién le iba a decir a Michelangelo que una nevada en el mes de enero de 1494 iba a cambiar de nuevo su vida? Volátil y caprichosa, así es la vida. Andaba hacía el convento de *Santo Spirito* cuando vio a unos niños intentar hacer un muñeco de nieve en medio de la calle. Se detuvo frente a ellos, observando sus torpes intentos. No pudo evitarlo. Sacó el cincel que siempre portaba en su jubón y se puso a ayudarlos. En menos de dos horas, había esculpido una auténtica belleza y congregado una gran masa de gente a su alrededor, observando su magnífico trabajo. En ese preciso momento, pasaba por la calle el carruaje de Piero de Medici. Al ver una multitud aplaudiendo en mitad de la calle, su curiosidad hizo que bajara de su carruaje y se acercara al gentío. Cuando vio la escultura de hielo, quedó prendado de su belleza. Preguntó quién había sido el autor, a lo que Michelangelo le contestó que los niños. A pesar de que no se habían visto durante más de un año, Piero reconoció al joven Buonarroti. Le invitó a subir a su carruaje y le llevó hasta el patio de su palacio, donde le retó a replicar la estatua de nieve que había hecho en medio de la calle. Michelangelo jamás en su vida se había negado a un reto. Tomó su cincel y, en otras dos horas, compuso una figura de una bella virgen tocando un arpa. Piero de Medici quedó tan impresionado que le ofreció volver al palacio, como en tiempos de su padre, e incluso ocupar el mismo apartamento del que había sido desalojado por la fuerza.

Michelangelo no se lo pensó. Su padre no le puso impedimentos, ya que ello suponía que su estatus social se iba a ver incrementado de nuevo, pero Michelangelo no previó una cuestión.

Su amigo Francesco Granacci.

Habían intimado aún más desde que le rescatara del palacio del difunto Lorenzo de Medici. Aún resonaban en sus oídos sus últimas palabras, antes de despedirse de nuevo de él: «En menos de un año te volveré a recuperar». Eso había sucedido en enero de este mismo año, y no se habían vuelto a ver. Nueve meses habían trascurrido de aquello y ahora Michelangelo lo recordaba.

Salió de sus pensamientos.

—¿Qué más da lo que te costara entrar en el palacio de los Medici? Yo lo logré gracias a una nevada. ¿Crees que fue un hecho casual? ¡Pues claro que no! La divina providencia quiso que sucediera así. Ahora está haciendo lo mismo contigo. ¿Cómo puedes plantearte ocultarle una cosa así a Piero de Medici? —preguntó Michelangelo a Cardiere.

—¿En serio quieres que le diga que la divina providencia me ha encomendado la labor de advertirle que pronto será expulsado de su palacio?

—Sí.

—Pues no.

—Si no lo haces tú, seré yo mismo el que se lo comunique —afirmó Michelangelo con contundencia, mientras se daba la vuelta y desaparecía de la vista de Cardiere.

Michelangelo pidió ver a Piero de Medici de inmediato. En ese momento, se encontraba comiendo con su canciller Bibbiena. Al ver entrar a Michelangelo, le invitó a sentarse a la mesa.

—Mi señor, me temo que soy portador de malas noticias.

—¿Qué sucede?

—Ya conoce al trovador Cardiere. Lleva dos noches soñando lo mismo. Es un mensaje para usted.

Piero, que no tenía el mismo talante que su padre Lorenzo, sonrió de forma despectiva. Su orgullo e insolencia nublaban su entendimiento.

—Así que la divina providencia me manda mensajes a través de un vulgar trovador.

—Señor, su padre se le apareció anteayer y ayer. Iba cubierto con una capa negra toda rasgada, medio desnudo. Le ordenó que le comunicara que pronto sería desalojado del palacio y que debía estar preparado para ello, ya que nunca volvería a pisarlo.

Durante un instante se hizo el silencio en la mesa, hasta que fue interrumpido por las sonoras carcajadas de los comensales.

—¿De verdad crees que mi padre se le aparecería a Cardiere para decirle eso? Si hubiera querido comunicarse conmigo, ¿por qué no hacerlo directamente?

—Señor, se le apareció dos veces. Eso no es casual. De hecho, nada en la vida lo es.

—¡No dices más que estupideces! —exclamó el canciller—. ¿No ves que estás molestando a Su Señoría?

Michelangelo no necesitó escuchar más. Abandonó la estancia con rapidez y en silencio, y se dirigió a sus aposentos. La curiosidad natural de Michelangelo le hacía dudar de muchas cosas en su vida, pero esta no era una de ellas. En su interior, tenía el convencimiento de que algo muy malo estaba a punto de suceder.

Tomó su decisión.

Después de escribir una breve misiva, llamó a uno de los criados y le ordenó que la llevara a la dirección indicada. Le señaló que debía de esperar una respuesta y entregársela de inmediato, nada más regresar a palacio.

El criado partió de inmediato. Michelangelo estaba pendiente de la respuesta a su misiva, pero algo muy extraño sucedió.

—Nada.

—¿Cómo que nada?

—Que no hay ninguna respuesta, señor —insistió el criado—. Cuando ha leído la nota, me ha despachado con un gesto de indiferencia.

Aquello sí que no se lo explicaba Michelangelo.

Decidió tumbarse en su cama, para intentar desentrañar el significado de todo ello.

—¡Despierta! —escuchó.

Michelangelo se había quedado dormido, sumido en sus reflexiones. Miró por la ventana. Ya había caído la noche.

—¿Quién eres? —preguntó, todavía medio dormido.

—Vístete cuanto antes. Debemos abandonar el palacio.

Ahora, Michelangelo reconoció la voz.

Era su amigo Francesco Granacci.

—¿Cómo has conseguido entrar?

—¿Acaso eso importa ahora? —le respondió con otra pregunta. La realidad es que Francesco aún conservaba amistades entre los soldados de la república, descontentos con la tiranía de Piero de Medici.

—Ayer le mandé una carta a mi padre, esperando una respuesta por su parte que no se produjo.

—Lo sé, yo estaba presente justo cuando la recibió. Por eso estoy aquí.

—¿Te ha enviado mi padre?

—No, tu padre no te creyó. Es un funcionario del gobierno de la república. ¿Cómo demonios pretendías que te tomara en serio?

—¿Y por qué lo haces tú?

Francesco Granacci se lo dijo.

—¡La profecía era cierta! —exclamó Michelangelo, con una mezcla de triunfalismo y miedo.

—La profecía no lo sé, pero tenemos que largarnos cuánto antes.

Su vida corría peligro, incluso en el exterior del palacio. Debían desaparecer, como los fantasmas, entre las brumas de la realidad.

Y ni siquiera eso garantizaba su vida.

24 EN LA ACTUALIDAD, DUBLÍN, IRLANDA, 14 DE ENERO

—¡Rebeca! —gritó Ryan—. Te traigo lo que me pediste.

No hubo respuesta.

—¡Rebeca! —volvió a gritar.

Tampoco escuchó nada.

«¿Es posible que haya cometido la locura de salir a la calle? Estos últimos días ha estado muy rara».

«No debo de pensar mal», concluyó. «Quizá esté descansando y no me haya escuchado». Abrió la puerta del dormitorio. Allí no estaba.

De repente, se llevó un susto monumental. Vio como una persona, enfundada en un albornoz y con una toalla envuelta en la cabeza, salía andando del cuarto de baño.

—¡Rebeca!

Ahora sí que lo escuchó. También se sorprendió.

—¿Qué haces aquí tan temprano?

—¡Qué susto me has dado! Creía que te habías marchado. He llegado una hora antes de lo habitual, porque me ha llevado menos tiempo del previsto conseguirte lo que me pediste ayer.

Rebeca se acercó y le estampó un beso en la mejilla.

—Eres un ángel.

La sorpresa iba por barrios. Ahora fue Ryan el que lo hizo, pero no por el beso recibido.

—¿Qué haces andando sin las muletas?

«¡Vaya!», pensó Rebeca. «Ahora, ¿cómo salgo del paso?».

Durante estos últimos días, Rebeca se había dedicado a machacarse en el gimnasio personal de Ryan, a todas las horas que no estaba en casa. El primer día lo pasó fatal, incluso la mañana siguiente, que casi no se podía mover por la agujetas. No recordaba haberlas sufrido con esa intensidad en toda su vida. Aún así, perseveró e hizo notables progresos, hasta el punto de que sus brazos y sus piernas ya le respondían casi con normalidad. Ryan ni se había enterado de la utilización de su gimnasio y Rebeca quería que siguiera así.

—Es el mejor ejemplo de que los médicos siempre exageran —respondió Rebeca, improvisando—. Claro, si dan de alta a los pacientes a su debido tiempo, el hospital pierde clientela. La doctora Shackleton me dijo que necesitaría quedarme una temporada en el *St. Patrick's* para rehabilitarme físicamente. ¡Pues ya ves! Sin hacer nada de todo eso, ya puedo caminar sin muletas.

Ryan no daba crédito.

—Definitivamente, no eres normal —le dijo—. Después de dos meses en coma, te despertaste el día 8. Apenas podías andar el día 10, cuando abandonaste el hospital en silla de ruedas. Hoy es 14 y ya lo haces con aparente normalidad. ¡En apenas cuatro días! Me recuerdas al inicio del capítulo 11 del Evangelio de San Juan. Supongo que una agnóstica como tú no sabrás a lo que me estoy ref...

—¡Oye! ¡Qué yo no estaba muerta, solo dormida! —le interrumpió Rebeca.

—¿Cómo sabes que estaba hablando de la resurrección de Lázaro por parte de Jesús de Nazaret al cuarto día de morir? El católico soy yo, no tú.

—Para empezar, ser agnóstica no es lo mismo que ser atea. Además, una de mis asignaturas en la Facultad fue «Historia de las Religiones». Ya sabes que tengo buena memoria.

Ryan miró a Rebeca no muy convencido.

—Tengo hambre —dijo, intentando no pensar en lo que estaba viendo—. Esta mañana he estado todo el día en la calle y se me ha abierto el apetito.

—Mejor diría que jamás se te cerró desde que naciste. ¡Qué manera de comer! Por cierto, lo de salir a la calle lo dices como si fuera una cosa extraordinaria. ¿Acaso no sales de la comisaria en tus horas de trabajo? —le replicó Rebeca, agradecida por el cambio de conversación. Además, le había venido al pelo. Tenía sus motivos para conocer la respuesta a esa pregunta concreta.

—En cuanto a lo primero, sí, es cierto que como bastante, pero ahora lo hago de una manera sana. Por eso, con la ayuda del gimnasio, estoy en mi peso ideal y me mantengo en forma. En cuanto a lo de salir a la calle, te reconozco que lo hago en contadas ocasiones. Ya te dije que no era un simple patrullero de la *Garda*, sino un inspector. Coordino a un grupo de agentes, que sí que están en la calle a todas horas.

—¡Perdone usted, señor inspector! —exclamó Rebeca en tono irónico, mientras se cuadraba ante Ryan lo más teatralmente que fue capaz.

Ryan sonrió.

—No seas idiota. Por cierto, hablando de cosas extraordinarias, ¿no tienes nada que contarme?

Rebeca no sabía a qué se refería, así que se limitó a levantar los hombros en señal de desconocimiento. «Últimamente le estoy ocultando muchas cosas. ¡A saber a cuál de ellas se está refiriendo ahora!», pensó.

—Sí, no te hagas la despistada —insistió Ryan—. Mi jefe, el comisionado Harris, me ha entregado una carta para ti.

Rebeca se sorprendió de forma genuina. «De todas las cosas por las que me podía preguntar, esa no estaba en el catálogo», se dijo.

—No lo conozco personalmente, ni siquiera he hablado con él por teléfono en toda mi vida. Sé que me visitó en el *St. Patrick's Hospital* cuando aún no me había despertado. Estoy igual de asombrada que tú. No sé qué es lo puede querer decirme un completo desconocido en esa carta. ¿No me digas que no es curioso?

—No, eso no es curioso. Más bien es muy extraño. Lo que sí que es curioso es lo que me pediste. ¿Me vas a contar de una vez para qué querías que te trajera esto? —preguntó Ryan, mientras dejaba en la mesa una memoria USB.

Rebeca hizo un gesto de satisfacción.

—¿Tienes algún ordenador portátil en tu apartamento? —le respondió con otra pregunta, con toda la inocencia que fue capaz de fingir.

—Sí. Apenas lo uso, pero tengo uno en el cajón de aquella mesa —dijo Ryan, señalando donde Rebeca ya sabía.

—Entonces, después de comer lo averiguaremos juntos.

Ryan no quiso seguir preguntando. Rebeca se había sorprendido igual que él con la carta de su superior. En cuanto a lo otro, ya le había parecido extraña la petición de Rebeca, pero la respuesta que le acababa de dar indicaba que ella tampoco lo sabía. «Dos misterios al mediodía», pensó. «Podría ser el título de una novela de Agatha Christie».

Ryan se dirigió a la cocina para preparar la comida, mientras Rebeca se fue a la habitación para quitarse el albornoz y vestirse con algo cómodo. Inmediatamente, le vino el olor de lo que estaba cocinando Ryan. No recordaba haber comido tan bien como en estos últimos días. Su tía Tote siempre andaba con prisas y cocinaba lo primero que se le pasaba por la cabeza, eso los días que lo hacía. Cuando se quedó sola, se dedicó a comer de capricho. Sin embargo, Ryan no solo cocinaba mucho mejor que ella y que su tía juntas. Además, seguía una especie de dieta, donde predominaban las verduras. Era capaz de hacer una lasaña de espinacas y champiñones que quitaba el hipo. «Incluso podrían competir con los legendarios canelones de carne de Joana», pensó. Joana Ramos había sido la pareja de su tía Tote durante unos años. Las tres vivieron juntas en familia. Rebeca fue incapaz de evitar que unas gotas de dolor traspasaran su corazón. Fueron poco más de tres años maravillosos en su vida y los recordaba con nostalgia.

Ryan sacó a Rebeca de sus pensamientos, anunciándole que la comida estaba preparada. Salió a la cocina. Terminaron de comer en apenas veinte minutos.

—Bueno, me parece que vamos a necesitar ese ordenador que ocultas en aquel cajón misterioso —dijo Rebeca, riéndose internamente.

—No oculto nada, simplemente soy ordenado. Supongo que son costumbres que no he olvidado de mi etapa como militar— respondió Ryan, mientras recogía la mesa.

«¡Y un cuerno!», pensó Rebeca, pillándole la mentira, aunque desconocía los motivos para ocultarle una tontería así. «La única explicación que se me ocurre es que no sea una tontería». Decidió dejar de pensar en ello y dejarlo para más adelante. «Ahora vamos al lío».

Mientras Rebeca pensaba, Ryan había acercado una segunda silla a la mesita, había extraído el portátil del cajón y lo había encendido.

«No quiere que sepa la contraseña», volvió a pensar Rebeca, esta vez divertida. «Iluso».

Ryan introdujo la memoria USB en una de las ranuras del ordenador. Inmediatamente, la pantalla se pobló de archivos con extensión MP3, es decir, audios.

—Antes de comenzar, permíteme que vaya al baño —dijo Rebeca—. Esto se puede hacer largo.

—Claro.

Una vez sola, Rebeca abrió la carta del comisionado Harris. Mientras Ryan extraía y encendía el ordenador, había aprovechado para guardársela en un bolsillo.

«Vamos a ver qué quiere de mí un completo desconocido».

Abrió la carta.

«¡Qué idiota soy!», pensó de inmediato. En realidad, aunque era cierto que no conocía al comisionado, sí que le había pedido una cosa, aunque no de forma directa. La carta contenía el cuadrante de trabajo de Ryan del mes de noviembre del año pasado, que le había pedido a su tía el día que la visitó por sorpresa en el apartamento. «Lógicamente, ella se lo pediría al comisionado».

«Además, idiota por partida doble», se dijo, cuando echó un vistazo a su contenido. Recordó que Ryan le había contado que el día 3 de noviembre fue el día que le admitieron en la *Garda*. En consecuencia, el día 4 fue su primer día de trabajo. Se pasó ese día y el resto de la semana en la comisaria principal de la *Garda* en Dublín, asistiendo a un curso de formación. Miró las horas de duración del curso. Desde las nueve de la mañana hasta las seis y media de la tarde.

«No estaba de servicio y la hora de terminación del curso era coherente con que estuviera a las 19:12 en el semáforo de *College Street*. Queda aclarado este extremo, aunque aún me quedan otras dudas», pensó, satisfecha.

Salió de nuevo al salón y lo que se encontró no se lo esperaba.

—¿Cómo podías saber una cosa así? —Ryan se había levantado de la silla y mostraba una expresión de evidente enfado. No dejaba de señalar al ordenador.

—¿Qué cosa?

—¡Venga, Rebeca! No me pretendas convencer que todo esto es casual.

Rebeca se acercó al ordenador y miró la pantalla. Ryan tenía abierto uno de los archivos de audio, aunque no se estaba reproduciendo. Tan solo con mirar su nombre, comprendió la turbación de Ryan.

Era precisamente lo que estaba buscando, pero, hasta no escucharlo, no podía decirle nada.

—¿Puedo? —le preguntó Rebeca.

—Todo tuyo —respondió Ryan, señalándole su silla—. Yo ya lo he escuchado cinco veces. Espero una explicación coherente por parte tuya a todo esto. Por favor, no más misterios ni secretos.

Rebeca debía recordar que se alojaba en el apartamento de Ryan. Era su casa. Él era el dueño y ella la invitada, pero lo de «invitada» podía terminarse cuando Ryan considerara y, ahora mismo, estaba muy enojado.

Rebeca puso en marcha el reproductor de audio del ordenador portátil. Se escuchó la conversación entre dos mujeres.

«Oiga, ¿emergencias?

Sí, dígame.

Acabo de escuchar un ruido muy fuerte. Parece que ha habido un accidente.

¿Ha sucedido en la localización desde dónde nos llama?

Sí, exactamente aquí.

Pasamos el aviso a la Garda. Una patrulla acudirá lo antes posible.

Gracias».

Rebeca se giró exultante hacia Ryan.

—¡Lo sabía! —exclamó.

—¿Qué sabías?

—¿Acudisteis a este aviso?

—Lo acabo de comprobar mientras estabas en el baño. Ninguna patrulla lo atendió.

—¿Por qué?

—Porque no podemos acudir a todos los avisos que recibimos. Dublín es una ciudad muy viva, con muchos turistas e irlandeses que se pasan con la bebida. No te exagero si te digo que un sábado podemos recibir más de doscientas llamadas como esa. La gente se queja de ruidos constantemente. La inmensa mayoría de los casos son de borrachos que cantan o gritan, y molestan a los vecinos.

—¿Y no acudís a ninguno de esos avisos?

—Yo no he dicho eso. En Irlanda se utilizan dos números, el 999 y el 112, que coordina el Centro de Emergencias. Las llamadas son atendidas por personal cualificado y con un entrenamiento específico. En función de la emergencia, trasfieren la información a la *Garda*, al *Servicio de Bomberos*, al *Servicio de Ambulancias* o a la *Guardia Costera*. Al mismo tiempo que lo hacen, filtran las llamadas por tres códigos de colores. El rojo es una emergencia grave. Puede ser desde un incendio, pasando por una sospecha de enfermedad importante o un delito flagrante. Según el manual de procedimiento, los bomberos, los sanitarios o nosotros debemos personarnos en quince minutos. Las causas de código amarillo son las mismas que las anteriores, pero de riesgo moderado. Debemos de acudir en menos de media hora. Finalmente, el código verde son incidencias leves. Aquí no existe obligación de acudir. Es a criterio del servicio al que se dirige la llamada.

—¿Y qué criterio es ese?

—Me voy a inventar un ejemplo. Si una persona llama al Centro de Emergencias diciendo que su hijo está tosiendo mucho y le cuesta respirar, la llamada es trasferida a un operario de los servicios sanitarios. En numerosas ocasiones, se resuelve con las instrucciones que el médico indica a la persona que ha llamado, sin necesidad de que se trasladen a su domicilio. Si por el contrario, el sanitario detecta que puede existir cierto riesgo médico, manda a una ambulancia de inmediato. Pues con nosotros pasa lo mismo. Ya te he dicho que, un sábado cualquiera, podemos recibir cientos de avisos a causa de ruidos en la calle. En estos casos, el criterio que sigue la *Garda* es el de disponibilidad y cercanía. Si hay una patrulla libre en los alrededores, la mandamos allí. Si la llamada al 112 o al 999 se repite, también solemos acudir. Pero, en la mayoría de los casos como este, los borrachos se marchan del lugar o se terminan callando. Ese tipo de problemas se suelen resolver solos, sin necesidad de nuestra presencia.

—Pero esta llamada no habla de borrachos. Habla de un posible accidente. ¿Tampoco acudís en esos casos?

—Habla de ruidos, quizá causados por un accidente. Quizá, esa es la palabra clave. En el momento de esa llamada, no había ninguna patrulla disponible. Por otra parte, la llamada no se repitió. ¿No crees que si esos ruidos hubieran sido causados por un accidente de verdad no hubieran vuelto a llamar? Además, la Central de Emergencias comprobó que el número de teléfono se correspondía a un local de ocio. ¿Sabes cuántos *pubs* hay en Dublín? Casi ochocientos. Si tuviéramos que acudir a todas las llamadas por ruidos en *pubs*, necesitaríamos quintuplicar la plantilla, por lo menos. Hay que priorizar.

—Pero... —comenzó a decir Rebeca.

—¡Por favor! El que se está explicando soy yo en vez de tú. ¿Por qué me pediste los audios del Centro de Emergencias entre las 19:00 y las 19:05 del día 4 de noviembre? ¿Aún crees que fuiste atropellada por un camión y estás buscando algo que lo pueda confirmar? Porque si es así, esta llamada no prueba absolutamente nada.

Rebeca se quedó mirando a Ryan, como eligiendo la manera de continuar la conversación.

—No te has dado cuenta, ¿verdad? —le preguntó.

—¿De qué? —Ryan estaba empezando a perder la paciencia.

—Si te fijas, esa llamada fue efectuada a las 19:04 desde el teléfono fijo de un *pub*, pero no de uno cualquiera. Es el número fijo de *«The Cat & the Horse»*. Lo conozco porque alguna vez he llamado para que *Bubba* me reservara una mesa. ¿Aún sigues sin comprenderlo? Alguien escuchó nuestro accidente y no acudisteis al lugar donde sucedió. Eso significa que hay, al menos, una testigo de unos hechos que lleváis negando más de dos meses.

—¡Joder, Rebeca! Me lo podías haber dicho antes, sin tanto misterio ni rodeo. Por otra parte, ¿cómo sabías que ibas a encontrar esta llamada?

Rebeca se había enterado hacía tres días, mirando el expediente policial que le había entregado su tía Tote. En concreto, aparecía identificada en el listado de llamadas al Centro de Emergencias, pero no disponía de los audios. Por eso se los había pedido a Ryan, pero no le podía dar esa explicación. Decidió que la mejor defensa era un buen ataque.

—¿Dices que te lo había podido contar antes? ¿En serio te atreves? Desde el mismo día que me desperté en el *St. Patrick's* hace seis días, llevo diciendo que sufrí un accidente entre las 19:03 y las 19:04 en el exterior de ese mismo *pub*. Nadie me ha tomado en serio. Me quedó claro que tenía que conseguir algo más que mi mera palabra para captar tu atención. Simplemente supuse que alguien debía haberlo escuchado. Por eso te pedí estos audios. Ahí tienes tu prueba.

—En realidad, esa llamada no prueba nada, pero es cierto que has llamado mi atención. Esta tarde iré a la Central de

Emergencias e intentaré conseguir más información acerca de quién atendió ese aviso. Lo marcó como un código verde, así que, o no le daría credibilidad o pensó que no tenía la importancia necesaria. Ya conociendo esa información, mañana a mediodía, cuando abra el *pub*, mandaré una patrulla.

—¡Gracias, Ryan! —exclamó Rebeca, fingiendo alegría.

—Que te quede bien claro. Eso no significa que dude de la versión oficial, entre otras cosas porque fui testigo directo, pero es cierto que hay que aclarar esa extraña coincidencia.

«¿Extraña coincidencia?», pensó Rebeca. «Tú no vas a aclarar nada. De eso ya me encargaré yo esta tarde, en cuanto te hayas marchado».

Ahora comenzaba el juego de verdad.

25 FLORENCIA, REPÚBLICA FLORENTINA, 14 DE NOVIEMBRE DE 1494

—Me escuchará.

—¿Cómo puedes estar seguro de eso?

—Porque así está escrito. «*La espada del Señor caerá pronto sobre esta tierra. Un nuevo Ciro vendrá desde las montañas para comenzar la renovación de la Iglesia*». ¿Acaso no las recuerdas?

Fray Silvestro Maruffi, su lugarteniente, hizo un gesto dubitativo con la cabeza.

—¿De verdad crees que esas palabras bastarán para detener al rey francés?

—No las palabras, sino nuestro mismísimo Jesucristo. Ya predijo que Roma sufriría «terribles tribulaciones» y así ha sido. Nuestro papel no es sucumbir frente a los franceses, sino construir una nueva Arca de Noé para ser salvados del diluvio divino —afirmó Girolamo Savonarola, alzando su mirada hacia el cielo.

A mediados del mes de septiembre, el rey de Francia, Carlos VIII, había atravesado los Alpes junto a un numeroso y poderoso ejército, con moderno material de artillería ligera y pesada. El caos se había apoderado de Italia. En principio, la intención del rey francés era demandar el trono de Nápoles, pero hizo una primera escala en Milán. Allí se reunió con Gian Galeazzo Sforza, sexto Duque de Milán, conminándole a ceder su ducado a su sobrino, Ludovico Sforza, más conocido como *Il Moro*, y afín a los intereses franceses. A pesar de la insistencia del rey francés, se negó a dejar el Ducado de forma amistosa. Misteriosamente, en el mes de octubre, a los pocos días de llegar Carlos VIII, Gian Galeazzo Sforza falleció por causas naturales. Esa fue la noticia que se extendió por toda Italia, aunque la realidad fue otra. Según su médico particular, había sido envenenado. En consecuencia, Ludovico Sforza se convirtió en el séptimo Duque de Milán, con todas las bendiciones de Carlos VIII de Francia. Una vez resuelto ese «pequeño inconveniente», según las propias palabras de rey, decidió avanzar hacia el sur de Italia.

Y aquí comenzaron los problemas de verdad.

Carlos VIII necesitaba dejar tropas en Milán para consolidar el Ducado, pero también precisaba cruzar la Toscana y asegurar sus líneas de abastecimiento y comunicaciones. En principio, no le interesaba inmiscuirse en los asuntos de la República Florentina, ya que le suponía una distracción innecesaria en su camino hacia Nápoles, pero debía de pasar a través de su territorio. Carlos VIII mandó un emisario en son de paz a Piero de Medici, gobernante *de facto*, para que apoyara su propuesta en Nápoles y le permitiera atravesar su república. El contenido de la misiva del rey francés le resultó insultante para una persona soberbia y orgullosa como Piero. Tardó unos días en contestar para enojar a Carlos VIII. Finalmente, se declaró neutral en el conflicto de Nápoles. Es decir, no iba a apoyar las pretensiones francesas sobre ese territorio. Pero lo que verdaderamente enfadó a Carlos VIII fue que esa respuesta de Piero de Medici iba dentro de la boca de la cabeza de su emisario, servida en una bandeja de plata florentina.

La reacción a semejante afrenta no se hizo esperar.

Carlos VIII ordenó invadir la Toscana, pero no como un simple paseo. Avanzó a sangre y fuego, arrasando a su paso todas las fortalezas como Fivizzano, donde masacró a todos sus habitantes. Los saqueos y pillajes estaban a la orden del día en los territorios de la república y, lo que era aún peor, el ejército francés se aproximaba a la capital de forma inexorable, con intención de arrasarla.

Mientras tanto, Piero de Medici intentaba organizar una resistencia ante el avance francés, pero su guardia estaba desmotivada y no consiguió captar a voluntarios. Ni siquiera la nobleza florentina lo apoyaba. Sus propios primos, Lorenzo y Giovanni de Medici, mandaron misivas de paz a Carlos VIII, a espaldas de Piero, para intentar evitar el desastre. La población de Florencia estaba muy alterada y exigían seguridad a su gobernante.

Piero de Medici, sintiéndose solo y abandonado, decidió a la desesperada visitar al rey de Francia para intentar llegar a algún tipo de acuerdo, pero su posición estaba muy debilitada. No contaba con apoyos ni entre sus propias filas. Acabó cediendo a todas las pretensiones del rey Carlos VIII, humillantes para los florentinos. En la práctica, suponía el desmantelamiento de la República Florentina, mediante la entrega a Francia de las fortalezas de Pietrasanta, Sarzanello, Sarzana entre otras, así como las ciudades de Livorno y Pisa.

Aún habiendo llegado a semejante acuerdo tan ventajoso, Carlos VIII tenía pensado atacar Florencia de igual manera. La debilidad de Piero de Medici y la insolencia demostrada al matar a su mensajero de paz habían acabado con su poca paciencia. Consideraba que debía eliminar a semejante memo. Su arrogancia podría suponer un problema futuro para los intereses franceses.

En este momento tan delicado se encontraban Girolamo Savonarola y su compañero Silvestro Maruffi, frente al campamento de las tropas francesas. No habían anunciado su presencia, por lo que no eran esperados.

—¿Quién va? —escucharon a sus espaldas.

Habían sido descubiertos.

—Soy Fray Girolamo Savonarola y su rey Carlos VIII espera mi visita.

—No tengo ninguna instrucción al respecto —insistió la voz.

—Somos dos frailes dominicos desarmados. ¿Cree que suponemos algún peligro para su ejército o para su rey? Además, ¿para qué le mentiríamos? ¿Por qué no anuncia la visita de Savonarola y comprueba si estoy mintiendo o no?

El soldado pareció dudar.

—No se muevan de aquí.

Cuando los frailes se quedaron a solas, Silvestro Maruffi no pudo evitar demostrar su temor.

—¿Te has vuelto loco? ¡Conseguirás que nos corten la cabeza!

—Confía en el Altísimo. Esta es una misión divina.

«Es una misión suicida», pensó Silvestro, pero ya no había forma de echarse atrás.

A los pocos minutos regresó el soldado y, para sorpresa de Fray Silvestro Maruffi, les indicó que le acompañaran.

Atravesaron las fortificaciones del campamento y se dirigieron hacia el centro. No tardaron en divisar una tienda de campaña notablemente más lujosa que las demás.

Había dos soldados de guardia apostados en su puerta. Al ver a los visitantes, se hicieron a un lado y les permitieron entrar.

—No recordaba que le hubiera citado.

—No lo hizo, Su Alteza, pero necesitaba hablar con usted.

—¿Me vas a rogar que no destruya tu ciudad?

—No.

Carlos VIII, por primera vez, levantó la mirada de su mesa. Aquella respuesta no se la esperaba.

—Mi ciudad ya ha sido destruida por los excesos de la familia Medici. Ahora hay que reconstruirla —se terminó de explicar Savonarola.

—Pues me da la impresión de que aún maneja la *Signoria de Florencia* a su antojo. Supongo que sabrás que hemos firmado un acuerdo.

—Que usted no tiene ninguna intención de cumplir —completó la frase el fraile.

El rey de Francia se quedó mirando con curiosidad a aquellos dos monjes. Uno estaba claramente acobardado en su presencia, sin embargo, el otro, Savonarola, al que ya conocía de referencias, parecía sereno y lúcido.

—Es cierto —dijo el rey—. Pienso atacar Florencia mañana mismo.

—Me temo que llega tarde. Ya ha sido atacada.

—¿Qué? —preguntó Carlos VIII, que tampoco se esperaba esa respuesta. El maldito fraile parecía ir un paso por delante de él y eso no le gustaba nada.

—Que, en este mismo momento, mis partidarios estarán asaltando el palacio de Piero de Medici. A pesar de todas las calamidades que ha causado a la ciudad y a los florentinos, no será ejecutado, sino deportado a Venecia. Ya está todo convenido. Para impartir justicia divina no hace falta derramar más sangre. Ya se ha vertido la suficiente.

Carlos VIII no pudo evitar sentirse algo impresionado por las palabras del fraile.

—Vaya —dijo—. ¿Y por qué debería de creerle y hacer caso de sus palabras?

—Usted está llamado a lograr metas superiores. Debe ser uno de los reyes que contribuya al gran cambio en la Iglesia, que necesita volver a la primera sencillez apostólica. No me entienda mal, yo creo firmemente en los dogmas católicos, pero tengo serias dudas de que lo hagan los papas, que están corrompidos entre tantas riquezas. Sé que es una tarea colosal, pero hemos de poder volver a mirar a nuestro pueblo a la cara, con las Sagradas Escrituras en una mano, y decirles que no nos hemos olvidado de ellos. Para eso no necesita destruir una ciudad ya derruida ni derramar más sangre.

El rey se quedó en silencio, pensativo ante la reflexión del fraile. Eso era lo que pretendía Savonarola. El hecho de que dudara ya era una victoria para él.

—Está bien —dijo el monarca, al fin—. Dejaré que los florentinos hagan su propia limpieza de ratas en su república y seguiré mi camino hasta Nápoles, tal y como lo tenía previsto desde el principio.

Hizo un gesto con su mano, como dando por terminada la conversación.

—Su Alteza es un hombre sabio. Dios lo bendecirá —dijo Girolamo Savonarola mientras abandonaba la tienda de campaña real.

—¿Lo hemos conseguido? —le preguntó Fray Silvestro, cuando salieron del campamento del ejército francés.

—Eso parece, hermano.

Ambos se abrazaron y dieron gracias al Altísimo, arrodillándose y rezando unas plegarias en voz alta.

Porque el Altísimo no contestó a sus rezos, ya que si lo hubiera hecho, seguirían muy preocupados por la suerte de Florencia.

Si lo hubiesen conocido mejor, sabrían que Carlos VIII no solía cambiar de opinión con tanta facilidad.

26 EN LA ACTUALIDAD, DUBLÍN, IRLANDA, 14 DE ENERO

—¿Cómo que es imposible?

—Ya te lo he repetido dos veces, Rebeca. Esa llamada no pudo proceder de este *pub* —le respondió *Bubba.*

Rebeca, en cuanto Ryan abandonó su apartamento, hizo lo propio. Se dirigió hacia el *pub* «*The Cat & The Horse*». Era muy temprano y todavía no había mucha clientela, así que podía hablar con calma con la persona que le interesaba. *Bubba* se alegró de verla, después de dos meses de ausencia. Rebeca no consideró oportuno revelarle la causa, de momento.

—La palabra «imposible» me suena muy fuerte. ¿Cómo puedes estar tan seguro? Es un simple teléfono y para eso sirve.

—Vamos a ver cómo te lo explico. Es evidente que no es imposible hacer una llamada por ese teléfono. Yo las hago todos los días, pero tú me has dicho que la llamada en concreto que te interesa se produjo entre dos mujeres. Eso es lo que es imposible.

—No te entiendo.

—¿Has visto alguna vez camareras en este *pub*? ¿A qué no? El dueño jamás contrata a personal femenino. No es una cuestión de machismo ni nada de eso. No hace falta que te recuerde qué tipo de *pub* es este. Ya sabes que no es extraño que, de vez en cuando, se produzca alguna pelea o altercado entre borrachos. Nuestra función no es solo servir pintas de cerveza. También nos ocupamos de la seguridad.

Rebeca ya se había percatado de ese detalle. Los camareros del *pub* parecían armarios de 2x2 metros.

—¿Y si no fue un camarero el que llamó? No me digas que el propietario tampoco contrata a mujeres para otras tareas.

—Jamás —le respondió *Bubba* con firmeza—. Nosotros nos encargamos también de la limpieza y demás trabajos.

Rebeca tuvo claro que no le estaba mintiendo.

—¿Y si fue una clienta la que pidió usar el teléfono? Quizá escuchó algo que requiriera llamar con urgencia al 112.

Bubba se rio de forma estruendosa, como era habitual en él.

—¿Ves dónde está situado el teléfono? —le preguntó, cuando pudo parar de reírse.

—¿Qué te hace tanta gracia? Ya sé dónde está el teléfono. Cada vez que me acerco a la barra lo veo.

—Pues te acabas de responder a ti misma. La parte de detrás de la barra es territorio acotado para los camareros. Todos los demás tienen prohibida la entrada. Es una regla estricta impuesta por el propietario, que todos respetamos, incluso él mismo. Además, hoy en día, ¿quién no tiene un teléfono móvil? ¿Para qué querría nadie utilizar el fijo? No recuerdo que ningún cliente me haya pedido jamás usar ese teléfono, y ya llevo trabajando varios años aquí. Tan solo se usa para recibir llamadas y para hacer pedidos a proveedores. Sí es cierto que, en ocasiones, algún cliente me pide enchufar su móvil para cargarlo, pero eso no es lo que me preguntas.

—No —respondió Rebeca, mientras pensaba a toda velocidad. No se esperaba las respuestas de *Bubba* y no le encontraba explicación posible. Decidió que había llegado el momento de jugar todas sus cartas. No le quedaba otra opción.

—No sé si recordarás la última vez que estuve aquí. Iba acompañada por dos chicas y... —comenzó Rebeca.

—¡Joder! ¡Qué melón tengo! —exclamó *Bubba*, interrumpiéndola, al mismo tiempo que se golpeaba su calva.

Rebeca se sorprendió por la súbita reacción del camarero.

—¿Qué sucede? —le preguntó.

Bubba había abandonado la barra y se dirigía hacia una estantería. Rebeca permaneció expectante.

—Toma —le dijo, cuando regresó—. Esta carta me la entregó una de tus amigas que estuvieron aquella tarde contigo. Después de dos meses sin verte, ya no me acordaba. Cuando las has nombrado, he caído en la cuenta.

A Rebeca casi le da un vuelco el corazón.

—¿Cuál de las dos?

—La nueva no, la otra que ya habías traído en alguna ocasión anterior.

Esa era Carlota. Miró el sobre, sin abrirlo. Por la parte exterior no ponía nada. «¿Es posible que Carlota esté viva?», se preguntó. Su cerebro descartaba la idea, pero su corazón se agarraba a ella.

—¿Cuándo te la entregó? —preguntó.

—En realidad, no lo hizo.

—¿Qué quieres decir?

—El último día que estuvisteis aquí, creo que os pasasteis un poco con la cerveza. ¡Oye, que no es una crítica! No está mal darse una alegría de vez en cuando. Bueno, lo que te estaba contando. Esa chica, cuando salía hacia la calle, iba dando tumbos. Me fijé en ella, más que nada por si se caía y tenía que ayudarla. Para mi sorpresa, se apoyó en la barra y me hizo un gesto para que mirara hacia atrás. En ese momento no la comprendí, pero de inmediato te vi a ti seguirla hacia la calle. No me di cuenta hasta que salisteis del local de que me había dejado ese sobre en la barra. Supuse que era para ti, por el gesto que me había hecho. No le di importancia, ya que eras una clienta habitual y pensé en dártelo al día siguiente. Fui a dejarlo en la estantería de la que lo acabo de coger. Al volver a la barra, me estaba esperando vuestra otra amiga para pagar. Salió por la puerta y, hasta ahora que te he vuelto a ver, no he sabido nada más.

«¡Vaya chasco!», pensó Rebeca, que se había ilusionado por un instante. «La carta me la dejó antes de morir». Se la guardó en su menudo bolso y perdió el interés inicial por ella «Ya la leeré más adelante. Sea lo que sea, no le va a devolver la vida», se dijo. Ahora tenía otra tarea entre manos. Volvió a la carga con *Bubba*.

—¿Sabes por qué no he venido en más de dos meses?

—¿Algún viaje?

—Aquella tarde, cuando salimos la pelirroja y yo del *pub*, nos atropelló un camión.

—Me estás tomando el pelo —respondió *Bubba* que, no obstante, no se reía.

—He estado dos meses en estado de coma, ingresada en dos hospitales. Me desperté hace seis días. Por eso dejé de venir al *pub*.

—¡No me jodas! —exclamó—. Por tu expresión, estás hablando en serio.

—Claro que lo hago. ¿No escuchaste el accidente o algún ruido extraño?

—No, nada. Ya te he dicho que, justo cuando salisteis, me dirigí al armario para guardar el sobre que te acabo de dar. Al lado está el grupo de música. Ni aunque hubiera aterrizado un avión lo hubiese escuchado. Pero, ¿y tu otra amiga? Ella estaba en la barra, junto a la puerta. ¿Tampoco escuchó nada?

—Aún no he podido hablar con ella. Hoy es el primer día que salgo a la calle después de despertarme del coma.

—¿Y la pelirroja con la que saliste del local? ¿Cómo está ella?

—Era mi hermana gemela y supongo que está muerta. Al menos eso es lo que vi.

Bubba salió de inmediato de detrás de la barra y se abrazó a Rebeca. A simple vista, podía parecer una masa de músculo coronada con una enorme cabeza calva, pero Rebeca sabía que era una persona formada y sensible.

—Lo siento mucho, rubita. No sabía nada.

A Rebeca le afectó ese gesto de cariño de *Bubba* más de lo que estaba dispuesta a reconocer. Hacía tiempo que no la abrazaba nadie, aparte de su tía Tote. Permaneció en silencio, agradecida.

—¡Oye! —exclamó *Bubba*—. Ahora que lo pienso mejor, ¿estás segura de lo que me acabas de contar? Todas las mañanas, después de dejar el local preparado para su apertura al mediodía, aprovecho para comer y leo la prensa. ¿Cómo es posible que un suceso así no fuera publicado por ningún periódico?

—Esa es una de las muchas preguntas para las que no tengo respuesta, como la imposible llamada telefónica desde este *pub*. A veces, tengo la sensación de que todo ha sido un mal sueño y que, en algún momento, me despertaré.

—Creo que deberías hablar con tu otra amiga. Salió del *pub* apenas un par de minutos después que vosotras. Si no escuchó nada, al menos lo vería.

—Sí, eso pensaba hacer ahora. ¿Hay algo más que creas que deba saber? ¿Algo fuera de lo común?

Bubba se quedó pensativo por un instante.

—Sí, sí que pasó una cosa curiosa. La amiga que salió detrás de vosotras quiso pagar vuestras consumiciones. ¡Si ya estaban pagadas!

Rebeca se sorprendió. Ella no recordaba haberlo hecho y Carlota no se había acercado a la barra.

—¿Por quién?

—Por unos chicos de vuestra edad. Estaban sentados en una mesa, justo a vuestro lado.

Rebeca los recordó por los comentarios que hizo su hermana acerca de ellos. Parecían cuatro universitarios de fiesta. «¿Por qué pagarían nuestras pintas? ¿Para ligar con nosotras, como insinuó Carlota? Si hubiese sido así, ¿por qué se marcharon unos minutos antes sin ni siquiera dirigirnos la palabra?», pensó. No tenía ningún sentido, pero, al lado de los demás interrogantes, este le pareció un detalle menor.

—Por cierto, tengo que pedirte un último favor. Si mañana aparece la *Garda* para hacerte las mismas preguntas que yo, por favor, no les digas que estuve aquí —le pidió Rebeca.

Bubba levantó los hombros.

—¿Qué estuvo quién? —preguntó, guiñándole un ojo.

Rebeca se volvió a abrazar a él y se despidió. Iba a echar de menos las tardes en el *pub*, pero ahora tenía un gran misterio por resolver que, cuando parecía que avanzaba un paso, en realidad, había retrocedido dos.

Una vez en la calle, miró en el móvil dónde se encontraba el lugar de trabajo de Allison, el UCD, o sea, el *University College Dublin*. No tenía ni idea donde estaba situado su campus. «Está a siete kilómetros de aquí», se dijo, fastidiada, cuando el móvil le mostró la ruta. «Tendré que tomar un taxi».

Le costó recorrer esa distancia casi media hora. El tráfico en Dublín a esas horas de la tarde era infernal. Miró el reloj. Eran las cinco. No le quedaba mucho tiempo antes de que Ryan regresara al apartamento. Era muy importante que pensara que no lo había abandonado.

Entró como un torbellino en las oficinas de la universidad. A la primera persona que vio sentada en una mesa, le preguntó.

—Disculpe. ¿Sabe dónde puedo encontrar a Allison Adelman?

—¿A quién?

—Es profesora asociada en el departamento de historia.

—¡Ah! Entonces pertenecerá al *College of Arts and Humanities*. Pero no me suena de nada su nombre.

—¿Cómo es posible? Me dijo que trabajaba aquí desde hacía unos años.

—Piense que, en esta universidad, hay casi 2.000 profesores y más de 35.000 alumnos. Es como una pequeña ciudad. He asistido a la fiesta de jubilación de algunos profesores con los que no había cruzado una palabra nunca, y eso que llevo en este puesto casi treinta años —dijo, con una sonrisa en su rostro.

Rebeca no tenía tiempo que perder.

—¿Cómo puedo contactar con ella? Es importante. Supongo que tendrá un listado de extensiones telefónicas de cada *College*. ¿Podría llamar al suyo?

—Sí, claro. Si me disculpa, vuelvo en un segundo.

Rebeca cada vez estaba más nerviosa. Si contaba con el trayecto de vuelta hasta el apartamento de Ryan, apenas disponía de unos veinte minutos para hablar con Allison, y ni siquiera la tenía localizada.

De repente, vio como la secretaria acudía a su encuentro, acompañada de otra mujer de *cuarentaytantos* años.

—Tienes suerte —le dijo la secretaria—. Estaba en las oficinas la subdirectora de investigación y desarrollo. ¿Cómo me has dicho que te llamabas?

—No se lo había dicho. Me llamo Rebecca Adelman —mintió, con toda la intención.

—Encantada. Yo soy Catherine Fox y, además de supervisar la investigación, también soy profesora de historia. Supongo que, por tu apellido, serás la hermana de Allison.

—Sí, así es. Ambas somos estadounidenses de Nueva Jersey —continuó mintiendo, eso sí, hablando inglés con un impecable acento americano—. Estoy de turismo en Dublín y quería visitarla. No sabe que estoy aquí. Seguro que se lleva una buena sorpresa al verme.

«Sorpresa, seguro que se lleva Allison al verme», pensó Rebeca. «Al menos, que crean que es por ver a su hermana. Después, ya tendré tiempo de reconducir la conversación».

Cuando concluyó su reflexión, levantó la vista. Las dos mujeres le estaban mirando. Catherine se dirigió a Rebeca con un tono de voz difícil de definir.

—Me temo que no será posible. ¿No te has enterado?

«¿Qué ha sucedido?», pensó Rebeca, preocupada. «Se supone que, sea lo que sea, su hermana, que ahora soy yo, lo debería conocer. Tengo que cubrirme».

—No es fácil dar conmigo. Llevo varios meses de viaje por Europa y utilizo tarjetas telefónicas de prepago en cada país. Por eso no he hablado últimamente con mi hermana y mi visita es una sorpresa.

—En ese caso, lamento ser portadora de malas noticias —le respondió Catherine.

La preocupación de Rebeca fue en aumento.

—¿Qué le ha pasado?

—A ella nada, pero hace dos meses falleció su pareja. Desde entonces, está de baja médica. Se ve que sufrió un impacto emocional muy severo. Nos dijo que tenía previsto retornar a los Estados Unidos para estar con su familia, en estos momentos tan duros para ella. Esperamos tenerla de vuelta pronto con nosotros. Aunque es algo retraída, es una magnífica profesora.

—No sabía nada —respondió Rebeca, que sabía que eso no podía ser cierto. Allison les dijo que no tenía amigos en Dublín y menos todavía una pareja.

—Por curiosidad, ¿Su pareja falleció el día 4 de noviembre del año pasado?

—Sí —exclamó sorprendida Catherine—. ¿Cómo conoces ese dato si dices que no has mantenido contacto con ella últimamente?

«Buena pregunta, cabrona», pensó Rebeca.

—Porque la última vez que hablé con Allison por teléfono fue el día 3 y no me contó nada de todo eso. La muerte de su pareja tuvo que suceder después, por eso me he aventurado con esa fecha, justo el día siguiente —improvisó lo mejor que pudo Rebeca.

—Pues tienes dotes de adivina, porque has acertado.

Rebeca se mostró abatida. Así debía de sentirse en una situación así, pero ahora no fingía. Se evaporaba otra posible vía de investigación.

«En vez de avanzar, voy hacia atrás», pensó.

Catherine se dio cuenta del estado de Rebeca.

—Lo siento de verdad. La última vez que la vimos fue el lunes siguiente. Vino a la universidad para llevarse sus pertenencias, pero se dejó olvidado su bolso de mano.

Intentamos contactar con ella por teléfono, pero lo tenía apagado. Supongo que, si se encuentra en los Estados Unidos, usará un móvil de allí y no el irlandés.

—Sí, es lo más lógico —respondió Rebeca de forma automática. Su mente estaba muy lejos de allí.

—Pero ahora que has venido a la universidad, te lo podemos dar. Lo guardo en un cajón de mi despacho del *College of Arts and Humanities*. En apenas diez minutos estoy de regreso con él.

Rebeca no se podía permitir perder ni un minuto más.

—¿Les importaría mandarme el bolso a mi lugar de alojamiento en Dublín? La verdad es que voy algo apurada de tiempo con la hora de mi visita turística a la fábrica *Guinness*. Saqué dos entradas y esperaba que me acompañara mi hermana, pero... —se intentó explicar Rebeca, fingiendo un nudo en la garganta de pena.

—¡Por supuesto que no nos importa! —le respondió de inmediato Catherine—. Si nos apuntas la dirección, te lo enviamos mañana por la mañana. No te preocupes por nada e intenta disfrutar de tu estancia en Dublín, a pesar de no poder ver a tu hermana.

Rebeca sacó de su bolso un bloc de notas y escribió la dirección del apartamento de Ryan. Arrancó la hoja y se la entregó.

—Lo pueden enviar aquí. Aún estaré unos días más en la ciudad —dijo—. Muchas gracias por atenderme de forma tan amable y ser tan comprensivas.

—¡Si eres la hermana de Allison! —exclamó Catherine—. ¡Qué menos podíamos hacer!

—De nuevo, muchas gracias —respondió Rebeca, nerviosa. Debía regresar al apartamento de inmediato o corría el riesgo de que Ryan lo hiciera antes que ella. Les pidió el favor de que le avisaran un taxi y salió a la puerta a esperarlo.

Una vez sola, ya sentada en el vehículo, se quedó pensativa.

«Tan solo me quedan tres días para buscar una solución a todo este galimatías. Después, me comprometí con mi tía a regresar al hospital. Además, el primer día que salgo de casa vuelvo con más preguntas que respuestas», se dijo, abatida.

¿Seguro?

A veces, nada es lo que parece.

27 FLORENCIA, REPÚBLICA FLORENTINA, 15 DE NOVIEMBRE DE 1494

—Anuncio esta buena noticia a la ciudad, que Florencia será más gloriosa, más rica, más poderosa de lo que nunca ha sido. Primero, gloriosa a los ojos de Dios y de los hombres, y tú, oh Florencia, serás la reforma de toda Italia, y desde aquí comenzará la renovación y se extenderá por todas partes, porque este es el ombligo de Italia. Tus consejos reformarán todo, por la luz y la gracia que Dios te dará. Segundo, oh Florencia, tendrás innumerables riquezas, y Dios multiplicará todas las cosas para ti. Tercero, extenderás tu imperio, y así tendrás poder temporal y espiritual.

La multitud acumulada frente a lo que había sido el palacio de los Medici, prorrumpió en un sonoro aplauso.

El día anterior se había producido una revolución en la ciudad. El pueblo, con la colaboración por inacción de los guardias de la república, había asaltado el palacio y hecho prisionero a Piero de Medici. La *Signoria de Florencia*, antaño órgano colegiado que dirigía el destino de la república, había sido restituido en sus funciones primigenias. Ya no estaban bajo las órdenes directas ni de los Medici ni de ninguna otra familia de la ciudad. Savonarola, como fraile, no podía desempeñar cargo civil alguno, pero ya se había preocupado de que sus seguidores coparan la mayoría de los puestos del consejo de la *Signoria*. Reservó unos pocos asientos para que fueran de elección popular por sorteo.

La gente percibió que soplaban vientos de cambio y que se avecinaba una época de mayor prosperidad para la República Florentina.

El júbilo atrapó todas las calles y plazas de la ciudad y la alegría contagió a todos sus habitantes.

Bueno, a todos no.

—No te creas ni una palabra de lo que acabas de escuchar —dijo Francesco Granacci a su amigo Michelangelo Buonarroti—. En Florencia no estamos seguros.

—¿Cómo puedes saber eso? Los franceses no nos van a atacar y nos dejan en paz.

—En primer lugar, eso lo dudo mucho. Están acampados a apenas cinco kilómetros de las puertas de la ciudad. ¿Qué les impide entrar en ella? Está claro que quizá no lo hagan a sangre y fuego porque ya no hace falta, pero intentarán influir en el gobierno de la república. Lo han hecho en Milán, en Roma y se disponen a hacerlo en Nápoles. ¿Por qué tiene que ser diferente Florencia? En segundo lugar, no me fío de ese Savonarola. Quizá no esgrima los mismos argumentos que los Medici, pero, al final, quiere lo mismo que ellos, controlar la república. Su oratoria es religiosa, pero sus hechos no lo son.

—Entonces, ¿qué debemos hacer?

—Largarnos cuánto antes de aquí. Y cuando digo «cuanto antes» me refiero a ahora mismo.

—¿Qué? —se sorprendió Michelangelo—. No estamos preparados para hacer eso.

—Sí que lo estamos —le contradijo Francesco—. Sabía que llegaría este día y llevo preparándome para él desde antes de que te rescatara del palacio de los Medici. Sé que entonces te mostraste escéptico, pero, como verás, los hechos no paran de darme la razón.

—¿Cómo quieres que nos marchemos? No tenemos nada y a mi padre no le hará ninguna gracia.

—No necesitamos nada. He estado ahorrando dinero durante bastante tiempo y he contactado con amigos pintores de Venecia. Ellos nos acogerían en su casa y estaríamos alejados de toda la agitación que se viene encima de Florencia. Aquí no vamos a poder trabajar en los próximos años.

—¿Amigos pintores? —preguntó Michelangelo. Era señal de que se estaba planteando la oferta de su amigo Francesco.

—Supongo que sabrás quién es Jacopo Bellini.

—Claro. Fue uno de los grandes en Venecia, alumno del pintor florentino Gentile da Fabriano. Tengo entendido que falleció hace más de veinte años, así que supongo que no te referirás a él cuando hablas de los amigos que nos van a ayudar.

—Pues sí lo hago —le respondió Francesco, divertido.

Michelangelo se quedó en silencio, esperando a que su amigo concluyera aquella imposible explicación.

—Resulta que Bellini tuvo dos hijos, Gentile y Giovanni. Y también resulta que ahora tienen mucho trabajo. Recibieron el encargo de rehacer la decoración de la Sala del Gran Consejo en el Palacio de los Dogos, cuyas paredes estaban pintadas al fresco y bastante deterioradas.

—Normal —apuntó Michelangelo—. Con la humedad de Venecia debe ser difícil que los pigmentos se fijen de forma adecuada en las paredes.

—Exacto —dijo Francesco—. Además, Venecia está viviendo una auténtica revolución comercial a través de su puerto. A los pintores no les es difícil encontrar telas de gran tamaño para pintar, que obtienen de los veleros. Se pueden permitir pintar lienzos de gran tamaño al óleo, cosa que no sucede en Florencia. Por ello, Gentile Bellini ha estado muy ocupado sustituyendo los frescos por lienzos al óleo en multitud de edificios públicos de la ciudad. No puede con todo. Por otra parte, a su hermano Giovanni Bellini tampoco le falta el trabajo. Se ha convertido en el pintor veneciano de más renombre. Tanto es así que su principal discípulo, Giovanni Battista Cima, más conocido por su apodo de Cima da Conegliano, también está dispuesto a ayudarnos.

—Vaya, me has impresionado. Pero, ¿por qué tenemos que marcharnos con tanta prisa? Me gustaría despedirme de mi padre y de mis hermanos.

—Me temo que las tropas francesas nos harán una visita antes de que termine el día, y no creo que sea muy amigable. Por si acaso, yo no me esperaría a comprobarlo. No olvides que te conocen como un escultor y pintor muy vinculado a la familia Medici. Cuando accedan a la ciudad, me temo que eso no será nada bueno.

—¿Y lo que acaba de decir Savonarola en la plaza? —Michelangelo se resistía.

—Él vive encerrado en su mundo místico y no es capaz de darse cuenta que vive en un mundo material como todos los demás. Supongo que lo descubrirá en breve. Quizá, si el rey Carlos VIII se lo permite, sea capaz de aguantar unos pocos años más, pero no hace falta ser un adivino para predecir que no acabará bien. A veces, pienso que vive más en el cielo que en la tierra.

—Entonces, ¿nos tenemos que marchar ahora?

—Ve a tu casa y despídete con rapidez de tu familia. Luego toma la ropa imprescindible para el viaje. Una vez allí ya nos proveerán de todo lo necesario.

Se despidieron y quedaron en media hora en la puerta de la casa de Francesco. Lo que desconocían era que, en quince minutos, tenía previsto entrar en Florencia el ejército francés.

La vida es muy caprichosa.

.

28 EN LA ACTUALIDAD, DUBLÍN, IRLANDA, 15 DE ENERO

Rebeca alzó la mirada y se extrañó.

—¿Qué haces a estas horas? —preguntó.

—¿Tú que crees, bella durmiente? Pues irme a trabajar.

Miró hacia el gran ventanal y a su reloj. Eran las siete y media de la mañana, pero aún era de noche en Dublín.

—Aquí amanece más tarde. ¡Qué pereza! Me parece que me quedaré un par de horas más acostada.

—Haz lo que quieras —dijo Ryan, sonriendo—. Aunque tampoco hace falta que te diga eso. Ya lo haces tú solita. Además, aunque tu recuperación haya sido casi milagrosa, no debes tentar a la suerte. Descansa.

Ryan, al final, se había negado a que Rebeca durmiera en el sofá y le había cedido su dormitorio, pero debía de acceder para poder coger la ropa y vestirse en el baño.

Se despidió y abandonó el apartamento. A Rebeca le faltó tiempo para levantarse de un brinco de la cama. Hoy tenía un día muy ocupado. La tarea estelar era hacerle una visita a su amiga *Dora la exploradora* en el *St. Patrick's Hospital.*

«Los hospitales nunca duermen», se dijo, aunque antes de eso tenía que desentrañar un pequeño misterio.

Durante los dos días completos que había pasado sin salir del apartamento, además de ejercitar su cuerpo, también lo había hecho con su mente.

Había comprobado que ninguna Allison Adelman se había puesto en contacto con la *Garda.* No solo eso. Rebeca le había dicho a Ryan quién era y que si podía obtener información de ella de forma discreta. Su respuesta no le sorprendió. Nadie con ese nombre figuraba en los archivos de la *Garda.* Es lo que esperaba escuchar y entraba dentro de lo lógico. Lo que no lo era es que no estuviera inscrita como residente y trabajadora en el Registro de Matrícula Consular de la Embajada de

Estados Unidos en Irlanda. Ese era un trámite obligatorio y allí no la conocían. Por eso, cuando ayer se enteró de la fuga precipitada de Allison de su trabajo en la universidad, tampoco se sorprendió, aunque sí que se preocupó, pero por ella.

También había averiguado el motivo por el que toda la gente que la vio caer a los pies del tranvía pensó que se había intentado suicidar, y no se les pasó por la cabeza que se hubiese tropezado de forma involuntaria. Había leído muchas de las declaraciones de los testigos.

Es que no cayó, saltó.

En un principio no podía dar crédito a lo que leía, pero todas las declaraciones testificales eran coincidentes y claras. Después de mucho pensar, se le ocurrió que quizá no saltara. ¿Y si la empujaron a propósito y, con tanta aglomeración de personas, pareció que se tiraba? Se centró en revisar las grabaciones de las cámaras de vigilancia, desde todos los ángulos posibles. Así estuvo un montón de horas buscando algún indicio de ello. La sorpresa fue que, mirando y mirando, resolvió otro misterio.

Ya había comprobado, con una aplicación de mapas en su móvil, que era imposible llegar en ocho minutos desde el *pub* hasta aquel semáforo, ni siquiera corriendo. Esa fue la clave que le llevó a ver los vídeos desde otro punto de vista. Necesariamente tuvo que llegar utilizando un medio de transporte. Apenas unos segundos antes de que apareciera de la nada en aquel lugar, un taxi había parado junto al semáforo. Al fotograma siguiente de una de las grabaciones, se la veía acercarse al borde de la acera, pero no iba sola. La persona que la acompañaba iba vestida de una manera que dificultaba su reconocimiento, tanto, que era imposible saber si era un hombre o una mujer, pero había un detalle muy significativo. Llevaba cubierta su cabeza con un gorro de lana de aviador, muy similar al que le regaló la doctora Shackleton cuando abandonó el hospital. De perfil, era imposible verle la cara.

Tenía sensaciones encontradas con respecto a la doctora. La había investigado por internet. Su historial era admirable. Número uno de su promoción y premio extraordinario. Con tan solo veinticinco años ya había obtenido el *Irish Healthcare Award*, el premio médico más importante de Irlanda. Se la rifaban todos los hospitales, no solo de la isla, sino también de los Estados Unidos y el Reino Unido. ¿Y qué hizo ella a continuación? Enrolarse en *Médicos Sin Fronteras* e irse unos años a trabajar, de forma altruista, en todas las guerras en las que la ONU enviaba cascos azules. No se había perdido ni un lío. Estuvo en El Congo cuando estalló el primer brote grave de ébola, que obligó a intervenir a los militares. Estuvo en Somalia cuando el grupo yihadista *al-Shabaab* sembró el terror y mató a cientos de miles de personas. Estuvo en Sudán, ayudando en su casi eterna guerra junto al ejército francés, cuyo país la honró con su máxima distinción, la *Legión de Honor*. Era embajadora de la ONU y disponía de un pasaporte diplomático internacional. Todo ello antes de cumplir los treinta. Después de todos esos años en los peores lugares imaginables del mundo, regresó a Irlanda. ¿Y qué hizo a continuación? Aceptar un trabajo de doctora en un humilde hospital de salud mental de Dublín. Con todo lo que había vivido, aún creía que podía seguir ayudando a la humanidad a su manera.

«Qué maravilla de mujer, ejemplo para todas, ¿verdad?», pensaba Rebeca. «¡Y una mierda!».

Tenía la fuerte sensación de que *Doña Perfecta* no era lo que aparentaba ser. Además, también tenía la impresión de que ella también había calado a Rebeca. ¿Qué explicaba su súbito cambio de actitud con respeto a ella en su último día en el hospital? Había sido demasiado evidente. Además, otra de sus sensaciones era que le había querido decir algo, pero que ella no la había sido capaz de escucharla.

Había releído cincuenta veces la nota de despedida que le dejó, precisamente la que acompañaba a aquel gorro de aviador con el que abandonó el hospital y logró burlar a Ryan.

«Está lloviendo y hace mucho frío. Ponte abrigo en la cabeza. He avisado a un taxi. Su número de licencia es 4569 y su conductor se llama Syed. Te está esperando en la puerta para llevarte donde quieras».

Nada de lo que decía era mentira. Era cierto que hacía frío, que el taxi con esa licencia le esperaba en la puerta y que su conductor se llamaba Syed, un nombre de varón muy común en Pakistán. También la dejó donde quiso, sin ponerle ningún problema, incluso avisándole de la posible presencia de la *Garda* en su apartamento. Pero había algo más que no veía.

¿Qué pregunta se quedó sin responder entre ellas? Rebeca lo tenía muy claro. El nombre de la pelirroja que la estuvo visitando a diario en el *St. Patrick's*. ¿O realmente la doctora sí que respondió esa pregunta? Esa era la sensación que tenía Rebeca y sus sensaciones siempre se basaban en pequeños detalles que, de forma individual, podían pasar desapercibidos, pero, una vez unidos, te gritaban al oído una incómoda percepción. Eso era para Rebeca el concepto de sensación. Y con la doctora tenía unas cuantas.

«En esta nota está la respuesta a esa pregunta», se decía, pero no la veía por ningún sitio.

«Para salir de dudas, ¿qué mejor que una visita de cortesía, además, sin avisar?», pensó, tratándole de encontrar el lado divertido a la situación. «¿Qué dirá cuando me vea andando tan *pichi* sin silla de ruedas?».

No pudo evitar sonreír.

Se vistió lo más rápido que pudo, abandonó el apartamento y tomó un taxi hasta el *St. Patrick's*, que estaba demasiado lejos para ir andando.

Nada más entrar en el hospital se dirigió al mostrador y preguntó por la doctora Dorah Marie Shackleton. La recepcionista, sin alzar la mirada, le preguntó si tenía cita previa. Ante la negativa de Rebeca, se limitó a responderle que la directora tan solo atendía visitas programadas con anterioridad y que, ahora mismo, estaba ocupada.

—¿Le importaría llamarla y decirle que estoy aquí? Creo que intentará hacerme un hueco.

La recepcionista levantó la mirada e inmediatamente la comprendió.

—¡Es usted Rebeca Mercader! —exclamó, sorprendida—. ¡Puede andar!

—Y hasta correr, si quisiera —sonrió Rebeca.

—¿Le importa esperar sentada en esas sillas? Ahora aviso a la directora.

Rebeca no se sorprendió de que la conocieran. Durante estos últimos días había leído la prensa de los días posteriores a su accidente y su supuesto intento de suicidio había sido publicado por todos medios de comunicación de la ciudad. Además, había estado postrada en una cama del *St. Patrick's* durante cinco semanas. Supuso que todo el personal la recordaría.

—*Miss* Mercader, la directora la espera en su despacho. Tome el pasillo de la izquierda y ande hasta el final.

Rebeca dio las gracias a la recepcionista y se dirigió hacia el despacho de *Dora la exploradora*. «¿Podré ver a su ayudante, el mono *Botas*?», pensó, divertida.

Llegó al lugar señalado y vio una puerta cerrada, con un cartel rotulado que ponía «Dr. Dorah Shackleton, PhD. Directora». «Caramba, también tiene el doctorado en medicina», pensó, al ver las letras «PhD» detrás de su nombre. «Es la mujer maravilla».

Llamó a la puerta y escuchó un «adelante». Entró en su despacho. Lo primero que le llamó la atención era su modesto aspecto. Era bastante pequeño y no contenía apenas decoración. En las paredes había enmarcado lo que parecían notas de agradecimiento de pacientes recuperados, pero ni rastro de todas las menciones y honores que había recibido a lo largo de su carrera. «¿Es modesta o pretende que lo creamos?».

—¡Qué alegría! —escuchó Rebeca, mientras observaba como la doctora se aproximaba a ella y le daba un abrazo. «Últimamente todos se me abrazan», se dijo, pensando en *Bubba*. «¿Tanta lástima doy?».

Rebeca correspondió el abrazo.

—He sido capaz de sobrevivir una semana en la jungla de Dublín sin sus cuidados —le respondió, en cuanto se separaron.

—Y, por lo que veo, te ha sentado de maravilla. ¡Puedes andar!

Era la tercera persona que le decía eso mismo en dos días, después de Ryan Clarke y la recepcionista. La primera vez que se lo dijeron fue su madre, con tan solo ocho meses de edad, según le contó antes de aquel fatídico accidente que la dejó huérfana, cuando Rebeca tenía ocho años.

—Sí, supongo que es como ir en bicicleta. Aprendí pronto y parece que no lo he olvidado.

Dorah sonrió.

—Ni tampoco tu sentido del humor, por lo que veo. Eso es muy buena señal. Anda, siéntate —dijo, señalándole uno de los dos sillones.

Rebeca le hizo caso.

—¿A qué se debe este inesperado honor? —le preguntó Dorah.

—En realidad, a nada en particular —mintió Rebeca—. Estoy ejercitándome dando paseos por Dublín y hoy tocaba llegar hasta aquí. Se me ha ocurrido hacerte una visita, por eso no te he avisado con antelación. No lo tenía previsto.

La doctora se quedó observando a Rebeca durante un pequeño instante. «¿Por qué tengo la sensación de que sabe que es mentira?», pensó.

—Pues, en ese caso, me alegro de que lo hayas hecho. Siempre me complace volver a ver a pacientes míos recuperados. Porque lo estás, ¿no?

—Si se refiere a mis instintos suicidas, nunca los he tenido, aunque nadie parezca creerme.

—Yo lo hago —dijo la doctora, para sorpresa de Rebeca—. Cuando estabas en coma, tan solo manejaba la información que me habían pasado acerca de los hechos. Pero, cuando te despertaste, tuvimos la ocasión de hablar durante dos días. Tengo que reconocer que tenías razón. Ningún rasgo de tu personalidad indicaba tendencia suicida alguna. Si no supiera lo que te pasó, no me imaginaría que fueras capaz de quitarte la vida.

Rebeca decidió ir al grano.

—¿Por eso me ayudó a escapar del hospital antes de que llegara la policía?

La doctora sonrió.

—Veo que te diste cuenta. Sabiendo quién eres, tampoco es una cosa que me sorprenda. Tienes una mente prodigiosa.

—¿Me has investigado?

—Siempre lo hago con todos mis pacientes. Si les tengo que ayudar, debo conocerlos.

—Yo también he leído algo acerca de ti. Parece que eres un clon de *Supergirl*, la antigua heroína de los cómics, sobrina de *Superman*.

Dorah no pudo evitar reírse.

—Donde quiera que se ama el arte de la medicina, se ama también a la humanidad —le respondió, manteniendo la sonrisa en su rostro.

—Bonita frase que te has inventado.

—No es mía. La dijo un paisano tuyo llamado Séneca. La pronunció hace dos mil años.

—No conocía esa cita, y eso que solía hacer competiciones de citas históricas con mi hermana —dijo Rebeca.

La mención a su hermana que acababa de hacer le recordó a Rebeca el verdadero motivo de su visita.

—¿Por qué me ayudó? Apenas un momento antes de hacerlo, me dio la impresión que no deseaba que me marchara de este hospital.

—Una cosa no está reñida con la otra. Deseaba que te quedaras para poder estudiarte mejor. No es habitual que personas como tú frecuenten el *St. Patrick's*. Por otra parte, tenía muy claro que, si en algún momento de tu vida habías tenido tendencias suicidas, cosa que dudo, desde luego habían desaparecido por completo. No suponías un peligro para ti misma y no tenía ningún motivo para retenerte, más allá de tus dificultades físicas. No deseaba que un agente de la *Garda* tomara esa decisión por mí y por ti. Así que la tomé yo. Es cierto que tuve que aguantar una tremenda bronca de tu tía, ¡menudo carácter! Pero a eso no me gana.

—Te lo agradezco, aunque hay otra cuestión que aún me intriga —dijo Rebeca.

—Ya te respondí a esa pregunta.

Rebeca se sorprendió, pero solo un poquito.

—Siempre he tenido esa sensación, pero no he sido capaz de verlo.

—¿Conservas la nota que te dejé junto al gorro de aviador?

—Sí, la llevo en mi bolso. Por cierto, antes de entrar en esa cuestión. El gorro que me regalaste, ¿era tuyo o nuevo?

—Como comprenderás —comenzó a explicarse la doctora—, no tuve tiempo de comprarte uno nuevo. Cuando decidiste marcharte del hospital, tuve que actuar con la máxima rapidez posible para asegurarme que pasaras desapercibida en tu salida. El gorro era mío, pero ahora ya es tuyo. Un regalo es un regalo.

Rebeca tomó nota mental de ese hecho, al mismo tiempo que sacaba la nota que la doctora escribió. La puso encima de su mesa.

«Está lloviendo y hace mucho frío. Ponte abrigo en la cabeza. He avisado a un taxi. Su número de licencia es 4569 y su conductor se llama Syed. Te está esperando en la puerta para llevarte donde quieras».

—Aquí está —dijo Rebeca.

—Pues ahí está la respuesta que buscas —le respondió Dorah, que no había perdido la sonrisa.

—También tenía esa sensación, pero no he sido capaz de averiguar la respuesta.

—Te gusta la numerología, ¿verdad?

«¿Cómo sabe eso Dorah? Que yo recuerde, jamás he hablado de ello en público», pensó Rebeca.

—Sí —se limitó a responder.

—Pues aplícala, que pareces tener la mente atrofiada.

Por un instante, la doctora le recordó a su hermana. Volvió a mirar la nota por enésima vez. De repente, una luz pareció encenderse en su mente.

Levantó la vista y se quedó mirando a Dorah, con gesto de sorpresa.

—¿En serio? —preguntó, aún incrédula.

—Completamente.

—Esto cambia muchas cosas.

—Eso es cosa tuya, pero ya conoces la respuesta.

Rebeca estaba como aturdida.

—Te agradezco el tiempo que me has dedicado. Te has portado muy bien conmigo. No sé si nos volveremos a ver, pero quiero que sepas que te echaré de menos —le dijo Rebeca, levantándose del sillón.

Se volvieron a abrazar, al mismo tiempo que ambas estaban pensando lo mismo, cada una por diferentes motivos.

«¡Y tanto que nos volveremos a ver!».

Rebeca salió del despacho de la directora. Se dio cuenta de que la mayoría de enfermeros y enfermeras se despedían de ella. «En este hospital parece conocerme todo el mundo», pensó.

Tomó un taxi para regresar al apartamento de Ryan. Recordó que anteayer había vuelto una hora antes de lo normal y no se podía permitir que supiera de sus escapadas clandestinas.

Nada más entrar al patio, Rowan, que era el portero de la finca, le hizo un gesto para que se detuviera.

«¿Qué sucede?», se preocupó Rebeca. «¿No habrá llegado ya Ryan?».

—*Miss* Mercader, acaba de llegar este paquete para usted.

—¿Para mí? ¿Seguro? —preguntó Rebeca, extrañada. No conocía a nadie en Dublín.

—Pone su nombre y la dirección del apartamento de Mr. Clarke.

Rebeca lo tomó en sus manos. En cuanto vio el remitente lo recordó.

«¡Claro! Es el bolso de Allison que me mandan desde el *University College Dublín*».

Le dio las gracias al portero y subió al apartamento. Ryan aún no había llegado. «Menos mal», pensó aliviada Rebeca.

Se cambió de ropa lo más rápido que pudo y se dirigió al salón, para abrir el paquete. Efectivamente, en su interior se encontraba el bolso cerrado de Allison. Era pequeño, como a ella le gustaban, y de buena marca. «Vaya, tiene gustos caros», se dijo.

Lo abrió.

Estaba vacío.

«¡Qué chasco!», pensó. Rebeca esperaba encontrar alguna pista que le pudiera conducir al verdadero paradero de Allison. No se creía que hubiera retornado a los Estados Unidos, después de todo lo que les contó a Carlota y a ella, aquella tarde en el *pub*.

De repente, dentro de uno de los dobladillos del bolso, le dio la impresión de que había algún papel. Lo manipuló y, con mucho cuidado, lo consiguió extraer del bolso. Estaba arrugado. Lo extendió encima de la mesa.

Casi se cae de espaldas cuando leyó su contenido.

GC15E1730PCH

«¡Qué demonios...!», pensó, atemorizada.

Aquello no podía ser.

29 FLORENCIA, REPÚBLICA FLORENTINA, 15 DE NOVIEMBRE DE 1494

—¿Qué es ese estruendo? —preguntó Michelangelo, nada más se encontró con su amigo Francesco, enfrente de su casa.

—¿De verdad no te lo imaginas? Me temo que va a ser difícil escaparse de Florencia ahora mismo.

—Entonces, ¿regresamos a nuestras casas?

Francesco Granacci sonrió.

—A veces, los problemas representan oportunidades. Supongo que la gente habrá huido despavorida al ver entrar en la ciudad al ejército francés y se refugiará en sitios públicos, a ser posible bajo tierra. Las casas particulares quizá no sean seguras.

Michelangelo no lo comprendía.

—Y eso, ¿en qué nos ayuda?

—¿No lo entiendes? ¡En lugares subterráneos! —exclamó Granacci, guiñándole un ojo.

Ahora sí, Michelangelo comprendió a su amigo.

Existía un edificio en Florencia que era único, ya que se trataba de la única torre semicircular de toda la ciudad. En la actualidad, estaba unida a la *Chiesa de San Michele in Palchetto.* Además de su aspecto exterior curioso, su interior albergaba otras peculiaridades muy interesantes. Aunque se tratara de una torre de estilo bizantino, se construyó sobre los restos de un antiguo campamento militar romano, a mediados del siglo I. Su epicentro era lo que hoy se conoce como *Torre della Pagliazza.* Todos los jóvenes florentinos conocían sus subterráneos. En su día habían hecho funciones de baños romanos, pero había algo más. Como en todos los campamentos militares romanos, existían pasadizos de escape que comunicaban con el exterior de la ciudad. Al menos eso era lo que se decía, ya que nadie se había atrevido a recorrerlos en su totalidad. El lugar era frecuentado por parejas para mantener contactos íntimos, alejados de miradas indiscretas.

Michelangelo y Francesco habían estado allí abajo en numerosas ocasiones. Habían visto el principio de los túneles y conocían sus leyendas, pero tampoco se habían aventurado a investigarlos. Para lo que iban allí abajo les daba igual.

—¿A la torre? —preguntó Michelangelo, cuando comprendió a su amigo.

—En primer lugar es un sitio seguro, por si los franceses deciden atacar en serio Florencia. En segundo lugar, quizá sea nuestro salvoconducto a la libertad.

—Nunca hemos llegado al final de esos pasadizos —Michelangelo seguía poniendo impedimentos. No lo veía nada claro. Los subterráneos eran conocidos por casi todos los habitantes de la ciudad, aunque raramente pasaban de la zona de los baños romanos.

No había terminado Michelangelo de pronunciar su frase cuando escucharon otro estruendo, esta vez más cercano.

—¡Debemos marcharnos ya! —exclamó Francesco, mientras tomaba por el brazo a su amigo y lo empujaba.

Les llevó poco tiempo llegar a la *Torre della Pagliazza.* Penetraron en su interior y descendieron por la oquedad que existía en un extremo de la superficie de la planta baja.

—Los subterráneos están llenos de gente —observó Michelangelo—. No nos va a ser fácil abrirnos paso.

—Eso ya lo sabíamos —le replicó Francesco—, pero nosotros no nos vamos a quedar aquí, en los baños. Seguiremos por el túnel de la izquierda.

—¿Por qué?

—No tengo ni idea, pero, por orientación, es el que se dirige hacia el exterior de la ciudad. De todas maneras, debemos esperar a Salvio y a Giuseppe.

—¿A quiénes?

—Ya te dije que nos marcharíamos de Florencia con algunas personas más. Se trata de dos antiguos compañeros del taller de pintura del maestro Ghirlandaio. Está todo convenido y preparado —dijo Francesco, poniendo una mano sobre el pecho de Michelangelo—. No tienes que preocuparte por nada. En el zurrón que llevo colgado de mi hombro hay dinero de sobra para llegar a Venecia, las direcciones de las personas que nos van a ayudar y unos antiguos planos.

—¿Qué planos?

—Ya sabes que mi padre es un coleccionista de arte. Entre sus cajones, encontré un plano de la ciudad de Florencia de la época bizantina, justo cuando se construyó está torre.

—¿No me digas que aparecen estos pasajes subterráneos?

—No, pero sí los nombra, al igual que las termas. Si te fijas bien —dijo, mientras extendía el plano sobre una piedra—, del lugar donde nos encontramos ahora, parten tres delgadas líneas.

—Sí, las veo, ¿y qué?

—¿No lo entiendes? También son tres los túneles. Quizá las líneas en el plano se refieran a eso.

—Tú lo has dicho, quizá. Pueden ser cualquier otra cosa.

—Sí, es cierto, pero vamos a suponer que, por una vez en nuestras vidas, las cosas nos van a salir bien.

Era mucho suponer.

En ese justo momento, se presentaron dos jóvenes. Eran los compañeros que Francesco estaba esperando. Después de las presentaciones, Giuseppe Calvini les advirtió.

—Hay tropas francesas por toda la ciudad. No parecen violentas, pero han ocupado el centro. Ahora mismo, están justo aquí arriba.

Francesco se asustó. En los subterráneos romanos de la *Torre della Pagliazza* calculó que se acumularían más de trescientas personas. El ruido era notable.

—Los franceses nos pueden descubrir ocultos aquí abajo dijo—. Debemos de partir cuanto antes.

—¡Todos quietos! —oyeron a una voz desde su rincón—. Soy Étienne Petit, general al mando del ejército de Su Majestad Carlos VIII.

La gente, en lugar de hacer caso a aquel general, intentó salir de estampida del lugar, aterrorizados y ante el temor de ser ejecutados allí mismo. El problema era que tan solo existía una vía de escape conocida, que era la oquedad en el suelo de la *Torre della Pagliazza,* por donde todos habían entrado. Y precisamente allí se encontraban el general y sus soldados.

Al lanzarse contra ellos, los franceses pensaron que estaban siendo atacados por una turba enloquecida, y abrieron fuego de forma indiscriminada.

Aquello parecía una carnicería.

Los cuatro amigos permanecían escondidos en su rincón de las termas romanas.

—No creo que podamos alcanzar los túneles —opinó Salvio—. Quizá sea mejor idea que permanezcamos ocultos hasta que los franceses se vayan.

—O nos maten a todos —dijo Michelangelo—, que, cada vez, se agarraba más a Francesco.

Para su espanto, vieron como las tropas francesas penetraban en el subterráneo de la torre. Ya no disparaban, pero la situación era muy comprometida para ellos.

—Tranquilos —dijo Giuseppe—. No creo que lleguen hasta aquí.

—Ese no es el problema. Nosotros tenemos que llegar al túnel de la izquierda, como ha dicho Francesco, y para eso necesitamos pasar por delante de ellos —apuntó Michelangelo.

Permanecieron un minuto en silencio, para ver si los franceses se marchaban o les surgía una oportunidad. Los soldados comenzaron a agacharse para saquear los cadáveres esparcidos por el suelo. Ya no parecían prestar atención al lugar.

—¡Ahora es el momento! —dijo Salvio—. No nos verán si nos movemos rápido.

Los cuatro salieron corriendo en dirección al túnel.

Bueno, los cuatro no.

Para espanto de Michelangelo, pudo observar como Francesco permanecía inmóvil, escondido detrás de las piedras.

—Id yendo vosotros, que voy a por Francesco.

Cuando llegó a su altura, comprendió el motivo por el que no los había seguido. Una bala había atravesado su pecho. Michelangelo intentó cargarlo y arrastrarlo en dirección al túnel de escape, pero era demasiado pesado y apenas podía con él.

—Francesco, debes hacer un esfuerzo. Estamos a un minuto de la salvación.

Desgraciadamente, para él ya no. Michelangelo observó su rostro y se le vino el mundo encima.

Francesco estaba muerto.

Había sido mucho más que su amigo, su compañero, su alma gemela y su salvador. Era la persona que más había querido en este mundo, incluso por encima de su propia familia. No concebía vivir sin estar con él. En ese momento, quiso morir también de un disparo.

—*Fils de putes, je vous maudis mille fois!* —les gritó en francés, a pleno pulmón.

Los soldados levantaron la vista y observaron al joven en aquel rincón. Para espanto de Michelangelo, vio como apuntaban hacia la zona donde se encontraba con un *veuglaire*, que se trataba de un cañón pequeño. El ejército francés que había invadido Italia iba equipado con multitud de piezas de artillería modernas y aquella era una de las más letales, por su maniobrabilidad y peso ligero, en comparación con los *ribauldequin* o cañones de órgano, que eran letales pero mucho más pesados.

Michelangelo, con las mejillas húmedas por las lágrimas que resbalaban sobre ellas, no hizo ademán de huir.

Había llegado su hora y la iba a afrontar con entereza.

30 EN LA ACTUALIDAD, DUBLÍN, IRLANDA, 15 DE ENERO

—¿Te ocurre algo?

—No te preocupes, no es nada. Tan solo he pasado una mala mañana.

—¿Quieres que avise al hospital? Tu recuperación ha sido demasiado rápida. Igual es recomendable que algún médico te supervise.

Eso era lo último que deseaba Rebeca.

—No, no es un tema físico —respondió—. Todo el mundo tiene días mejores y peores. Hoy me ha tocado uno de los malos.

—Como tú quieras —le respondió Ryan, no demasiado convencido, pero no deseaba llevar la contraria a Rebeca.

Estaban sentados alrededor de la mesa de la cocina, comiendo. Rebeca había llegado hacía apenas quince minutos y aún estaba alterada por la nota que había encontrado en el interior del bolso de Allison. A pesar de que intentaba disimular su nerviosismo, estaba claro que no lo había conseguido del todo, ya que Ryan lo había advertido.

«¡Una convocatoria del Gran Consejo para esta tarde!», era el inquietante pensamiento que no se podía quitar de la cabeza.

En el pasado, Rebeca se había visto envuelta en una trama histórica iniciada por los judíos de la península ibérica en el siglo XIV. A mediados de ese siglo, sus relaciones con los cristianos comenzaron a empeorar de forma notable. Sabían que, en algún momento, saltaría la chispa que podría ocasionar el asalto y la destrucción de muchas de sus juderías. Fue entonces cuando decidieron emprender una tarea colosal para aquella época. Resolvieron concentrar todos sus tesoros culturales en un solo lugar y custodiarlos. Hasta ese momento, todas sus valiosas posesiones estaban dispersas por las juderías del Reino de Castilla y la Corona de Aragón.

También decidieron que el lugar para esconder su tesoro fuera la judería de Valencia, ya que era discreta, estaba bien comunicada y no era demasiado conflictiva. Por esos motivos descartaron las mayores, como la de Toledo, Sevilla o Córdoba. Esa labor les llevó más de treinta años, ya que, en plena Edad Media, la vida de un judío no valía nada y los medios eran precarios. Además, tenían que ser muy cuidadosos para evitar ser descubiertos por los cristianos. En el año 1389 culminaron su labor. Dentro de su comunidad, crearon un grupo de diez personas que se dedicarían a la preservación de su tesoro, no solo en ese momento histórico, sino también en los siglos venideros, hasta el día de hoy. Los cargos eran hereditarios y su estructura se basaba en la cábala, que, en aquellos años, vivía una época dorada entre los judíos eruditos. Utilizaron el árbol cabalístico, que contenía diez *sefirah* o esferas, cada una con una significación diferente, para constituir ese grupo de guardianes, al que llamaron el «Gran Consejo».

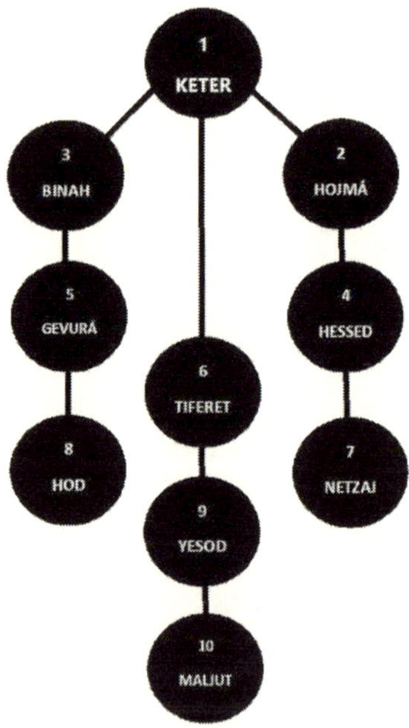

Para reunirse, sus miembros se enviaban en cadena unos mensajes codificados, que siempre empezaban por dos letras, «GC», que significaba obviamente «**G**ran **C**onsejo».

Ese era el papel que había encontrado en el interior del bolso de Allison. Era algo inaudito. Durante los más de seis siglos de la existencia del Gran Consejo, las reuniones siempre se habían celebrado en Valencia, donde estaba oculto su tesoro, que, entre ellos, lo llamaban «el árbol». Jamás se había celebrado uno de esos cónclaves fuera de Valencia y, en consecuencia, todavía era más insólito que, esta misma tarde, fueran a reunirse en Irlanda. Porque ese era el verdadero significado de la nota. Inaudito se quedaba corto. Si no fuera porque tenía la convocatoria en su bolsillo, lo consideraría directamente imposible.

La traducción de la nota que había encontrado en el bolso de Allison, que parecía un número de referencia o algo así, era sencilla si se sabía interpretar.

GC15E1730PCH

GC = GRAN CONSEJO

15E = LA FECHA

1730 = LA HORA

PCH = EL LUGAR

Hoy mismo, **15** de **E**nero, a las **17:30** en el ***P****ub «The* ***C****at & The* ***H****orse»*.

Eso es lo que tenía a Rebeca atacada de los nervios. Allison no podía pertenecer al Gran Consejo, ya que no era española. Ni siquiera Rebeca pertenecía a él. Todo aquel tema ya lo había dejado enterrado hacía muchos meses y pensaba que ya nadie se acordaría de todo ese asunto.

Era evidente que estaba equivocada.

—¡Eh! —exclamó Ryan—. ¡Qué estás emparrada!

Rebeca no se lo podía quitar de la cabeza.

—Me apetece estar sola para poder descansar —le dijo—. Cuando te vayas, me tumbaré en la cama.

—¿Acaso me estás tirando de mi propio apartamento?

Rebeca sonrió.

—No, idiota —le respondió Rebeca, que era precisamente lo que quería que hiciera, que se largara cuánto antes—. Tan solo necesito algo de silencio y tumbarme en la cama con los ojos cerrados.

—Pues tienes suerte. Esta tarde tengo que asistir a uno de esos aburridos cursos de reciclaje. Para que no perdamos tiempo de trabajo, nuestros jefes los concentran en determinadas tardes y nos tienen seis horas seguidas encerrados en una sala. ¡Seis horas! ¡Y pretenden que estemos atentos todo ese tiempo!

—¡Qué barbaridad! —exclamó Rebeca, fingiendo indignación e intentando ocultar su alegría. Ryan se iba a marchar pronto y volvería tarde al apartamento. Perfecto para ella.

—El único consuelo es que estarás tranquila en casa.

«Ni tranquila ni en casa. No has acertado ni una, majo», pensó Rebeca, que intentaba echarle humor a un asunto que la tenía desquiciada.

Como siempre, Ryan recogió la mesa y se sentó en el sofá a descansar un poco. Rebeca lo acompañaba y solían charlar un rato de temas intrascendentes, para despejar la mente. Aunque hoy no le apeteciera hacerlo, tenía que seguir la misma rutina diaria, así que se acomodó junto a Ryan.

—¿Sabes? He hablado con tu tía esta mañana.

Rebeca se sorprendió.

—Pensaba que no os llevabais demasiado bien.

—No es eso, ella no me cae mal. Creo que es al revés. De todas maneras, ha sido una conversación muy breve. Me ha preguntado por ti.

—¿Por mí? ¡Pero si nos comunicamos a diario a través de videollamada! Sabe perfectamente cómo estoy.

—Quizá quiera saberlo por otra persona, aunque ese no era el verdadero motivo de su llamada.

Ahora, Rebeca empezó a preocuparse.

—Entonces, ¿qué quería? —le preguntó a Ryan.

—Me dijo que vendría a verte a Dublín dentro de tres días, por la mañana. Lo más curioso es que quiere que yo también esté presente. Le dije que ese día tenía turno de trabajo y me respondió que ya no. Cuando colgué, me dirigí a mi superior y me confirmó que me habían dado el día libre. ¿Qué es lo que me estáis ocultando?

Rebeca estaba entre la espada y la pared. Consideró que era mejor que se enterara por ella y no por su tía Tote.

—La última vez que mi tía estuvo aquí, te conté que había llegado a un acuerdo con ella. Si me quedaba una semana en tu apartamento, me permitiría no regresar al hospital.

—Sí, recuerdo que eso me lo contaste y, a continuación, yo te pregunté qué pasaría después de esa semana.

—Eso es lo que no te dije. Si en una semana no aclaraba mi mente de forma definitiva, me comprometí con ella a pedir mi ingreso voluntario en el *St. Patrick's*. Esa semana de gracia que me dio vence justo dentro de tres días. Ese debe ser el motivo de su visita y también de tu presencia en la conversación.

—¿Por qué no me contaste nada de todo eso? —le preguntó Ryan.

Rebeca no pensaba confesar que estaba en posesión del expediente policial y médico de su caso. Ese era el verdadero motivo de la semana de gracia que su tía le había concedido, pero no era el momento adecuado para que Ryan lo supiera.

—¿Sabes por qué he recuperado mi forma física tan rápido?

—Ya te dije que me parecía casi un milagro.

—Los milagros no existen. Cada vez que te marchas de casa, utilizo tu gimnasio para ejercitarme. Me he impuesto ocho horas diarias de *autorehabilitación*. Sabes de sobra que, aunque mi apariencia sea de una joven frágil y delicada, no creo que se me pueda definir así.

—Jamás se me ocurriría hacerlo —le respondió un sorprendido Ryan. Sabía que Rebeca era experta en diferentes artes marciales. La había visto en acción y asustaba de verdad.

—Eso me ha ayudado con mi puesta a punto. El único milagro es el esfuerzo diario.

—Cada día me sorprendes más, y eso que ya es difícil. ¿Por qué me has estado ocultando todo eso?

—El motivo es el mismo. No quería preocuparte. Si te hubiera dicho lo del plazo de la semana, supongo que hubieras intentado convencer a mi tía y eso no podía suceder. La conozco y hubiera producido el efecto contrario. En cuanto a lo del gimnasio, si te lo hubiera contado, no sé si me lo hubieses permitido.

—¡Por Dios! ¡Claro que no! Acababas de salir de un coma de más de dos meses —dijo Ryan, enfadado—. Supongo que es más fácil para ti hacer lo que te da la gana, incluyendo forzar la cerradura del gimnasio, que cerré precisamente para que no lo usaras.

—Lo siento de verdad, pero no me puedes negar que el resultado ha merecido la pena. No estoy recuperada al 100 %, pero diría que estoy muy cerquita de conseguirlo. Por otra parte, no tienes de qué preocuparte. Sé lo que me hago. Toda mi vida he hecho mucho deporte y me he mantenido en forma. No necesito que nadie me diga lo que tengo que hacer para recuperar mi energía.

«Desde luego», pensó Ryan, aunque seguía enfadado por los *secretitos*, aunque fueran menores. De todas maneras, no pensaba soltar su presa tan fácilmente.

—Quedamos que no habría secretos entre nosotros y me parece que alguien ha incumplido su palabra.

—No quiero discutir contigo ahora porque sé que te tienes que marchar, pero tú también me has guardado alguno a mí y no te he dicho nada.

—¿Cuál? —preguntó Ryan, que ahora ya no parecía enfadado sino sorprendido.

—Mañana, durante el desayuno, hablamos con tranquilidad. Quizá te sorprenda.

Ryan miró su reloj.

—¡Eso no se hace! —exclamó—. Me tengo que marchar al curso y no me voy a poder concentrar pensando a qué secreto te refieres.

—Un pequeño adelanto. Sé lo que hacías en el semáforo de *College Street* el día que, supuestamente, me intenté suicidar. Por eso fuiste el primero en socorrerme.

—Aquello fue por pura casualidad. Era sábado por la tarde, acababa de terminar un cursillo de la *Garda* y me iba de compras navideñas a la zona de *Grafton Street*.

—¿Compras navideñas? ¿Para quién? No tienes familia y no me creo que fueran para ti. Además, por si lo anterior no fuese suficiente, para ir a *Grafton Street* no tienes que cruzar por ese semáforo, sino seguir recto por la acera del *Trinity College*.

Ryan se puso colorado y no contestó de inmediato. «A veces me olvido de quién tengo enfrente», pensó.

—Tienes razón. Ahora me tengo que ir, pero continuaremos esta conversación mañana por la mañana. Esta noche no creo que nos veamos, ya que llegaré tarde —respondió. «Tengo seis horas para elaborar una pretexto que suene creíble para Rebeca», se dijo. «Adiós a prestar atención al curso».

Tomó su chaqueta, se despidió y se marchó del apartamento.

«¡Por fin sola!», exclamó Rebeca para sus adentros. «Situación perfecta para asistir a este extraño Gran Consejo. Ryan estará toda la tarde ocupado y con la mente en otro lugar, pensando en qué explicación darme. Mientras tanto, yo me adentraré en lo desconocido. Si no fuera por lo insólito de todo este asunto, hasta podría decir que estoy disfrutando».

Se volvió a sentar en el sofá. Aún faltaban más de dos horas para asistir a ese misterioso Gran Consejo. Se puso cómoda para intentar pensar acerca de ello.

Se quedó dormida.

31 BUDAPEST, IMPERIO AUSTRO-HÚNGARO, 29 DE JUNIO DE 1914

—Karl, debes despertarte.

—Pero, ¿qué hora es?

—Las cuatro de la mañana.

Karl se quedó mirando a su esposa Zita. Hacía apenas tres años que se habían casado, pero a Karl le parecían tres días. Se habían conocido de niños y a Karl, secretamente, siempre le había atraído, pero jamás se había atrevido a decirle nada. Poco después, las responsabilidades de Karl y la educación de Zita los había separado. Durante diez años no supieron el uno del otro, pero la chispa del amor aún anidaba en el corazón de Karl. Ahora la miraba y parecía que estaba observando a aquella niña guapa e inteligente de la que se quedó prendado.

Karl volvió de sus pensamientos.

—¿Qué es tan importante para despertarme a semejante hora? —dijo, tomando a Zita por la cintura y atrayéndola a la cama.

—No seas idiota —le respondió, sonriendo—, que vamos a despertar a Otto.

Hacía ahora cinco años que se habían reencontrado. Karl se encontraba acampado con su regimiento en Bohemia y, por pura casualidad, decidió hacer una visita de cortesía a su tía, que residía en los alrededores. Fue ese hecho fortuito el que reencontró a Karl y a Zita. En un principio se limitaron a saludarse y recordar viejos tiempos, pero cada uno tenía vidas muy diferentes. El reencuentro no fue suficiente para prender la llama que un día se alojó en el corazón de Karl.

Pero la vida es muy caprichosa.

Karl comentó con su tío abuelo el placentero reencuentro con Zita, después de tantos años. Y ahí estalló todo.

Franz Joseph, que además de un anciano era una persona muy tozuda, le insinuó a Karl que ya tenía edad de comprometerse en matrimonio. Al principio, Karl rechazó la idea, ya que la vida militar no era compatible con el matrimonio, al menos de momento, pero la semilla ya había sido plantada.

—Otto tiene año y medio y está profundamente dormido. No lo despertaremos —insistió Karl.

—¡Idiota! —exclamó Zita—. Si me han mandado que te despierte, igual se trata de un asunto de estado.

«Asunto de estado». Esas eran las mismas palabras que había empleado su tío abuelo, Franz Joseph, un año después de su reencuentro con Zita. Le comunicó que la bella Zita tenía un pretendiente español, en concreto el infante Jaime de Borbón, duque de Madrid. Sin duda era un gran partido. Karl no quiso reconocerlo de inmediato, pero, en la soledad de su barracón, una flecha se clavó en su corazón. Recordaba que, al día siguiente, volvió a hablar con su tío abuelo acerca de ese supuesto pretendiente español, de que si la información era cierta. Su abuelo se limitó a contestarle, «si tanto te interesa, ¿por qué no se lo preguntas tú mismo?».

Karl comprendió la encerrona. Franz Joseph, su tío abuelo, emperador de Austria y rey de Hungría, pretendía asegurar una línea sucesora fiable que preservara el poder de la familia. Actualmente, el siguiente en la línea sucesoria después de su tío abuelo era el archiduque Franz Ferdinand. El problema era que había contraído matrimonio con Sofía, una persona que no pertenecía a su clase social. En consecuencia, al tratarse de un matrimonio morganático, sus hijos no podían reclamar derechos dinásticos. Mientras el archiduque Franz Ferdinand permaneciera con vida, el Imperio Austro-Húngaro tenía heredero, pero si algo le sucedía, sus enormes posesiones podrían estar en peligro. A pesar de darse cuenta de las intenciones del emperador, Karl decidió hacer esa visita a Zita y preguntarle directamente. Suponía un bochorno para él, pero pensó que bien valía la pena.

Al día siguiente se dirigió de nuevo al encuentro de Zita. No sabía cómo comenzar la conversación, así que sacó el tema de una manera muy torpe. Lo único que consiguió es ruborizarse mientras Zita le contestaba que había rechazado al infante español. A pesar de esa respuesta, Karl no se atrevió a ir más allá y abandonó su residencia. Cuando se lo contó a su tío abuelo, este no pudo evitar reírse. «Es una mujer que aúna una belleza radiante y un gran linaje real. No tardará en comprometerse con otro, si no te adelantas tú», le dijo. Karl se sentía manipulado, pero, por otra parte, debía reconocer que, ahora, Zita había avivado los rescoldos de las brasas que nunca habían abandonado su corazón.

El 13 de junio de 1911, es decir, hacía apenas poco más de tres años, Karl viajó hasta *Villa Paniore*, la residencia de los padres de Zita, para pedir la mano de su hija de forma oficial. No había hablado con ella, tan solo esperaba que no se molestara por proceder de la manera que marcaban los cánones sociales imperantes. Por supuesto que no se molestó. Zita, en secreto, estaba esperando esa petición. El enlace entre el archiduque Karl y Zita de Borbón y Parma fue anunciado ese mismo día ante la corte austriaca y húngara. Apenas cinco meses después, el 21 de octubre, se casaron en el castillo que la familia Borbón-Parma poseía en Schwarzau, en Austria.

Fue todo un acontecimiento social, al que asistió hasta el mismísimo emperador, Franz Joseph, que estaba contento porque el segundo en la línea sucesoria del Imperio se había casado con una persona de linaje real. Eso garantizaba la continuidad de la línea sucesoria, en cuanto tuvieran descendencia.

No se hizo esperar. Pronto tuvieron un hijo, Otto, el 20 de noviembre de 1912. Precisamente el mismo Otto al que Zita no quería despertar.

—Sea lo que sea lo que tengan que comunicarme, podrá esperar —dijo Karl, rodeando con sus brazos a Zita, que ya no se pudo resistir.

No habían pasado ni cinco minutos cuando escucharon abrirse la puerta de su habitación del palacio llamado *Villa Wartholz*, que se encontraba en la localidad de Reichenau an der Rax.

—¡Archiduque Karl! —oyó la pareja, enredada entre las sábanas.

«¡Por todos los demonios!», pensó el archiduque, pero se reprimió. Desde luego el asunto debía ser importante para que irrumpieran en sus aposentos privados sin permiso.

—¿Qué ocurre, Franz? —le preguntó a su general ayuda de cámara.

—Señor, me temo que no puedo... —dijo, interrumpiendo la frase y mirando a Zita.

—Le ruego que me informe de una vez. No me importa que esté mi esposa delante.

—Señor, tengo instrucciones precisas del emperador.

—¡Me importa una mierda! Mi esposa me despierta a las cuatro de la madrugada, cuando mañana parto con mi regimiento de dragones, es decir, de caballería, a las siete. Y ahora mi ayuda de cámara no me puede contar lo que sucede.

—Las órdenes militares han sido canceladas y modificadas. Tengo instrucciones de llevar a usted y a su familia al cuartel general militar de Teschen.

—¿Por qué?

—Ya sabe que su tío, el archiduque Franz Ferdinand, se encontraba en Sarajevo. Quería pasar revista a las tropas en compañía de su esposa, Sofía. Lo hicieron en un coche descubierto. Parece ser que un estudiante serbio atentó contra su vida.

Ahora, Karl sí que se levantó de la cama, aunque iba completamente desnudo.

—¿Cómo está?

—Muerto. Él y la duquesa Sofía. ¿Comprende ahora la gravedad del asunto?

Y tanto que lo hacía. Al margen de las implicaciones que semejante asesinato podría tener para Europa, se acababa de convertir en el primer heredero del imperio, de un emperador que ya tenía 83 años.

—Nuestra prioridad, ahora mismo, es protegerlos —dijo el general.

—¡Y un cuerno! —exclamó Karl, que ahora estaba furioso—. Este asesinato tendrá consecuencias.

—Por eso precisamente debemos de protegerlo, archiduque.

—¿Qué quiere decir con eso?

—Que su abuelo, el emperador, ya ha dado las instrucciones precisas. Habrá guerra.

Zita estaba escuchando toda la conversación con auténtico espanto. De repente, su marido se había convertido en el primero en la línea de sucesión, pero su hijo Otto, de año y medio, que aún dormía en la habitación contigua, ajeno a todo el escándalo que estaban montando, era el siguiente.

Eso no era bueno.

En realidad, era un desastre de proporciones impredecibles.

32 EN LA ACTUALIDAD, DUBLÍN, IRLANDA, 15 DE ENERO

—¿Dónde vas tan apresurada?

—Me parece que llego un poco tarde a una cita.

—No te preocupes por eso.

—¿Ya han llegado?

Rebeca se había despertado apenas veinte minutos antes. Le gustaba dormir, no lo podía negar, pero no acostumbraba a hacer la siesta al mediodía. Estaba claro que los esfuerzos físicos que estaba realizando le pasaban factura. Se peinó como pudo, se puso la primera chaqueta que encontró en el armario y el gorro de aviador, y pidió un taxi. Llegó al *pub «The Cat & The Horse»* y entró casi a hurtadillas. Pasaban unos minutos de las cinco y media de la tarde, la hora de la insólita reunión del Gran Consejo. *Bubba* se había percatado de su presencia y había acudido a su encuentro.

—¿Qué si han llegado? ¿Quiénes? —le preguntó el camarero, extrañado.

—Se supone que me han convocado para una reunión y llego tarde.

—No —respondió *Bubba*—. Mi extrañeza era porque usabas el plural. Te está esperando una sola persona.

—¿Quién?

—Como me dijiste ayer, esta misma mañana ha venido una patrulla de la *Garda* a hacerme unas preguntas muy extrañas. Tranquila, como habíamos convenido, no les dije que habías estado aquí y que me habías advertido. Y ahora, ¿acudes a una reunión y no sabes con quién te vas a encontrar? Últimamente, te comportas de una manera muy rara.

«Si por últimamente te refieres a los dos últimos años de mi vida, tienes razón», pensó Rebeca. Repitió su pregunta.

—¿Quién me espera?

—La chica esa de la que hablamos ayer. La amiga nueva que trajisteis tú y tu hermana el día 4 de noviembre del año pasado.

—¿Allison?

—No sé cómo se llama. Tan solo me ha dicho que, si acudías, te dijera que te espera en aquellos sillones del rincón —le respondió, señalándole una zona del *pub* algo oscura, en la parte de los *malotes.*

Rebeca miró hacia el lugar señalado, pero apenas se distinguía nada. Se despidió de *Bubba* y se encaminó hacia aquel rincón.

Efectivamente.

Cuando se aproximó un poco más, vio que Allison estaba sentada en uno de los sillones. Se encontraba sola.

En cuanto vio a Rebeca acercarse, Allison se levantó y se arrojó en sus brazos, apretando con verdadera fuerza. «¿A qué viene esta excesiva muestra de afecto?», se preguntó Rebeca, extrañada.

—Creía que no te volvería a ver nunca más —le dijo Allison, cuando se separó.

—¿Por qué dices eso?

Allison se quedó mirando a Rebeca, como si esa pregunta fuera la más extraña del mundo.

—Anda, vamos a sentarnos —le respondió.

Rebeca estaba confundida, pero hizo caso a Allison. Tenía tantas cosas que preguntarle que no sabía por dónde comenzar. «Vamos a ir por orden cronológico», se dijo. «Dejaré para el final lo del Gran Consejo».

Allison se le adelantó.

—¿Cómo te encuentras? —le preguntó.

—Si quieres que te diga la verdad, no lo sé. Físicamente bastante recuperada, pero mi mente está algo desorientada.

—Es normal, después de todo lo que te ha pasado.

—¿Qué es exactamente lo que me ha pasado? —Rebeca aprovechó la frase de Allison para convertirla en pregunta y entrar en materia.

—¿No lo recuerdas? —Allison parecía sorprendida.

—Tengo la sensación de que mi memoria se encuentra bien, pero no sé si esa sensación se corresponde con la realidad.

—Pero te acuerdas de mí y lo que sucedió el día que nos conocimos, ¿verdad?

—De ti me acuerdo perfectamente. También de la conversación que mantuvimos en presencia de mi hermana Carlota. A partir de ahí, cuando salimos del *pub*, comienza mi viaje a lo desconocido.

—¿En serio no te acuerdas? —Allison seguía extrañada.

—Sí que lo hago, pero no sé si fiarme al 100 % de mis recuerdos. ¿Qué sucedió aquel día, cuando nos levantamos y salimos del *pub*?

A Allison le cambió la expresión. Su rostro ya no reflejaba ni sorpresa ni extrañeza, sino tristeza.

—Nada —respondió.

—¿Qué? —ahora la sorprendida era Rebeca. No se esperaba esa respuesta.

—Tu hermana y tú salisteis del *pub* y yo me acerqué a la barra para pagar. Curiosamente, el camarero me dijo que se me habían adelantado. Me extrañó, porque no os vi a ninguna de las dos abonar las consumiciones. Todo ello me llevó, como mucho, un par de minutos. Cuando salí a la calle, no había nadie. Supuse que os habíais marchado sin mí.

—No, no... —acertó a decir Rebeca.

—La calle estaba desierta. Entendí que os apetecía seguir la juerga sin mí y no os lo reprocho. Total, me acababais de conocer y sé que no soy precisamente la mejor compañía para una fiesta.

—No fue eso lo que sucedió, Allison. Queríamos seguir contigo, pero, ¿en serio no escuchaste nada?

—No sé a qué te refieres, pero cuando salí a la calle no estabais. Teniendo en cuenta que hay más de veinte metros de acera hasta el siguiente cruce, debisteis salir corriendo.

Rebeca estaba pasmada. No dejaba de observar a Allison con detenimiento y no estaba mintiendo. «¿Qué está sucediendo aquí?», se dijo, preocupada. Decidió aferrarse a sus recuerdos.

—No, Allison. ¿Cómo íbamos a salir corriendo si mi hermana no era capaz ni de andar? ¿No lo recuerdas?

—Tu hermana estaba fingiendo. Por la conversación, me quedó claro que, de las tres, era la más acostumbrada a beber y salir de juerga. Yo no suelo tomar alcohol casi nunca. No te voy a negar que iba algo *achispada*, pero ni mucho menos como Carlota. Supuse que el motivo para actuar así era salir corriendo, nada más abandonar el *pub*, y quitaros de encima a un *muermo* como yo.

«Allison también piensa que mi hermana fingió», se dijo Rebeca. «¿Por qué lo haría? Desde luego no para lo que Allison cree».

—Escucha, Allison. Lo que vas a oír igual te sorprende, pero es lo que yo recuerdo y también lo que creo que sucedió. Cuando salimos del *pub*, Carlota se puso a bailar en medio de la calle. Yo vi a un camión aproximarse a lo lejos. Iba a poca velocidad y pensé que nos había visto. Aún así, fui a por mi hermana para sacarla de la calle. En ese momento, el camión aceleró y nos pilló desprevenidas. Carlota fue embestida frontalmente y a mí me debió golpear la cabeza con su espejo retrovisor exterior o algo así. Perdí el conocimiento. Eso fue lo que mi mente recuerda que pasó.

Allison se quedó mirando a Rebeca como si fuera una extraterrestre.

—Eso no tiene ningún sentido —respondió, al cabo de un par de segundos—. Si hubiera pasado lo que tú estás contando, ¿cómo explicas que no viera nada al salir? En dos minutos es imposible que os atropellaran, os recogieran del suelo, limpiaran la calle y se marcharan, todo ello sin dejar ni un solo rastro.

—Estoy tan sorprendida como tú, pero te aseguro que eso es lo que recuerdo que pasó.

Allison se quedó mirando fijamente a los ojos de Rebeca.

—Por lo que observo, te crees lo que dices —dijo, muy seria.

—Sé que puede sonar algo irracional, pero sí, eso creo que fue lo que pasó.

Durante medio minuto, ninguna de las dos dijo ni una sola palabra. Allison rompió el silencio.

—Pues yo también te creo —afirmó, para sorpresa de Rebeca.

—¿Por qué?

—Porque aún me suena más irracional lo de tu intento de suicidio. Por lo poco que hablamos, me parecisteis dos chicas alegres y llenas de vida. ¿Qué sentido tenía que, diez minutos después, te intentaras suicidar? Además, nunca me creí esa historia que publicó toda la prensa. ¿Cómo ibas a llegar a ese semáforo desde el *pub* en tan poco tiempo? ¡Ni corriendo!

—¿Por eso me estuviste visitando a diario en el *St. Patrick's Hospital*, haciéndote pasar por mi pareja? —Rebeca soltó la bomba.

—¿Cómo puedes saber eso? —preguntó Allison, sorprendida—. En ningún momento me viste. Estuviste tres semanas inconsciente. Además, ¡yo no me hice pasar por tu pareja! Eso sería lo que le pareció a la doctora esa tan estirada.

—La doctora estirada no me dijo quién eras, al menos de forma verbal —le respondió Rebeca sonriendo, mientras abría su bolso y sacaba una nota arrugada. La dejo encima de la mesa.

—¿Qué es esto?

—Es lo que me escribió la doctora, momentos antes de que abandonara el hospital de forma voluntaria. Me regaló el gorro que llevaba puesto al entrar y lo acompañó con esta nota.

«*Está lloviendo y hace mucho frío. Ponte abrigo en la cabeza. He avisado a un taxi. Su número de licencia es 4569 y su conductor se llama Syed. Te está esperando en la puerta para llevarte donde quieras*».

—No entiendo nada —dijo Allison, tras leer la nota—. Muy simpática la médica esa en su despedida, aunque no me pega nada de ella. Siempre me dio la impresión de que tenía aires de militar.

«¡Caramba con Allison!», pensó Rebeca. «Es muy perceptiva. Tendré que fijarme más en ella».

—¿A qué le dijiste que te llamabas Alli, como diminutivo de Allison? —le preguntó Rebeca.

—¿Cómo puedes saber eso? Estabas en coma. ¿No me digas que eras capaz de escucharme?

Rebeca sonrió.

—No, no podía oír nada. Además, hasta esta misma mañana no he caído en la cuenta. Fíjate bien en la nota. ¿Para qué necesitaría la doctora darme tantos detalles del taxi que me estaba esperando? Cuando salí, tan solo había uno.

Allison permaneció en silencio, aguardando a que Rebeca se explicara.

—Mira el número de licencia del taxi. 4569. Al principio no me di cuenta de su significado, ya que el dato era cierto, pero si lo aplicamos a la nota al completo, la cosa ya cambia —dijo

Rebeca, mientras tomaba un bolígrafo y subrayaba unas letras.

«*Est**á** **ll**ov**i**endo y hace mucho frío. Ponte abrigo en la cabeza. He avisado a un taxi. Su número de licencia es 4569 y su conductor se llama Syed. Te está esperando en la puerta para llevarte donde quieras*».

—Letras 4,5,6 y 9. Tu nombre —concluyó Rebeca.

Allison se puso colorada. Siempre pensó que Rebeca no se enteraría de sus visitas diarias. Se quedó sin palabras.

—Escucha, Allison. Aunque no fuera consciente, me parece muy bonito lo que hiciste. La pregunta clave es, ¿por qué? Nos conocíamos solo de un rato.

Allison seguía callada.

—No te dé vergüenza hablar de ese tema. Ya te he dicho que te estoy muy agradecida.

—Me gustas —respondió Allison, al fin—. Desde el primer momento que te vi, me pareciste lo que yo siempre hubiera deseado ser. Alegre, extrovertida, simpática, inteligente y muy guapa.

Rebeca ya se esperaba esa respuesta y estaba preparada para contestar.

—No tienes de qué avergonzarte. Para mí es un elogio que me veas así, aunque esos calificativos también se podrían aplicar a ti. Físicamente te pareces mucho a mi hermana Carlota. Mismo pelo, mismos ojos, misma altura y similares rasgos faciales, y te aseguro que ella se hincha a ligar. Es cierto que quizá te falte algo de soltura en el trato con la gente, pero eso no es un defecto. También el exceso de simpatía lo podría ser. Muchas personas, entre las que me incluyo, no soportan las estridencias forzadas ni la impostada simpatía, simplemente para intentar ser una más del rebaño. La belleza de una persona radica en sus diferencias. ¡Qué aburrida sería la vida si todos y todas fuésemos iguales! ¿Te lo imaginas?

Allison sonrió. Se había quitado un peso de encima.

—Hablando de Carlota, hay algo que aún no te he contado —dijo.

—¿Sabes algo de ella? —preguntó Rebeca, casi sin dejarle terminar la frase.

—Sí.

—¿Dónde está?

—No, no se trata de eso. La última vez que la vi fue cuando abandonó este *pub* contigo. Hace un momento te he contado que, cuando salí yo un par de minutos después de vosotras, no os vi. Eso es cierto, pero sí que vi otra cosa.

—¿Qué? —Rebeca ya se empezaba a impacientar.

—Su bolso. La calle estaba desierta, pero en medio de la calzada, allí tirado, me lo encontré. Lo reconocí de inmediato. En un primer momento pensé que, en vuestra precipitada huida, se le habría caído por un descuido.

—¿En serio tienes el bolso de mi hermana? —le preguntó Rebeca, que no daba crédito.

Allison echó mano a su mochila y extrajo de ella un pequeño objeto. Lo depositó encima de la mesa.

Sin duda, era el bolso que Carlota llevaba aquella tarde.

Rebeca lo abrió precipitadamente.

Su cara de sorpresa fue monumental.

—¡Está vacío! —exclamó.

—No lo estaba cuando lo recogí —le respondió Allison.

—¿Y qué has hecho con su contenido?

—Dejarlo en uno de mis bolsos que me olvidé a propósito en la universidad. Sabría que irías a buscarme y que te lo darían.

Rebeca se quedó desconcertada cuando comprendió el alcance de la revelación de Allison.

«¡Es imposible!», pensó, asustada.

Pero no lo era.

33 ENTRE VENECIA Y BOLONIA, 1494 Y 1495

—¿Por qué habéis hecho eso?

—¡Por Dios, Michelangelo! ¡Te iban a matar! Te acabamos de salvar la vida.

Cuando Salvio y Giuseppe observaron al soldado francés apuntando con la pieza de artillería hacia Michelangelo, Salvio le arrojó una piedra, lo que le dio a Giuseppe el tiempo necesario para arrastrar a su amigo hacia los túneles.

—Quería morir —dijo, cubriéndose la cara con sus manos.

—Eso parecía, desde luego —le respondió Salvio—, pero ahora debemos continuar por este túnel que nos llevará a la libertad.

Michelangelo no parecía dispuesto a colaborar.

—No sabemos adónde nos lleva este pasadizo y, aunque nos sacara de Florencia, ¿luego qué haríamos?

—Pues seguir el plan de nuestro amigo Francesco, que dio su vida por nuestra salvación.

—¿Y cómo pensáis hacer eso? Todo el dinero y las instrucciones se han quedado con Francesco en los baños romanos. No tenemos nada.

Ninguno de los dos había caído en ese detalle.

—¡Tenemos nuestras vidas! —exclamó Giuseppe—. Hemos de llegar a Venecia como podamos. Una vez allí, lejos de las tropas francesas, ya nos apañaremos.

Las cosas no fueron tan sencillas.

Viajar desde Florencia a Venecia sin dinero fue una auténtica aventura. Tenían que dormir en establos y comer de la caridad de los viajantes. Michelangelo no estaba acostumbrado a ese tipo de vida. El golpe de gracia se lo llevó cuando los tres artistas llegaron por fin a Venecia. Esperando ser recibidos por los pintores que había nombrado Francesco Granacci antes de fallecer, lo único que recibieron fue un portazo en su cara. Todos ellos manifestaron que no conocían de nada al tal Francesco Granacci, que, en consecuencia, no sabían nada de su llegada y que no se podían hacer cargo de su mantenimiento.

Hambrientos y sin ningún techo bajo el que pasar la noche, durmieron como pordioseros.

Ese fue su primer día en Venecia.

Michelangelo estaba atormentado. Desde que abandonara Florencia no había sido el mismo. Permanecía callado durante largos periodos de tiempo y no parecía hacer nada por integrarse con sus dos compañeros de aventuras, a los que apenas conocía. Por ello no les extrañó cuando Michelangelo les planteó su decisión.

—Quiero volver a Florencia —les dijo.

—¡Es imposible! —exclamaron a la vez Salvio y Giovanni—. Los Medici han sido expulsados de la ciudad y ahora es gobernada bajo la influencia de ese loco fraile llamado Savonarola. Dicen que ha ordenado quemar todas las obras de arte en la *Piazza della Signoria* de Florencia. Todo lo que no sea un objeto sagrado es un símbolo del pecado a ojos de ese fanático. ¿De verdad quieres volver? ¡Te apresarían!

—Después de la muerte de Francesco, nada tengo. ¿Qué me podría arrebatar Savonarola?

—¿La vida? —le preguntó Salvio, en un tono claramente sarcástico.

—Ni eso tiene valor para mí en estos momentos. Hemos pasado momentos muy duros juntos para llegar a ningún sitio. Creo que ha llegado la hora de partir nuestros caminos y, para mí, de regresar a mis orígenes. Nada me retiene aquí.

Tanto Salvio como Giovanni comprendieron que no iban a convencer al joven Buonarroti. Se abrazaron los tres y despidieron a Michelangelo.

Periplo de vuelta a sus orígenes.

Antes de llegar a Florencia, Michelangelo hizo una pausa en Bolonia. Estaba exhausto y necesitaba descansar. Nada más entrar en la ciudad fue apresado por los guardias. Por lo visto, para distinguir a los forasteros de los habitantes de Bolonia, los recién llegados tenían que aplicarse una marca roja con cera en la punta de la nariz. Michelangelo lo desconocía. Mientras estaba intentando explicarse frente a los guardias, apareció una persona que, viendo los apuros del joven, decidió intervenir.

—Yo me hago cargo de la multa.

Michelangelo se quedó mirando a aquel extraño. Era un señor de unos sesenta años y, por sus ropajes, parecía de la clase alta boloñesa.

—¿Por qué hace esto por mí?

—Eres Michelangelo Buonarroti, el escultor. Pasé una temporada en Florencia y te he reconocido. Yo soy Messer Gian Francesco Aldovrandi, aunque me puedes llamar Gian Francesco. También soy escultor y gran amante del arte.

Michelangelo no lo conocía, pero acepto de buena gana su ayuda. Tampoco es que tuviera otra opción, si no deseaba pasarse unos cuantos días encerrado en los mugrientos calabozos de la ciudad.

—Está bien, acepto su ayuda —respondió Michelangelo—, pero solo a cambio de trabajo.

—¿Quieres trabajar para mí? —le preguntó divertido Gian Francesco—. Está bien. Ahora vayamos a mi casa. Necesitas asearte y comer algo. Esta tarde haremos una visita interesante.

Michelangelo estaba intrigado. Después de la mejor comida en muchos días, le preguntó acerca de esa visita.

—Vamos a ver el *Arca de San Domenico*, en la iglesia del mismo nombre.

—¿Para qué?

—Para completar lo que nunca debió de dejarse inacabado.

Entraron en la iglesia y contemplaron el arca. Michelangelo, con su ojo entrenado, notó que, al conjunto escultórico, le faltaba armonía.

—No es armonía lo que le falta, sino dos figuras —le apuntó Gian Francesco—. Si te fijas bien, verás que falta una figura principal. Se trata de un San Petronio. Pero no es lo único. En la parte inferior, en ese hueco vacío, estaba previsto un pequeño ángel arrodillado, sujetando un candelabro. Jamás se llegaron a esculpir, por eso da la sensación de falta de armonía.

Michelangelo se imaginó el arca con esos dos elementos y lo comprendió.

—¿Me está proponiendo que esculpa esas dos figuras?

—Te pagaré treinta ducados, dieciocho por el San Patronio y doce por el ángel. Mientras dure tu trabajo, te podrás alojar en mi casa. ¿Crees que serás capaz de ejecutarlas?

Michelangelo se quedó mirando al caballero.

—Las dos esculturas, el San Patronio y el ángel, serán los más bellos de Bolonia —respondió.

Y cumplió su palabra. Cuando Gian Francesco las vio concluidas e instaladas en el arca, no pudo evitar que se le escapara una pequeña lágrima.

—¡Qué belleza! —fueron las únicas palabras que pudo decir.

Michelangelo decidió quedarse en la residencia de Messer Gian Francesco Aldovrandi. Añoraba su ciudad natal, Florencia, pero comprendía que, ahora mismo, no podía retornar. Aún echaba de menos a su gran amigo Francesco Granacci. Le hubiera gustado darle cristiana sepultura, pero era consciente que ni siquiera sabía dónde descansaba su cuerpo. Seguramente sería quemado por los soldados franceses.

En resumen, era todo lo feliz que se podía permitir serlo, dadas las circunstancias, pero lo que Michelangelo no sabía es que le aguardaban dos hechos futuros, uno malo y otro bueno, que iban a hacer saltar su vida por los aires.

Como le gustaba recordar, la vida es muy caprichosa.

Quizá demasiado.

34 EN LA ACTUALIDAD, DUBLÍN, IRLANDA, 15 DE ENERO

—¿Sabes lo que me estás diciendo?

—Claro. Que en el interior del bolso de Carlota tan solo encontré esa nota, que dejé en uno mío en la universidad. Sabía que acabaría llegando hasta tus manos.

Rebeca estaba hecha un lío.

—Pero, ¿sabes lo que significa esa nota?

«Debe de saberlo, porque si no, no estaría hoy, en este *pub*, a esta hora exacta», pensó Rebeca, nada más formular la pregunta. Su desconcierto iba en aumento.

Allison sonrió.

—No del todo, pero me hago una idea.

«¿Qué clase de respuesta es esa?», se dijo Rebeca, que seguía en una nube.

—¡Un momento! —exclamó Rebeca, cayendo en la cuenta de las palabras textuales que Allison había utilizado para describir el hallazgo del bolso de Carlota—. Has dicho que, en un primer momento, pensaste que a mi hermana se le cayó el bolso de forma accidental. Si hay un primer momento, es que existe un segundo.

—Buena memoria —dijo Allison, que continuaba sonriendo—. Para empezar, vi perfectamente como tu hermana se guardaba su móvil en el bolso, por ejemplo. ¿Por qué cuando lo encontré no estaba en su interior? Además, ¿en serio crees que una mujer lleva dentro de su bolso tan solo un papel? Creo que lo dejó allí para que yo lo encontrara al salir del *pub*.

—¡Pero eso es imposible! —exclamó Rebeca, que cada vez entendía menos la situación.

—¿Por qué?

—No te lo puedo explicar, pero tú sí que puedes explicarme a mí algo importante. ¿Cómo sabes lo que significa esta nota?

—preguntó, al mismo tiempo que abría su bolso y la depositaba encima de la mesa.

GC15E1730PCH

—No es complicado. Ambas hemos estudiado Historia y sabemos algo de las codificaciones que se utilizaban en la Edad Media en Europa. Era común que muchas sociedades secretas las usaran para concertar sus reuniones, desde el famoso cifrado César hasta esta más sencilla. Por ejemplo, apliquemos nuestros conocimientos a este supuesto acertijo. «GC» no tengo ni idea de qué puede significar. Supongo que será el nombre del grupo secreto. El resto me parece bastante claro. «15E» es la fecha, «1730» la hora y «PCH» el lugar.

«No me puedo despistar ni un momento con Allison. Detrás de esa apariencia de joven introvertida, se esconde un buen cerebro analítico», pensó Rebeca.

—Aún tengo muchas dudas. Por ejemplo, ¿por qué creías que debía llegar hasta mí esa nota? —siguió Rebeca.

—Está claro que Carlota quería que la encontrara yo, pero, ¿para qué? ¿Me estaba citando a una reunión secreta en un sitio público como este? ¿Qué sentido tenía eso? Pensé que se trataba de una forma divertida y curiosa de volver a quedar las tres juntas.

—¿Y no crees que te falla algo en ese razonamiento? Ni tenemos sociedad secreta ni se ha presentado Carlota.

—Eso lo acabo de averiguar ahora mismo.

Rebeca se echó las manos a la cabeza.

—Vamos a ver, Allison. Carlota no se ha presentado porque está muerta. Ya te he contado lo que nos sucedió a la salida del *pub*. Además, es imposible que una muerta te citara el 4 de noviembre del año pasado para una reunión el 15 de enero del siguiente. Comprenderás que ese razonamiento tuyo no se sostiene. No tiene ninguna lógica.

—Pues entonces nos faltará alguna pieza en este rompecabezas. Igual la tenemos delante de nuestras narices y no la estamos viendo.

«¡Habla como Carlota!», pensó Rebeca, espantada. Por un instante de locura transitoria, se le pasó por la cabeza que Allison fuera, en realidad, Carlota. «Todo este asunto me está afectando más de la cuenta. Al final, voy a tener que volver al

St. Patrick's para que traten mis paranoias, pero esta vez de verdad».

—Eso no es todo —dijo Allison, sacando a Rebeca de sus reflexiones.

—¿Qué? —preguntó de forma refleja.

—Sé que estás alojada en el apartamento de ese miembro de la *Garda*, que fue el primero en socorrerte.

—Sí, se llama Ryan Clarke. Lo conocí precisamente en este *pub* en el mes de julio del año pasado. Por aquel entonces, él era un *borrachuzo* exmilitar con un turbulento pasado y yo una atormentada señorita que acababa de llegar a Dublín, huyendo del mundo, después de que su mejor amiga se suicidara. Creo que ya te lo conté cuando nos conocimos.

—Sí, lo recuerdo, pero no me refería a ti, sino al tal Ryan Clarke. Ya te he dicho que jamás creí que te intentaras suicidar. Cuando leí la noticia en la prensa al día siguiente, tomé una decisión de inmediato. Tenía que averiguar la verdad. Por eso me permití una «excedencia» en la universidad, contándoles la falsa historia de que mi pareja había muerto.

—¿Por qué hiciste eso?

—No lo sé, supongo que un poco por ti y otro poco por mí. Todo había sido muy extraño y no pude evitar sentir lo mismo que en Jerusalén, cuando estaba preparando mi tesis doctoral. En aquella ocasión intentaron manipularme para dirigirme en una determinada dirección. No me preguntes el motivo, pero supe de inmediato que había algo que me ocultaban y que no querían que saliera a la luz. Resultó que mi intuición, por llamarla de alguna manera, no se equivocó. Pues sentí lo mismo cuando me enteré de tu supuesto intento de suicidio. Algo no encajaba en la historia oficial que publicaron todos los periódicos. Sentí que mi deber era averiguar la verdad, como hice en Jerusalén.

Rebeca se había quedado sin palabras. Aquello seguía sin parecerle normal.

—¿Y creías que visitando a una persona en estado de coma, postrada en una cama en un hospital psiquiátrico, ibas a descubrir la verdad?

—No. Tan solo esperaba ser la primera persona en hablar contigo en cuanto te despertaras. No pretendía que te enteraras de que te visitaba a diario. Sabía que terminarías saliendo del coma, pero se me adelantó Ryan Clarke.

—¿Por qué insistes tanto en él?

—Porque miente.

Rebeca iba de sobresalto en sobresalto.

—¿En qué?

—En todo.

—En serio, Allison, intento encontrar alguna lógica en lo que me estás contando, pero me lo pones muy difícil.

—Por ejemplo, ¿a qué Clark te dijo que entró en la *Garda* nada más volver de vuestra aventura en España?

—¿Cómo sabes eso? No recuerdo habértelo contado.

—Contesta.

—Sí, es cierto.

—Pues no —dijo Allison, mientras rebuscaba en su mochila y sacaba un periódico arrugado. Lo extendió encima de la mesa. Era un ejemplar del *Irish Times*—. Mira la foto de la portada.

Rebeca se esforzó en intentar verla. Entre la poca luz que tenía aquel rincón y su visión, que no era la mejor, le costó más de la cuenta.

—Sí, es Ryan. ¿Y qué? —dijo, mientras tomaba la pinta de cerveza entre sus manos para beber. Después de tanta conversación seguida, aún la tenía casi entera.

—¿No lo ves? Tu amiguito Ryan va vestido con el uniforme de la *Garda* en un periódico publicado hace un año.

Mal momento para pegar un sorbo a la cerveza. Rebeca comenzó a toser de forma ostensible.

—Y eso no es todo —Allison estaba dispuesta a rematar a Rebeca—. ¿De verdad te crees que se encontraba en ese semáforo por pura casualidad, justo segundos antes de que te intentaras suicidar? Muy oportuno, ¿no?

Rebeca dejó el vaso de cerveza en la mesa y se limpió la boca con una servilleta.

—No le encuentro explicación a lo de la foto del periódico—respondió—, pero claro que no me creí que su presencia en ese lugar fuera casual. Supongo que me estaría siguiendo, por el motivo que fuese. De todas maneras, esa cuestión plantea otro interrogante. ¿Cómo llegué yo hasta ese lugar? Ya has dicho antes que ni corriendo me hubiera dado tiempo.

—Ya había pensado en eso y creo que ha llegado el momento de que conozcas la verdad —replicó Allison—.

Reconozco que, cuando has entrado por la puerta del *pub*, no sabía cómo plantearte el tema, por eso he ido con mucho tacto, poco a poco. No sabía a qué Rebeca me iba a encontrar, pero te veo lo suficientemente lúcida.

—¿Qué tonterías dices, Allison? ¡Pues claro que estoy lúcida, desde el minuto uno después de despertarme del coma! Además, tú no eres la única que no cree en la versión oficial. Yo también he estado investigando por mi cuenta.

—Entonces, sabrás lo del vehículo.

Rebeca ya lo había supuesto, viendo las grabaciones de seguridad de las cámaras. Aunque no había una toma clara en la que se la viera bajando del taxi, pasando fotograma a fotograma, lo había deducido. A pesar de ello, decidió dejar que Allison se lo explicara.

—¿Qué vehículo? —le preguntó.

—Es obvio que si no te dio tiempo a llegar por tu propio pie hasta ese lugar, tuviste que hacerlo en un vehículo. Tú no tienes carné de conducir, pero tu hermana sí.

Rebeca se escandalizó.

—¡Allison! Si estás insinuando que...

—No insinúo nada —le interrumpió—. Sé que no fue tu hermana la que te llevó. Para organizar un traslado con tanta rapidez al centro de Dublín, o utilizas el trasporte público o vas apañada, sobre todo un sábado por la tarde. Ellos tienen sus carriles preferentes.

—Me vas a volver loca de verdad.

—Desconocía que os atropelló un camión hasta que tú me lo acabas de contar ahora mismo. Ese era el eslabón perdido a mi razonamiento. No comprendía la urgencia de trasladarte hasta ese semáforo, aunque tuviera la evidencia de ello.

—¿Qué evidencia?

—Ahora lo veo todo con mucha más claridad —afirmó Allison—. Intentaron asesinarte junto con tu hermana. Según tus propios recuerdos, con ella lo consiguieron, pero no contigo. Supongo que pensaron que no te podían dejar allí, moribunda. Tendrían algún plan de contingencia por si algo no salía bien. El vehículo más rápido y que menos llama la atención es un taxi, además de poder detenerse casi en cualquier lugar. Lo tendrían aparcado en la calle, preparado. En cuanto comprobaron que aún estabas viva, te subieron a ese taxi y te dejaron en el semáforo de *College Street*. La presencia de Ryan Clarke en el lugar de los hechos confirma que también tenían organizada esa parte del plan. Ahora, para simular el suicidio, tan solo faltaba arrojarte al paso del tranvía.

Rebeca ya había pensado en esa posibilidad con el visionado de los videos, pero ahora le asaltaba una duda.

—¿Y por qué un tranvía? Van muy despacio por esa zona. Si querían matarme, ¿por qué no arrojarme a los pies de un autobús? También pasan por allí con mucha frecuencia.

—Supongo que porque las heridas que te hubiera producido un autobús no serían compatibles con un golpe en la parte posterior de la cabeza, que fue lo que te sucedió al salir del *pub*, según tu relato. Los sanitarios se hubiesen dado cuenta de esa anomalía. Y ya no te digo nada los forenses, en tu autopsia.

«Parece que tiene respuestas para todo, la puñetera», pensó Rebeca, pero lo que estaba escuchando era compatible con sus propias deducciones.

—¿Cómo puedo estar segura de todo lo que me estás contando? Hasta ahora, excepto el misterio de Ryan, todo lo demás son meras conjeturas.

—He ido reuniendo información poco a poco. Una de las pocas personas con las que tengo relación en la universidad es profesor en la escuela de informática. Supongo que los raritos nos juntamos solos. La cuestión es que consiguió unas imágenes de una de las cámaras de control del tráfico de esa zona.

«Vaya novedad», se dijo Rebeca. «Yo las tengo todas, las he visto infinidad de veces y no he encontrado más que sospechas, nada concluyente. Pero claro, eso no se lo voy a confesar a Allison».

—¿Y qué viste en las imágenes de esa cámara? —le preguntó Rebeca, con gesto de incredulidad.

—La matrícula del taxi del que te bajaron.

Rebeca se sorprendió de forma evidente. Ella no había visto eso.

—¿Cómo es posible? Tengo entendido que las cámaras de tráfico están instaladas en postes a una cierta altura. Seguro que ese día había mucho tráfico en esa zona, incluso de autobuses, que taparían las matrículas de los coches.

Eso era lo que Rebeca había visto en los vídeos.

—Es cierto, pero ya te había dicho que mi amigo es informático. Dispone de un *software* para extraer fotogramas de una grabación con un extraordinario nivel de detalle. Parece algo mágico. Lo que no se observa con claridad en el vídeo, aparece nítido en la pantalla de su ordenador. Así pudimos obtener la matrícula. Y ahora viene lo bueno. El vehículo era un taxi, pero no pertenece a ninguna compañía de taxis de Irlanda. De hecho, está a nombre de una sociedad con sede en Luxemburgo. Ahí nos encontramos con un muro informativo, pero no es fácil deducir que ese vehículo tan solo tenía de taxi su fachada.

Rebeca tenía que reconocer que Allison había conseguido, no solo captar su atención, sino que el relato de los hechos sonara coherente. Todo ello hacía compatible el atropello del camión con su supuesto intento de suicidio. Pero aún había lagunas que rellenar.

—Admito que lo de Ryan y lo del taxi podría apoyar tu relato de lo sucedido, pero, ¿cómo puedes saber qué tipo de lesión tenía en mi cráneo? No creo que mi tía Tote haya permitido a nadie mirar mis informes médicos y no me creo que tu amiguito informático haya podido acceder a ellos.

—Él no lo ha hecho, pero supongo que tú sí.

«¡Joder con la cabrona!», no pudo evitar pensar Rebeca. «¿Me implantaría algún *chip* mental durante sus visitas al hospital?».

Allison se dio cuenta, por la expresión en su rostro, de lo que Rebeca estaba pensando.

—No me mires así —dijo Allison—. En tu caso, creo que cualquiera se hubiera preocupado por sus posibles lesiones cerebrales. Por ejemplo, si me hubiera sucedido a mí, te aseguro que tendría el expediente médico en mi poder. Y tú eres más lista que yo.

«No lo tengo tan claro», se dijo Rebeca, que se vio obligada, una vez más, a dar la razón a Allison.

—Guardo mi expediente médico en el apartamento de Ryan. Lo he leído un par de veces. Aunque hay jerga médica que no comprendo, es cierto que sufrí un traumatismo craneoencefálico por contusión craneal occipital, es decir, un golpe muy fuerte en la parte trasera de mi cabeza.

—Me apuesto lo que quieras a que el tranvía ni te tocó. La lesión ya la llevabas de antes.

Rebeca había jugado también con esa idea. Había visto repetidamente las fotos y los vídeos de la escena, y era cierto que, en ninguno de ellos, se apreciaba con claridad si hubo impacto o no.

—Quizá —se limitó a responder.

—¿Tienes fotos?

Rebeca ya se había hartado de sorprenderse.

—Sí. Conseguí algunas.

—¿También las tienes en casa de Ryan?

—Sí.

—¿Las podría ver?

—¿Te has vuelto loca? ¿Para qué quieres hacer semejante tontería?

—En la Universidad de Princeton asistí a un curso de arqueología forense. Fue apasionante. Hace ya algunos años, se descubrió en Turquía una tumba de la era mesopotámica, que contenía los huesos de, al menos, ocho personas que, en apariencia, habían sido sacrificadas. Tuvimos la ocasión de examinarlos y observar su posición en la cripta. Te sorprenderías lo que se puede deducir de la posición de un cadáver y de las fracturas en las diferentes partes de su cráneo.

—Te recuerdo que yo estoy viva y no tengo el cráneo fracturado.

—¡Por favor! —rogó Allison—. Créeme que no te lo pediría si no lo considerara importante.

Rebeca se lo pensó. Si tenía que enseñarle algo a Allison, desde luego hoy era el día indicado. Ryan no volvería a casa hasta la noche, por el curso de formación de la *Garda*.

—Vámonos —dijo Rebeca, en un arranque de inconsciencia.

Salieron del *pub*, cruzaron el río Liffey y enseguida llegaron a su destino. A esas horas, el portero del complejo ya se había marchado a su casa. Entraron en el apartamento de Ryan sin que nadie advirtiera su presencia.

—¡Oye! ¡No está nada mal para un agente de la *Garda*! —exclamó Allison, al ver su interior y sus vistas.

Rebeca no se molestó en corregir a Allison y decirle que Ryan no era un «agente» sino un «inspector» y que por eso se podía permitir ese apartamento. Si lo pensaba bien, tampoco sabía si eso era cierto. Allison había conseguido que dudara de todo.

—Vamos al lío —dijo Rebeca, mientras sacaba el ordenador de Ryan del cajón y lo conectaba. Abrió su bolso y extrajo las cuatro memorias USB. Tomó en su mano la que había rotulado con la palabra «INFORMES».

—¡Tienes una copia del expediente policial completo! —se sorprendió Allison—. ¿Cómo lo has conseguido?

—Me lo facilitó Ryan.

—¡Mentirosa! —exclamó Allison—. Por lo que he podido averiguar de él, no lo creo capaz de hacer una cosa así. De hecho, que lleves las memorias USB en tu bolso significa que no las quieres dejar en este apartamento. La única conclusión lógica a ese comportamiento es que Ryan ni siquiera sabe que las tienes y por eso las llevas contigo. ¿Me equivoco?

—¿Quieres ver las fotos o no? —zanjó el tema Rebeca, que no pensaba decirle nada más a una Allison desbocada, mientras introducía la memoria en su ranura.

La pantalla se pobló de carpetas. Eran los informes policiales, pero a Rebeca le interesaban los archivos con extensión JPG, o sea, las fotografías. Las había visto en infinidad de ocasiones, así que fue directa a las que aparecía atropellada por el tranvía.

—¿Me dejas? —le preguntó Allison, que, sin esperar la respuesta de Rebeca, tomó el ordenador y empezó a pasar fotografías.

De repente, se detuvo en una de ellas.

—¡Aquí está! —exclamó Allison. Estaba eufórica, a pesar de que a Rebeca le parecía una foto más—. Observa la posición en la que está tu cuerpo. Si el tranvía te acababa de atropellar y darte un fuerte golpe en la parte posterior de tu cabeza, es imposible que yacieras así en las vías. Esa posición es compatible con un golpe en el costado izquierdo, cosa que sabemos que no sucedió, pero jamás con un golpe occipital.

Rebeca miraba la fotografía, tratando de comprender lo que Allison quería decir. Utilizó su experiencia en artes marciales para intentar imaginarse cómo quedaría en el suelo una persona, después de aplicarle diversas técnicas sobre diferentes partes del cuerpo. Era complicado, pero parecía que Allison tenía razón. Aún así, seguía dudando.

—¿Te tengo que creer? —preguntó Rebeca—. Se supone que esas fotografías han sido revisadas y estudiadas por la *Garda*. No creo que se les pudiera pasar por alto un detalle tan importante.

—Dirás revisadas y estudiadas por Ryan Clarke —le corrigió Allison—. Lo siento, pero me temo que esta es la prueba definitiva, si es que hacía falta alguna más, para poner a Ryan en el centro de este turbio asunto.

Rebeca iba a responder, pero Allison no la dejó.

—Escucha, en esta casa no estás segura. Estás durmiendo con tu enemigo, como el título de esa película antigua.

—¿Y qué pretendes que haga? ¿Qué pida protección a la policía?

—No seas idiota. Yo tengo un piso en Dublín que nadie conoce. Ya sabes que llevo una vida muy discreta en Irlanda y ni siquiera en la Embajada de mi país saben de mí.

Rebeca ya conocía ese detalle.

—¿Estás insinuando que apueste por tu hipótesis y me escape contigo?

—Estoy insinuando que apuestes por tu vida. ¿Qué más pruebas necesitas?

Rebeca debía reconocer que Allison le había convencido, y eso no era nada fácil.

—¡Vámonos! —dijo, en otro arranque de inconsciencia similar al que había traído a Allison al apartamento de Ryan.

En apenas cinco minutos, Rebeca había empaquetado todas sus pertenencias en su maleta de mano. Salieron de inmediato.

«Sé que estoy cometiendo una locura», pensó Rebeca. «Me estoy fugando no solo de casa de Ryan, sino también de mi tía Tote, además, con una desconocida. Estoy siguiendo mi instinto, como intento hacer siempre, pero me temo que, en esta ocasión, pueda traer consecuencias graves».

No se las podía ni imaginar.

35 BOLONIA, ITALIA, 19 DE JUNIO DE 1496

—¡Tú! —escuchó decir Michelangelo a sus espaldas.

No conocía a nadie en Bolonia, aparte de a Messer Gian Francesco Aldovrandi, por lo que se limitó a seguir andando.

—¡Sí, tú, el florentino! —volvió a escuchar.

Parecía que sí se referían a él. Por sus voces, aun sin girarse todavía, Michelangelo dedujo que se trataba de tres personas. El tono de voz era amenazante. Tenía prisa y lo último que deseaba era un conflicto, así que decidió seguir su camino.

De repente, una piedra golpeó su cabeza. Michelangelo se tocó con su mano la parte posterior de la cabeza. Aunque el impacto fue leve, tenía sangre.

Ahora sí que se giró. Así como en su niñez era menudo y frágil, con veintiún años ya era todo un hombre corpulento.

Vio a tres personas. Aparentaban unos diez años más que él. Jamás los había visto. Desconocía el motivo, pero parecía que buscaban pelea. Michelangelo era contrario al uso de la violencia, pero eso no significaba que no se hubiera peleado en alguna ocasión, sobre todo cuando era más joven. Un año antes de que falleciera Lorenzo de Medici, cuando vivía en su palacio, Michelangelo se había burlado de Pietro Torrigiano, otro pintor bajo la protección de los Medici. Mientras estaban trabajando en la *Iglesia del Carmine* en Florencia, bastó un comentario ácido de Michelangelo sobre una de sus pinturas para que se produjera el estallido. Torrigiano le tenía muchas ganas a Michelangelo, ya que sentía una profunda envidia de que fuese el artista preferido de Lorenzo de Medici. Se abalanzó sobre él y le golpeó con fuerza en su rostro. A consecuencia de aquel ataque, Michelangelo sufrió la rotura de su tabique nasal. Cuando se enteró Lorenzo de Medici, expulsó a Pietro Torrigiano, no solo de su palacio, sino de la

República Florentina. Acabó trabajando fuera de Italia, en concreto en Sevilla, España.

Desde aquel suceso, Michelangelo decidió que tenía que aprender a defenderse. Aunque no le gustara la violencia, tenía claro que la iba a sufrir a lo largo de su vida. En secreto, practicó junto a su querido Francesco Granacci las artes del combate cuerpo a cuerpo. Su padre había sido militar y le enseñó a defenderse.

Michelangelo valoró la situación. Contra uno o quizá dos habría tenido alguna oportunidad de salir airoso, pero eran tres. Consideró que la pelea la tenía perdida, así que intentó dialogar con aquellos cafres.

—¿Os conozco? —les preguntó.

—Tú no, pero nosotros a ti sí —le contestó el *gallito* del grupo.

—¿De qué?

—Eres el escultor florentino que nos está quitando el trabajo en nuestra propia ciudad. Vives con Gian Francesco y juegas con ventaja.

Michelangelo quiso entender que se trataba de colegas disgustados porque estuviera recibiendo muchos encargos escultóricos. Desde que concluyera el *Arca de San Domenico* todo cambió para él. Las alabanzas por su extraordinario trabajo pronto se extendieron por toda la ciudad.

—Yo no os quito nada. Creo que hay trabajo para todos —respondió Michelangelo, que intentaba calmarlos y que el conflicto no fuera a mayores.

—¡Estúpido niñato florentino! —exclamó otro de los violentos colegas—. ¡Aquí solo debería haber trabajo para los boloñeses!

—¡Eso! —gritó el último de ellos, enardecido.

Michelangelo se dio cuenta de que no iba a poder evitar la pelea. Sus peores augurios se confirmaron cuando los tres echaron a correr hacia él. En apenas un segundo, Michelangelo tenía que decidir qué hacer, si intentar huir o hacer frente al chaparrón.

No le dio tiempo.

Se vio envuelto en una pelea desigual. A pesar de que había conseguido desembarazarse del primer atacante con facilidad, rompiéndole un brazo, no tuvo tiempo de repeler a los otros dos, que le estaban machacando.

Estaba en el suelo, recibiendo puñetazos y patadas por todo el cuerpo. Era consciente de que iba a perder el conocimiento en pocos segundos.

—¿Qué estáis haciendo? —escuchó a lo lejos.

De repente, los atacantes dejaron de golpearlo y huyeron a toda velocidad.

Lo siguiente que recordaba era despertarse en su cama de la residencia de Messer Gian Francesco Aldovrandi.

—¿Te encuentras bien?

«Vaya pregunta más estúpida», pensó Michelangelo. Era más que obvio que no. De todas maneras, por simple educación, omitió responder con sus pensamientos y levantó la mirada para ver la persona que estaba a su lado.

No la conocía de nada.

—¿Quién es usted? —le preguntó.

—Ya veo que te estás recuperando. ¡Menos mal! Por un momento creímos que los golpes te habían afectado al cerebro. Soy maese Ricci, el médico particular de Gian Francesco.

Intentó girar su cabeza para observar si había alguien más en la habitación. No pudo.

—No hagas esfuerzos —le dijo el doctor—. Te he inmovilizado el cuello por si hubiera lesiones.

—No creo —le respondió Michelangelo—. Lo que más me duele es la espalda, el lugar donde recibí más golpes.

—Sí, ya me he dado cuenta de los hematomas y te he aplicado unos emplastos de árnica y vinagre para aliviarte el dolor.

—El dolor de espalda quizá me lo alivie, pero el aroma del vinagre me está revolviendo el estómago. Casi prefiero el dolor de espalda.

—Veo que no has perdido el sentido del humor. Eso es bueno.

Esta vez, la persona que estaba hablando a Michelangelo no era el maese. A pesar de que no podía verlo, reconoció la voz de Gian Francesco.

—¿Me podría quitar las tablas del cuello? No creo que sean necesarias —le dijo Michelangelo a maese Ricci.

Así lo hizo.

Nada más girar la cabeza, sufrió un mareo que le provocó un súbito vómito.

—No quieras andar más rápido que tu organismo. Por mucho que te empeñes, nunca le vas a vencer.

Esas palabras de Gian Francesco le recordaron el motivo por el que estaba postrado en la cama.

La agresión que había sufrido hace un momento.

—Me acuerdo de la paliza que me han dado, pero su final ha sido muy confuso —le dijo Michelangelo a su mecenas boloñés.

—Gracias a que una persona observó lo que estaba sucediendo y espantó a aquellos barbaros. Parece que te querían matar. Afortunadamente los reconoció y creo que los guardias ya los habrán capturado. Ya no tendrás más que temer por parte de esos desalmados.

—No eran unos pendencieros cualesquiera —le replicó Michelangelo—. Eran compañeros escultores. El motivo de la agresión es que les estaba quitando el trabajo y, si lo pienso bien, tienen razón. No en la paliza, por supuesto, pero sí en lo otro. Es posible que estos cafres no me vuelvan a pegar más, si reciben su correctivo, pero habrá otros agraviados en la ciudad que también me tendrán ganas.

—Es el precio de la excelencia, querido amigo.

—Pues no sé si estoy dispuesto a pagarlo.

—¿Acaso te estás planteando dejar tu trabajo porque eres mejor que los demás? Me parece un motivo pueril.

—No hablo de dejar mi trabajo, Gian Francesco. Quizá esto haya sido un aviso de que mis días en Bolonia estén tocando a su fin.

—¿Eso qué quiere decir? ¿Te planteas abandonarme?

—Ha sido mi salvación durante estos dos últimos años. No sé qué hubiera sido de mi vida sin su ayuda, pero quizá deba seguir mi camino a Florencia.

—¡Pero si allí está ese fraile loco de Savonarola! Dicen que está quemando todas las pinturas que no ensalcen a Dios. ¡Cómo si el arte se pudiera medir de esa manera!

—Pues no sé qué haré, pero siento que debo seguir mi camino.

Gian Francesco se sentó en la cama de Michelangelo. Se le quedó mirando con ojos tristes.

—Supongo que este momento tenía que llegar. Un bello pájaro como tú no suele permanecer demasiado tiempo posado en el mismo árbol.

Michelangelo lo tomó por su mano.

—Quiero que sepa que, para mí, siempre será el padre que quise tener, comprensivo y dulce. Pero me temo que yo no soy el hijo ideal. Toda mi vida ha sido un constante viaje sin fin, y lo peor es que creo que así seguirá hasta el final de mis días.

Gian Francesco se emocionó con las palabras de Michelangelo. Se soltó de su mano y salió de la habitación. Al poco tiempo, regresó con una nota cerrada y lacrado con el escudo de armas de su familia.

No pronunció ni una sola palabra. Tan solo se lo entregó a Michelangelo.

En cuanto leyó a quién iba dirigido, se giró hacia Gian Francesco con una profunda sorpresa.

—¿En serio? —le preguntó.

—Me temo que, para comprobarlo, tendrás que acudir a su encuentro.

Aquello sí que no se lo esperaba. De ser cierto, podría suponer un gran cambio en todo su universo.

—Mañana mismo partiré —dijo, todavía sin terminar de creérselo.

La vida es muy caprichosa.

36 EN LA ACTUALIDAD, DUBLÍN, IRLANDA, 15 DE ENERO

—No está.

—¿Qué quieres decir con eso? —escuchó Ryan al otro lado del teléfono.

—Que su sobrina se ha marchado.

—¿Dónde?

—No tengo ni idea.

—Igual ha salido a tomarse una cerveza a cualquier *pub* cercano y regresa en un momento.

—En ese caso, supongo que me hubiese dejado una nota. No la veo por ningún sitio.

Se produjo un incómodo silencio en la línea telefónica.

—¿Lo había hecho antes? —preguntó Tote.

—No, que yo sepa. Tenga en cuenta que yo salgo todos los días a trabajar y ella se queda sola en el apartamento.

—¿Qué pretendes insinuar?

—No insinúo nada, tan solo quiero dejar bien claras las cosas. Mi casa no es una cárcel y Rebeca, en teoría, es libre de salir y entrar, aunque yo no lo haya advertido.

—¡Pero si apenas puede andar! —exclamó—. Hace cuatro días, cuando estuve en tu apartamento con ella, precisaba de las muletas para moverse. Incluso le costaba sentarse y levantarse. En semejante estado físico, no puede haberse marchado muy lejos.

—Se equivoca.

—¿En qué?

—Ayer ya era capaz de andar sin muletas, además como si no hubiese estado en coma dos meses. Parecía completamente recuperada. Me dijo que se había estado ejercitando en mi gimnasio cuando yo no estaba en casa. La verdad es que semejante mejoría en tan poco tiempo me pareció un milagro.

—¿Un milagro? —escuchó Ryan chillar por el teléfono—. ¡Por Dios, es Rebeca! Tenías que haberme informado de ese detalle.

—Yo no soy su médico, ni siquiera soy su guardián. Simplemente soy un amigo que quería ayudar. Y ahora me encuentro en medio de este lío, sin comerlo ni beberlo.

—¡No digas más tonterías, por favor!

—¿Tonterías? En esta historia, yo soy el *pagafantas* de turno.

—Veo que no comprendes la gravedad del asunto —Tote intentaba calmarse, pero no lo conseguía—. Rebeca jamás hace las cosas sin un motivo. Si se ejercitó de esa manera para poder andar, sería por algo. Lo más lógico es que se haya marchado.

—Sí, claro. Así ha comenzado la conversación. No está en casa.

—¡No me refiero a eso, joder! ¿Has comprobado si están sus pertenencias en el armario?

A Ryan no se le había ocurrido mirar.

—No, pero ahora mismo lo hago —dijo, mientras se dirigía hacia el dormitorio.

Cuando comprobó que estaba vacío, se le vino el mundo encima.

—Se ha llevado todo —le dijo a Tote.

—¡Lo sabía! —exclamó—. Seguramente no es la primera vez que sale de casa sin que tú te enteres. Supongo que estará investigando por su cuenta.

—¿Para qué necesitaba marcharse de mi casa? Si quería salir para lo que fuera, me lo podría haber dicho. Además, que yo sepa, no tiene amigos en Dublín. ¿Dónde se alojará?

—¿En su casa? —preguntó Tote, con cierta guasa—. Te recuerdo que tiene una propia.

—No está allí. Eso es lo primero que se me ocurrió. Mandé una patrulla de la *Garda* para comprobarlo.

Ryan escuchó una serie de exabruptos irreproducibles al otro lado de la línea telefónica. Estaba empezando a cansarse de la actitud de aquella señora. Al fin de al cabo, tan solo les había hecho un favor cediéndole a Rebeca el dormitorio de su casa. No era su perrito guardián.

—Debes de emitir una orden de búsqueda. Rebeca no es una ciudadana cualquiera —afirmó Tote.

—No puedo hacer eso —respondió Ryan, en un tono mucho más seco—. En Irlanda, como en España, tenemos leyes que debemos respetar. Rebeca es una ciudadana libre sin cargos pendientes con la justicia, por lo que no podemos cursar esa orden.

—Hablaré con Harris de inmediato.

—No se moleste. Ya lo he hecho yo antes de llamarla. Debía de informar al comisionado del motivo por el que mandaba un coche patrulla a la casa de Rebeca. No le niego que me he llevado un buen rapapolvo de mi jefe, pero opina como yo. Podemos buscarla de una manera discreta, pero no emitir una orden oficial. Además, no olvide que dispone de un pasaporte diplomático. Ya nos consiguió burlar en el hospital llamando a la embajada rusa. ¿Cree que si la detenemos no lo volverá a hacer? Lo único que lograríamos sería un bonito conflicto diplomático.

—¡Sois unos incompetentes! —Tote estaba acalorada—. Mi sobrina puede estar en serio peligro y no tenéis ni idea de nada.

Ryan tuvo que hacer una pequeña pausa antes de responder.

—Escúcheme bien, señora —le dijo Ryan, cuya paciencia se había desbordado—. No le admito insultos. A partir de ahora, si quiere saber cómo va el tema de su sobrina, hable con su amigo el comisionado. Yo tan solo quería ayudar y ahora resulta que parece que soy el responsable de todos los males. Por favor, no me llame más porque no pienso atenderla. Usted no es mi jefa. ¿Le ha quedado claro? Pues ya sabe.

Ryan colgó el teléfono sin esperar la respuesta de Tote. «¿Quién cojones se cree que es esa señora?», pensó, indignado. «¿Y quién se cree que soy yo? ¿Su esclavo?».

Al otro lado de la línea, Tote se quedó sin palabras.

«¿En serio este mamarracho se ha atrevido a hablarme en ese tono y a dejarme con la palabra en la boca?», pensó, todavía más indignada que Ryan.

Tomó el teléfono e hizo una llamada urgente. Mantuvo una tensa conversación durante unos cinco minutos. Al final, se salió con la suya. Sin duda, situaciones excepcionales requerían también de medidas excepcionales, y esta era una de ellas.

«Yo no he empezado ni quería que las cosas sucedieran así», se dijo. «Ahora, si Rebeca quiere comenzar una partida de ajedrez, que se prepare, porque la reina blanca se pone en juego».

Lo que Tote desconocía era quién era la reina negra.

37 TESCHEN, IMPERIO AUSTRO-HÚNGARO, 28 DE JULIO DE 1914

—Hoy es el día.

La tensión se respiraba en la sala de guerra de la fortaleza de Teschen. Asistían a la reunión Franz Joseph, emperador de Austria y Rey de Hungría, acompañado del archiduque Karl, primero en la línea sucesoria, y toda la cúpula militar del imperio. El que había abierto la velada era el propio emperador.

—¿Estamos preparados? —preguntó Karl.

—Hace tiempo que lo estamos. Las tensiones en Europa durante estos últimos años nos han obligado a ello —respondió el Archiduque Friedrich, duque de Teschen, que era el *Feldmarschall*, o sea, el jefe del ejército imperial.

No le faltaba razón. Europa parecía un tablero donde las grandes potencias jugaban su particular batalla. El equilibrio era muy inestable y venía arrastrado del siglo anterior. Pero los acontecimientos se precipitaron a partir de la anexión en 1908, por parte del imperio Austro-Húngaro, de Bosnia y Herzegovina, antiguas posesiones otomanas. Las potencias europeas se revolvieron, pero no disponían del poder suficiente como para revertir la situación. La debilidad turca se acrecentó durante su guerra con Italia, entre 1911 y 1912, y envalentonó a los estados balcánicos, que se atrevieron a crear la llamada *Liga Balcánica*, formada por Grecia, Serbia, Bulgaria y Montenegro, todo ello auspiciado por una Rusia que se veía capaz de ganar influencia en la zona. La Liga, para sorpresa general, pronto empezó a ocupar territorios balcánicos que aún permanecían bajo control otomano. Todas las potencias observaron con enorme recelo estas conquistas, ya que consideraban los Balcanes como un territorio estratégico que iba a jugar un importante papel en el futuro.

Y no tan futuro.

A finales de 1912 se produjo un intento de reorganizar los poderes en la zona, ya que el juego se estaba convirtiendo en algo peligrosamente real. Auspiciado por el Reino Unido, se reunieron en Londres todas las potencias europeas. Asistió, por parte de Imperio otomano, su Gran Visir Kâmil Pasha, debilitado por las recientes derrotas militares. También asistieron los cuatro países unidos bajo la triunfadora *Liga Balcánica*. Por parte del resto de las potencias europeas asistieron el país anfitrión de la reunión, el Reino Unido, junto con Alemania, Italia, Rusia y el imperio Austro-Húngaro. Concentrar a tanto poder en un mismo lugar entrañaba serios peligros. Tanto es así que, al principio de las conversaciones, se produjo un golpe de estado en Turquía. El Gran Visir Kâmil Pasha fue obligado a dejar su puesto y el triunfador de la revuelta, el Visir Enver Pasha retiró a su país de las negociaciones.

Fue un mal presagio, pero, a pesar de ello, se llegó a un acuerdo que permitió en nacimiento de Albania como país independiente. Las potencias de la *Liga Balcánica* vieron incrementados sus territorios. Todos, menos los otomanos, que habían sido obligados a entregar parte de sus provincias exteriores, salieron satisfechos de Londres y el acuerdo se firmó, por supuesto sin la rúbrica otomana.

La situación parecía que se había reconducido.

Pero no.

El tratado había acordado la cesión de territorios a la *Liga Balcánica*, pero no había determinado qué porción le correspondía a cada uno de los estados que la componían, en la confianza de que se pondrían de acuerdo, ya que eran aliados.

Grave error.

Apenas 33 días después de la firma del tratado, Bulgaria, descontenta con el reparto, decidió atacar a sus aliados Serbia y Grecia. Bulgaria fue derrotada, pero ni siquiera los vencedores de la guerra se quedaron satisfechos con el tratado de paz posterior.

Europa estaba sumida en una mezcla de nacionalismo intransigente, resentimiento entre sus diferentes pueblos y una total inseguridad. Por ello, muy acertadamente, la zona de los Balcanes era conocida, antes de 1914, como «el barril de pólvora de Europa». Las alianzas entre los diferentes países eran muy difíciles de concretar.

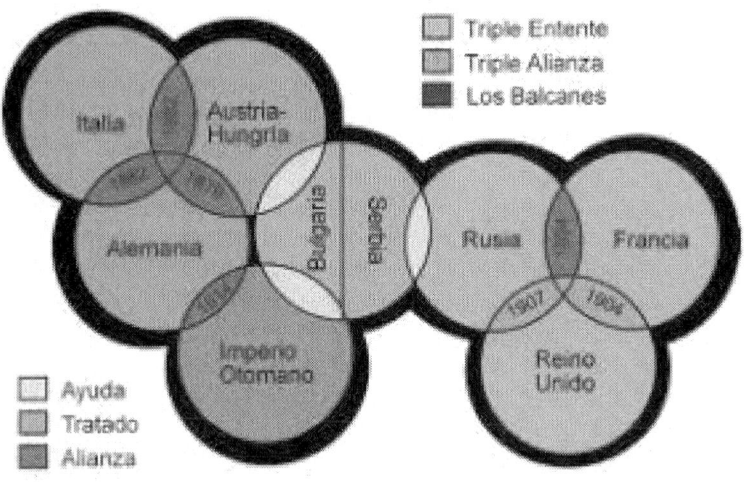

Nadie era capaz de predecir qué podía suceder al día siguiente.

Bueno, eso sí.

Para eso estaban reunidos en la sala de guerra de la fortaleza de Teschen.

El imperio Austro-Húngaro se disponía a declarar la guerra a Serbia, un mes después del asesinato del archiduque Franz Ferdinand, junto con su esposa, la duquesa Sofía, en Sarajevo.

—¿Cuál será mi papel? —preguntó Karl, que, a pesar de haber estudiado Leyes y Ciencias Políticas en Praga, también había recibido formación militar. Durante su estancia en la capital checa ingresado en el ejército y, ahora mismo, comandaba un regimiento de dragones, es decir, de infantería montada. Eran los precursores de la caballería moderna.

—Ninguno.

La respuesta del emperador, su tío abuelo, le dejó perplejo.

—¿Ninguno? —se atrevió a volver a preguntar en aquella sala llena de militares.

—Tenemos multitud de oficiales que se pueden desempeñar como tú en el campo de batalla, sin embargo, tan solo tengo a un heredero. Ya soy mayor y, aunque espero ganar esta guerra con rapidez, nunca se sabe. Tengo una edad en la que puedo morir en cualquier momento y, si eso se llega a producir durante la contienda, quiero asegurarme que la continuarás hasta la victoria.

—Entonces, ¿qué pinto en esta sala de guerra? —Karl no se daba por vencido.

—Que no vayas a participar físicamente no quiere decir que vayas a estar apartado de la guerra. Permanecerás en esta fortaleza, desde la que coordinaremos los movimientos de nuestras tropas. Estarás al día de todo lo que vaya sucediendo y estoy seguro de que a los generales les encantará escuchar tu opinión.

—O sea, que me degradas a un simple consejero militar.

—No, te protejo para que prosigas con mi labor cuando yo ya no esté entre vosotros.

El archiduque Karl se quedó mirando a todos los presentes. Le quedó claro que todos conocían la decisión de su abuelo antes que él mismo.

Se sintió profundamente ofendido y abandonó la sala sin decir ni una sola palabra. Entró en sus aposentos privados muy enfadado.

—¿Qué te ocurre, cariño? —le preguntó su esposa, Zita de Borbón y Parma.

—Acabamos de declarar la guerra a Serbia.

—¿Y por eso estás enfadado? Desde el asesinato de tu tío era algo que se esperaba. ¿Por qué te crees que nos encontramos en la fortaleza de Teschen en lugar de en nuestra amada *Villa Wartholz?*

—Me han dejado de lado.

Ahora, Zita comprendió el motivo del enojo de su esposo. Acudió y le dio un abrazo.

—Eso no es malo. El ejército del imperio se bastará para borrar del mapa a Serbia. Tú, ahora, tienes otras responsabilidades.

—Ya hablas como mi abuelo. Que si soy el heredero, que si hay otros que me pueden reemplazar y *blablablá.*

—No, no me refería a esa responsabilidad. Ahora somos una familia. Tenemos dos hijos que cuidar. Adelheid es una niña preciosa de siete meses de edad y Otto ya tiene dos años y será tu heredero. Eres padre y quiero que los veas crecer felices, todos juntos.

—Otto se llama Franz Joseph Otto Robert Maria Anton Karl Max Heinrich Sixtus Xaver Felix Renatus Ludwig Gaëtan Pius Ignatius —dijo, con orgullo.

—Y tú Karl Franz Josef Ludwig Hubert Georg Otto Maria —le respondió Zita—. ¿Y qué?

—Que cada uno de esos nombres tiene su significado. Todos ellos lucharon por el imperio. Me gustaría que nuestro hijo se sienta orgulloso de su padre, cuando tome mi relevo, haciendo honor a nuestros nombres.

—Aún somos jóvenes —intentó calmar a su esposo—. Creo que llegará el momento de demostrar tu valor en un futuro. Ahora disfrutemos viendo crecer a nuestros hijos. Son una bendición de Dios.

Abrazó con fuerza a su marido, pero no para consolarlo a él. Ya sabía que eso era imposible.

Intentaba consolarse ella.

No creía ni una sola palabra de lo que había dicho.

38 EN LA ACTUALIDAD, DUBLÍN, IRLANDA, 16 DE ENERO

—No dormía tan bien desde que me desperté del coma.

—Estaba claro que te hacía falta un cambio de aires. Aunque no te dieras cuenta, tu mente todavía no había abandonado el hospital. La casa de tu supuesto amigo Ryan Clarke era una extensión del *St. Patrick's*. En tu subconsciente, no te sentías libre. Por eso recuperaste tu forma física en su gimnasio, además en un tiempo récord. Sentías la necesidad de escaparte de allí cuando él no estaba presente en el apartamento y volar libre sin ninguna atadura. Ni siquiera con la rémora de las muletas.

«Ahora, esta tía parece un cruce entre la loca de Carlota y un psicólogo argentino», pensó Rebeca, divertida. «Pero tiene razón».

—Quizá —respondió, sin reconocerlo.

—«Quizá» es una palabra de perdedoras. Jamás la emplees. Siempre un sí o un no.

«Esa misma frase la dice mi hermana», advirtió Rebeca, alarmada.

—No te reconozco esta mañana, Allison. ¿Tú no eras esa joven insegura que vino a Dublín a pasar desapercibida? Pues no lo pareces en absoluto.

—No me malinterpretes. Me cuesta socializar con la gente, pero cuando me tropiezo con alguna persona que considero interesante y me trata bien, pierdo ese miedo. Me pasó en mi viaje a Jerusalén con Ferdy King, mi compañero de tesis del doctorado. Y ahora siento que, entre tú y yo, hay una conexión especial.

Rebeca se empezó a preocupar. «¿No me habré juntado con una chiflada tipo "atracción fatal"?». «Ayer no me lo parecía, pero ahora intenta convencerme no sé de qué. Normalmente, soy yo la que intenta manipular a las personas y no al revés». Decidió que lo mejor era cambiar el rumbo de la conversación.

—¡Menuda *choza* te gastas! —exclamó Rebeca, mirando a su alrededor—. No sabía que estuviera tan bien remunerado el puesto de profesor en Irlanda, aunque sea en la segunda mejor universidad del país, el *University College Dublin*. El alquiler te costará una fortuna, tal y como está ahora mismo el mercado inmobiliario en esta ciudad. ¿Hay plazas vacantes en tu universidad? A pesar de mi juventud, te aseguro que tengo un buen *currículum* y cartas de recomendación.

Allison sonrió.

—El alquiler no me cuesta nada. Esta casa es de mi propiedad.

—¡No lo puedo creer! ¡Pero si valdrá varios millones! ¡Quiero un puesto en tu universidad ya! —exclamó Rebeca, intentando darle un tono cómico al tema para evitar que se notara su sorpresa.

—Como supongo que ya habrás deducido, esta casa no la pagué con mi sueldo de profesora universitaria. Cuando estalló el escándalo de mi tesis doctoral en Princeton, mi padre me donó una importante suma de dinero para que me estableciera en Irlanda. Todo con tal de perderme de vista. Yo no soy rica, lo es mi padre, pero vivo con todo lo que necesito, al menos en el plano material.

—¡Y tanto! Aunque no te la cambio por mi fábrica de chocolate.

—¿Qué?

—Nada, son cosas mías. Así llamo a mi apartamento en los *Docklands*. Nada que ver con esto, pero tiene su punto.

Ahora fue Allison la que cambió de tema.

—¿Qué tal si desayunamos?

Rebeca asintió. Se vistió y acompañó a Allison hasta la cocina. Era tan grande como todo el apartamento de Ryan.

—Sí, igual se me fue la mano un poco con la casa —reconoció Allison, interpretando la mirada de Rebeca—, pero sus vistas desde la terraza me enamoraron. No me compré un ático, sino un mirador a la ciudad. La ausencia de amigos hace que pase mucho tiempo sola. Intento ocupar esos momentos leyendo un buen libro en la terraza, con la ciudad por capote y el cielo por montera, como dirían los españoles castizos.

—Ya me enseñarás esa maravilla después del desayuno —dijo Rebeca, que continuaba sorprendida con Allison. También tenía sentido del humor. Su ingenio ya lo había advertido ayer.

Se sentaron en una mesa alargada de madera. Rebeca calculó que podría acoger a ocho o diez comensales con comodidad.

Después de tomarse su habitual vaso de leche y unos bollitos riquísimos que Allison le sirvió, llegó el momento de la conversación seria.

—Allison, disculpa que saque este tema justo después del desayuno, pero hay ciertas cuestiones que sigo sin comprender.

—Adelante, puedes preguntarme lo que quieras.

—La primera, ¿por qué pensaste que el papel que encontraste en el bolso de Carlota era para mí? No consigo encontrarle ninguna explicación.

—Muy sencillo —le respondió Allison—, porque no era para mí.

—¿Qué? —preguntó Rebeca, intentando ganar tiempo para comprender esa contestación.

—¿Quiénes estábamos esa tarde en el *pub*? Tan solo nosotras tres. No tenía ningún sentido que esa nota fuera para mí. Tan solo quedabas tú.

—¿Insinúas que Carlota me dejó un mensaje antes de morir?

—¿No fue eso lo que sucedió?

Rebeca no se lo había planteado desde ese punto de vista, aunque tenía que reconocer que llevaba el sello inconfundible de su hermana, extravagante e impredecible. Pero no podía ser.

—Vamos a ver, Allison, eso no tiene ni pies ni cabeza. De dar por bueno ese argumento, ello supondría que mi hermana sabía que iba a morir, porque, en caso contrario, ¿para qué dejarme una nota en su bolso? Te recuerdo que se alojaba en mi apartamento. Me lo podría haber dicho de palabra en cualquier momento.

—Supongo que tendría sus motivos para hacerlo así, pero me temo que ya no le podemos preguntar.

—Salvo que... —empezó a decir Rebeca, que se quedó sin palabras cuando comprendió el alcance de su razonamiento.

—¿Acaso piensas que quizá pueda estar viva? —intervino Allison, ante el repentino silencio de Rebeca.

—Todo lo contrario. Jamás comprendí sus últimas palabras cuando salimos del *pub*, momentos antes de ser arrolladas por el camión. *«Recuerda que somos ángeles y estamos en las puertas del cielo»*. ¿Y si era una despedida?

—¿Intentas decirme que la que se intentó suicidar fue ella y no tú? ¿Te parece ese un razonamiento lógico?

Rebeca no quería ni pensar en esa posibilidad, pero el tema del suicidio le trajo a la mente otros interrogantes sin resolver.

—Ayer no terminamos la conversación de mi supuesto intento de suicidio. Nos fuimos del apartamento de Ryan de forma apresurada. Quedó claro que me llevaron hasta ese semáforo en un taxi falso. También que el tranvía no me golpeó en la cabeza. Pero, si estaba inconsciente, ¿cómo pude permanecer en pie en ese lugar? Eso no lo puedes negar. Reconociste que me viste en la grabación de una cámara de control de tráfico. Yo también me vi. Era yo, sin lugar a dudas.

—Sí, eras tú. Eso también lo tengo claro.

—¿Entonces?

—A veces, nada es lo que parece —respondió Allison, para la completa sorpresa de Rebeca. Esa misma frase se la escuchó decir por primera vez al malogrado profesor hebreo Abraham Lunel. Luego, la habían utilizado con frecuencia tanto su hermana como ella misma.

—¿Seguro que no eres Carlota? —se le escapó el pensamiento en voz alta.

Allison sonrió.

—Nuestros sentidos intentan engañarnos a todas horas —dijo—. En muchas más ocasiones de las que te puedes imaginar, lo consiguen. A ti te habían contado que te arrojaste a un tranvía. Tus ojos, ¿qué esperaban ver? A una Rebeca aguardando cruzar un semáforo para, a continuación, arrojarse voluntariamente al paso de un tranvía. Pues bien, ni estabas esperando nada ni te arrojaste a ese tranvía.

Rebeca intentaba comprender el razonamiento de Allison. Era cierto que los sentidos, en ocasiones, te jugaban malas pasadas, pero aquello le parecía demasiado.

—Allison, hace apenas unas frases has reconocido que tenías claro que era yo la que estaba allí. ¿Pretendes volverme loca? Además, para mi desgracia, tengo muy buena memoria.

Si en vez de una persona fuera un cinematógrafo Lumière y me pusieras una luz detrás, te podría proyectar, fotograma a fotograma, la secuencia completa de los hechos.

—No me cabe ninguna duda de ello —reconoció Allison—, pero hay una cuestión que me llama la atención. En todo este asunto has dudado sobre todas las cosas que te han contado. Incluso con las que no te han contado y has visto por ti misma. Sin embargo, no lo haces con el hecho de que una persona moribunda pueda estar plantada en un semáforo, tan tranquila, esperando la luz verde para cruzar una calle hacia un destino desconocido.

»¿Qué pretende Allison?», se preguntó Rebeca. «¿Adónde me quiere llevar con estos razonamientos?».

—No soy idiota. Por supuesto que también he pensado en ello —acabó respondiendo.

—Pues entonces, convendrás conmigo en que alguien te estaba sujetando fuertemente por la espalda, simulando que te mantenías en pie por ti misma. No tuvo que ser demasiado complicado, con semejante aglomeración de gente. Luego se limitó a arrojarte al paso del tranvía. ¿Qué vio toda la gente que estaba en el lugar? Lo que sus sentidos quisieron ver. Que otra joven se había intentado suicidar. Para desgracia de la sociedad en la que vivimos, no te creas que es un hecho tan inusual. Es una de las causas de mortalidad más comunes, pero miramos hacia otro lado porque nos espanta reconocerlo.

Rebeca miró fijamente a Allison. No terminaba de comprenderla.

—Has reinventado el mecanismo de un botijo, siguiendo con tus frases españolas castizas. ¿Te crees que eso no se me había ocurrido a mí? —le preguntó.

—Pero yo tengo las pruebas.

—¿Qué pruebas?

Rebeca advirtió que Allison tenía en sus rodillas una especie de portafolios. Lo abrió y sacó un papel. Lo depositó encima de la mesa.

—¿Qué me dices ahora?

Rebeca no podía creer lo que estaba viendo. O más bien al contrario, sí que lo podía creer. Ya estaba hecha un verdadero lío.

—Esta foto, ¿también te la ha conseguido ese amiguito tuyo informático?

—Sí. Es la ampliación de otro fotograma obtenido de la misma grabación. Mira tus ojos. Esa no eres tú.

—Querrás decir que es mi cuerpo con los ojos de la niña del exorcista.

—Como lo quieras decir, pero es lo mismo. Ya sé que me has estado observando durante toda esta conversación como si fuera un bicho raro, pero, ¿me comprendes mejor ahora?

—Supongo que sí. Desde luego me llevas ventaja con la investigación.

—Dos meses en concreto. He ido hilvanando la historia real de lo que te sucedió a partir de pequeños retazos de realidad. Muchas veces tenía que volver hacia atrás. No me podía fiar de mis sentidos y tenía que mirar las cosas desde otra perspectiva diferente.

«Vuelve a ser Carlota», pensó Rebeca, alarmándose otra vez. «¿Estaré bajo los efectos de algún alucinógeno?».

—Eso he intentado hacer yo, pero comencé justo anteayer —dijo Rebeca—. Me limité a buscarte en la universidad y pasarme por el *pub «The Cat & The Horse»*. Intentaba localizar a la testigo que llamó al 112 para informar del accidente del camión.

—¡Eso no lo sabía! —exclamó Allison, sorprendida—. Tenía entendido que no hubo ningún testigo de lo que siempre has contado. Ni siquiera yo, que estaba en la barra junto a la puerta, vi ni oí nada.

—Pues parece que alguien lo hizo, pero se podría decir que tengo una testigo imposible.

—¿Por qué?

Rebeca tenía grabado en su móvil el audio de la llamada de aquella mujer desconocida. Se lo puso a Allison.

«Oiga, ¿emergencias?

Sí, dígame.

Acabo de escuchar un ruido muy fuerte. Parece que ha habido un accidente.

¿Ha sucedido en la localización desde dónde nos llama?

Sí, exactamente aquí.

Pasamos el aviso a la Garda. Una patrulla acudirá lo antes posible.

Gracias».

Allison se quedó blanca y sin palabras, por primera vez en toda la mañana.

—¿Qué te ocurre? —le preguntó Rebeca.

—Esa llamada se efectuó desde el teléfono fijo del *pub* a las 19:03 más o menos, ¿verdad? —respondió Allison, con un hilo de voz. Parecía que fuera a desmayarse.

Rebeca se sorprendió una vez más.

—¿Cómo lo puedes saber? Fue exactamente a las 19:04. Yo no te he dado esa información hasta ahora.

Allison permaneció en silencio. Parecía en estado de *shock*. Rebeca continuó.

—Además, como te decía, ya estuve en el *pub* preguntando acerca de esa persona. *Bubba* me comentó que era imposible que una mujer hubiera utilizado ese teléfono, ya que el propietario no contrata a mujeres.

Allison se quedó mirando a Rebeca con gesto de no comprenderla.

—Entonces, *Bubba* te mintió —le dijo, esta vez con la voz muy firme.

—¿Por qué iba a hacer una cosa así? ¿Acaso el *pub* sí que contrata a mujeres? ¿Cómo lo puedes saber, si tan solo has estado allí dos veces? ¿Y cómo...?

—¡Para, que me estás mareando! —le interrumpió Allison—. No tengo ni idea si el *pub* contrata a mujeres o no, pero de lo que sí estoy segura es que yo conozco esa voz.

—¿Cómo puede ser? —Rebeca estaba temblando.

—Cuando tu hermana y tú salisteis del *pub* aquel día, yo me dirigí a la barra para pagar. *Bubba* no estaba, pero vi claramente a una pareja discutir en la puerta que da acceso al almacén del *pub*, por donde dejan las mercancías. En ese momento pensé que podrían ser los dueños. No entendí lo que estaban diciendo, pero, sin ninguna duda, el tono de voz que he escuchado en la grabación pertenece a esa mujer.

Rebeca estaba en una nube. Literal.

—¡Hay una testigo de verdad! —exclamó Rebeca, con un hilo de voz.

—Sí, te aseguro que hay una testigo de verdad.

A Rebeca le sonó algo extraña esta última frase de Allison. Desde hacía unos minutos no se encontraba demasiado bien. Lo achacó al torrente de sorpresas que había descubierto.

Pero no era eso.

De hecho, esas fueron las últimas palabras que escuchó antes de perder el conocimiento.

39 ESTADOS PONTIFICIOS, ENTRE 1496 Y 1499

—¿Qué quieres?

—Vengo a ver al Papa Alejandro VI.

El guardia apostado en la puerta, que daba acceso a los edificios administrativos de los Estados Pontificios, no pudo evitar una sonrisa.

—Claro, y ahora me dirás que tienes concertada una audiencia con Su Santidad.

—No, pero tengo una carta que mostrarle.

El guardia se sorprendió, no tanto por el asunto de la carta, sino por la ingenuidad que demostraba aquel joven.

—¿Crees que se puede hablar con el Papa portando una simple carta?

—No se trata de una «simple carta».

—Aunque no lo fuera, hay que concertar una cita con mucha antelación a través de su *Secretaria General Pontificia.*

—Y eso, ¿cómo se hace?

El guardia volvió a fijarse en aquel joven.

—No se puede —le respondió, en tono tajante—. Y ahora, por favor, márchate y no hagas que tenga que expulsarte a la fuerza.

—Pero...

—¿Quieres que llame al resto de la guardia? —le interrumpió.

—No, no será necesario —dijo Michelangelo, mientras abandonaba la puerta de acceso.

Después de cinco días de viaje, Michelangelo había llegado a Roma con una ilusión que no recordaba desde la época de su juventud en Florencia, con la familia Medici. Ya era un hombretón de veintiún años, pero con todas las desgracias que había vivido en tan corto periodo de tiempo, le daba la impresión de tener treinta.

Esta vez tenía la impresión que la vida le daba otra oportunidad y no quería dejarla pasar. La carta de recomendación que portaba iba dirigida al mismísimo Papa de Roma, Alejandro VI. Era un hecho que había sorprendido al propio Michelangelo, pero parecía que Messer Gian Francesco Aldovrandi lo conocía personalmente. Ya que no podría trabajar en su amada Florencia, Roma le parecía lo más parecido a su ciudad natal.

Pero pronto comprendió que no iba a ser tan sencillo como se imaginaba. «¿Y qué lo ha sido en mi vida?», se preguntó. No se pensaba rendir con tanta facilidad.

—Por favor, ¿me podría indicar donde se encuentran las dependencias de la *Secretaria General Pontificia?* —le preguntó a un sacerdote que salia de la Basílica de San Pedro.

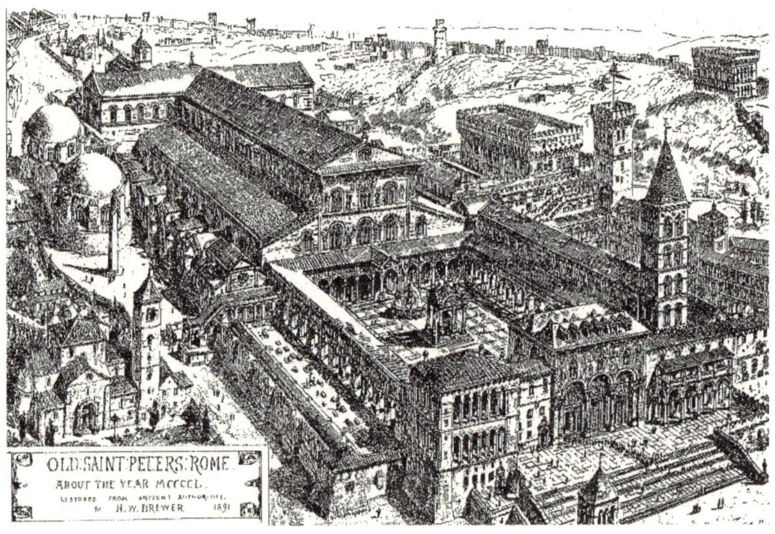

El sacerdote se sorprendió por tal inusual pregunta.

—¿Para qué quieres saber eso?

—Porque deseo concertar una audiencia con el Papa.

—Perdona que sea tan descortés, pero, ¿qué tiene que decirle un joven de tu edad a Su Santidad, Alejandro VI?

—Tengo que mostrarle esta nota lacrada —le dijo Michelangelo, mientras extraía de un bolsillo de su jubón la misiva.

El sacerdote pareció sorprenderse.

—¿De dónde has sacado ese lacre?

—De Messer Gian Francesco Aldovrandi, de Bolonia. He estado residiendo en su casa casi dos años. Él ha sido el que ha escrito esta nota para el Papa.

—No, ese lacre no es Gian Francesco.

—¿Lo conoce?

—Anda, acompáñame —dijo, mientras tomaba a Michelangelo por un hombro. Al principio pensó en resistirse, pero, por la enorme fuerza que había aplicado aquel extraño sobre su hombro, hizo que desistiera.

Avanzaron en dirección a la misma entrada de donde había sido expulsado Michelangelo hacía un momento.

—Ya he intentado explicárselo al guardia, pero no me ha permitido entrar.

—Conmigo lo harás.

Efectivamente, cuando el mismo guardia que había despachado a Michelangelo unos minutos antes lo vio aparecer con aquel sacerdote, se limitó a cuadrarse y, sin decir ni una sola palabra, a franquearles el acceso, eso sí, mirando con curiosidad a Michelangelo.

—¿Quién es usted? —se atrevió a preguntar el joven Buonarroti.

—Todo a su debido tiempo —se limitó a responderle.

Todas las personas con las que se cruzaban parecían saludar con mucho respeto al misterioso sacerdote. Finalmente, llegaron a una enorme sala que parecía un lugar de trabajo.

—Siéntate —dijo el sacerdote. Michelangelo pensó que no era un amable ofrecimiento, sino una orden—. Ahora, me vas a contar la verdad.

—Ya se la he dicho, señor.

El sacerdote estaba mirando fijamente a Michelangelo, que tuvo la impresión que era capaz de leer su mente y deducir si mentía o no.

No era una simple impresión.

Después de unos segundos, el sacerdote se levantó de silla y se acercó a un acobardado Michelangelo.

—¿Sabes a quién pertenece el sello lacrado que portas con esa nota?

—Ya se lo he dicho, a Messer Gian Francesco Aldovrandi de Bolonia.

—Eso no es cierto.

Michelangelo se empezó a impacientar. Una cosa era que no lo quisiera recibir el Papa y otra que lo tacharan de mentiroso.

—¿Cómo puede estar tan seguro? —se envalentonó.

—¡Caramba! El joven tiene carácter —comenzó a responderle aquel sacerdote, que ahora parecía haber abandonado el gesto adusto del inicio de la conversación por un gesto de divertimento—. Estoy tan seguro porque ese es mi propio sello.

Era lo último que esperaba oír Michelangelo. Por un instante, se le pasó por la cabeza que Gian Francesco le hubiera engañado.

—Le aseguro que me lo dio él en persona.

—Eso no lo dudo. Por algún motivo que desconozco, quería que llamaras mi atención.

—Si me lo permite, ¿quién es usted?

—Mi nombre es Rodrigo de Borgia.

—¿Es usted cardenal? Por la grandeza de esta estancia y las reverencias que he observado hasta llegar aquí, supongo que ostentará una alta dignidad. No me malinterprete, nunca he estado en presencia de nadie como usted y no sé ni cómo actuar ni tratarlo.

Rodrigo sonrió.

—Lo estás haciendo muy bien. Eres observador y avispado, además de tener razón. Sí, soy cardenal de la Iglesia Católica.

Michelangelo no sabía cómo continuar la conversación, así que decidió ser directo. «Nada tengo. ¿Qué puedo perder?», se dijo.

—Su Eminencia o como quiera que sea su título, ¿podría conseguirme una audiencia con el Papa Alejandro VI? La misiva que me dio Messer Gian Francesco Aldovrandi de Bolonia era para él.

—Quizá —dijo, mientras que, para sorpresa de Michelangelo, rompió el lacre y abrió la nota. No se atrevió a protestar, ya que no se encontraba en posición de contradecir a todo un cardenal de la Iglesia Católica.

Permaneció en silencio hasta que el cardenal terminó su lectura.

—Vaya —dijo—. Es una lástima, pero ahora no te puedo ayudar.

—¿No puede conseguirme una audiencia con el Papa?

—No me refería a eso. En esta nota, Gian Francesco habla maravillas de tus dotes artísticas como escultor y pintor, pero, ahora mismo, los Estados Pontificios no precisan de tus servicios. Podría hablar con el cardenal Raffaele Riario, que sé que es muy aficionado a decorar sus estancias con bellas esculturas.

—Es usted muy amable conmigo, pero me gustaría que esas palabras me las dijera el Papa Alejandro VI. A él iba dirigida la nota que usted ha abierto.

—Yo soy Alejandro VI. Rodrigo de Borgia es mi nombre verdadero. No te extrañes que no sea un nombre italiano. Nací en Játiva, una ciudad de la provincia de Valencia, en España.

Michelangelo se levantó de su butacón y cayó de rodillas ante el Papa, de forma instintiva.

—Anda, levántate —le ordenó—. Gian Francesco es un buen amigo que me apoyó en mis primeros tiempos en la Iglesia. Le debo mucho, así que te ayudaré, aunque no te pueda dar trabajo.

—Será suficiente, Su Santidad —acertó a decir Michelangelo, que estaba deseando salir de aquella estancia. Si ya le parecía un atrevimiento estar frente a un cardenal, no sabía qué hacer ni cómo comportarse frente al mismísimo Papa de Roma.

Alejandro VI cumplió con su palabra. Al día siguiente estaba reunido con el cardenal Raffaele Riario.

—Con semejante recomendación, no puedo obviarte, pero ya tengo mis propios escultores que llevan trabajando muchos años conmigo. ¿Qué tienes que ofrecerme?

Todo había sucedido tan rápido que Michelangelo no había pensado en esa simple pregunta, así que tuvo que improvisar.

—Sé que las esculturas son para su villa de recreo. ¿Qué le parecería una a tamaño natural de Baco, el dios romano del vino?

—Podría ser —dijo el cardenal—. Ponte a trabajar. Me gustaría presentarla en la próxima fiesta que organice en mi villa.

Así hizo Michelangelo. No era capaz de recordar las horas que durmió durante el mes siguiente de lo entregado que estaba a su trabajo.

El resultado bien había merecido la pena.

Había conseguido una escultura magnífica, con una descripción del dios Baco digna de los autores clásicos. Su aspecto general era alegre y sus ojos, medio cerrados, dejaban entrever una mirada lasciva, como la de las personas excesivamente entregadas al amor por el vino. En su mano derecha sujeta una copa, como si estuviera a punto de beber, y la mira con dulzura, deleitándose en el licor del que fue inventor; por eso está coronado con una guirnalda de hojas de vid. En su mano izquierda sujeta un racimo de uvas, que un menudo sátiro disfruta furtivamente a sus pies. Michelangelo deseaba representar que los sentidos humanos son vencidos por el apetito de esa fruta y el licor obtenido de ella. Para los romanos, Baco era un dios liberador, que les permitía emancipar su conciencia a través del éxtasis del vino, pero también era el dios de la fertilidad.

Cuando el cardenal Raffaele Riario vio la escultura terminada por primera vez, quedó impresionado.

Pero negativamente.

—Es lasciva e invita a pecar —le dijo a Michelangelo.

—Su Eminencia, se trata del dios Baco. Eso es lo que representa.

—Deshazte de ella. No me interesa —dijo, marchándose y dejando a Michelangelo sin saber qué hacer.

—A mí sí —escuchó a sus espaldas.

Michelangelo se giró.

—Disculpa que no hayamos sido presentados. Mi nombre es Messer Iacopo Galli y soy el banquero del cardenal Riario. ¿Cuánto pides por la escultura?

Aquello pilló desprevenido a Michelangelo. Ya había acordado un precio con el cardenal, así que le pidió la mitad a aquel individuo, que aceptó encantado.

—Me gustaría que esculpieras un pequeño cupido para la entrada de mi casa. Te pagaría el mismo importe que por el Baco.

Michelangelo aceptó de inmediato.

El trabajo le llevó menos se una semana y Messer Iacopo Galli quedó satisfecho.

Ahora, Michelangelo tenía un grave problema. Ya no disponía de ningún contacto para seguir trabajando en Roma. La recomendación del Papa para el cardenal Raffaele Riario no había surtido los efectos deseados y Messer Iacopo Galli ya no requería de sus servicios.

Durante un largo año estuvo viviendo de sus ahorros personales, pero era consciente de que el mes que viene se le terminarían los fondos y ya no podría permanecer en Roma.

«¿Qué será de mi vida?», pensaba, amargamente. La opción de retornar a Florencia tampoco era viable.

Pero la vida es muy caprichosa.

Justo cuando Michelangelo ya había empaquetado sus pertenecías, pensando en retornar a Bolonia, el propietario de la posada, Mario Delpini, le anunció que una persona le estaba esperando.

Aquello le pareció extraño, no porque una persona preguntara por él, eso ya había sucedido con anterioridad, sino por el solemne tono que el propietario de la posada imprimió a sus palabras.

—¿De quién se trata? —le preguntó.

—No lo conozco y no me ha dicho su nombre.

—Entonces, ¿por qué tengo la sensación de que está impresionado?

—Creo que debería bajar cuanto antes —se limitó a responderle Mario Delpini, mientras desaparecía de su vista.

Así lo hizo Michelangelo.

Cuando vio a la persona que lo estaba esperando, comprendió el azoramiento de Mario. No era habitual ver en la posada a cardenales. Porque así iba vestido su misterioso visitante.

—Siento presentarme sin avisar —comenzó a explicarse—. Soy el embajador del rey Carlos VIII de Francia ante el Papa Alejandro VI. Mi nombre es Jean de Bilhères-Lagraulas.

Notando la turbación de Michelangelo, se apresuró a aclarar su presentación.

—Soy el Cardenal de Saint-Denis.

Michelangelo pasó del desconcierto al temor. No lo conocía en persona, pero sí que había oído hablar de él. Además, los franceses y su rey no le traían buenos recuerdos. Pensó que nada provechoso podría salir de aquel encuentro.

Esta vez, estaba equivocado.

—Ayer mismo, Su Santidad requirió de mi presencia en sus aposentos. Conocía que estaba buscando a un escultor para una tarea muy especial. Me recomendó que lo visitara y hablara con usted.

«¡Vaya con Alejandro VI!», pensó Michelangelo. «Me daba la impresión de que se había olvidado de mí, pero está claro que debe conocer mi precaria situación».

—Monseñor, soy un humilde escultor dispuesto a servirle para lo que precise.

—Como le decía, se trata de algo importante. La Iglesia desea una escultura de la Virgen María afligida, sujetando el cuerpo sin vida de Jesús. El Papa me ha dicho que es un maestro trasladando los sentimientos humanos al mármol. ¿Sería capaz de llevar el trabajo adelante, si dispone del tiempo necesario?

«¿Cómo sabe eso Alejandro VI?», se preguntó Michelangelo, aunque ahora no importaba.

—Por supuesto, monseñor.

—Quiero que represente la belleza, pero también el dolor.

—Será la viva imagen del corazón, donde conviven ambos sentimientos —le respondió Michelangelo.

El cardenal se le quedó mirando, impresionado por la respuesta de aquel joven escultor, que apenas tenía veintitrés años.

—Comienza ya. El bloque de mármol de Carrara ya está dispuesto en mi taller —dijo el cardenal, mientras se despedía y dejaba a Michelangelo frente a la eternidad.

Estuvo dedicando su alma casi un año a aquel encargo. Cuando por fin lo concluyó, se quedó observándolo, con verdadero orgullo.

De inmediato, hizo avisar al cardenal, que no tardó en presentarse. Lo primero que hizo, nada más ver la estatua terminada, fue arrodillarse ante ella y rezar.

—Es la composición escultórica más bella que he contemplado en mi vida —dijo, entre lágrimas—. No concibo que ninguna persona sienta el profundo dolor de la Santísima Virgen, en el monte Gólgota, con su hijo muerto en el regazo. Eso era precisamente lo que quería. Debo darte la enhorabuena por tu fantástico trabajo.

—Muchas gracias, monseñor. Es para mí un honor que me dedique tan bellas palabras.

—Observo que has representado la Virgen María con una edad parecida a la de su hijo. ¿Tiene alguna explicación más allá de su impactante belleza?

—La tiene, monseñor. Las mujeres castas conservan su aspecto lozano mucho más tiempo que las que no son castas. ¿Cuánto más, pues, una virgen en la que no surgió jamás el menor deseo impúdico? Tal frescura y flor de juventud, además de mantenerse en ella por causas naturales, posiblemente sea que fue ordenada por el Poder Divino para probar al mundo la virginidad y perpetua pureza de la Madre. En cuanto a Jesús, el Hijo de Dios, es un cuerpo humano sujeto a todos los males del hombre, excepto al pecado. No permitió que lo divino en él detuviera lo humano, sino que quiso que siguiera su curso y obedeciera sus leyes, como se probó en su tiempo. No se extrañe, pues, de que por todas estas razones haya hecho a la Santísima Virgen, Madre de Dios, mucho más joven en comparación con su Hijo. Al Hijo le he asignado toda su edad. A su Madre no.

El cardenal se quedó mirando a Michelangelo, pasmado. Aquellas palabras no parecían proceder de un escultor, sino de un teólogo. Quedó muy impresionado.

—Mandaré trasladar esta *Madonna de la Pietà* a la capilla del rey de Francia, en la *Iglesia de Santa Petronilla*, cerca de la sacristía de San Pedro —dijo el cardenal, todavía emocionado.

La estatua fue acogida en Roma como una de las obras maestras de su tiempo. De hecho, nadie conocía que su escultor fuera Michelangelo y pronto, otros artistas locales intentaron apropiarse de su autoría. Michelangelo no era vanidoso, pero quería permanecer en Roma y que le encargaran más trabajos, así que decidió hacer una cosa insólita. Grabó en la banda que cruzaba el pecho de María la siguiente inscripción:

MICHÆLANGELVS BONAROTVS FLORENTINVS FACIEBAT

Michelangelo ni se lo pudo imaginar, pero en el siglo XVIII, su famosa *Pietà* fue trasladada a su ubicación actual, la primera capilla del lado norte de la Basílica de San Pedro, y venerada por toda la cristiandad.

La escultura catapultó a la fama a Michelangelo en 1499 y pensó que lo había conseguido. Por fin podría permanecer en Roma y dedicarle al oficio que le apasionaba.

¿Había dicho que la vida es muy caprichosa?

Apenas un mes después de que su arte fuera reconocido, recibió una carta procedente de Su Santidad, Alejandro VI. Michelangelo esperaba algún tipo de felicitación por su parte, pero nada más lejos de la realidad.

Le expulsaba de los Estados Pontificios y le obligaba a retornar a su Florencia natal.

Su perplejidad al leer la nota fue mayúscula.

Aunque, en estos instantes, Michelangelo no lo supiera, todas las acciones del Papa Alejandro VI tenían su razón de ser.

En este caso, dos.

La primera era mala.

Y la segunda incierta.

40 EN LA ACTUALIDAD, DUBLÍN, IRLANDA, 16 DE ENERO

Nada más aterrizar con el *Falcon* en la terminal de vuelos privados del aeropuerto de Dublin, un coche que la estaba esperando la llevó directamente a la Embajada de España. Después de saludar brevemente al embajador, se apresuró a dirigirse al espacio que ocupaban los servicios de información. Aunque sabían que estaba de camino, no la esperaban tan pronto.

—¿Se sabe algo? —preguntó Tote, a modo de bienvenida.

—Nada todavía, jefa.

—¿Cómo es posible?

—Los de la GCS no están colaborando.

Tote se extrañó.

—Si me dijeras eso del *Directorate of Military Intelligence*, pues me lo creería. La inteligencia militar irlandesa siempre nos ha mirado con recelo, pero, ¿la *Garda*? Ellos nos han ayudado cada vez que se lo hemos pedido.

—No crea que tanto. Muchas veces se limitan a sonreír pero luego no hacen nada. El hecho de que Irlanda no disponga de un servicio de inteligencia unificado y que los militares y la *Garda*, con su *Garda Crime and Security Branch*, es decir, el GCS, vayan por libre, no nos facilita nada el trabajo.

—Ya lo sé, pero esperaba colaboración en este asunto concreto. Se trata de mi sobrina.

—Quizá precisamente sea por eso.

—¿Qué quieres decir, Benny?

Benny era el diminutivo por el que todo el mundo conocía a Benito Ivorra, el guardián de *La Casa* en Irlanda.

—Que su sobrina es diplomática rusa. Sabemos que llamó, desde el *St. Patrick's Hospital* a la embajada de ese país. Nuestros contactos nos informaron de que los rusos pusieron firmes a la *Garda*, amenazando con un conflicto diplomático.

Reconocerá que eso no es normal. Supongo que ahora se andarán con pies de plomo.

—Es posible —respondió Tote, pensativa.

—Si no le importa que le haga la pregunta, ¿quién es realmente su sobrina? Quizá esa información nos fuera de utilidad.

Tote bajó la cabeza.

—Catorce años conviviendo con ella y, hasta hace unos meses, no sabía que tuviera pasaporte diplomático. Sí que sabía que disponía de esa nacionalidad desde su nacimiento, por vía paterna, pero nada más. Cuando la visité, en mi último viaje aquí, hace apenas cinco días, se rio en mi cara cuando le pregunté si era diplomática de verdad. Lo negó y la creí, aunque no tengo una explicación para ello.

Benny se quedó mirando a su jefa con gesto serio.

—¿Realmente cree que no tiene explicación?

—¿Qué tratas de insinuar, Benny?

—No se ciegue por ser su sobrina. Creo que es consciente de lo que eso puede significar.

—¡Claro que lo soy!

—Además, no la tenemos fichada, ni siquiera hemos recibido información alguna acerca de ella de nuestros colegas europeos. Aunque se mueva libremente, en realidad me recuerda a un fantasma. Además, consigue eludirnos con una facilidad que apesta a profesional del gremio. ¿Oficina S?

Tote se sobresaltó de forma evidente al escuchar esa pregunta. La «Oficina S» era una rama del *Sluzhba Vnéshney Razvedki,* el servicio de inteligencia exterior ruso, conocido por sus siglas SVR. Eran los agentes encubiertos infiltrados más difíciles de localizar del mundo, precisamente porque no se «encubrían». Ninguno de ellos había nacido en Rusia y llevaban una vida normal. Tenían trabajo, familia y estaban arraigados en la sociedad. Nadie sospechaba de ellos. El CNI estimaba que, en España, operaban una docena. En cuarenta años, tan solo habían sido capaces de destapar a dos y, el último de ellos, había sido especialmente doloroso para Tote. Se trataba de su íntimo amigo y antiguo compañero en el Cuerpo Nacional de Policía, el inspector y detective Richie Puig. Su verdadero nombre era Alexei Golubev. Este hecho aún martirizaba hoy en día a Tote. Lo que no le podía contar a Benny, ya que no disponía de la suficiente acreditación de seguridad, es que la información para destaparlo provino de su sobrina. ¿Cómo iba a pertenecer Rebeca al SVR y, al mismo tiempo, informar al CNI de uno de sus activos más valiosos en España? Golubev había supuesto uno de los éxitos más notables de la inteligencia española en varios años y sin duda un gran golpe para el SVR ruso. Incluso Tote recibió una condecoración de la CIA, que tampoco tenía ninguna información acerca de las actividades clandestinas de Richie Puig.

—Eso no es posible, Benny. Tengo mis motivos para estar segura, aunque no puedo compartirlos contigo. Ya sabes, cuestiones de acreditación de seguridad. Tampoco es que te fueran a ser de gran utilidad en este caso. Debe existir otra explicación más simple para ese pasaporte. Mi hermana Cata y su marido Julián, es decir, los padres de Rebeca, fueron distinguidos como «Héroes de la Federación Rusa», su máxima condecoración. Nada que ver con temas nuestros. Fue por un acuerdo comercial muy ventajoso para los rusos en tiempos muy convulsos para ellos. Quizá por eso Rebeca disponga de ese pasaporte. Aún hoy en día recuerdan a la familia Rivera-Mercader con cariño.

Benny era perfectamente consciente de que ni siquiera su jefa se creía lo que estaba diciendo, pero de nada servía llevarle la contraria.

—Bueno, pues dejemos el tema del pasaporte ese —le respondió Benny—. En cualquier caso, estamos ciegos en este asunto sin la colaboración de los irlandeses. Sabe que no disponemos de efectivos suficientes para buscar a su sobrina por nuestra cuenta. ¿Qué quiere que hagamos?

—Si nosotros no podemos y los irlandeses no quieren, quizá tengamos que buscarnos a otros aliados.

—¿Los americanos? —preguntó Benny, sorprendido, adivinando el pensamiento de su jefa.

—Sabemos que la antena de la CIA en Dublín tiene mucho poder. Tú no sé si lo recordarás, ya que eres más joven que yo, pero cuando empecé a trabajar en *La Casa*, ningún servicio de inteligencia tenía el más mínimo interés en este país. Pero, durante los primeros años de este siglo, la cosa cambió radicalmente. Multitud de empresas tecnológicas y de sectores estratégicos como las comunicaciones se establecieron en Irlanda. Bob Baer, un antiguo colega de la CIA que trabajó en la antena de esta ciudad, solía decirme que Dublín le recordaba al Berlín de los años de la Guerra Fría. El espionaje industrial estaba y está a la orden del día. Sabemos que los americanos cuentan con uno de los «superordenadores» de la NSA. Se supone que la *National Security Agency* tan solo actúa en suelo americano, pero todos sabemos que consideran a Irlanda un objetivo estratégico de primer nivel, y que interceptan todas las comunicaciones del país, tanto civiles como militares. No me extrañaría que manejaran más información acerca de Irlanda que los propios irlandeses.

Benny asintió con la cabeza.

—No llegué a conocer a Bob Baer, ya que se jubiló mucho antes de que me destinaran a este puesto, pero sí que he oído hablar de él.

—Fue todo un personaje en su época. Incluso se llegó a rodar una película basada en su vida, creo que protagonizada por George Clooney, si no recuerdo mal. Pero volviendo al tema, ¿por qué tengo la sensación de que no te parece una buena idea?

—Supongo que conoce la especial relación de amistad que une a Elizabeth Chapman con James Walsh. Incluso las malas lenguas dicen que su colaboración va más allá del trabajo, ya me entiende.

Tote pareció sorprendida.

—Conozco perfectamente a Beth Chapman, mucho mejor de lo que te puedes imaginar. ¿Sabías que, recién salidita de Langley, su primer destino fue en Madrid? ¡Cómo ha progresado! Tengo que reconocer que es buena y se merece su puesto de jefa de antena en Dublín. En cuanto al jefe del *Directorate of Military Intelligence* irlandés, el coronel Walsh, eso es otro cantar. Es un mal bicho. No me puedo creer que estén liados.

—¿Aún cree que es prudente informarla de este asunto? —Benny seguía exhibiendo sus dudas.

—Si tuviera alguna otra alternativa, quizá me lo pensaría dos veces, pero, como tú bien has dicho, estamos ciegos en ese asunto. Resulta que ellos poseen las gafas que necesitamos. Y también los oídos.

—Tenemos a Rojas y a su equipo. No es que sean gran cosa comparado con el poder de la CIA, pero son muy buenos en su trabajo y de la casa.

Tote pareció alarmarse.

—¿El comandante Rojas y su equipo están en Dublín?

—¿No lo sabía?

—¡Claro que no! ¿Qué demonios hacen aquí? Yo no he autorizado ninguna operación en suelo irlandés.

—No lo sé. Ya sabe que siempre van un poco por libre y no tienen la obligación de informarme de sus actividades. Como usted ha dicho hace un momento, no dispongo de la suficiente acreditación de seguridad.

Tote estaba asustada, pero no quería reconocerlo delante de su subordinado. Eso podría complicar las cosas. Eran íntimos de Carlota y casi siempre iban de la mano. Su presencia en Dublín no podía ser casual, sobre todo en un momento como este. De todas maneras, decidió continuar con el problema de Rebeca. «Primero el uno y después el dos», se dijo.

—Voy a hablar con Beth —decidió Tote—. Me debe algún que otro favor del pasado. Intentaré darle la información mínima imprescindible, pero le pediré prestados sus oídos por unos días.

Benny seguía sin comprender a su jefa.

—¿Y cómo piensa hacerlo sin darle información acerca de Rebeca? Si le habla de ella, puede abrir la caja de Pandora.

«Me parece que esa caja ya se ha abierto», se dijo Tote, pensando en Rojas y su equipo.

Y en Carlota.

41 FLORENCIA, REPÚBLICA FLORENTINA, ENTRE 1499 Y 1505

—¿Qué sucede, padre?

—¿No te has enterado?

Era obvio que no lo había hecho. Su padre, al ver el gesto de incomprensión en la cara de Michelangelo, comenzó la explicación.

—Lo hemos pasado muy mal con el loco de Girolamo Savonarola detentando el poder absoluto en Florencia. Después de unos primeros meses conciliadores, mostró su verdadero rostro. Redactó una nueva constitución para la renombrada República Democrática de Florencia. Entre otras excentricidades, declaró a Cristo como rey de Florencia, creó un Gran Consejo de Estado, dominado por sus seguidores y eliminó todas las instituciones que, en el pasado, habían controlado la familia Medici. Ordenó perseguir a todo aquello que, según su dictamen, fuera en contra de las creencias religiosas. Por ejemplo, persiguió a los afeminados porque eran personas contra natura; la venta de alcohol porque distraía a los hombres y los desviaba de la senda divina; los cosméticos para las mujeres porque incitaban a la lujuria; los libros que no ensalzaran las virtudes morales, incluso tonterías como los espejos, los tableros de juegos antiguos o la ropa ajustada. Creo una «policía de la moral» para que fuese por las casas requisando todos aquellos objetos contrarios a las nuevas leyes. El 7 de febrero de 1497, en plena celebración del carnaval, organizó una gran «hoguera de las vanidades», como a Savonarola le gustaba llamarlas, donde se quemaron miles de objetos, entre ellos algunas pinturas de Botticelli e incluso tuyas. Destruyó una parte importante de nuestro patrimonio histórico y cultural, en nombre de Dios.

—¡Qué barbaridad! ¿Cómo le permitió el pueblo florentino llegar tan lejos? —preguntó un sorprendido Michelangelo.

Desde la distancia, no había tenido contacto con los sucesos que habían ocurrido en su ciudad natal.

—Mucha gente estaba en contra de estas acciones, pero temían ser asesinados por los seguidores de Savonarola. Se organizó un grupo contrario al fraile, llamados los *arrabbiati*, los enojados por sus excesos. Fueron masacrados por los enfervorizados seguidores del fraile, que creían que actuando de esa manera, se ganaban la vida eterna.

—¿Y nadie desde dentro de la Iglesia intentó pararle los pies? —Michelangelo no daba crédito a lo que estaba escuchando.

—Los franciscanos fueron los primeros. Francesco de Curia predicó desde su púlpito contra la falsa religión de Savonarola, pero corrió la misma suerte que los demás.

—¿Y el Papa de Roma? Durante mi estancia en Roma conocí a Alejandro VI y me causó una buena impresión.

—Savonarola se atrevió a atacar a la familia Borgia al completo, y eso incluía a Rodrigo, actual Alejandro VI. Acusó a toda su familia de incestuosa y pecadora, prediciendo que acabarían quemados en una gran hoguera de las vanidades.

—¿Y se lo consintió?

—Savonarola tenía mucho poder. Al principio, Rodrigo de Borgia le propuso nombrarlo cardenal. Ya sabes, más vale tener a tus enemigos cerca de ti. Todos pensaban que aceptaría la dignidad, pero la rechazó con palabras muy gruesas, llamándole el anticristo en la Tierra. Alejandro VI se dio cuenta de que con buenas palabras no conseguiría nada, así que, siendo el representante de Cristo, le prohibió que predicara la fe. También amenazó a todos los florentinos con impedir los sacramentos y evitar que fueran enterrados en camposantos. El pueblo de Florencia se giró hacia Savonarola. Aquello era muy serio. El fraile, lejos de amedrentarse, intentó convencer a los príncipes de la cristiandad para que se unieran a él y declararan que Alejandro VI no era el verdadero Papa de Roma. Rodrigo de Borgia respondió excomulgándole, pero ni eso lo detuvo. Tuvo que ser la muerte del rey francés Carlos VIII, su máximo valedor, el que inclinara la balanza.

—¿Cómo?

—Por una auténtica tontería. Savonarola, una vez perdido su principal apoyo, se vio obligado a subir el tono de sus manifestaciones. Así, se le ocurrió la estrafalaria idea de afirmar que podía obrar milagros. Los franciscanos, que le tenían muchas ganas, aprovecharon la arrogancia del fraile para que probara lo que decía.

—¿Pero cómo pretendía probar semejante disparate?

—Savonarola no tenía ninguna intención de hacerlo, pero los franciscanos se lanzaron a la calle, prepararon unas brasas en la *Plaza de la Señoría* e hicieron correr el rumor de que el fraile iba a demostrar su capacidad milagrosa andando sobre ellas. Evidentemente no se presentó, pero el pueblo sí. Ese fue el punto de inflexión. Perdió el control de las calles. Poco después fue hecho preso y, tras el proceso judicial, fue condenado a muerte. Como había sido excomulgado, ya no poseía ninguna dignidad eclesiástica, por lo que fue ahorcado como un criminal cualquiera y sus huesos quemados en una hoguera pública, el 23 de mayo del año pasado. Eso sí que fue una despedida a lo grande. ¡Quién se iba a imaginar que la única y verdadera hoguera de las vanidades acabaría con su vida!

—Vaya, no sabía nada de todo esto, aunque no creo que el Papa me haya expulsado de Roma para que me cuentes estos lamentables hechos ya pasados.

—Los hechos no, pero sí sus consecuencias.

—¿A qué te refieres?

—Ya te he dicho que Savonarola disolvió todas las instituciones de la época de los Medici. Entre ellas, el cuerpo de aduanas. Llevo casi cinco años sin trabajo.

Ahora, Michelangelo pareció comprenderlo todo.

—¿Por qué no me lo habías dicho antes? Nunca he sido un hombre con recursos, pero te hubiera ayudado.

—Hasta que llegaste a Roma y te convertiste en un escultor de éxito, ni siquiera sabía dónde te encontrabas.

—No poseo muchos fondos, ya que también pasé mi mala época en los Estados Pontificios, pero son todos tuyos.

—Eso no es todo.

—¿Qué más ocurre?

—No te pido nada para mí, pero debes prometerme que cuidarás de tus hermanos.

—¿Por qué dices eso?

—Porque me muero.

—¿Qué?

—Según el doctor, sufro una enfermedad en la sangre que me irá deteriorando poco a poco. No tiene cura conocida.

—¿Cuándo? —preguntó Michelangelo, con un nudo en la garganta.

—Días, meses o quizá uno o dos años. La ciencia no lo sabe con seguridad.

Michelangelo nunca se había llevado demasiado bien con su padre. Tenían ideas opuestas en casi todas las cuestiones importantes de la vida. Pero era su padre. Y también eran sus hermanos.

A pesar de ello, se abrazó con Ludovico. No recordaba cuál fue la última vez que lo hizo, si es que sucedió en alguna ocasión, que tampoco lo recordaba.

—Padre, no podré con todo —dijo Michelangelo—. Necesitaré trabajar para sacar a la familia adelante e intentar que estés con nosotros el máximo tiempo posible.

—Ahora, el gobernante *de facto* de la República Florentina es Piero Soderini. Lo conozco, ya que su familia tiene profundas raices en la ciudad, como la nuestra. Imagínate, su hermano Piero Antonio, era un firme seguidor de Savonarola. Su tercer hermano, Francisco, es el actual obispo de Volterra y era gran amigo de Piero de Medici. Y ahora, después de un convulso año, le toca gobernar Florencia. ¡Casi nada!

—Su familia o sus amistades pasadas no me importan. ¿Qué clase de persona y gobernante es?

—Como persona, diría que es educado e inteligente. Como gobernante es justo y moderado. Nada que ver con las estridencias pasadas de los Medici y de Savonarola. Parece que ha heredado lo mejor de cada uno.

—Eso son buenas noticias. ¿Tienes acceso a él?

—En épocas pasadas, el apellido de Buonarroti significaba algo en Florencia. Hoy en día no somos nadie. Ni tenemos influencias ni dinero. Somos invisibles.

—Pues tendremos que salir del anonimato. ¿Cómo puedo conseguir que me reciba?

—Dicen que es accesible y que el pueblo puede solicitar audiencias para hablar con él, pero no sé si es cierto. Nunca lo he intentado.

En ese mismo momento, escucharon como alguien llamaba a la puerta de su casa. Michelangelo se adelantó a su padre y marchó a abrir.

Eran dos guardias uniformados con los colores de la República Florentina. Michelangelo observó que iban armados.

—¿Qué desean?

Los guardias no le respondieron. Se limitaron a hacerse a un lado. Michelangelo vio a una persona con cara adusta y vestida completamente de negro. Si no fuera porque reconoció la calidad de sus paños, hubiese dicho que era un predicador cualquiera o, lo que era peor, un oficial de justicia.

—Supongo que tú debes de ser Michelangelo Buonarroti —dijo el desconocido.

—¿He contravenido alguna ley de la república? —preguntó, preocupado, recordando su llegada a Bolonia y su inmediata detención por los guardias—. Si es así, le juro que no soy consciente de ello.

Llevaba muchos años fuera de Florencia y desconocía las cuestiones que podrían haber cambiado en su ausencia.

—Parece que tienes poderosos amigos —dijo el desconocido—. ¿Nos permites pasar a tu casa? No me gustaría mantener esta conversación en la calle.

Michelangelo observó como el séquito estaba atrayendo la atención de algunos vecinos.

—No, por supuesto —le respondió—. Pueden pasar.

Los dos guardias, acompañados de aquel extraño personaje, entraron hasta el salón. Cuando Ludovico vio de quién se trataba, no pudo evitar levantarse a toda prisa de su sillón y cederle su puesto. El desconocido le indicó con un gesto de su mano que permaneciera sentado. Ocupó una de las sillas que se encontraban alrededor de la mesa. Los guardias permanecieron en pie, impasibles.

«Mi padre lo ha reconocido y, por su cara de espanto, debe tratarse de alguien con poder», pensó

Y tanto.

—Soy Piero Soderini.

La sorpresa de Michelangelo fue monumental. Apenas unos minutos atrás estaba hablando de cómo podía concertar una audiencia con el gobernante *de facto* de la República Florentina, y ahora lo tenía sentado en el salón de su residencia familiar.

—Lo siento. Yo no le conocía ni sabía que…

—¡Basta! —le interrumpió Piero—. Ya sé que acabas de llegar de Roma, después de una ausencia de Florencia de más de siete años. Comprendo tu azoramiento, pero, como te decía al principio, tienes poderosos amigos.

Michelangelo no comprendía qué quería decir, pero consideró que era mejor guardar silencio y esperar a las explicaciones de aquella persona.

—Aunque todos los días reciba a alguna persona de la clase llana florentina, lo hago en el Palacio. No creas que es habitual que yo me desplace a sus domicilios.

Michelangelo seguía en silencio. No sabía qué decir.

—Esto te pertenece —dijo, mientras le entregaba una nota lacrada.

Al ver el sello de la nota, Michelangelo empezó a atar hilos. Se trataba del mismo que había visto en la residencia de Messer Gian Francesco Aldovrandi en Bolonia. Pero el sello no era suyo. Cuando llegó a Roma descubrió que era el escudo de armas del propio Papa, Alejandro VI.

Se quedó aturdido, sin saber muy bien qué hacer.

—¿No lo piensas abrir? Por la expresión de tu rostro, creo que conoces a su remitente.

—Sí, Su Señoría —dijo torpemente, mientras rompía el lacre y abría la nota.

La miró una vez, dos veces y hasta tres.

—¿Esto qué significa? —preguntó.

—Tú sabrás. La nota iba dirigida a tu persona —le respondió Piero Soderini.

Michelangelo volvió a mirar la nota. Tan solo había una palabra escrita en ella, que no tenía ningún sentido.

—Supongo que no se habrá dignado a acudir a nuestra residencia tan solo a traerme esta nota.

—No te creas, que Rodrigo Borgia me lo pidió expresamente. Pero tienes razón. El motivo de mi visita también es otro. Parece que te has ganado una gran reputación en Roma como escultor, sobre todo después de la *Madonna della Pietà.*

—No es para tanto. Míreme. Aquí estoy, en Florencia y sin trabajo para poder mantener a mi familia, que está pasando apuros.

Piero Soderini sonrió por primera vez desde que entrara en la casa.

—Tienes raíces florentinas, así que supongo que un artista como tú conocerá la historia de nuestra catedral. Como sabrás, la supervisión de las obras de la Catedral de Florencia está en manos de los miembros de gremio del *Arte della Lana.* Hace casi un siglo, encargaron doce esculturas para decorar los contrafuertes de la catedral. Sesenta años antes de que tú nacieras, dos de ellas ya fueron esculpidas bajo la supervisión de Donatello. En 1464, encargaron la tercera a Agostino di Duccio. Se le facilitó un enorme bloque de mármol de Carrara para que pudiera esculpirla. Cuando falleció Agostino, se hizo cargo de su labor Antonio Rossellino. Hasta hoy.

—¿Qué quiere decir con eso?

—Que ni Agostino ni Rossellino completaron jamás su proyecto. Ahora parece que los miembros del *Arte della Lana* están buscando un escultor para que continúe la labor inacabada.

Michelangelo pareció volver en sí.

—Yo podría hacerlo —exclamó con un entusiasmo contenido.

—Te advierto que están sondeando a otros escultores. Me constan contactos con Leonardo da Vinci y con Andrea Sansovino, artistas cuya fama es superior a la tuya, como ya sabrás.

—¿Alejandro VI le ha indicado que me dé a mí el trabajo? —preguntó Michelangelo, que no acababa de comprender la situación.

Piero volvió a sonreír.

—No exactamente. Para empezar, son los miembros del *Arte della Lana* junto con los representantes de la *Ópera del Duomo* los que tienen que decidir y no yo. Rodrigo de Borgia tan solo me pidió que te acompañara a la catedral para que pudieras observar la pieza de mármol y el estado en la que se encuentra.

—¿Y a qué esperamos?

Piero Soderini hizo un gesto a sus guardias. En apenas un minuto, Michelangelo estaba subido en un carruaje camino de la catedral de Florencia. Cuando llegaron, les estaban esperando. De inmediato les dieron acceso al patio del taller de la catedral.

El entusiasmo original de Michelangelo se precipitó por un profundo barranco.

—Es enorme. Debe pesar casi diez toneladas —acertó a decir.

—¿Y esa es la causa de ese gesto de decepción que observo en tu rostro? —le preguntó Piero.

—Claro que no. Esto no es un simple bloque de mármol de Carrara de gigantescas proporciones. El tamaño me da igual. Pero hay un serio inconveniente y es que ya está trabajado. Se aprecian con claridad las formas de las piernas, los pies y el torso. Además, están esculpidas de forma muy tosca. Eso limita mucho el resultado del trabajo final.

—Por eso precisamente quieren al mejor, para que sea capaz de extraer belleza y armonía de este pedazo de mármol medio echado a perder, después de permanecer a la intemperie más de veinticinco años.

«Belleza y armonía», pensó Michelangelo. «Eso lo puedo lograr yo».

En ese momento, aparecieron por sorpresa los doce miembros del gremio del *Arte della Lana.*

—¿Aceptarías el encargo? —le preguntó uno de ellos.

Antes de que Michelangelo pudiera contestar, otro de ellos se le adelantó.

—Te advierto que las condiciones no son muy buenas. El trabajo debe estar concluido en dos años y nos haremos cargo de tu mantenimiento y el de tu familia. No andamos muy sobrados de fondos.

El entusiasmo inicial de Michelangelo había disminuido de forma notable. Confiaba en su habilidad como escultor para sacar adelante aquel gigantesco y estropeado bloque de mármol, pero comprometerse por dos años a cambio de comida y garantía de techo le pareció una miseria. Ahora gozaba de cierta fama, y quizá, en tan largo espacio de tiempo, recibiera otros encargos más lucrativos.

—Te hemos elegido a ti por encima de otros escultores. Ya sabemos que las condiciones del contrato no son las mejores, pero debes de tomártelo como un reto.

Un escalofrío recorrió la espina dorsal de Michelangelo. Esa era precisamente la palabra que le había escrito el Papa Alejandro VI en la misiva que acababa de recibir.

Reto.

—Acepto —dijo, de forma espontánea.

—Estupendo —dijo Piero Soderini, que parecía que se había quitado un gran peso de encima, nunca mejor dicho.

—Redactaremos el contrato lo antes posible y te lo haremos saber. Mientras eso sucede, nos haremos cargo de todos los gastos de tu familia.

Menos mal, porque hasta el 16 de agosto de 1501, más de un año después de aquella conversación, no recibió el contrato. Casi se había olvidado de aquel gigantesco bloque de mármol de Carrara, ya que se había entretenido con encargos menores de adinerados florentinos. Cuando tuvo el contrato entre sus manos, le echó un vistazo por encima y estampó su firma. No quería arrepentirse.

Los cónsules del Arte della Lana y los señores capataces reunidos, han elegido como escultor de dicha catedral al digno maestro Michelangelo, hijo de Lodovico Buonarroti, ciudadano de Florencia, con el fin de que pueda esculpir, rematar y llevar a la perfección la figura masculina conocida como El Gigante, de más de cinco metros de altura, ya trabada en mármol por el maestro Agostino de Florencia, mal tapada y ahora guardada en los talleres de la Catedral. La obra deberá ser concluida dentro del plazo y término de los dos años siguientes, contados a partir del día primero de septiembre. El salario se establece en seis florines dorados al mes.

Michelangelo comenzó los trabajos en la mañana del 13 de septiembre de 1501. Le esperaba una tarea colosal de incierto resultado. Se aisló del mundo y comenzó a esculpir aquella gigantesca mole. Para ello había exigido la construcción de un cobertizo de madera cercano a la catedral, para poder trabajar sin ser molestado. Nadie debía ver el resultado de su obra *El Gigante* hasta que el propio Michelangelo lo considerase oportuno.

Sin excepciones.

Se consideraba un perfeccionista, no como Donatello. Las esculturas de este último lucían magníficas desde la distancia, pero, cuando te aproximabas a ellas, veías con claridad la falta de pulido y los defectos en los pequeños detalles.

Nadie le molestó, pero fueron dos años muy duros. Como era habitual en Michelangelo, se aisló del mundo hasta que consideró que había sacado todo el partido posible a aquella imperfecta mole de mármol. Ni siquiera sabía si su padre seguía vivo.

Cuando los miembros del gremio del *Arte della Lana* y los de la *Ópera del Duomo* observaron *El Gigante* por primera vez, no pudieron creer lo que estaban contemplando.

Michelangelo había conseguido la perfección desde la imperfección.

Aquello era diferente a todo lo que habían visto con anterioridad, a pesar de que era una representación escultórica que ya se había ejecutado en muchas ocasiones anteriores.

Pero no así.

Todos se dieron cuenta de inmediato que este *David* era único.

Donatello y Verrocchio lo habían representado como el héroe que ya ha vencido a Goliat, victorioso sobre su cabeza. Andrea del Castagno lo había pintado en pleno movimiento, con la cabeza de Goliat a sus pies.

Pero nadie se había atrevido a esculpir un *David* sin Goliat.

Y no solo eso.

Michelangelo había esculpido su gigantesca estatua momentos antes del combate. En lugar de exhibir su victoria sobre un enemigo mucho más grande que él, Michelangelo muestra la tensión en todos los músculos de su cuerpo, listo para la batalla. Su cuello y su ceño captan la tensión de aquel momento previo. Las venas sobresalen de su mano derecha bajada, en señal de excitación y de extrema tirantez. Su mano izquierda sostiene un cabestrillo que cuelga sobre su hombro y baja hasta su mano derecha, que sostiene el propio mango del cabestrillo. La desnudez refleja la historia de David como se indica en la Biblia. El giro de su cuerpo trasmite la sensación de que está a punto de moverse, conseguida a través de la técnica del *contrapposto*, que se utiliza para describir una figura humana de pie con la mayor parte de su peso sobre un pie. Así se logra el efecto de que sus hombros y brazos giren fuera del eje de las piernas y caderas en el plano axial.

Todos eran conscientes de que estaban contemplando la eternidad, una de las esculturas inmortales.

Cuando lograron volver en sí, se les planteó un problema que no habían contemplado. Se trataba de una escultura de más de cinco metros de altura y un peso superior a las cinco toneladas. Una mole así no era fácil de trasportar.

Hasta un año después de la finalización de la escultura, en 1504, no se decidió su emplazamiento definitivo. Después de un acalorado debate en el que participaron Leonardo da Vinci, Sandro Botticelli y otros artistas de renombre, se acordó situar la estatua en la plaza que daba entrada al *Palazzo della Signoria.*

Pero había que moverla.

Antonio da San Gallo, Baccio d'Agnolo, Bernardo della Cecca y el propio Michelangelo se asociaron en la colosal tarea de trasportar al gigante desde el taller de escultura, junto al Duomo, hasta la *Piazza della Signoria.* El *David* estaba encerrado en tablones y suspendido verticalmente con el soporte de grandes vigas. Tardaron cuatro días en llegar a la plaza. Necesitaron la fuerza de más de cuarenta hombres para poder moverlo, y catorce troncos para que pudiera rodar. Hasta el 8 de junio de 1504 no consiguieron colocarlo en el pedestal donde, con anterioridad, habían retirado la escultura en bronce de Donatello, *Judith y Holofernes.*

Hasta ese momento, Michelangelo había permanecido aislado del mundo, pero ahora era feliz. Por fin había terminado la escultura más complicada que había realizado en su vida y su padre, de forma milagrosa, seguía con vida, aunque fuera una vela casi consumida.

Pero las alegrías nunca habían sido duraderas en la vida de Michelangelo.

Acababa de fallecer el Papa Alejandro VI y el actual pontífice, Julio II, le ordenaba que regresara a Roma.

Ahora que quería quedarse en Florencia con su familia, se veía obligado a partir. No pudo evitar rememorar con dolor los días de su niñez, cuando su padre se lo llevó de *Villa Settignano*. Allí había sido feliz por primera vez en su vida, pero se la arrebataron. Luego saboreó las mieles con su compañero del alma Francesco Granacci, y también se lo arrebataron. Ahora le iban a arrebatar el poco tiempo que le quedara de vida a su padre.

«Jamás en este mundo habrá paz para Michelangelo Buonarroti», pensó, sintiéndose derrotado después de la euforia.

No hay peor sentimiento.

«Tan solo soy lo que, a duras penas, sobrevive de mí».

42 EN LA ACTUALIDAD, 17 DE ENERO

«¿Dónde estoy?».

Rebeca acababa de recuperar el conocimiento. Estaba recostada en una cama. Intentó mirar a su alrededor, pero todo lo que pudo ver era oscuridad, como un fundido a negro. Tenía la sensación de que su cabeza le iba a estallar, del intenso dolor que sentía. Además, estaba ligeramente mareada y con ganas de vomitar. No le costó demasiado reconocer esos síntomas.

«¡Me han drogado!», exclamó para sus adentros.

Aunque estaba un tanto confundida, recordaba perfectamente que perdió el conocimiento mientras estaba manteniendo una conversación en la casa de Allison.

No entendía nada.

«¿Para qué querría Allison darme algún tipo de narcótico?», pensó, sin comprender la situación. «Llevaba dos meses intentando desentrañar el misterio de mi supuesto intento de suicidio y me dio pistas muy valiosas. Me demostró que se había preocupado por mí».

Algo no le cuadraba en todo este asunto.

Intentó levantarse de la cama.

En vano.

Fue entonces cuando se dio cuenta de que estaba atada de pies y manos.

«¿No estaré otra vez en el *St. Patrick's Hospital*?», pensó Rebeca. Era posible que le hubiesen atado para evitar que se fugara.

Después de unos instantes, descartó esa idea. No se escuchaba ni el más mínimo ruido, y recordaba que el hospital era un lugar muy concurrido. «Y no creo que tengan una zona secreta y a oscuras para casos como el mío. Además, no me imagino a la amable *Dora la exploradora* atándome a una cama», pensó, intentando buscar un toque de humor a una situación que no la tenía.

Apenas unos instantes después de concluir sus pensamientos, sonrió, porque sí la tenía.

«¿Quién se creen que soy? ¿Una joven e inocente *Scout* de excursión en un campamento de verano lleno de adolescentes? Me parece que alguien se va a llegar una sorpresa».

En apenas un minuto ya se había desprendido de las ataduras de sus manos, y en otro más las de sus piernas. Ya era libre de poder levantarse, aunque seguía sin ver nada.

Se sentó en la cama. Sabía que, en un par de minutos más, sus ojos se acostumbrarían a la oscuridad y sería capaz de vislumbrar donde se encontraba.

Así fue y, cuando lo hizo, se llevó una gran sorpresa.

La habitación no tendría más de cuatro metros cuadrados. Las paredes eran de ladrillo sin ningún tipo de pintura y parecían sólidas. Había una pequeña ventana tapada con una plancha de hierro, para que la luz no penetrara en la estancia. También pudo observar, en un extremo, una puerta metálica con una pequeña abertura en el centro, aunque también parecía tapada.

Estaba claro que aquello no era una cama de un hospital. Era el camastro de una celda. Se encontraba encerrada en una cárcel.

Cuando lo comprendió, se levantó de la cama. En primer lugar, se dirigió a la ventana. La plancha de hierro que la tapaba parecía muy sólida. Tocó las paredes. Como ya había supuesto, los muros eran firmes y de un espesor considerable. Con la puerta sucedía lo mismo. Aunque era bastante antigua, parecía también sólida y pesada.

«¿Qué clase de cárcel es esta?», pensó, al mismo tiempo que su mente deducía la respuesta. Ninguna prisión actual era así. Estaba claro que se encontraba en una especie de zulo, una cárcel clandestina. Sabía que existían este tipo de instalaciones, generalmente dirigidas por servicios de inteligencia para llevar a cabo interrogatorios clandestinos. Solían situarse en zonas remotas, para evitar ser descubiertas.

Cuando comprendió su situación, volvió a sentarse en la cama, tratando de aclarar sus ideas. Le quedó claro que, por algún motivo que desconocía, Allison la había drogado. Estaban solas en su casa cuando perdió el conocimiento, no cabía otra explicación. Después, supuso que le había trasladado a este sórdido lugar.

Pero había una cuestión que seguía sin cuadrarle.

¿Para qué?

Ya la tenía en su casa y le había convencido de quedarse con ella. No tenía ninguna intención de escaparse. ¿Qué necesidad tenía Allison de encerrarla en un zulo? No tenía ni pies ni cabeza.

«¿Y si no fue ella la que me drogó?», se aventuró a pensar. Era cierto que había perdido el conocimiento en su casa, pero desconocía si había sucedido lo mismo con Allison. «¿Y si ella también ha sido secuestrada?». Desde luego, era una posibilidad.

Pensó en ella.

Allison era una simple profesora universitaria. No se la imaginaba con los recursos suficientes como para disponer de una instalación clandestina como aquella. Por otra parte, había dejado su trabajo de forma temporal para investigar su intento de suicidio. Rebeca le había observado con detenimiento y no le había mentido. Además, la situación apestaba a operación de algún servicio de inteligencia. Pensó en los irlandeses, pero los descartó de inmediato. Después de haber tenido que dejarla marchar del hospital, al recibir una llamada de la embajada rusa en Dublín, no creía que se atrevieran con algo así. Si se descubría, sin duda supondría un auténtico escándalo diplomático, y le constaba que los irlandeses no lo deseaban en absoluto. Pocas opciones le quedaban. ¿Los americanos? Era una posibilidad más cierta, ya que, a estas alturas, ya sabrían que viajaba con un pasaporte diplomático ruso y también conocerían que, en realidad, no era ninguna diplomática. La CIA veía fantasmas por todas partes y no le extrañaría que hubieran podido suponer que era una espía. Pero, ¿para qué encerrarla en una cárcel de ese tipo? Tampoco tenía demasiado sentido. ¿Y España? También podría ser. Su tía Tote tenía muchas influencias y se llevaba bien con el comisionado Harris. Pero volvía a la misma pregunta de siempre, ¿para qué? Tampoco le encontraba sentido.

Dado que sentada en la cama no había aclarado su mente, decidió pasar a la acción. El zulo quizá dispusiera de muchas medidas de seguridad, pero seguro que encontraba algún punto débil. Al menos eso quería pensar.

Se dirigió hacia la ventana. Estaba cegada con una plancha de hierro sólidamente remachada. Miró por todas las esquinas y la golpeó con los nudillos. Le quedó claro que tendría, al menos, un centímetro de grosor. Sin ningún tipo de herramienta, era imposible poder desmontarla.

Miró el camastro. Tampoco disponía de nada metálico. Se trataba de un simple colchón sobre el suelo.

De repente, algo llamó su atención.

A un costado de su cama pudo ver su pequeño bolso.

«¿Me secuestran y dejan mi bolso a mi lado?», pensó, confundida. Cada vez le encontraba menos sentido a toda la situación. Lo abrió de inmediato. Lo primero que vio fue su teléfono móvil. Apenas tenía batería, pero aún funcionaba. Intentó hacer una llamada, pero no tenía cobertura, ni siquiera funcionaban las llamadas de emergencia. Nada más de su interior le podía ser de utilidad. No acostumbraba a llevar ningún soplete portátil ni nada parecido que le pudiera ayudar.

Se dirigió a la puerta. Repitió el mismo proceso que había seguido con la ventana. Su grosor era considerable y también estaba fuertemente remachada. Todo el conjunto desprendía un aroma de vieja prisión de siglos pasados reconvertida en cárcel clandestina.

«¿Dónde estoy? ¿En la cárcel del Conde de Montecristo?», pensó en tono de humor, una vez más intentándose dar ánimos.

Por un momento pensó en utilizar sus técnicas de artes marciales contra la puerta. «Vaya tontería», se dijo. «Como si una patada de *Muay Thai* fuera a poder con una sólida puerta de hierro de más de diez centímetros de grosor».

No había terminado su pensamiento cuando ejecutó un *Te Chiang*, una patada lanzada desde abajo y dirigida hacia el centro de la puerta, justo donde se encontraba la pequeña apertura que serviría para echar la comida a los presos.

Rebeca se quedó sin habla.

La sólida puerta de hierro se abrió, causando un notable estruendo.

«¡Estaba abierta!», casi gritó en sus pensamientos. Ese detalle no se le había ocurrido comprobarlo. Desde el principio supuso que estaría cerrada. «¿Quién me encierra en una cárcel, me deja mi bolso al lado de la cama y no cierra la puerta de la celda?».

Rebeca no salía de su asombro.

Abandonó su cuartucho y volvió a mirar a su alrededor. Aquello no se asemejaba a una cárcel, más bien parecía un antiguo palacete de siglos pasados. «Quizá una antigua fortaleza o algo así», pensó, mientras intentaba buscar la salida.

Todo parecía estar tapiado. No encontraba ningún hueco por donde escapar, pero tan solo había recorrido una fracción de la extensión de aquel palacio, fortaleza o lo que fuera.

De repente, se puso en guardia. No le cabía ninguna duda. Había escuchado al menos una voz, en la distancia.

No estaba sola.

Tratando de hacer el mínimo ruido posible, se dirigió hacia el lugar desde donde provenía aquella voz. No le costó demasiado alcanzarlo. Pensó en gritar advirtiendo de su presencia, pero se contuvo. Quienquiera que fuese, podría ser su captor.

«¡Ahora!», se dijo, mientras giraba la esquina, preparada para lo que fuese.

Para lo que fuese no.

43 ESTADOS PONTIFICIOS, MAÑANA DEL 27 DE FEBRERO DE 1505

—¡Adelante! —escuchó Michelangelo desde el otro lado de la puerta.

Ya había estado otra vez en el interior de esa estancia. En aquella ocasión le costó dos intentos y consiguió entrar gracias a que se encontró por casualidad con Su Santidad, Alejandro VI, saliendo de la basílica.

Ahora había sido todo mucho más sencillo. Ya lo estaban esperando y le facilitaron el acceso de inmediato.

Michelangelo entró en la estancia con rapidez, tanta que sorprendió a Julio II guardando apresuradamente en un paño lo que parecía ser un pequeño objeto.

—Vaya, me has pillado —dijo Julio II, a modo de bienvenida.

Michelangelo se había informado acerca de Julio II antes de acudir a su encuentro. Rodrigo de Borgia, es decir, Alejandro VI, había fallecido mientras él se encontraba ocupado con el *David*, el 18 de agosto de 1503. A su muerte, se produjo un enfrentamiento entre la familia Borgia y la familia della Rovere. Con tal de evitar que la hostilidad pasara a mayores, Giuliano della Rovere dio su apoyo al cardenal Francesco Nanni Todeschini Piccolomini, que adoptó el nombre papal de Pio III. Era un hombre mayor y con serios problemas de salud, por ello su pontificado apenas duró 26 días. Michelangelo tampoco se había enterado ni de su nombramiento ni de su muerte. Cuando falleció, Giuliano Della Rovere maniobró para sobornar a Cesare Borgia y alcanzar la dignidad de Papa. Fue uno de los cónclaves más breves de la historia, ya que le votaron todos los cardenales excepto dos, y uno de ellos fue él mismo.

Pero no lo conocía personalmente. Lo que vio frente a él fue un hombre cuyo rostro rezumaba determinación, fuerza y poder.

—Que le he pillado, ¿en qué?

—Bueno, supongo que no importa. Total, ya lo has visto.

Michelangelo no había visto nada, así que permaneció en silencio.

Giuliano della Rovere, ahora Papa Julio II, abrió el paño que estaba encima de su mesa. En su interior había una piedra preciosa.

Michelangelo no entendía demasiado de gemas, pero sabía reconocer la perfección y la belleza en las cosas.

—¿Lo puedo tomar entre mis manos? —preguntó, impresionado.

—Por supuesto.

Michelangelo lo observó de cerca, con mucho más detenimiento.

Al ver el interés que Michelangelo demostraba por la gema, Julio II continuó con su explicación.

—Aunque no lo creas, este extraordinario y único diamante amarillo, de 137 quilates, ha llegado hasta mí poder procedente de Florencia.

—Es mi ciudad natal y jamás había conocido de su existencia.

—Bueno, la familia de banqueros alemanes Fugger se lo vendieron a Cosimo de Medici. También lo poseyó Lorenzo de Medici, que creo que fue uno de tus primeros mecenas. El amor de la familia Medici por los diamantes era legendario. Incluso en un mosaico en el suelo en la propia *Biblioteca Laurenziana*, en el complejo de la Basílica de San Lorenzo, aparecen representados cuatro anillos de diamantes entrelazados. A pesar de ello, la familia Medici nunca lo expuso al público. Tenía la intención de utilizarlo como garantía en operaciones financieras, ya que se le atribuye un elevado valor. Durante la estancia de la gema en tu ciudad natal, se le atribuyó el nombre de *«Diamante Florentino»*, ya que, hasta entonces, no tenía un nombre más allá de que algunos se refirieran a él como *«Austrian Legendary Lineage of India»*. *«Austrian»* porque supongo que pasaría por manos de alguna persona de ese archiducado. En cuanto a *«Legendary Lineage of India»* está más claro, ya que fue extraído de unas minas en la India. Supongo que fue más fácil llamarlo *«Diamante Florentino»* que ese largo y absurdo nombre. Así ha quedado para la posteridad.

—¿Cómo ha llegado hasta sus manos? —preguntó Michelangelo, fascinado por la historia de aquella extraordinaria gema.

—A través de una carambola. Figuraba como garantía en una operación en la que mi familia tenía intereses. No se efectuó el pago a su debido tiempo y ejecutamos la garantía, que era este raro diamante. Ahora mismo me lo acaban de traer, por lo que es la primera vez que lo veo, como tú. Te aseguro que también me ha impresionado, por eso me he entretenido más de la cuenta observándolo y me has pillado cuando has entrado a mi despacho.

—¿Cómo es posible que la naturaleza cree estas piedras preciosas con tanta perfección?

—Ya sabes que la naturaleza no las crea en este estado. Son talladas por expertos joyeros para que luzcan así.

—Sí, claro, pero dentro de ellas está la belleza. La talla me da igual. Sucede lo mismo con los bloques de mármol de Carrara. La naturaleza crea esa grandiosidad, y luego los escultores nos limitamos a extraerla de su interior en forma de esculturas.

—Bueno, es una manera de verlo —dijo Julio II, no muy convencido por el punto de vista de Michelangelo.

—¿Podría verlo con una lente de aumento? Me fascinan sus formas.

—Claro —le respondió el Papa, entregándole un pequeño instrumento.

Michelangelo lo aplicó sobre la piedra preciosa.

—Es increíble —dijo.

—Lo es, por eso tiene un gran valor.

—Aunque veo ciertas imperfecciones en su interior —apuntó Michelangelo, que estaba como hipnotizado por aquella gema.

—Los únicos diamantes que se pueden considerar químicamente puros y con una cristalografía perfecta son los trasparentes, aunque, en realidad, casi ningún diamante lo es. Los diamantes de colores son una rareza de la naturaleza. Los hay rojos, amarillos, rosas, verdes, púrpura, marrones, azules e incluso negros, y seguro que me olvido algún color, pero eso no es lo importante. En numerosas ocasiones, los diamantes imperfectos tienen mucho más valor que los perfectos.

—Eso lo entiendo —dijo Michelangelo—. En la imperfección también hay belleza.

—En ocasiones, mucha más belleza. Y eso tiene un precio. Ya te has dado cuenta de que el *«Diamante Florentino»* presenta varias imperfecciones en su interior. Eso, junto a su bello e intenso color amarillo, lo convierte en una pieza única. Son las diferencias las que marcan la excelencia, no la propia excelencia en sí misma.

Michelangelo no podía estar más de acuerdo con esas palabras. Aunque era un perfeccionista en su trabajo, debía de reconocer que las esculturas que más le habían impresionado eran las que el artista le daba su toque personal, añadiendo o quitando algún elemento que se esperaba que estuviera en ese lugar.

—Tengo entendido que tu *David* ha causado verdadera impresión en Florencia.

—Eso parece. He recibido alabanzas de maestros escultores que me ruboriza repetir.

—Y, sin embargo, tampoco es una escultura perfecta.

Michelangelo se quedó en silencio, pensando a qué se refería el Papa. No tardó en caer en la cuenta.

—¿Se refiere al músculo?

—Sí. Ya sé que no fue culpa tuya porque te entregaron el bloque de mármol ya trabajado y mal conservado.

—Es cierto que, entre la columna vertebral y el omóplato derecho hay un hueco que no debería existir, pero es que no quedaba mármol en ese espacio. No pude evitarlo. No quise rellenarlo, ya que la estatua perdería la propia esencia del bloque de mármol.

—Esa imperfección hará más grande todavía a tu escultura, como los defectos de este diamante lo han convertido en legendario —dijo, mientras tomaba la gema entre sus manos, la envolvía en el paño y la guardaba en uno de los cajones de su mesa.

Michelangelo observó el proceso con atención y esperó a que Julio II le contara el verdadero motivo por el que lo había llamado a Roma. Estaba claro que no había sido para enseñarle ese raro y bello diamante.

—Bueno, lo primero que quiero que sepas es que ordené expulsar a toda la familia Borgia de Roma. Ahora están en España, de donde procedían. De hecho, el mismo día que tomé posesión como Papa emití una *damnatio memoriae*, que, como sé que hablas latín, comprenderás que es una condena de la memoria. Por si te interesa, aquí la tienes —dijo, extendiéndole un papel.

«No viviré en las mismas habitaciones que los Borgia. Alejandro VI profanó la Santa Iglesia como nunca antes. Usurpó el poder papal con la ayuda del demonio, y prohíbo bajo pena de excomunión que nadie hable o piense de nuevo de los Borgia. Su nombre y su memoria deben ser olvidados. Debe ser tachado de cada documento y memorial. Su reinado debe ser borrado. Todas las pinturas hechas de los Borgia o para ellos deben cubrirse con crespón negro. Todas las tumbas de los Borgia deben ser abiertas y sus cuerpos deben ser enviados de regreso a donde pertenecen, a España»

—Vaya —dijo Michelangelo.

—Este despacho es el último vestigio de los Borgia. Pronto será reformado y se le dará otro uso. Te informo de todo ello porque creo que mantenías cierta relación de complicidad con Rodrigo de Borgia. Conmigo no la encontrarás.

—¿Me ha llamado a Roma para decirme eso? —Michelangelo estaba desconcertado. Había estado aislado varios años y no se desenvolvía bien en temas políticos.

—Claro que no. Tan solo te lo he comentado para que quede claro que nuestra relación futura empieza de cero.

—¿Qué relación?

—Para eso he mandado que vinieras hasta Roma. Tengo que reconocer que la serena belleza de la *Madonna della Pietà* ya me impresionó, pero se trataba de una simple escultura. Ahora, lo que has conseguido con el *David* es de proporciones gigantescas.

—No le entiendo, Su Santidad.

—Es muy simple. Ya sabía que eras un extraordinario escultor, pero ahora me has demostrado que te manejas igual de bien con trabajos más grandes.

—Era el tamaño del bloque de mármol. Yo no lo elegí.

—Pero yo a ti sí.

—¿A qué se refiere?

Julio II se lo contó.

Michelangelo jamás se podría haber imaginado una cosa así.

—Su Santidad, ¿sabe lo que me está pidiendo?

—Que entres en la eternidad conmigo.

44 EN LA ACTUALIDAD, 17 DE ENERO

—Es todo un placer verte de nuevo.

—Lo mismo digo, Beth. ¿Cuándo fue la última vez que nos tomamos un café juntas?

—En Madrid, hace unos quince años. ¡Cómo ha pasado el tiempo!

—Para mí, desde luego —dijo Tote—, pero, para ti, no lo parece.

Elizabeth Chapman y Margarita Rivera estaban tomando un café, justo enfrente de la Embajada de los Estados Unidos en Dublín. Elizabeth, o Beth para los amigos, era una mujer de unos cuarenta años, de 1,80 metros de estatura, rubia y con ojos azules. De joven ya era guapa, pero la edad le había sentado de maravilla. No se podía decir lo mismo de Margarita Rivera, conocida por Tote. Además de tener algunos años más que Beth, había engordado de forma evidente desde la última vez que se vieron.

—Nos conocimos cuando apenas tenía veintitrés años. Ya ha llovido desde entonces, aunque no me puedo quejar —dijo Beth—. No sé si sabes que me casé.

—¿Tú? ¿Te casaste? ¿Cuándo? —se sorprendió Tote—. Si siempre has estado viajando.

—Además, para rematar la estupidez, con un hombre. Fue en Polonia, cuando estaba destinada en Varsovia. Supongo que fue un momento de enajenación mental transitoria. ¡Los efectos que llega a causar la soledad! Tampoco es extraño que no lo sepas. Casi ni yo me enteré. Duramos juntos apenas tres semanas. Echando la vista atrás, aún me parece demasiado.

Tote se rio.

—No es fácil para personas como nosotras formar una familia. En cuanto a los hombres, ¿es cierto lo que he escuchado que tonteas con el cabeza cuadrada del coronel Walsh?

—Si por tontear entiendes sonsacarle información de vez en cuando, pues sí, tonteo con él, pero nada más que eso. Si él cree otra cosa, entonces es que no me conoce bien.

Ahora fue Tote la que sonrió. En el pasado, ambas tuvieron algún encuentro «extralaboral». Aunque Tote sabía que a Beth también le gustaban los hombres, sabía que prefería a las mujeres.

—Te puedes liar con quien quieras, por supuesto, pero con el coronel... ¡no te imagino! —exclamó Tote, sin perder la sonrisa.

—Ni yo —respondió Beth, riéndose también—. En cuanto a lo de formar una familia, tienes razón que nuestros trabajos suponen una barrera difícil de romper. Por eso solemos acabar solas en la vida y retiradas en cualquier lugar con buenas vistas. Es el peaje que debemos pagar, aunque me consuelo pensando que más vale solas que mal acompañadas. Por cierto, también tengo entendido que la tuya se rompió.

—Sí —recordó con cierto dolor Tote—. Primero me dejó Joana. Se fue a trabajar a una universidad de tu país. Luego, fui yo quien decidió que ya era hora de que mi sobrina se independizara. Ya tenía veintidós años.

—Rebeca —dijo Beth, haciendo una pequeña pausa—. Supongo que ese es el motivo por el que estás en Dublín.

—Sí.

—Y también supongo que es el motivo por el que estamos tomando este café.

—Necesito tu ayuda —le dijo Tote, de forma directa. Le hubiera gustado charlar con Beth un rato más de otros temas triviales, pero no disponía de mucho tiempo.

—¿Qué quieres?

—Ha desaparecido. Llevaba viviendo en Dublín desde el mes de julio del año pasado. Una amiga se suicidó y vino a esta ciudad a refugiarse de su dolor. Desde la distancia, la he tenido controlada a través de Drew Harris, pero ahora la *Garda* se muestra reticente a colaborar con nosotros.

—¡No me extraña! —exclamó Beth—. Retener en un hospital mental a una diplomática rusa contra su voluntad no es algo que les guste a los irlandeses. Ya sabes, pertenecen a la Unión Europea y todo eso, pero no a la OTAN. Es el juego de siempre.

Intentan contentar a unos y a otros y, al final, no lo consiguen con ninguno.

—Rebeca no es diplomática rusa, te lo aseguro. Lo de su pasaporte tendrá que ver con sus padres.

—No —le respondió Beth.

—No, ¿qué?

—Que no tiene que ver con sus padres. Rebeca tiene el estatus de diplomática por ella misma. Es cierto que no nos consta que esté asignada a ninguna legación diplomática del mundo, pero ya sabes que no es la única.

Tote torció el gesto.

—¿No me digas que tú también piensas que trabaja para ellos?

—Si te refieres a que si pertenece a sus servicios de inteligencia, no. Eso no nos consta, pero desde que llegó a Dublín, también la hemos vigilado de forma discreta.

—¡Eso no lo sabía! —exclamó Tote.

—Por eso te he dicho que «de forma discreta» —respondió Beth, sonriendo—. Nada oficial. Supongo que sabes que tienes una sobrina muy poco convencional, ¿verdad?

—Sí, claro. Recuerda que he convivido muchos años con ella.

—Pero, a pesar de eso, no sabes nada de Rebeca más que sus gustos para desayunar y poco más.

Tote se quedó pensativa. En realidad, debía reconocer que Beth tenía razón.

—Bueno, sé cómo es —Tote no quería darle la razón—. Sigo sin poder creerme que tenga el estatus diplomático.

—No quieres créelo, que es diferente. Estos últimos meses han sido un tanto complicados para ella, por decirlo suave. Menos mal que sigue viva. Parece que tiene un ángel guardián muy poderoso.

Cuando Tote escuchó la palabra «ángel», se sobrecogió.

—Ella no cree en eso, pero, desde luego que lo debe de haber tenido para haber sobrevivido.

—Ese ángel, ¿tiene un nombre?

Tote iba de sorpresa en sorpresa. Se supone que había quedado con Beth, la jefa de antena de la CIA en Dublín, para obtener información acerca de su sobrina, pero tenía la incómoda sensación de que estaba ocurriendo justamente lo contrario.

Y no era una simple sensación.

—¿Te refieres al policía ese de la *Garda*? ¿El tal Ryan Clarke? —preguntó Tote.

Beth sonrió.

—No, no me refería a él, pero ya me has contestado.

Tote se empezaba a impacientar. No podía permitir que su interlocutora se diera cuenta, pero era muy buena en su trabajo. Debía reconducir la conversación cuanto antes.

—¿Sabes algo de Rebeca? —preguntó Tote—. A nuestros ojos, ha desaparecido.

—Quizá sea cosa de su ángel o de su demonio, quién sabe.

—¿Qué quieres decir?

—¿No es obvio? Rebeca ha escapado del apartamento en el que se alojaba con el miembro de la *Garda* ese. Tampoco está en su casa ni está registrada en ningún hotel de la ciudad. No tiene más amigos en Dublín, ¿no?

«¿Me está interrogando?», pensó Tote, que seguía con esa molesta sensación.

—Que yo sepa, no —respondió.

—Ya veo que tu sobrina es todo un misterio para ti. Rebeca sí que conoce a más gente en Dublín, pero lo que no tengo tan claro es que la palabra «amigo o amiga» sea la más apropiada como definición.

—¿Qué quieres decir?

—Es obvio. Que ha sido ayudada por otra u otras personas.

—¿Y dónde está? ¿Lo sabes? —Tote estaba ya desesperada.

—Quizá tenga algo de información al respecto, sí.

—¿Y qué esperas para compartirla conmigo?

—No te he dicho que sepa dónde está, sino que tengo información, que es diferente. Como suponía cuál era el motivo de tu visita, me he permitido traer conmigo algo que te sorprenderá —dijo Beth, mientras abría su bolso, sacaba un sobre y se lo entregaba a Tote—. Ábrelo.

Así lo hizo. Eran unas fotografías de dos personas saliendo del apartamento de Ryan Clarke. Reconocía el lugar, aunque era de noche. Se puso las gafas para poder observar la fotografía con más detalle.

Le dio un vuelco el corazón.

—¿Estoy viendo lo que creo que estoy viendo? —preguntó, con una expresión de absoluta sorpresa.

—Sí —le respondió Beth, que parecía que estaba disfrutando con la situación.

—¡Pero esto es imposible!

—Recuerda, *impossible is nothing* —dijo Beth—. Y ahí no acaban las sorpresas. Me preguntabas si sabía dónde estaba tu sobrina en la actualidad y te he respondido que no. Era una verdad a medias. Es cierto que no sé el lugar exacto donde se encuentra, pero me puedo hacer una idea.

—¿Qué idea es esa? —preguntó Tote, que creía que su capacidad de asombro ya había llegado al extremo.

—Mira el papel que acompaña a las fotografías.

Tote no se había percatado de él. El asombro al ver las fotos le había nublado la vista. Cuando leyó el papel y comprendió su significado, el asombro dio paso al miedo.

—¿De los militares? —preguntó.

Beth afirmó con la cabeza, sin pronunciar palabra alguna.

—¿Y qué sentido tiene todo esto? —siguió preguntando Tote.

—¿De verdad que no te lo imaginas?

—Te aseguro que no tengo ni la más remota idea.

—Entonces, te has equivocado de interlocutora. Nosotros no tenemos nada que ver con todo este asunto. Tan solo recopilamos información y, de vez en cuando, nos llevamos alguna sorpresa, como veo que te ha sucedido a ti. Quizá sean tus amigos los que te puedan responder mejor que yo.

«¿Mis amigos?», pensó Tote. «¿Y quién se supone que son esos?». Tote no sabía cómo continuar la conversación, así que decidió hacerlo al modo clásico.

—Sé que tenéis oídos en toda la ciudad —dijo Tote—, así que permíteme que te pida un último favor.

—Por supuesto —le respondió Beth, que parecía extrañamente divertida.

—Voy a permanecer en la ciudad hasta desentrañar esta extraña desaparición. Si, por casualidad, oyes algo relacionado con mi sobrina, házmelo saber lo más rápido que puedas. No es por trabajo, es personal, y no tengo buenas vibraciones con este asunto.

—No te preocupes, Tote. Si me entero de algo más, serás la primera en saberlo.

Después de unas palabras de agradecimiento por la información compartida, se despidió de Elizabeth Chapman.

«Este asunto se nos ha ido de las manos», pensó, mientras se alejaba.

45 TESCHEN, IMPERIO AUSTRO-HÚNGARO, 28 DE AGOSTO DE 1914

—¿Te sucede algo, cariño?

—¡Un mes! ¡Un puñetero mes!

—¿A qué te refieres? —dijo Zita, acercándose a su esposo e intentando abrazarle. El archiduque Karl la rechazó.

—Disculpa —dijo, cuando reparó en lo brusco que había sido—. Es que no sé si voy a ser capaz de aguantar en esta fortaleza el resto de la guerra.

—Es la decisión de tu abuelo, el emperador. Ya sabes que eres su sucesor. Si muere, tú estás llamado a ser el gobernante del Imperio Austro-Húngaro. Es lógico que te quiera proteger.

Zita de Borbón y Parma conocía de sobra a su esposo. Sabía que no estaba de acuerdo con ese argumento, pero ella tenía sus propios motivos. En Teschen estaban seguros de los horrores de la guerra y podían ver crecer, día a día, a su hijo Otto, que aún no había cumplido los dos años.

—Si queda imperio que comandar para entonces —le respondió Karl.

Algo no iba bien y Zita no sabía cómo continuar.

—¿Por qué dices lo del mes? —decidió preguntar.

—Porque es el tiempo que ha trascurrido desde nuestra declaración de guerra a Serbia y la primera gran derrota. Los generales nos prometieron una victoria rápida y arrolladora.

—¿Qué ha pasado?

—¡Ese idiota de Oskar Potiorek! Ya le dije a mi abuelo que debía ser yo el que comandara el primer ataque.

—¿Oskar Potiorek? Me suena ese nombre.

—¿Y a quién no? Fue el gobernador de Bosnia y Herzegovina desde 1911 hasta 1914, pero tu nombre no te sonará por eso. Era el responsable de la seguridad de mi tío, el archiduque Franz Ferdinand y de su esposa, Sofia, durante su viaje a Sarajevo, hace dos meses.

Zita cayó en la cuenta.

—¿Culpas a Oskar Potiorek de su muerte?

—Es un hecho que era el responsable de su seguridad cuando fueron asesinados en Sarajevo. Debieron destituirle de inmediato de su puesto, por incompetente.

—Es un general condecorado del imperio, instruido en la *Kriegsschule* de Viena, probablemente la mejor academia militar de oficiales del mundo.

—¡Y un idiota! —insistió Karl—. Si no hacemos comprender a nuestros generales que los errores tienen consecuencias, mal nos va a ir en esta guerra. Se llenan la pechera de medallas y se creen dioses. ¡Qué digo! Se creen sus propias mentiras y, lo que es peor, nos las hacen creer a nosotros.

Zita se dio cuenta de que semejante arranque de ira contra el general Potiorek debía de tener un motivo más allá de la propia guerra.

—¿Qué sucedió en realidad en Sarajevo? —Zita siempre había querido formular esa pregunta, pero era un tema tabú para la familia imperial. El tremendo dolor de aquel asesinato estaba muy reciente, pero ahora le había surgido una buena oportunidad que no pensaba desaprovechar.

Karl se la quedó mirando. Le había extrañado la pregunta, ya que no hablaban de ello, pero consideró que su esposa debía de saberlo. Aunque, para su corazón, los hechos habían sucedido ayer, no era así.

—Oskar Potiorek iba en un coche *Gräf & Stift*, un modelo de vehículo deportivo con la capota abierta que se disponía a pasar revista a las tropas en Sarajevo.

—No lo sabía —respondió Zita, sorprendida—. Pensaba que todos murieron.

—Él debió hacerlo, pero milagrosamente se salvó. Y lo de «milagrosamente» lo pongo en entredicho.

—¿Qué quieres decir?

—Cuando se produjo el atentado, mi abuelo le pidió un informe completo para poder actuar en consecuencia. La autoría estaba clara, Serbia. Por eso estamos ahora en guerra contra ellos. El problema es que omitió algunos detalles muy significativos. Nos enteramos hace apenas unos días.

—¿Qué detalles?

—Mi abuelo mandó a un militar de la experiencia de Potiorek a supervisar la seguridad porque el imperio disponía de información de inteligencia que nos advertía de un posible atentado.

—¿Y por qué siguieron adelante con sus planes, con semejante amenaza?

—Mi abuelo intentó persuadir al archiduque Franz Ferdinand, pero no lo consiguió. Era muy orgulloso y no llevaba bien el hecho de que su unión con Sofia hubiera excluido a sus hijos de la línea sucesoria al trono del imperio, al considerarse un matrimonio morganático. Su esposa tenía prohibido, por su condición de plebeya, asistir a actos de gala. Mientras Franz se codeaba con la aristocracia europea, su esposa permanecía en casa cuidando de sus hijos. Pero existía una excepción a esa regla. Sofia podía acompañar a su esposo, el archiduque, en actos de carácter militar. Por eso no quiso suspender la revista de tropas en Sarajevo y lo hizo en un coche descubierto y desprovisto de medidas de seguridad. Era una oportunidad para que su esposa se luciera a su lado.

—Ahora comprendo muchas cosas —reflexionó Zita, que ya era aristócrata europea antes de su matrimonio con el archiduque Karl.

—La conducta de mi tío fue imprudente, pero para eso estaba Potiorek, para cuidar de ellos.

—Pero iba en el coche. Pudo morir. No me parece una actitud cobarde.

—No hablo de cobardía, hablo de incompetencia. Los detalles de los que te hablaba y que el general Potiorek nos ocultó es que se equivocó al dar las instrucciones al conductor acerca del camino a seguir. La caravana la formaban tres coches. Además, el que trasportaba a Franz y Sofia, incomprensiblemente, iba el último, desprotegido, cuando debería haber circulado en medio.

—¿Qué?

—Que el inútil del general, en lugar de organizar un operativo de seguridad, parece que organizó un atentado.

Zita comprendió un poco mejor la actitud hostil de su esposo hacia el general Potiorek.

—¿Y qué sucedió a continuación?

—Mi abuelo le concedió el mando del ejército que libró la primera batalla contra los serbios. ¿En qué estaría pensando?

—¿Qué ha sucedido?

—Potiorek tuvo dos largas semanas para prepararse. Desplegó sus hombres en la ladera del monte Cer, cercano a la ciudad de Šabac. Se trataba de un objetivo importante pero a la vez asequible para nuestro ejército. Pues bien, nuestras posiciones fueron descubiertas antes de tiempo, concretamente el día 15. Los que se suponían que eran los defensores, pasaron al ataque, pillando a Potiorek y a sus hombres desprevenidos. Aún así, estaban bien situados y doblaban en número a los serbios. Era un inconveniente, pero para eso están los generales, para ser capaces de cambiar la estrategia sobre el terreno. Potiorek no se adaptó a este cambio de escenario. Requería recolocar a sus soldados descubiertos y aprovecharlos en los flancos, para envolver a los serbios. En su lugar, los dejó en sus posiciones originales. Los serbios lo tuvieron fácil. Conocían perfectamente esa zona y aprovecharon esa ventaja para masacrarlos durante la noche. Aún así, todavía existía la posibilidad de tomar la ciudad de Šabac, que era el objetivo. Se consiguió el día 17, pero a costa de muchísimas bajas, inaceptables diría yo.

—Entonces, ¿el problema está en la cantidad de soldados que perdieron la vida por una mala planificación militar?

—No he terminado el relato todavía —dijo Karl, que demostraba una vez más su malhumor—. Al día siguiente, ya el 18, los serbios recuperaron el control de la ciudad y de todas las aldeas cercanas. Una vez más, tu amigo el general la pifió con la defensa de la ciudad. ¡Por Dios! ¿Qué no se podía imaginar que los serbios conocían su territorio mejor que él? Además, nosotros éramos los agresores y ellos defendían su tierra. Mientras la moral de nuestros soldados estaba por los suelos, debido a que veían morir a muchos de sus compañeros, la moral del ejército serbio subía un escalón cada vez que recuperaban una porción de su país. Aún así, nuestro ejército aún superaba en hombres al serbio. El general ordenó un ataque global simultáneo en todos los frentes, pero nos estaban esperando. El día 20 ya huíamos en desbandada de nuestras posiciones. Cuatro días después tuvimos que reconocer nuestra derrota.

—¿Cuántos?

—Esa información es confidencial, pero a ti te la puedo contar. Sufrimos, entre muertos y heridos, casi 40.000 bajas.

—¡Qué barbaridad! —exclamó indignada Zita—. Ya sé que las guerras son horribles para todos, pero, ¿os habéis parado a pensar que esos 40.000 hombres tendrían familia e hijos? Cuando habláis de vuestros juegos de guerra, parece que sean fichas en un tablero. ¡Los soldados también son personas!

Karl abrazó a su esposa.

—Lo siento de verdad por cada vida perdida. No creas que soy inmune a esos horrores que tú dices.

—Pues no lo parece —le respondió Zita, separándose—. Hace un momento has dicho que ese ataque lo deberías haber comandado tú. Sí, es posible que hubieras conseguido mejores resultados que el general Potiorek, pero, ¿a cambio de qué? ¿Qué número de bajas considerarías proporcionada a la toma de la ciudad de Šabac? ¿La mitad? ¿20.000 hombres? ¡Por Dios, Karl! Además, entre esos 20.000 podrías estar tú. Como el resto de soldados que combaten, también me tienes a mí, a tu hijo Otto y a la pequeña Adelheid. ¿No piensas en nosotros?

—Claro que lo hago, pero aplastaremos a Serbia —dijo Karl, falto de convicción.

—No, no lo haréis. Esta guerra ha comenzado mal y terminará peor. ¿Y qué planes tienes para nosotros como familia? ¿O somos uno de los inevitables daños colaterales por el bien del imperio?

Karl intentó abrazar de nuevo a Zita, pero rehusó su muestra de cariño y abandonó la habitación de malas maneras.

En realidad, Karl sí que tenía un plan para su familia, pero no había llegado el momento oportuno de compartirlo.

46 EN LA ACTUALIDAD, 17 DE ENERO

—Jefa, acaba de recibir una nota.

Tote se sorprendió. Acababa de reunirse con Beth Chapman, su amiga de la CIA y, salvo ella y el comisionado Harris, nadie más sabía que se encontraba en Dublín.

—¿Quién la ha traído?

—Nadie.

Tote pareció despertarse un poco.

—Benny, por favor. Te aseguro que, por hoy, ya he cubierto el cupo de sorpresas. Que yo sepa, las notas no andan solas y todavía menos acuden hasta esta embajada.

—Disculpe, jefa —Benny pareció turbado ante el aparente mal humor de su superiora—. Quería decir que ha recibido esta nota a través de la jaula.

Tote se terminó de despertar.

La CIA, en colaboración con la NSA, dispone de estaciones de escucha en las principales capitales del mundo. Se suelen instalar en las azoteas de las embajadas y camufladas con una lona que permite el paso de las señales electromagnéticas. Esta lona suele estar pintada de manera que parezca un trastero a algo así, incluso con falsas ventanas. Los estadounidenses operaron con impunidad durante muchos años a través de una agencia opaca llamada SCS, acrónimo de *Special Collection Service.* Ese servicio era financiado con fondos secretos que escapaban del control del Congreso y del Senado estadounidenses. Tan solo sus miembros conocían su existencia. Sus actividades clandestinas fueron descubiertas por Francia, cuando detectaron, por pura casualidad, escuchas a su primer ministro. Entonces, la CIA se vio obligada a reconocer ante sus homólogos europeos la existencia de este tipo de instalaciones y, como contrapartida, además de comprometerse a no espiar a sus jefes de estado, prometieron compartir la información que fuera relevante para cada país. Todos eran conscientes de que no cumplían su promesa, pero tampoco podían hacer público el asunto, así que se conformaban con recibir, de vez en cuando, información procedente del *Special Collection Service* a través de la CIA.

Pero aún había más.

Para evitar que la información sensible fuera interceptada, las diferentes antenas de la CIA distribuidas por todo el mundo disponían de una instalación especial, basada en tecnología del siglo XIX, pero plenamente vigente. Se trata de una especie de jaula, instalada en el centro de una habitación. Esta jaula está basada en el principio de la «caja» de Faraday. Michael Faraday fue un científico británico que, en 1836, demostró que un contenedor recubierto por materiales conductores de electricidad, como planchas o mallas metálicas, funciona como un blindaje contra los efectos de un campo eléctrico proveniente del exterior. Es decir, los materiales conductores, ante la presencia de campos eléctricos externos, siempre ordenan sus cargas en su superficie de manera tal que el campo eléctrico interno sea cero.

Como resumen, cuando una persona quiere mantener una conversación sin temor a ser escuchada por medios electrónicos procedentes del exterior, debe hacerlo dentro de una jaula de Faraday. A consecuencia de ello, ya como costumbre, entre los servicios de inteligencia de todo el mundo siempre se referían a las comunicaciones ultrasecretas como provenientes «de la jaula».

Y esta era una de ellas.

Tote tomó la nota entre sus manos y se encerró en uno de los despachos. Esas comunicaciones también eran conocidas por los estadounidenses como *«for your eyes only»*, solo para tus ojos. Era la máxima clasificación de seguridad y jamás debían ser leídas en presencia de otras personas.

Tote leyó la nota.

Estar contigo, un verdadero placer.
BC

«¡Qué demonios!», pensó, nada más leerla. «¿Para esto me manda una nota desde la jaula?». Las iniciales BC eran de la jefa de la antena de la CIA, Beth Chapman, con la que había estado tomando un café hacía apenas media hora.

Tote se lo tomó como una broma entre dos viejas amigas y algo más. Utilizar ese canal ultrasecreto para mandar semejante mensaje tenía su gracia y le recordó viejos tiempos. Tiró la nota a la papelera, sin darle mayor importancia, y salió de nuevo para charlar con Benny.

—¿Alguna novedad con el caso de su sobrina? —le preguntó Benny, nada más verla aparecer.

—Me ha mostrado unas fotos un tanto desconcertantes. Resulta que ellos también vigilaban de forma discreta a Rebeca. Me habías dicho que el comandante Rojas y su equipo estaban en Dublín, ¿no?

—Estaban, pero abandonaron el país ayer por la noche.

—¿Por qué tengo que ser la última en enterarme de estas cosas? —preguntó Tote, un tanto enojada—. ¿Adónde se han marchado?

—Ya sabe que yo no tengo acceso a esa información.

«Ni yo, que soy la jefa», pensó Tote, cuyo enfado iba en aumento.

—Por lo menos sabrás que vuelo han tomado —le dijo a Benny.

—Sí, parece que utilizaron el mismo avión con el que vinieron a Dublín.

—Entonces se podrá averiguar su plan de vuelo. No será difícil saber su destino.

Benny se atrevió con una tímida sonrisa.

—No lo sería... si supiéramos la matrícula del avión.

—¡Me cago en la leche! —exclamó Tote—. ¿Ni eso sabemos?

—Me temo que no.

Tote tuvo que hacer verdaderos esfuerzos para no soltar un torrente de exabruptos por su boca. Lo que había visto en las fotografías que le había mostrado Elizabeth Chapman cobraban cierto sentido, aunque a medias. «¿Seguro que a medias?», pensó Tote, a toda velocidad.

De repente, le vino a la mente un juego que no practicaba desde hacía mucho tiempo.

—¡Joder! —exclamó, mientras salía corriendo.

Benny la observó completamente desconcertado. Jamás recordaba haber visto comportarse a la jefa de esta manera tan extraña.

Tote entró en el mismo despacho donde había leído la nota que le había enviado Beth Chapman «desde la jaula». Rebuscó en la papelera y la volvió a extender sobre la mesa.

Estar contigo, un verdadero placer.

En el pasado, había mantenido un par de encuentros con Beth cuando ambas trabajaban en Madrid. Ahora ya no tenía ninguna importancia, pero, en aquellos tiempos, la orientación sexual podía condicionar el futuro de tu vida laboral. Debían de ser discretas. Tote estaba tan nerviosa porque recordó que su primera cita fue a través de un mensaje enviado «desde la jaula». Exactamente como ahora, con la diferencia de que, en este preciso momento, no creía que se tratara de sexo.

Tote tomó el mensaje y lo descifró como lo hizo la primera vez, utilizando las primeras letras de cada palabra.

***E**star **c**ontigo, **u**n **v**erdadero **p**lacer*

«ECUVP», leyó Tote, que estaba visiblemente alterada. En España, las matrículas de los aviones civiles comenzaban por las letras «EC» seguidas de tres consonantes. Tuvo claro que Beth le había indicado la otra mitad del rompecabezas que le faltaba. Exactamente, la matrícula del avión.

EC-UVP

Salió corriendo de nuevo y se dirigió a Benny, que ya no sabía qué esperar de su jefa.

—¡Quiero el plan de vuelo de este avión en menos de treinta segundos! —gritó, dándole la matrícula.

Benny se puso a teclear en el ordenador a toda prisa. Levantó la cabeza en apenas diez segundos.

—Jefa, esa matrícula de avión no existe.

—¡Vuelve a buscar!

Benny repitió la tarea con el mismo resultado.

—No existe ningún avión registrado en España con esa matrícula. Si quiere, puede consultarlo usted misma.

—¡Registrado! —chilló Tote, que parecía poseída—. ¿Y no registrado?

La información de ciertos aviones, por motivos de seguridad, no aparecía en la base de datos del Registro Nacional de Matrícula de Aeronaves.

—¡Pero eso no puede ser! —exclamó Benny—. Los aviones no registrados también aparecen en la base de datos del CNI, aunque se requiera el nivel de autorización de seguridad apropiado para acceder a su contenido. Este caso es diferente. El ordenador me dice que esa matrícula no existe, no que no pueda acceder a su información.

Tote no daba crédito a lo que estaba escuchando.

—¿Y si te digo que ese avión sí que existe? La información procede directamente de la CIA. Ya sabes que ellos controlan todo en Irlanda y rara vez cometen un error.

—Pues le diría que algo no encaja —le respondió Benny, que ya no sabía qué más hacer.

—¿Quién podría utilizar una matrícula falsa en el aeropuerto de Dublín? Sabes igual que yo que el control de tráfico aéreo jamás le hubiera autorizado a despegar. Tiene que existir —insistió Tote.

De repente, Benny pareció sonrojarse.

—Jefa, me parece que tiene razón. La matrícula del avión no es falsa.

Tote se quedó mirando a su subordinado, con un claro gesto de incomprensión.

—¿Y eso cómo lo puedes saber ahora, que ni siquiera estás mirando la pantalla del ordenador? —le preguntó.

—Porque hay tan solo una excepción en toda España a la regla de registrar los aviones. ¿Me comprende ahora? —preguntó Benny, con cierto temor a la reacción de su jefa.

Tote cayó en la cuenta. Todos los servicios de inteligencia del mundo disponían de aviones «secretos» no registrados. Volaban sin plan de vuelo y sin el *transpondedor* activado, como era obligatorio, para evitar los controles aéreos civiles. La CIA había hecho uso de ellos de forma habitual en épocas pasadas, sin embargo, en España estaban prohibidos.

Excepto en un solo caso.

—¡Han robado el avión que utilizamos en las operaciones discretas! ¡Con él he venido hasta aquí! —exclamó, mientras apartaba de un manotazo todos los papeles de la mesa—. ¡Qué idiota! Tenía que haberme imaginado algo así. Quiero que te pongas en contacto con el control aéreo del aeropuerto de Dublín y preguntes por el plan de vuelo de mi avión. ¡Ya!

Benny tomó el teléfono a toda velocidad. Cuando colgó, su cara era todo un poema.

—¿Qué te han dicho? —Tote estaba atacada de los nervios.

Benny se lo dijo.

Tote no daba crédito a lo que acababa de escuchar.

Ayer.

Ahora, con la cara de poema de los dos, se podría componer unos versos muy apropiados.

Debo de morir
Para que nazca la memoria
De quién siempre quise ser
Quién tuvo, un día, temor a desaparecer.

47 ESTADOS PONTIFICIOS, TARDE DEL 27 DE FEBRERO DE 1505

—Es un placer verle de vuelta, señor Buonarroti. Me parece que las cosas han cambiado bastante para usted desde la última vez que nos vimos.

Michelangelo se había acomodado en la misma pensión en la que ya se alojara en su primera etapa en Roma, a finales del siglo pasado, entre 1496 y 1499. Incluso solicitó la misma habitación.

—Sigo siendo el mismo, amigo Mario, quizá con algunos años de más.

—Se rumorea que ha sido llamado a Roma por el propio Papa Julio II.

—También me mandaron a ver al Papa en la anterior ocasión que me alojé en tu pensión, y casi termina en desgracia.

—Si me lo permite, Su Santidad Julio II no tiene nada que ver con Rodrigo de Borgia. Todos en Roma conocían sus pecados, sin embargo, Giuliano della Rovere ha prometido empezar de cero.

—Eso es lo mismo que me ha dicho.

—¿Ya lo ha conocido? ¡Pero si acaba de llegar!

—Esta misma mañana estuve con él en sus dependencias papales.

—¿Qué impresión le ha causado?

—Diferente. Yo estaba muy a gusto en Florencia y tengo que reconocerte que no tenía ganas de volver a Roma, al menos de momento. Mi padre se está muriendo y me hubiera gustado pasar con él sus últimos días.

—Vaya. Lo siento, señor Buonarroti.

—Es curioso. Llevaba sin ver a mi padre siete años y ni me acordaba de él. Nunca tuvimos una relación muy fluida, por decirlo suave. Sin embargo, ahora llevo siete días sin verlo y ya lo echo de menos.

—Supongo que sus hermanos le mantendrán informado.

—Sí, pero no es lo mismo. Por eso, cuando me has preguntado qué me parecía el Papa Julio II, si quieres que te diga la verdad, ahora mismo no sabría decirte si me ha causado una mejor o peor impresión que Rodrigo de Borgia. Quizá Giuliano della Rovere posea más carácter y determinación que su antecesor, aunque eso no sé si es bueno o malo. La única parte positiva de toda esta situación es que me ha encargado un trabajo colosal. Si esta vez no sucede ningún hecho fuera de lo normal, me quedaré en tu pensión durante una buena temporada.

—¡Cómo me alegro! —exclamó Mario Delpini—. Ya tiene preparada su habitación y ahora mismo le subiré el equipaje. Mientras tanto, me he permitido prepararle un baño caliente. Estará cansado de su viaje desde Florencia.

La verdad es que hasta ahora que lo había nombrado Mario, no se lo había planteado. «Es cierto, estoy cansado», pensó.

Se despidió de Mario y accedió a su habitación. Vio la bañera humeante. No perdió ni un segundo. Se desvistió y se sumergió. El agua estaba a la temperatura perfecta. Dejó que su mente volara en libertad, disfrutando de aquellos pequeños placeres de la vida.

Se quedó dormido.

De repente, escuchó unos ruidos procedentes de la escalera que le despertaron de su placentero descanso.

«¿Quiénes son los cafres que osan causar semejante estruendo?», pensó, mientras se levantaba de la bañera.

En ese preciso instante, tres guardias uniformados con los colores papales accedieron a su habitación. La estampa que pudieron observar fue a Michelangelo completamente desnudo.

—¿Qué significa esta inoportuna intromisión? —preguntó enfadado, mientras salía de la bañera en dirección al lugar donde descansaba la toalla.

Para su sorpresa, los guardias se abalanzaron sobre él.

—¿Qué es lo que sucede? —volvió a preguntar Michelangelo, pero esta vez enfadado de verdad. Ya no era aquel renacuajo de su infancia. Ahora, con treinta años, había desarrollado su musculatura a consecuencia de las esculturas, sobre todo del *David*, que le había exigido mucho desde el punto de vista físico.

El primer guardia salió despedido por las escaleras de la pensión. El segundo lo empotró contra el armario, que cayó sobre el guardia con gran estrépito. Sin embargo, el tercero lo apuntó con una lanza.

—No haga ninguna tontería o lo mataré —le dijo.

—He preguntado qué sucedía y, en lugar de responderme, os habéis abalanzado sobre un hombre desnudo. ¿Cómo pensabais que iba a reaccionar? Por si no te has dado cuenta, aún sigo sin ropa.

El guardia pareció calmarse.

—¿Me promete que no se moverá de su posición?

—¿Así desnudo?

Le acercó la toalla con precaución. Michelangelo se cubrió con ella.

—Ahora, ¿serías tan amable de responder a mi pregunta inicial? ¿Qué es lo que sucede?

—¿Es usted Michelangelo Buonarroti?

—¿Y eres tú un payaso vestido de soldado? ¡Venga ya! ¡Sabes de sobra quién soy!

—Es una formalidad que debo cumplir, señor —le respondió el guardia, muy serio—. Señor Buonarroti, queda usted arrestado por orden de Su Santidad, el Papa Julio II.

Michelangelo no daba crédito.

—¿Arrestado? ¡Pero si estoy en Roma porque él me ha llamado! Esta misma mañana he mantenido una audiencia privada con él.

—Lo sé. Y ese es precisamente el motivo —le respondió el soldado—. Le ruego que no oponga más resistencia. Tengo instrucciones de llevarle ante Su Santidad con vida.

Michelangelo cada vez entendía menos la situación.

—¿Y por eso estás apuntando tu lanza contra mi pecho? Todo muy pacífico, como vuestra entrada en mi habitación. ¿Sabes? Si quisiera, te arrojaba ahora mismo por esa ventana, y no estoy hablando en broma.

—Le ruego que no me obligue a...

—No voy a oponer ninguna resistencia —le interrumpió Michelangelo—, siempre que bajes esa lanza. Si el Papa quiere volverme a ver, podía haberlo pedido con amabilidad. No me pienso negar a que me llevéis otra vez a su presencia, pero sin armas ni violencia.

El soldado calibró las palabras de Michelangelo. Dos compañeros suyos estaban inmóviles en el suelo, heridos por aquella persona. Consideró que era mejor optar por la vía pacífica.

—Está bien —dijo el guardia—. Pero no intente escaparse.

—¿Para ir adónde? ¡Estamos en Roma y el poder del Papa es absoluto! Deja de decir tonterías y marchémonos de una vez. Cuánto antes acabemos con esta tontería, mejor para todos.

El guardia accedió. Michelangelo se vistió y salieron por la puerta de la pensión, ante la mirada atónita de Mario Delpini.

—No te preocupes por mí —le dijo Michelangelo—. Esta misma noche dormiré aquí.

Mario no se atrevió a responderle.

Entraron en las estancias vaticanas por una puerta lateral. Tal y como había prometido, Michelangelo no hizo ningún intento de huida ni el soldado lo atosigó.

—Espere aquí —dijo el guardia, señalándole un banco de madera.

Estaba enfadado, pero no se trataba de un enfado ordinario, como otros. Tan solo recordaba haber sentido esa furia cuando los soldados franceses de Carlos VIII asesinaron a su compañero de vida, Francesco Granacci, en aquellos subterráneos de la *Torre della Pagliazza* en Florencia.

En los baños romanos.

Aquello le provocó una rabia que apenas podía contener.

—Puede pasar —escuchó decir a una voz.

Había estado tan sumido en sus pensamientos que ni lo había visto entrar en la habitación.

Se levantó y accedió a otra estancia, esta mucho más lujosa. No había nadie en su interior.

De repente, desde detrás de un mueble, se abrió una puerta camuflada. Entró una persona en la habitación. Sin pronunciar palabra alguna, le indicó a Michelangelo que se sentara en una silla.

Era el Papa Julio II.

Por un instante le vino a la cabeza el pensamiento de matar a aquella rata, pero también era corpulento, como él. Además, una cosa era defenderse del ataque injustificado de unos guardias y otra muy diferente atentar contra la vida del Papa.

Julio II pareció leer sus pensamientos.

—Podrías intentarlo, pero igual te llevabas una sorpresa. Yo no necesito ninguna lanza para acabar contigo.

Había pronunciado esas palabras con un tono tan firme que impresionó a Michelangelo. Lo creyó. Había entrado en la estancia solo y sus ojos no reflejaban el más mínimo temor, más bien todo lo contrario. Parecía muy enfadado, como él.

—¿Qué es lo que pasa? —preguntó, sin poder evitar un tono insolente—. Mandas a unos esbirros para que me ataquen mientras estaba tomando un baño. Si querías hablar conmigo, no hacía falta usar la violencia.

—Eres un prisionero. Haré y ordenaré lo que me dé la gana. Y, por favor, haz el favor de dirigirte a mí en un tono acorde con mi dignidad.

Michelangelo debía de reconocer que aquella persona tenía valor.

—De acuerdo, Su Santidad, pero, ¿qué pinto yo aquí?

—¿No lo reconoces por las buenas?

—¿Qué tengo que reconocer?

—¡Me has robado el *«Diamante Florentino»*!

Michelangelo tuvo que hacer un esfuerzo de autocontrol.

—Su Santidad, esta mañana me lo ha mostrado por voluntad propia. Después de observarlo, se lo he devuelto. Ambos hemos sido testigos de que lo ha guardado, envuelto en un paño, en el cajón de su despacho. Después de nuestra conversación, he salido de aquella estancia y no he vuelto a entrar. ¿Cómo demonios pretende que lo pueda haber robado?

—No lo sé, pero todas las pruebas apuntan a ti.

—¿Qué pruebas?

—En primer lugar, tan solo dos personas en toda Roma conocían que yo estaba en posesión de ese valioso diamante, y ambas están en esta estancia ahora mismo.

—Eso no significa que yo lo haya robado.

—No es la única prueba. En el cajón donde se encontraba el diamante, ha aparecido un extraño dibujo.

—¿Y piensa que ese dibujo es mío? ¿Para qué me molestaría en robar un diamante tan valioso y luego dejar mi firma? Es de estúpidos.

—No, no creo que ese dibujo sea tuyo —dijo, mientras lo extraía de su bolsillo y lo depositaba en la mesa.

—¿Un triángulo? ¿En serio? Jamás había visto este dibujo con anterioridad —Michelangelo no comprendía nada.

—Es tu firma.

—¡Yo no tengo firma! —exclamó, elevando el tono de voz—. Nunca he firmado ninguna de mis obras, exceptuando la *Madonna della Pietà*, y no lo hice precisamente con un triángulo, sino con una frase completa, para que se reconociera claramente mi autoría, ya que otros escultores pretendían apropiársela.

—No me refiero a la *Pietà*, sino al *David*.

—Miente. No lo firmé.

—Es cierto que no lo hiciste con la escultura, pero tu vanidad te pudo y dejaste tu firma en el pedestal que la sujeta, en la *Piazza della Signoria* de Florencia —le respondió el Papa, mientras extraía una especie de piedra.

Michelangelo se quedó mirando a aquel trozo de piedra, con la mirada perdida.

No dijo ni una sola palabra.

—Veo que, por tu silencio, reconoces lo que te acabo de mostrar.

Michelangelo seguía en silencio.

—¿Cómo debo interpretar tu silencio? Anda, ilumíname.

Michelangelo se derrumbó.

48 TESCHEN, IMPERIO AUSTRO-HÚNGARO, 21 DE NOVIEMBRE DE 1916

—Tengo que hablar contigo, es importante.

—¿Qué pasa? ¿La guerra sigue yendo mal?

—No, no es eso.

Zita se separó a mirar a su esposo, el archiduque Karl. Sus ojos le delataban. Había estado llorando. Jamás recordaba a su esposo haberlo hecho, al menos en su presencia. Algo muy serio debía haber sucedido.

Karl se sentó en una silla en sus aposentos de la fortaleza militar de Teschen.

—Mi abuelo ha muerto.

Zita se quedó sin palabras. A pesar de que el emperador ya había cumplido los 86 años, a ojos de todos parecía que fuera a vivir para siempre. Pero la muerte iguala a todas las personas. No hace distinciones.

Zita tomó por una mano a su esposo, le obligó a levantarse de la silla y le dio un cariñoso abrazo.

—Vivió como un sabio y murió como un valiente —le dijo al oído—. No deberías estar triste.

Ni ella misma se creía esas palabras, pero su esposo quizá necesitara escucharlas.

No lo pareció, ya que rechazó el abrazo de Zita.

—Esto va a traer graves consecuencias. No sé si te has parado a pensarlo.

—¿Qué consecuencias pueden ser peores que esta guerra, que se ha convertido en una carnicería mundial? Empezó siendo una guerra local entre el imperio y Serbia, que, según los generales, iba a ser rápida por la gran diferencia entre ambos ejércitos. Ahora, estamos luchando junto con Alemania y los restos del Imperio otomano contra la propia Serbia, el Reino Unido, Francia, Italia, Bélgica, Japón y Montenegro, y estoy segura de que me dejo algún país. ¿Sabes cómo la llama el personal de Teschen? La Gran Guerra Mundial.

—Te has olvidado, entre otros, que también combatimos contra Rumanía y Portugal, que se unieron a la guerra hace unos meses.

Zita se echó las manos a la cabeza.

—¿No te parece que a tu abuelo, que descanse en los bazos de Cristo, se le ha ido de las manos todo este conflicto? Mira que no soy partidaria de la violencia, pero mandaba fusilar a todos sus generales, por incompetentes.

—Los generales no tienen la culpa, la tenemos nosotros. Todos los oficiales de alta graduación de nuestro ejército han sido formados en escuelas donde el alemán era el idioma principal, sin embargo, nuestros soldados apenas lo hablan. No te digo que esa sea la causa principal del estancamiento de este conflicto, pero a nadie se le ocurrió este inconveniente, que genera confusión y desorganización en los diferentes frentes de batalla. A veces, los detalles lo son todo.

—A veces no, siempre. Los detalles son los que marcan la vida.

—Aún así, mi abuelo no tiene culpa alguna de la deriva del conflicto. Es cierto que fue él el que decidió declarar la guerra a Serbia, pero esa fue toda su contribución. Mi abuelo no se implicó en esta campaña militar. A pesar de ser el emperador, dejó todas las operaciones de campo al mando del *Feldmarschall* Franz Conrad von Hötzendorf.

Zita se dio cuenta de que estaba cargando la culpa de todo contra el tío abuelo de su esposo, recién fallecido. Decidió, por un momento, preguntarle por él, para aliviar la tensión de la conversación.

—¿Qué le ha pasado?

Karl volvió a sentarse en la silla.

—Me lo han comunicado sus médicos hace apenas media hora. Estaba tan ocupado repasando los mapas de los diferentes frentes de la guerra que ni siquiera me he podido despedir de él.

—Cariño, ya te he dicho que lo siento mucho —esta vez lo dijo desde la distancia. Ya había rechazado un primer abrazo suyo.

—Sabía que estaba enfermo. Contrajo neumonía hace unos días y, a su edad, esa enfermedad puede ser mortal. No le di importancia. Había salido de situaciones peores, pero esta vez me equivoqué. No le presté la atención que merecía.

—No eres Dios. No podías conocer el desenlace.

—Pero lo puede prever. De todas maneras, no me quiero fustigar por no haber sido capaz de advertir la gravedad de su situación médica. Ahora tengo otras preocupaciones mayores. ¿Eres consciente de que las cosas van a cambiar mucho en nuestras vidas?

Zita, por fin, comprendió lo que su esposo estaba tratando de decirle.

—¡No! —exclamó.

—Me temo que llegas tarde. Aunque no haya sido coronado, a causa de esta guerra, ya soy *de facto* el nuevo emperador del imperio Austro-Húngaro.

—¿No me digas qué...? —empezó a preguntar Zita.

—Claro que sí —le interrumpió Karl—. ¿Qué pensarían nuestras tropas si el nuevo emperador, un joven oficial del ejército, no se pone al frente de sus hombres? Lo de mi abuelo tenía su explicación, ya que declaró la guerra a Serbia con 84 años. Ya no tenía edad de comandar nada, pero ese no es mi caso.

—¡Pero no puedes dejarnos solos!

—No lo haré, pero debo de asumir mis nuevas responsabilidades. Desde hace media hora soy el nuevo emperador y desde hace diez minutos el nuevo *Feldmarschall* al frente de nuestras tropas.

—¡Eso es un desastre! ¿Crees que vas a poder darle la vuelta a esta guerra? ¡Ni siquiera los alemanes, con su potente ejército, lo están consiguiendo!

—Si te soy sincero, al inicio de la guerra sí que pensaba que, con la estrategia adecuada, podíamos ganarla. Ahora creo que ya la hemos perdido. El hecho de que tantas potencias se hayan involucrado, y las que aún lo harán en los próximos meses, hace poco probable una victoria. Nuestra principal baza era la rapidez en el despliegue de nuestras tropas. Ahora están estancadas, tanto en el frente ruso como en el europeo. Esa es la cruda realidad.

—¿Y por qué no paras está carnicería? ¿Cuántos miles de soldados más deben de morir?

—Iniciar una guerra es sencillo, tan solo hace falta una persona, pero terminar con ella es más complicado, porque, al menos, hacen falta dos. En este caso, muchas más.

—¿Sabes lo que dijo el historiador griego Heródoto acerca de las guerras, cuatrocientos años antes de nacer Cristo? Que *«ningún hombre es tan tonto como para desear la guerra y no la paz; pues en la paz los hijos llevan a sus padres a la tumba y en la guerra son los padres quienes llevan a sus hijos a la tumba»*. ¿Quieres que eso pase también con nuestra familia?

—Desde luego que no. Yo tampoco deseo la guerra. Lo único que he afirmado es que no va a ser fácil terminar con ella.

—¿Y la solución es que comandes las tropas del imperio?

—Esa no es la solución, es mi obligación. Otra cosa es que intente abrir un canal diplomático para sondear la posibilidad del final de esta guerra.

—¿Es eso posible?

—Intentarlo no cuesta nada, aunque me temo que, a estas alturas, ya sea demasiado tarde.

Zita creyó que debía animar a su esposo a conseguir la paz.

—Lo que marca un gran gobernante no es su habilidad para la guerra, sino para lograr la paz. Nuestro pueblo está sufriendo. Tú mismo has reconocido que los objetivos iniciales que se marcaron los generales ya no se van a conseguir. ¡Si son unos inútiles y tú mismo piensas lo mismo! La guerra es algo muy serio como dejarle el control absoluto a los militares.

—Tienes razón, pero soy el emperador. Ya sabíamos que este momento iba a llegar. De nada sirve ahora las palabras bonitas ni las frases de antiguos historiadores. Mañana la guerra seguirá de igual manera.

—¿Y qué pasará conmigo y con tus hijos Otto, Adelheid, Robert y Felix?

—Tengo dos planes.

—¿Dos? —preguntó extrañada Zita.

—El primero ya te lo he insinuado. Voy a intentar abrir un canal de comunicación con los franceses.

—¿Y cómo lo piensas hacer?

—Con tu ayuda.

—¿Qué dices? Yo no soy ni diplomática ni militar.

—No te necesito a ti, he dicho que necesito tu ayuda. Debes hablar con tu hermano, el príncipe Sixto de Borbón y Parma.

Sé que es oficial del ejército belga y tiene buenas relaciones con los franceses.

—Dudo que quiera escucharme. Los alemanes los están machacando.

—No soy nadie para hablar en nombre de los alemanes. Le propondría que intentara la paz con el Imperio Austro-Húngaro. Los alemanes han ido por libre durante este conflicto. Mi abuelo me contó que los planes iniciales de despliegue de tropas fueron incumplidos por ellos desde el primer día. Debían de encargarse de Rusia, sin embargo, concentraron sus esfuerzos en Europa. Ello llevó a que nuestro ejército tuviera que hacerse cargo de ese frente. Quizá esa sea la principal causa del enquistamiento de esta guerra. Desde el principio he tenido la sensación de que los alemanes tienen otros objetivos diferentes a los nuestros.

—¿Y si fracasa tu intento?

—Tengo que ser sincero contigo. Como te había dicho antes, a estas alturas de la guerra va a ser muy difícil pararla, a no ser que uno de los dos bloques enfrentados sea derrotado en el campo de batalla. Y eso, ¿cuándo sucederá? Puede ser dentro de un año, de dos, de tres... tan solo Dios lo sabe. Pero por eso te he dicho que tengo dos planes. El segundo es por si fracasa el primero.

—¿Y en qué consiste?

Karl rebuscó entre sus bolsillos y sacó un papel. Se lo entregó a su esposa.

—¿Qué demonios significa este triángulo?

—La vida.

49 EN LA ACTUALIDAD

—¡Tú! —exclamó Rebeca, sorprendida y enfurecida al mismo tiempo.

—Ya sé lo que estarás pensando, pero no es lo que parece.

—¡Quiero una explicación ya!

—Ya me gustaría dártela, pero no puedo.

Rebeca se quedó un instante en silencio, pensativa. No escuchó ningún otro ruido a su alrededor. Se giró hacia los pasillos de aquel palacete. Tampoco vio nada.

—Aquí no parece haber nadie más. ¿Por qué no me puedes explicar qué significa todo este teatro que te has montado? Me he llegado a preocupar de verdad.

Su acompañante bajó la cabeza.

—Es complicado —dijo, al fin.

—¿Complicado dices? —le preguntó Rebeca, que ahora estaba indignada—. Pues empieza por el final. Por ejemplo, qué hago yo aquí y, de paso, también qué haces tú.

—Tampoco te puedo contestar a eso.

Rebeca estaba a un segundo de perder la paciencia. Aquella situación le parecía *marciana*.

—Si no me contestas en menos de cinco segundos, me voy a enfadar de verdad. Ya sabes lo que eso significa. Tu cuerpo acabará aplastado contra una pared, sin ningún miramiento. Después de todo lo que ha sucedido, creo que me debes una explicación, por las buenas o por las malas.

—Escucha, Rebeca. No hagas ninguna tontería. Yo también estoy en esta especie de cárcel en contra de mi voluntad. No sé cómo he llegado hasta aquí. ¡Qué demonios! Ni siquiera sé dónde estamos. ¿Cómo quieres que te responda a algo que desconozco?

Rebeca tenía fijada la mirada en sus ojos. «No miente», se dijo, hecha un auténtico lío mental. Vio tres sillas medio desvencijadas, en un costado de la estancia. Se sentó en una de ellas e invitó a su acompañante a hacer lo mismo. Debía reconocer qué no sabía qué pensar ni por dónde continuar. Aquello no entraba en sus planes.

—¿Qué pasó en realidad? —se lanzó Rebeca.

—Tengo mi memoria muy borrosa. No sé si lo que recuerdo se corresponde con la realidad.

«Pues ya somos dos», pensó Rebeca, que también estaba confundida.

—Al menos, intenta darme una explicación medio coherente.

—Lo último que recuerdo fue que estábamos tomando algo y que, de repente, todo se fundió a negro. Por tu aspecto, veo que acabas de recuperar el conocimiento hace poco, pero yo llevo consciente unas dos horas en esta ratonera. No me he atrevido a moverme de aquí, intentando buscarle alguna lógica a toda esta situación. Pensaba que no había nadie en esta cárcel hasta que te he escuchado.

«Tampoco miente», se dijo Rebeca.

—¿Y por qué no estás en una celda como yo? —le preguntó.

—Lo estaba, pero la puerta no estaba cerrada —respondió, señalándole un cubículo parecido al de Rebeca—. La abrí y salí al pasillo. Te reconozco que no sabía qué hacer, así que, como te acabo de decir, intenté buscarle algún sentido a todo esto. Aún no lo he conseguido, por eso no puedo responderte a tus preguntas. Yo también me planteo tus mismos interrogantes.

—Es decir, que estamos en un lugar que desconocemos por motivos que también desconocemos —concluyó Rebeca.

—Y en una fecha que también desconocemos.

Rebeca no había caído en ese detalle. Ahora que lo pensaba, estaba hambrienta y tenía sed. Los efectos del narcótico que le habían suministrado estaban desapareciendo y recuperaba sus sensaciones. Por primera vez, se observó a sí misma. Estaba hecha un asco. Su ropa estaba sucia y arrugada.

—Hay tan solo una cosa cierta en todo este asunto. Tenemos que escaparnos de esta cárcel, esté donde esté y sea el día que sea. Eso ya lo averiguaremos una vez la hayamos abandonado.

—¿Y cómo piensas hacerlo? Por lo poco que he visto, parece que todas las ventanas están cegadas por planchas de acero.

No creo que se hayan tomado tantas molestias para dejar la puerta de entrada a la cárcel abierta.

—Aunque esté cerrada, quizá pueda abrirla —dijo Rebeca, recordando que su bolso estaba al lado de su camastro. En su interior guardaba las herramientas adecuadas.

—¿A ti también te han dejado algo junto a tu camastro? —le preguntó.

—¿Cómo lo sabes? Sí, me han dejado un peluche y es algo que me tiene muy intrigada. Me encantan los peluches y los tengo a cientos pero, ¿cómo sabían que este era especial para mí? —le respondió a Rebeca, mientras le mostraba una horrible figura de un oso completamente deshilachado.

—Yo no tengo peluches, pero por alguna extraña razón que desconozco, me han dejado mi bolso —reconoció Rebeca.

—Aquí nada parece ser casual —respondió Allison—. Ahora hemos de encontrar las respuestas.

—Vayamos a mi celda y así podré coger mi bolso.

Allison, sin separarse de aquel espanto de peluche, y Rebeca, se dirigieron a su celda. Tomó su bolso e inspeccionó su contenido. Parecía que no faltaba nada.

—¿Te han dejado tu teléfono? —Allison estaba sorprendida.

—Sí, pero no tiene señal. O estamos en algún lugar remoto o han instalado inhibidores de frecuencias, lo cual es extraño, ya que mi móvil tiene cobertura satelital y, a pesar de ello, debería tener señal, a no ser que estemos en una zona oscura.

—¿Cobertura satelital? ¿Para qué quieres eso? —se sorprendió Allison.

—No olvides que soy una diplomática rusa y tengo acceso a ciertos *cacharritos* —zanjó el tema Rebeca—. Anda, creo que sería interesante que inspeccionáramos este lugar. Por si acaso nos encontramos con alguien, permanece siempre dos pasos detrás de mí.

Para su sorpresa, pudieron comprobar que se encontraban en la planta superior de lo que parecía ser un palacete abandonado. Bajaron al piso inferior. La distribución era diferente. En lugar de pequeños cubículos, se encontraron con grandes salones que rememoraban épocas de un esplendor pasado. Ya no parecía tan lúgubre como el piso superior, aunque las ventanas también estaban cegadas, sin ni una mísera rendija para poder observar el exterior. Después de cruzar todos los salones de la planta, llegaron a una majestuosa escalera. Por si aún tenían alguna duda, estaba claro que aquello no era una cárcel ni una fortaleza militar, sino un palacio de estilo renacentista. Bajaron al piso inferior y se encontraron con la primera sorpresa. La suciedad había desaparecido y, en las paredes, colgaban magníficos tapices. Rebeca se sorprendió al reconocer algunos de ellos. Los había visto con anterioridad en libros de Historia del Arte.

—Esto no está abandonado. Aquí vive gente —advirtió Rebeca—. Utilizan los pisos superiores como cárcel clandestina camuflada en el interior de este palacio renacentista.

—¿Me debería de preocupar? —preguntó Allison, atemorizada.

—La verdad es que sí. Ya me lo imaginaba, pero esto lo confirma. Hemos sido secuestradas por algún servicio de inteligencia. Tan solo ellos son capaces de montar una operación de esta envergadura y contar con este tipo de instalaciones.

—¿Hemos? Yo soy una profesora universitaria que no sabe nada de espías y todo eso. No soy nadie.

Rebeca se quedó mirando a Allison, sonriendo.

—Si estamos aquí las dos juntas, es porque alguien lo ha querido así. Si hubieran pretendido secuestrarme a mí sola, lo hubieran hecho, así que sí que debes ser «alguien», aunque no lo sepas.

Allison sintió que un escalofrío recorría su cuerpo. Por un instante, le dio la espalda a Rebeca. Estaba asustada, pero pronto se repuso.

—¡Mira! —gritó.

Rebeca se giró de inmediato.

—¿Qué ocurre? —preguntó, en tensión—. No veo a nadie.

Allison estaba señalando un lugar concreto de aquella enorme estancia. Nada más dirigir la vista hacia aquella parte del salón, Rebeca comprendió lo que su amiga le quería decir. Había una ventana que dejaba entrar unos rayos de sol. Eso significaba que quizá pudieran ver el exterior.

—¡Vamos! —exclamó Rebeca, que salió corriendo en dirección a la ventana.

Parecía que un remache de las planchas de acero que la cubrían había cedido, dejando al descubierto una pequeña oquedad. El problema era que la ventana era enorme, de suelo a techo, y mediría más de siete metros de altura. Tampoco disponían de ninguna clase de muebles para apilarlos y poder acceder a la oquedad.

—Escucha, Allison. Aunque no lo parezca, tengo bastante fuerza. A pesar de tu altura, estás muy delgada. Creo que podré alzarte con mis manos. Quizá llegues hasta la abertura de la plancha de hierro y puedas ver algo del exterior.

—Tengo vértigo.

—¡Y yo unas ganas tremendas de patearte el culo! —exclamó Rebeca—. ¡Métete el vértigo por ahí!

Allison no parecía demasiado convencida, pero acabó cediendo. Rebeca se agachó y le dijo a su compañera que pasara las piernas a través de sus hombros. Luego se pondría en pie e intentaría auparla con sus manos. Allison la miró con un gesto extraño, pero hizo lo que Rebeca le había ordenado. Porque era eso, una orden, y no una simple petición.

Rebeca hizo un notable esfuerzo y consiguió ponerse en pie. Ahora llegaba la parte complicada. Tenía que izar a Allison con sus brazos todo lo que pudiera. Se concentró profundamente y dejó que su fuerza fluyera a través de sus brazos.

Desde luego que su fuerza fluyó, pero Allison también. Se desequilibró y acabó pegándose un sonoro porrazo contra el suelo de madera.

—¿Estás bien? —le preguntó de inmediato Rebeca.

—Sí, tranquila —le respondió, aunque en realidad no lo estaba—, pero tendremos que idear otro plan. Yo no me vuelvo a subir ahí arriba ni loca.

Rebeca miró a su alrededor. No había ni siquiera cortinas para poder confeccionar una cuerda con la que intentar escalar.

«¡Cortinas no, pero sí otra cosa!», pensó, casi en voz alta.

Los moradores de aquella especie de cárcel-palacio habían sido cuidadosos en retirar cualquier objeto. Las estancias estaban vacías y no había ningún tipo de mobiliario, descontando los tristes camastros del piso superior que se deshacían con mirarlos y las sillas desvencijadas que apenas aguantaban su peso.

Pero nadie es perfecto.

—¡Acompáñame! —exclamó Rebeca, mientras salía corriendo de la habitación. Allison la siguió a duras penas. Atravesaron todos los salones hasta llegar al último de ellos.

—¡Aquí está nuestra solución! —dijo Rebeca, triunfal.

Allison no comprendía nada.

—Rebeca, esta habitación está igual de vacía que todos los salones anteriores.

—De muebles desde luego, pero, ¡observa las paredes!

Allison hizo una mueca de sorpresa.

—¿En serio? ¿Los tapices de las paredes? Están colgados a los mismos siete metros de la sala de abajo y, por su aspecto y tamaño, deben pesar varias toneladas.

—No los necesitamos todos —dijo, mientras abría su bolso y sacaba un pequeño cuchillo de su interior.

—¿Estás segura de lo que vas a hacer? Parecen valiosos.

—Lo son. Que me perdonen Ene Rost y Nicolas Karcher, sus autores, pero ahora los necesitamos más que ellos.

En apenas unos minutos había conseguido los suficientes girones de tela como para confeccionar una sólida cuerda. El grosor de los tapices favorecía su resistencia. Una vez lista, hizo un gesto con la mano a Allison y volvieron al salón original.

Rebeca, como si fuera una vaquera del oeste americano, hizo un lazo y lo lanzó hacia la parte superior de la plancha de hierro, buscando que se sujetara de algún pequeño saliente. Después de varios intentos, lo consiguió.

—Ya sé que es pedirte demasiado, pero creo que será más seguro que subas tú y yo me encargue de sujetar la cuerda —dijo Rebeca—. Si algo va mal, tengo la fuerza suficiente para evitar tu caída, cosa que no creo que tú puedas hacer conmigo.

—¡Ni hablar! Yo no vuelvo a esas alturas —le respondió con contundencia Allison—. Además, esa idea es contradictoria en sus propios términos. Tú tienes más fuerza que yo. No tiene sentido que sea yo la que escale.

Allison tenía razón, pero Rebeca tenía otro motivo. Aún no había decidido si podía fiarse de Allison. No debía obviar que había sido narcotizada y secuestrada en su casa. A pesar de que creía que no le había mentido con su historia acerca de que ella también había sido secuestrada, aún le quedaban dudas. Prefería estar en el suelo, controlando la situación, mientras Allison escalaba. Allí arriba era más vulnerable.

—Allison, tú eres más ligera y yo tengo más fuerza. Podré hacerme cargo de cualquier contingencia aquí abajo. Con esta sólida cuerda improvisada, estarás segura.

Allison dudó. Era cierto que estaba familiarizada con escalas y cuerdas, ya que era frecuente que tuviera que acceder a excavaciones arqueológicas a través de ellas.

Rebeca notó la vacilación de Allison y se aprovechó.

—¡Vamos! —le gritó—. Nuestros captores pueden regresar en cualquier momento.

La simple mención a los secuestradores terminó por convencer a Allison. Mientras Rebeca sujetaba firmemente la cuerda, Allison comenzó a trepar por ella, sin aparente dificultad.

Ya había llegado a la oquedad.

—¿Qué ves? —gritó Rebeca.

—Mucha luz. Espera un momento a que mis ojos se acostumbren.

Rebeca aguardó en silencio.

De repente, Allison profirió un grito. Parecía que se iba a soltar de la cuerda y caer al suelo. Afortunadamente para ella, su pie izquierdo se enredó con la cuerda y tan solo se desequilibró. Como alma que la lleva el diablo, descendió a toda velocidad.

—¿Qué ha pasado?

Allison estaba blanca y no era capaz de formular palabra alguna. Rebeca decidió dejar que se recuperara. Al cabo de unos segundos, tan solo dijo dos frases, mientras se sentaba en el suelo.

—Tienes que verlo por ti misma. No te lo puedo explicar con palabras.

Rebeca no perdió el tiempo. Se encaramó rápidamente por la cuerda hasta llegar a la oquedad. Cuando observo el exterior, casi le sucede lo mismo que a Allison. Ahora comprendió su estupor.

—¡Qué narices! —exclamó, cuando observo lo que se veía a través de la ventana.

Aquello debía ser imposible, salvo por el pequeño detalle que lo tenía delante de sus ojos. Era real.

Bajó inmediatamente de la cuerda y se sentó junto a Allison.

—¿Tienes alguna explicación a lo que acabamos de ver? —le preguntó.

—¿Explicación dices? ¿Explicación a que estábamos tomando unas pastas en mi casa de Dublín y que nos hayamos despertado en Florencia? Pues no, no tengo ni la más mínima explicación.

Rebeca también estaba perpleja. Se encontraban en algún antiguo palacete cercano al *Ponte Vecchio* de Florencia. Ahora se explicaba lo de los tapices, probablemente encargados por la familia Medici a artistas flamencos. «Pero aquí no hay cárceles», pensó, preocupada. «Y si esto no es una cárcel, ¿qué es? ¿Dónde estamos? Y, sobre todo, ¿por qué?».

Durante unos eternos minutos, ambas permanecieron sentadas en el suelo, en completo silencio.

De repente, Rebeca pareció salir del letargo.

—Florencia no es un lugar remoto. Mi teléfono satelital debería tener cobertura. Tan solo lo he probado en el piso superior, pero quizá aquí si consiga conectarme y pedir ayuda.

Abrió de nuevo su bolso y sacó su teléfono.

—¡Mierda! —exclamó—. Ahora no tengo batería.

Allison se le quedó mirando.

—¿No te llama nada la atención? —le preguntó.

—¿A qué te refieres exactamente? —le respondió Rebeca con otra pregunta—. Aparte de que nos hayan drogado en tu propia casa, que nos hayan sacado a hurtadillas sin que nadie se entere y que nos hayan metido en un avión rumbo a Italia para encerrarnos en un palacio en Florencia, no, no hay nada más que me haya llamado la atención.

Allison, a pesar de la aparente broma de Rebeca, continuaba seria.

—¿Por qué dejaron al lado de mi camastro mi peluche preferido? ¿Qué sentido tiene eso? Es cierto que es el objeto que quizá más aprecie en este mundo, pero eso lo sé yo. ¿Y en tu caso? Se supone que también debieron de dejarte un objeto que significara algo especial para ti.

—¿Mi bolso? Eso era lo que tenía al lado de mi camastro. Tengo varios y este no es mi preferido precisamente. No tiene ningún valor para mí más que para guardar cosas en él.

Nada más terminar la frase, Rebeca se quedó blanca.

—¿Qué te ocurre? —le preguntó preocupada Allison.

—¡Guardar cosas en él! —exclamó Rebeca, mientras se arrojaba hacia su bolso como si se fuera a escapar.

—¿Estás bien? —insistió Allison.

Rebeca estaba rebuscando en su bolso como una loca. Recordaba haberla guardado allí, pero no la veía. Por fin, en uno de sus bolsillos, localizó lo que buscaba con tanto ahínco.

—¿Qué es eso?

—No te lo había contado. Mi hermana me dejó un sobre en el *pub «The Cat & The Horse»*.

—¿Y no lo has abierto? —preguntó Allison, claramente sorprendida.

—Al principio pensé que la habría dejado después de aquella fatídica noche y me ilusioné con el hecho de que mi hermana pudiera estar viva y quisiera comunicarse conmigo. Sin embargo, *Bubba* me bajó de la nube. Me dijo que lo hizo esa misma noche, antes de salir a la calle. Por lo visto, simuló apoyarse en la barra para no perder el equilibrio y aprovechó ese momento para dejar el sobre. Cuando me enteré, me llevé una gran desilusión, guardé el sobre en mi bolso y, hasta ahora, me había olvidado por completo de él. Al fin y al cabo, luego la vi morir. Es lo único que puedo considerar «especial» en el interior de mi bolso.

—¡Qué casualidad! A ti te dejan tu bolso con una carta y a mí me dejan mi peluche, que también esconde una nota en un dobladillo de su barriga, aunque en mi caso no se trata de nada especial ni secreto. Es un extraño dibujo antiguo. Mi padre me dijo que mi abuelo ya lo dejó ahí. Míralo —dijo Allison, mientras sacaba un papel envejecido de su mascota.

—¿Qué demonios significa eso?

—¡Y yo qué sé! Supongo que sería un dibujo de un triángulo que mi abuelo guardaría en su osito de peluche, por el motivo que fuera. No tiene ningún significado para mí, pero el sobre de tu bolso sí que puede ser importante. ¿A qué esperas para abrirlo?

«¿Realmente no tiene ningún significado? Entonces, ¿para qué ocultarla en el dobladillo de un oso de peluche durante más de cincuenta años?», pensó Rebeca. De todas maneras, ahora no tenía ninguna explicación para eso, pero sí que tenía el sobre que le había dejado su hermana antes de morir. Lo rasgó y extrajo de su interior el papel que contenía.

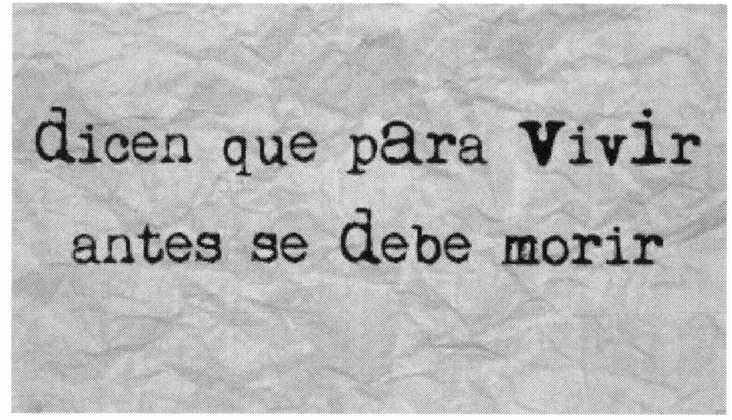

dicen que para Vivir
antes se debe morir

—¡Dios mío! —exclamó la agnóstica de Rebeca, que cayó de rodillas.

Allison estaba observando a Rebeca sin comprender nada.

—¿Qué quiere decir esta nota?

Rebeca se giró hacia Allison con los ojos húmedos.

—Que tenemos una cita.

—¿Una cita? ¿Dónde? ¿Ahí pone eso?

—Sí.

—¡Pero si yo no conozco a nadie en Florencia!

—Aunque no lo creas, sí que conoces a una persona.

—De verdad que no te comprendo. ¿Quién nos ha citado?

—Netzaj.

—Estoy segura de que no conozco a nadie que se llame de esa manera tan rara.

—Porque no es su verdadero nombre, es su simbolismo.

—¿De verdad que te encuentras bien, Rebeca? Tienes una expresión muy rara en tu rostro —Allison se empezaba a preocupar por su amiga.

—Según el antiguo árbol cabalístico judío, la *sefirah Netzaj* significaba el triunfo de la vida sobre la muerte.

—¿Y nos vamos a reunir con un judío? —Allison estaba desconcertada.

—No. Nos vamos a reunir con la muerte.

Fin

Para vivir hay que morir

(Ángeles libro 4)

Continúa en

El final es el principio

(Ángeles libro 5)

CLUB VIP

Si has leído alguna de mis novelas, creo que ya me conoces un poco. **Siempre va a haber sorpresas y gordas.**
Si quieres estar informado de ellas y no perderte ninguna, te recomiendo apuntarte a mi club.

Es gratuito y tan solo tiene ventajas: regalos de novelas y lectores de ebooks, descuentos especiales, tener acceso exclusivo a mis nuevas novelas, leer sus primeros capítulos antes de ser publicados, etc.

Lo puedes hacer a través de mi web y no comparto tu email con nadie:

www.vicenteraga.com/club

REDES SOCIALES

Sígueme para estar al tanto de mis novedades

Facebook

www.facebook.com/vicente.raga.author

Instagram

www.instagram.com/vicente.raga.author

Twitter

www.twitter.com/vicent_raga

BookBub

www.bookbub.com/authors/vicente—raga

Goodreads

www.goodreads.com/vicenteraga

Web del autor

www.vicenteraga.com

RESEÑAS

Para los autores independientes es muy importante que escribas una reseña de nuestras novelas. Tienen más importancia de lo que te puedes imaginar.

Para ti es tan solo un momento, pero con ellas apoyas la cultura.

SI TE HA GUSTADO LA NOVELA, POR FAVOR, ESCRIBE UNA RESEÑA

Si, por el contrario, no te ha gustado o quieres ponerte en contacto conmigo, puedes mandarme tu comentario a:

www.vicenteraga.com/contacto

NUEVA SERIE DE NOVELAS «ÁNGELES»

*Disponibles en Amazon, mi tienda online (**vicenteraga.com/tienda**) y librerías tradicionales, en todos los formatos*

El misterio de nadie (Ángeles libro 1)

El faraón perdido (Ángeles libro 2)

Las puertas del cielo (Ángeles libro 3)

Para vivir hay que morir (Ángeles libro 4)

El final es el principio (Ángeles libro 5)

La sonrisa de los ángeles (Ángeles libro 6)

SERIE DE NOVELAS «LAS DOCE PUERTAS» Y BILOGÍA «MIRA A TU ALREDEDOR»

Todas las novelas pueden ser adquiridas en los siguientes idiomas y formatos

ESPAÑOL

Formato eBook
Formato papel tapa blanda
Formato tapa dura (edición para coleccionistas)
Audiolibro

ENGLISH

eBook
Paperback
Hardcover (Collector's Edition)
Audiobook (coming soon)

*Disponibles en Amazon, mi tienda online para ejemplares firmados (**vicenteraga.com/tienda**) y librerías tradicionales*

Las doce puertas (Libro 1)
The Twelve Doors (Book 1)

Nada es lo que parece (Libro 2)
Nothing Is What It Seems (Book 2)

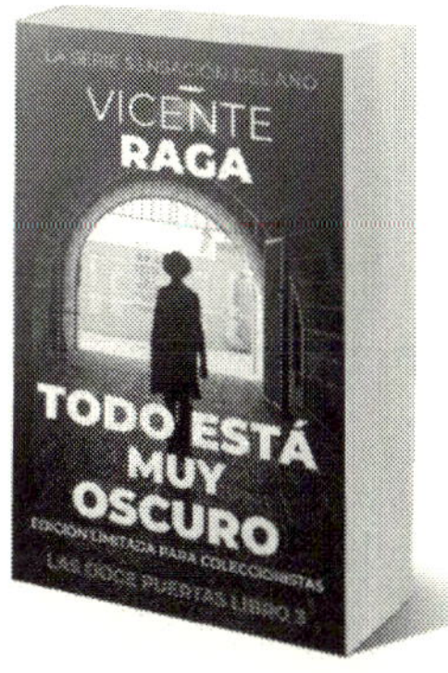

Todo está muy oscuro (Libro 3)
Everything Is So Dark (Book 3)

Lo que crees es mentira (Libro 4)
All You Beleive Is a Lie (Book 4)

La sonrisa incierta (Libro 5)
The Uncertain Smile (Book 5)

Rebeca debe morir (Libro 6)
Rebecca Must Die (Book 6)

Espera lo inesperado (Libro 7)
Expect the Unexpected (Book 7)

El enigma final (Libro 8)
The Final Mystery (Book 8)

BILOGÍA / DUOLOGY «MIRA A TU ALREDEDOR» "LOOK AROUND YOU"

Mira a tu alrededor (Libro 9)
Look Around You (Book 9)

La reina del mar (Libro 10)
The Queen of the Sea (Book 10)

TRILOGÍA EN UN SOLO VOLUMEN DE VICENTE RAGA «JAQUE A NAPOLEÓN»

“CHECKMATE NAPOLEÓN”

Jaque a Napoleón, la trilogía: apertura, medio juego y final

ESPAÑOL

Formato eBook

Formato papel tapa blanda

Audiolibro

ENGLISH

eBook

Paperback

Audiobook (coming soon)

Made in United States
Orlando, FL
03 June 2025

61817129R00199